BASTEI
LÜBBE

JUDE DEVERAUX

DIE ASCOTTS

Alicia

ROMAN

Aus dem Englischen von
Bodo Baumann

BASTEI
LÜBBE

BASTEI-LÜBBE TASCHENBUCH
Band 26037

Titel der Originalausgabe: HIGHLAND VELVET

Printed in Germany, Januar 1998
Einbandgestaltung: CCG, Köln
Titelbild: Harry Bennett
Satz: Computersatz GmbH, Bergisch Gladbach
Druck und Verarbeitung: Ebner Ulm
ISBN 3-404-26037-6

Prolog

Selbst nach dem langen Nachtritt saß Stephen Ascott noch sehr gerade auf seinem Pferd. Er mochte nicht an die Braut denken, die ihn am Ende seiner Reise erwartete – seit drei Tagen schon auf ihn wartete. Seine Schwägerin, Judith, hatte ihm mit reichlich ungalanten Worten gesagt, was sie von einem Mann hielt, der weder zu seiner Hochzeit erscheinen noch sich die Mühe machen wollte, eine Botschaft vorauszuschicken, die seine Verspätung bedauerte.

Doch trotz Judiths geharnischter Worte und der Erkenntnis, welchen Schimpf er seiner zukünftigen Frau antat, hatte er sich nur schweren Herzens zum Aufbruch entschließen können. Die Trennung von seiner Schwägerin fiel ihm nicht leicht. Judith, die goldäugige schöne Frau seines Bruders Gavin, war eine Treppe hinuntergestürzt und hatte dabei das so heiß ersehnte Baby verloren, das sie unter dem Herzen trug. Tagelang schwebte sie zwischen Leben und Tod. Und als sie erwachte und von ihrem Verlust erfuhr, galt ihre erste Sorge typischerweise erst einem anderen und nicht sich selbst. Stephen hatte seinen Hochzeitstermin vergessen und nicht einmal an seine Braut gedacht. Judith hatte sich sogar von ihren Schmerzen und ihrem Kummer nicht davon abhalten lassen, Stephen an seine Pflichten und die Schottin zu erinnern, die er heiraten sollte.

Nun, drei Tage später, fuhr sich Stephen mit der Hand durch sein dichtes dunkelblondes Haar. Er wollte bei seinem Bruder Gavin bleiben. Judith war ihm deswegen böse. Ihr Sturz war kein unglücklicher Zufall gewesen, sondern das Werk von Gavins Mätresse, Lilian Chatworth.

»Mylord.«

Stephen zügelte sein Pferd und drehte sich zu seinem Knappen um.

»Die Wagen sind weit hinter uns. Sie können bei dem Tempo nicht mithalten.«

Stephen nickte und lenkte wortlos sein Pferd zu einem flachen Strom, der neben der holprigen Fahrspur herlief. Er stieg ab, stützte sich auf ein Knie und benetzte sein Gesicht mit kaltem Wasser.

Es gab noch einen Grund, weshalb Stephen nicht zu dieser Reise zu einer Braut aufbrechen wollte, die er nie gesehen hatte. König Heinrich wollte die Ascotts für jahrelange treue Dienste belohnen, indem er den zweitgeborenen Bruder mit einer reichen Schottin vermählte. Eine Ehre, für die Stephen nur dankbar sein sollte, es aber nicht war nach allem, was er über sie erfahren hatte.

Sie war, kraft eigener Rechte, die Herrin eines mächtigen schottischen Klans.

Er sah über die Wiese auf der anderen Seite des Stromes hin. Verdammnis allen Schotten für ihren absurden Glauben, es könne auch eine Frau so intelligent und kräftig sein, Männer anzuführen. Ihr Vater hätte sich statt einer Frau einen jungen Mann als Erben aussuchen sollen.

Er schnitt ein Gesicht bei der Vorstellung, was für eine Frau ihren Vater dazu verleitet haben konnte, sie zum Oberhaupt eines Klans zu berufen. Sie mußte mindestens vierzig Jahre alt sein, ihre Haare so grau wie Stahl, ihr Körper noch stämmiger als seiner. In der Hochzeitsnacht würden sie sicherlich darum ringen, wer der Stärkere war – und er würde verlieren.

»Mylord«, sagte der Schildknappe, »Ihr sehr ganz krank aus. Vielleicht war der lange Ritt zu anstrengend für Euch.«

»Nicht der lange Ritt schlug mir auf den Magen.« Stephen erhob sich langsam und geschmeidig. Seine kräftigen Muskeln bauschten den Stoff seines Gewandes. Er war groß, überragte seinen Knappen wie ein Turm, und sein Körper war mager und abgehärtet von jahrelangen anstrengenden Übungen. Das verschwitzte Haar lag in krausen, dicken Locken um seinen Hals, das Kinn war kräftig, der Mund fein gemeißelt, und nur unter den strahlend blauen Augen zeichneten sich dunkle Schatten ab.

»Laß uns wieder zu den Pferden gehen. Die Wagen mögen uns später folgen. Ich will meine Hinrichtung nicht länger aufschieben.«

»Hinrichtung, Mylord?«

Stephen erwiderte nichts darauf. Er mußte noch viele Stunden auf dem Pferderücken verbringen, ehe er dem Grauen begegnete, das ihn in der massigen, unförmigen Gestalt von Alicia MacArran erwartete.

1. Kapitel

Alicia MacArran stand am Fenster des englischen Herrenhauses und sah in den Hof hinunter. Der Flügel stand offen, die Sommersonne schien warm ins Zimmer, und sie lehnte sich ein wenig vor, um einen Hauch frischer Luft zu erhaschen. Einer von den Soldaten unter ihr bemerkte es und grinste anzüglich zu ihr hinauf.

Rasch trat sie wieder zurück, packte den Fensterflügel und warf ihn zu. Wütend drehte sie sich um.

»Diese englischen Schweine!« fluchte sie leise. Doch ihre Stimme war sanft und schwermütig wie das Hochland, über dem Nebel gebreitet liegt. Schwere Schritte waren vor der Tür zu hören, und sie hielt den Atem an, bis sie draußen wieder verhallten. Sie war eine Gefangene, in Gewahrsam jener Männer im nördlichsten Grenzland von England, die sie immer gehaßt hatte und die ihr nun zublinzelten, als kennten sie ihre intimsten Gedanken.

Sie ging zu dem kleinen Tisch in der Mitte des eichengetäfelten Zimmers und klammerte sich daran, bis die Tischkante tief in ihre Handflächen schnitt. Die Engländer waren ihre Feinde. Sie war dabeigewesen, als sie ihren Vater und seine drei Häuptlinge töteten. Sie hatte mitansehen müssen, wie ihr Bruder in dem vergeblichen Bemühen, es den Engländern mit gleicher Münze heimzuzahlen, fast dem Wahnsinn verfallen wäre. Und ihr ganzes Leben lang hatte sie mitgeholfen, die Mitglieder ihres Klans mit Kleidung und Nahrung zu versorgen, weil die Engländer ihre Ernte vernichtet und ihre Häuser niedergebrannt hatten.

Vor einem Monat hatten die Engländer sie gefangengenommen. Sie lächelte bei der Erinnerung an die Wunden, die sie und ihre Männer den englischen Soldaten zugefügt hatten. Vier von ihnen erlagen später diesen Verletzungen.

Doch schließlich war sie der Übermacht erlegen. Es war ein Befehl des englischen Königs, Heinrich VII., der sie hier festhielt. Er wollte Frieden stiften, hatte dieser Mann behauptet, und deshalb einen Engländer zum Chef des Klans MacArran ernennen. Er glaubte das erreichen zu können, indem er sie mit einem seiner Ritter verheiratete.

Sie lächelte über die Dummheit dieses englischen Königs. Sie war Chefin des Klans MacArran, und kein Mann konnte ihr diese Macht wegnehmen. Bildete sich dieser König ein, ihre Gefolgsleute würden sich lieber einem Fremden, gar einem Engländer, unterordnen, nur weil er ein Mann war und sie eine Frau? Wie wenig kannte sich dieser Dummkopf mit der Wesensart der Schotten aus!

Sie drehte sich rasch zur Tür, als Rab zu knurren anfing. Rab war ein irischer Wolfshund, der größte Vertreter seiner Rasse, schlank, aber ungemein kräftig, mit einem Fell, das sich anfühlte wie Wolle aus Stahl. Ihr Vater hatte ihn von einer Reise nach Irland mitgebracht. Jamie wollte ihn zum Schutzhund seiner Tochter abrichten lassen. Doch das war nicht nötig gewesen, weil Rab und Alicia auf Anhieb unzertrennliche Freunde wurden. Und Rab hatte mehr als einmal bewiesen, daß er bereit war, für seine geliebte Herrin sein Leben zu opfern.

Alicias Verkrampfung löste sich sofort, als der Hund wieder verstummte. Das war das Zeichen, daß ein Freund sich der Tür näherte. Sie sah erwartungsvoll auf. Morag kam ins Zimmer.

Morag war eine kleine, verschrumpelte alte Frau. Sie erinnerte eher an einen Wurzelstock als an eine menschliche Gestalt. Ihre Augen waren wie schwarzes Glas, deren durchbohrender Blick mehr sah als nur die Oberfläche eines Menschen. Ihr kleiner Wuchs und ihre Geschmeidigkeit nützte sie oft zum Vorteil ihrer Herrin aus, wenn sie unbemerkt durch eine Menge schlüpfte und Augen und Ohren aufsperrte.

Morag bewegte sich lautlos durchs Zimmer und öffnete wieder das Fenster.

»Nun?« forschte Alicia ungeduldig.

»Sie lachten nur, als Ihr das Fenster zugeworfen habt. Sie sagten, sie wollten Euch gern für Eure entgangene Hochzeitsnacht entschädigen.«

Alicia wandte sich schnell von der alten Frau ab.

»Ihr liefert ihnen zu viel Stoff zum Klatschen. Ihr solltet den Kopf hochhalten und sie gar nicht beachten. Es sind nur Engländer, aber Ihr seid eine MacArran.«

Alicia wirbelte herum. »Ich brauche keine Belehrungen, wie ich mich zu verhalten habe!« schnaubte sie. Rab trat an ihre Seite, als er die Erregung seiner Herrin spürte. Sie vergrub die Finger in seinem Fell.

Morag lächelte nur. Sie hatte Alicia auf den Armen gehalten, als sie noch naß war von ihrer Geburt. Sie hatte sie auf ihren Armen gewiegt, als sie zusehen mußte, wie ihre Mutter starb. Sie hatte ihr eine Amme besorgt, die sich um die Kleine kümmerte, bis sie sechs Jahre alt war und ihr Vater die Erziehung übernahm.

Nun betrachtete sie voller Stolz ihr Mündel, das inzwischen fast Zwanzig war. Sie war groß, größer als die meisten Männer, und so rank und schlank wie eine Weidengerte. Sie trug keine Kopfbedeckung wie die Engländerinnen, sondern ließ ihr rabenschwarzes Haar in üppigen Wellen über den Rücken fließen. Morag wunderte sich, wie so ein zarter Hals diese Fülle überhaupt zu tragen vermochte. Sie war nach englischer Mode gekleidet; doch der Satinstoff hatte die kremgelbe Farbe schottischer Hochlandrinder. Der viereckige Halsausschnitt saß straff über den Brüsten und brachte ihre sanften Rundungen vorteilhaft zur Geltung. Das Kleid lag bis zu den schlanken Hüften wie eine Haut auf ihrem Körper und bauschte sich dann mit reichem Faltenwurf. Ein aus Goldfäden gewirktes Muster umrahmte den Hals und betonte die Taille, ehe es, wie ein Wasserfall, bis zum Rocksaum hinunterfiel.

»Gefalle ich dir so besser?« fragte Alicia schroff, noch gereizt von dem Streit, den sie wegen des Kleides miteinander hatten. Sie hätte Hochland-Kleidung bevorzugt; doch Morag hatte sie dazu überredet, ein englisches Gewand anzuziehen, um ihren Feinden keinen Anlaß zu geben, sie wegen ihrer »barbarischen Mode« zu verspotten.

Morag ließ ein trockenes Kichern hören. »Schade, daß kein Mann Euch heute nacht aus diesem Gewand wickelt.«

»Kein Engländer!« zischte Alicia. »Vergiß du das so rasch? Ist das Blut meines Vaters vor deinen Augen bereits verblaßt?«

»Ihr wißt, daß es nicht so ist«, gab Morag ruhig zurück.

Alicia ließ sich auf die Fensterbank fallen, während der Stoff schimmernd ihre Beine umschloß. Sie fuhr mit dem Finger über die reiche Goldstickerei. Das Kleid hatte sie viel Geld gekostet, das sie lieber für ihren Klan ausgegeben hätte. Doch sie wußte auch, daß ihr Klan sich nicht von Engländern beschämen lassen wollte, und deshalb hatte sie Kleider gekauft, auf die selbst eine Königin stolz sein konnte.

Nun sollte dieses Gewand ihr Hochzeitskleid sein.

Sie zupfte heftig an einem Goldfaden.

»Nicht doch!« wies Morag sie zurecht, »verderbt nicht das Kleid aus Wut auf einen Engländer, der vielleicht nicht ohne Grund seinen Hochzeitstermin versäumte.«

Alicia erhob sich so rasch, daß Rab wieder schützend an ihre Seite kam. »Was kümmert es mich, wenn er gar nicht kommt? Ich hoffe, er liegt mit durchschnittener Kehle in einem Graben und verrottet.«

Morag zuckte mit den Achseln. »Dann suchen sie einen anderen für Euch aus. Was hilft es also, wenn dieser stirbt? Je früher Ihr Euren englischen Gatten bekommt, desto eher können wir ins Hochland zurückkehren.«

»Du hast leicht reden!« fauchte Alicia. »Du mußt ihn ja nicht heiraten und . . . und . . .«

In Morags dunklen Augen irrlichterte es: »Und mit ihm zu Bett gehen? Ist es das, was Euch stört? Ich möchte da gern mit Euch tauschen, wenn ich könnte. Glaubt Ihr, dieser Stephen Ascott entdeckte den Unterschied, wenn ich zu ihm ins Bett schlüpfte?«

»Was weiß ich von Stephen Ascott, außer daß er mich hier in

meinem Hochzeitskleid warten läßt und mich zum Gespött dieser Männer dort draußen macht?« Sie sah zur Tür. »Käme er jetzt ins Zimmer – wahrlich, ich würde ihn mit einem Messer empfangen!«

Morag lächelte. Jamie MacArran hätte seine Freude an seiner Tochter gehabt. Auch in der Gefangenschaft bewahrte sie ihren Stolz und ihren Mut. Sie hielt das Kinn hoch, und ihre Augen waren zwei blitzende Dolche aus Bergkristall.

Alicia war eine ungewöhnliche Schönheit. Ihre Haare waren so schwarz wie eine Neumondnacht in den schottischen Bergen, ihre Augen so dunkelblau wie ein Hochlandsee im Sonnenlicht. Dieser Kontrast war ungemein reizvoll, und oft waren die Leute, besonders die Männer, sprachlos, wenn sie Alicia zum erstenmal sahen. Ihre Wimpern waren schwarz und kräftig wie ihre Haare, ihre Haut zart und leicht getönt, und ihre Lippen dunkelrot über dem kräftigen Kinn, das an ihren Vater erinnerte mit seiner etwas kantigen Spitze und dem Grübchen darin.

»Man könnte Euch für feige halten, weil Ihr Euch hier im Zimmer versteckt. Was gibt ein Schotte schon auf das Grinsen eines Engländers.«

Alicia setzte sich sehr gerade auf und sah auf ihr Kleid hinunter. Sie hatte es nur angezogen, weil sie glaubte, heute vermählt zu werden. Für eine Trauung war es längst zu spät. Sie sollte es schonen für einen anderen Tag, an dem sie wirklich heiratete. Vielleicht auch einen anderen Mann. Sie lächelte bei diesem Gedanken.

»Hilf mir aus diesem Kleid heraus«, sagte Alicia.

»Was habt Ihr vor?« fragte Morag, während sie die Haken im Rücken löste. »Ihr habt einen Blick wie eine Katze, die einen Sahnetopf entdeckt hat.«

»Du fragst zuviel. Bring mir das grüne Brokatkleid. Die Engländer sollen rasch erfahren, daß Schottinnen aus festerem Stoff gemacht sind, wenn sie glauben, ich säße als verschmähte Braut im Zimmer und weinte mir die Augen aus.«

Obwohl sie eine Gefangene war und schon über einen Monat hier festgehalten wurde, konnte sie sich frei im Haus von Sir

Thomas Crichton bewegen. Sie brauchte nur eine Eskorte, falls sie auf dem Land umherstreifen wollte, das zum Lehen gehörte. Haus und Grundstück wurden streng bewacht, und Posten lösten sich rund um die Uhr ab. König Heinrich hatte ihren Klan wissen lassen, daß sie hingerichtet würde, falls man sie zu befreien versuchte. Ihr würde kein Leid geschehen; doch er wollte einen Engländer als Klanchef einsetzen. Der Klan hatte erst jüngst den Tod von Jamie MacArran und seiner drei Häuptlinge erlebt. Also zogen sie sich in die Wälder an der unruhigen Grenze zwischen England und Schottland zurück, behielten das Gefängnis ihrer neuen Chefin im Auge und berieten, was sie tun sollten, wenn des Königs Männer versuchten, den Klan unter sein Joch zu zwingen.

Während sie langsam die Treppe hinunterschritt, dachte sie an den Mann, den ihr Vater ihr zum Gatten bestimmt hatte. Er war einer der drei Häuptlinge, die zusammen mit ihrem Vater fielen. Jamie MacArran hatte sie zur Nachfolgerin bestimmt, und sie wäre lieber gestorben, als diesen englischen Hund zu heiraten, den ihr der König schickte. Doch ihr Tod hätte verheerende Konsequenzen für ihren Klan. Starb sie ohne Nachfahren, würde eine blutige Fehde entbrennen, wer an Stelle von Jamie MacArrans Tochter Oberhaupt des Klans werden sollte.

»Ich wußte schon immer, daß die Ascotts gerissene Leute sind«, sagte ein Mann lachend, der, von einem dicken Wandteppich verborgen, nur wenige Schritte von ihr enfernt sein konnte. »Der Älteste heiratete die Revedoune-Erbin, und kaum hat er ihr ein bißchen das Ehebett angewärmt, als ihr Vater schon stirbt und er seine Grafschaft erbt.«

»Und nun tritt Stephen in seines Bruders Fußstapfen. Diese Alicia ist nicht nur schön, sondern bringt auch viele Hundert Morgen Land in die Ehe,«

»Ihr könnt sagen, was ihr wollt«, sagte ein dritter, dem der linke Arm fehlte, »ich beneide diesen Stephen nicht. Die Frau ist prächtig, doch wie lange mag er sie genießen? Ich verlor diesen Arm im Kampf gegen Schotten. Sie sind halbe Tiere, sage ich euch. Und ihre Kampfesweise ist wie die der Raubtiere. Sie sind wild und grausam.«

»Und wie ich hörte, stinken ihre Frauen zum Himmel«, sagte der Mann, der zuerst gesprochen hatte.

»Bei dieser schwarzhaarigen Alicia hielt ich mir gern die Nase zu.«

Alicia rückte einen Schritt vor, ein böses Fauchen auf den Lippen, als eine Hand ihren Arm festhielt. Sie sah hoch und blickte in das Gesicht eines hübschen jungen Mannes mit dunklen Augen und festem Mund. Ihre Augen lagen auf gleicher Höhe.

»Ihr erlaubt, Mylady«, sagte er leise und trat zwischen die Männer vor dem Wandbehang. Seine kräftigen Beine staken in einer engsitzenden Strumpfhose, das Samtwams betonte die Breite seiner Schultern. »Habt ihr nichts Besseres zu tun als zu tratschen wie alte Weiber? Ihr redet von Dingen, die ihr nicht versteht.« Er sprach im Ton eines Höhergestellten.

Die drei Männer sahen ihn betroffen an. »Nanu«, sagte einer, »was ist denn auf einmal mit dir los, Roger?« Und da sah er Alicia mit zornig funkelnden Augen hinter dessen Schulter.

»Stephen sollte sich sputen, sonst stiehlt man ihm noch sein Eigentum«, sagte einer von den anderen lachend.

»Verschwindet!« befahl Roger, »oder muß ich erst mein Schwert ziehen, damit ihr meine Worte befolgt?«

»Bewahre mich vor dem hitzigen Blut der Jugend«, sagte einer der drei verdrossen. »Kommt, wir gehen nach draußen. Dort ist es kühler . . .«

Als die drei in den Hof gegangen waren, wandte sich Roger Alicia zu. »Darf ich mich für das Betragen meiner Landsmänner bei Euch entschuldigen? Ihre Roheit ist ein Ausdruck ihrer Ignoranz. Sie meinten es nicht so.«

Alicia funkelte ihn an. »Ich fürchte, Ihr seid der Unwissende. Oder haltet Ihr etwa das Morden meiner schottischen Landsleute nicht für einen Sünde?«

»Ich protestiere! Ihr seid nicht gerecht zu mir. Ich habe wenige Männer in meinem Leben getötet, und ein Schotte gehörte nicht dazu.« Er legte eine Pause ein. »Darf ich mich vorstellen? Ich bin Roger Chatworth.« Er nahm sein Samtbarett ab und verneigte sich tief vor ihr.

»Und ich, Sir, bin Alicia MacArran, Gefangene der Engländer und seit kurzem eine verschmähte Braut.«

»Lady Alicia, wollt Ihr mit mir im Garten spazierengehen? Vielleicht kann die Sonne ein wenig die Schmach vertreiben, die Stephen Euch zufügte.«

Sie drehte sich um und folgte ihm nach draußen. In Begleitung dieses Engländers war sie wohl wenigstens vor den rüden Späßen der Wachen sicher. »Ihr sprecht von diesem Ascott, als seid Ihr persönlich mit ihm bekannt.«

»Ihr habt ihn nie gesehen, Mylady?«

Alicia wandte sich ihm heftig zu. »Seit wann erwiese mir Euer König die Höflichkeit, mir meinen Ehemann aussuchen zu dürfen? Mein Vater achtete mich immerhin so hoch, daß er mir die Führung seines Klans übertrug. Aber Euer König hält mich für so dumm, daß ich nicht einmal meinen Gatten wählen darf. Nein, ich habe diesen Stephen Ascott nie gesehen. Mir wurde eines Morgens bedeutet, ich habe ihn zu heiraten, doch bisher hat mein Bräutigam es nicht für nötig gehalten, von meiner Existenz Kenntnis zu nehmen.«

Roger betrachtete sie mit einer hochgezogenen Augenbraue. Im Zorn funkelten ihre Augen wie blaue Diamanten. »Ich bin überzeugt, es gibt eine Entschuldigung für sein Säumen.«

»Vielleicht besteht sie darin, uns zu zeigen, wer der Herr im Haus ist. Meine Schotten sollen erst lernen, vor ihm zu kuschen.«

Roger schwieg eine Weile, als überlegte er erst seine Worte: »Es gibt Leute, die meinen, die Ascotts seien arrogant.«

»Ihr sagtet, Ihr seid persönlich mit ihm bekannt. Was ist er für ein Mann? Ich weiß nicht einmal, ob er klein ist oder groß, jung oder alt.«

Roger zuckte mit den Schultern, als wäre er mit seinen Gedanken woanders. »Er ist ein gewöhnlicher Mann.« Er schien zu zaudern, ehe er fortfuhr: »Lady Alicia, würdet Ihr mir die

Ehre erweisen, morgen mit mir auszureiten? Wir könnten an dem Fluß, der das Land von Sir Thomas durchquert, ein Mahl im Freien einnehmen.«

»Fürchtet Ihr nicht, daß ich das Mahl dazu benützte, Euch zu ermorden? Seit einem Monat wurde mir nicht mehr gestattet, über den Rand dieses Gartens hinauszugehen.«

Er lächelte sie an. »Es ist mir ein Bedürfnis, Euch zu beweisen, daß es auch Engländer gibt, zu deren Lebensart es nicht gehört, eine Frau an ihrem Hochzeitstag sitzenzulassen.«

Alicia erstarrte, als sie wieder an die Demütigung erinnert wurde, die Stephen Ascott ihr zugfügt hatte. »Ich würde gern mit Euch ausreiten.«

Roger Chatworth lächelte und nickte einem Mann zu, der ihnen auf dem Weg durch den Garten begegnete. In seinem Kopf arbeitete es.

Drei Stunden später kehrte Roger in sein Gemach im Ostflügel des Herrenhauses zurück. Er war vor drei Wochen zu Sir Thomas gekommen, um mit ihm über die Aushebung junger Rekruten zu verhandeln. Doch Sir Thomas war zu sehr mit den Angelegenheiten der schottischen Erbin beschäftigt, so daß Roger sein Anliegen noch nicht vorbringen konnte. Nun fing er an zu glauben, das Schicksal habe es so gefügt.

Er trat gegen den Schemel, auf dem sein Page schlief. »Ich habe einen Auftrag für dich«, sagte er, während sich der Page erschrocken die Augen rieb. »Hier lungert irgendwo ein alter Schotte herum, der Angus heißt. Du wirst ihn vermutlich dort finden, wo er etwas zu trinken findet, ohne bezahlen zu müssen. Bring ihn hierher. Und dazu ein halbes Oxhoft voll Ale. Hast du mich verstanden?«

»Ja, Mylord«, sagte der Page unterwürfig und ging rückwärts zur Tür hinaus.

Als Angus sich zur Stelle meldete, war er bereits halb betrunken. Er war für Sir Thomas eine Art Faktotum, tat jedoch wenig, außer zu trinken. Sein strähniges, schmutziges Haar trug er nach Schottenart lang und offen. Es reichte ihm bis über die Schultern. Bekleidet war er mit einem langen Hemd, das über den Hüften gegurtet war. Knie und Beine blieben unbedeckt.

Roger musterte den barbarischen Aufzug des Mannes mit einem kurzen, verächtlichen Blick.

»Ihr verlangtet nach mir, Mylord?« fragte Angus. Seine Stimme klang wie eine Schabeeisen. Sein Blick folgte dem kleinen Faß Bier, das der Page ins Zimmer trug.

Chatworth schickte den Pagen hinaus, füllte sich einen Becher mit Bier und forderte Angus auf, sich ebenfalls zu bedienen. Als der vor Schmutz starrende Schotte auf dem Schemel Platz genommen hatte, begann Roger: »Ich möchte etwas über Schottland wissen.«

Angus hob die buschigen Brauen. »Ihr meint, wo das Gold versteckt ist? Wir sind ein armes Land, Mylord. Wir . . .«

»Ich möchte keine Predigten hören. Lügen kannst du anderen Lords erzählen. Du sollst mir sagen, was ein Mann, der die Chefin eines Klans heiratet, wissen muß.«

Angus starrte ihn eine Weile an, ehe er seinen Mund hinter seinem Bierkrug versteckte. »Ein *eponymus*, äh?« murmelte er auf gälisch. »Es ist nicht so einfach, von den Mitgliedern eines Klans akzeptiert zu werden.«

Roger durchquerte mit zwei langen Schritten das Gemach und nahm dem Schotten den Becher fort. »Ich habe dich nicht nach deiner Meinung gefragt. Willst du meine Fragen beantworten oder die Treppe hinunterfliegen?«

Angus blickte sehnsüchtig auf den Becher, den ihm der Engländer weggenommen hatte.

»Ihr müßt ein MacArran werden.« Er sah zu Roger hoch. »Ihr wollt doch, daß ich von diesem Klan spreche, nicht?«

Roger nickte kurz.

»Ihr müßt den Namen des Klanchefs annehmen, oder die Männer werden Euch nie als einen der Ihren betrachten. Ihr müßte Euch wie ein Schotte kleiden, oder die Männer lachen Euch aus. Ihr müßt die Schotten und das Land lieben.«

Roger hielt den Becher etwas tiefer. »Und wie steht es mit der Frau? Was muß ich tun, um sie zu besitzen?«

«Alicia denkt nur an das Wohl ihrer Leute. Sie hätte sich eher umgebracht, als einen Engländer zu heiraten; doch sie weiß, daß sie damit einen Stammeskrieg heraufbeschwören würde. Wenn Ihr die Frau davon überzeugt, daß Ihr es gut meint mit ihren Leuten, habt Ihr sie gewonnen.«

Roger gab dem Mann den Becher zurück. »Ich will noch mehr wissen. Was ist das, ein Klan? Warum wurde eine Frau zu seiner Chefin ernannt? Wer sind die Feinde dieses Klans?«

»Reden macht durstig.«

»Du kannst trinken, soviel du vertragen kannst, wenn du fortfährst, meine Fragen zu beantworten.«

Morag half Alicia in ihr weiches braunes Samtkleid, während sie immer wieder mit düsterer Stimme vor Engländern warnte, die ihr Geschenke machten.

»Ich will doch nur mit ihm ausreiten«, sagte Alicia halsstarrig.

»Aye, und was für eine bescheidene Gegengabe erwartet dieser Chatworth von Euch? Er weiß doch, daß Ihr einen anderen Mann heiraten sollt.«

»Wirklich?« erwiderte Alicia schroff. »Und wo ist mein Bräutigam? Soll ich noch einen Tag in meinem Hochzeitskleid am Fenster sitzen und auf ihn warten?«

»Das wäre immer noch besser, als hinter einem heißblütigen jungen Grafen herzulaufen.«

»Ein Graf? Roger Chatworth ist ein englischer Graf?«

Morag verweigerte ihr die Antwort, zog die Falten am Rücken glatt und schob Alicia aus dem Zimmer.

»Die Rosen sind wieder auf Euren Wangen erblüht!« begrüßte Roger sie lächelnd.

Sie gab das Lächeln zurück, und sogleich bekamen Mund und Augen eine weichere, fraulichere Note. Sie trieb ihr Pferd zu einer schnelleren Gangart an. Rab blieb ihr mit langen, weiten Sprüngen zur Seite.

Roger sah sich kurz nach den Männern um, die zu seiner Begleitung gehörten. Drei gehörten zu seinem persönlichen Schutz, zwei waren Knappen, und dahinter kam das Packpferd mit den Speisen und dem Tafelgerät. Er sah wieder nach vorn und runzelte die Stirn, als sie ihr Pferd noch mehr anspornte. Sie war eine vorzügliche Reiterin, und zweifellos steckte der Wald voller Klansmänner, die nur darauf warteten, ihr zur Flucht zu verhelfen.

Er warf den Arm in die Höhe und gab seinen Männern damit das Zeichen, zu ihm aufzuschließen.

Alicia trieb ihr Pferd an, bis es förmlich über den Boden dahinflog. Der Wind in ihren Haaren, das Gefühl der Freiheit, waren wie eine Erlösung für sie. Als sie den Fluß erreichte, lief das Tier im gestreckten Galopp, und sie wußte nicht, ob das Pferd schon einmal gesprungen war. Doch sie trieb es noch weiter an, auch wenn sie sich damit in Lebensgefahr brachte, und das Tier flog über das Wasser hinweg, als habe es Flügel. Am anderen Ufer zügelte sie ihr Pferd und sah sich um.

Roger näherte sich mit seinen Männern dem Fluß.

»Lady Alicia«, rief Roger, »seid Ihr wohlauf?«

»Natürlich«, lachte sie und lenkte ihr Pferd zu der Stelle zurück, wo Roger auf sie wartete. Sie klopfte dem Pferd anerkennend den Hals. »Ein gutes Tier«, lobte sie. »Es hat die Hürde tapfer genommen.«

Roger schwang sich von seinem Pferd herunter und trat zu ihr. »Ihr habt mir einen tüchtigen Schrecken eingejagt. Ihr hättet Euch dabei das Genick brechen können.«

Sie lachte glücklich. »Eine Schottin bricht sich nicht so leicht den Hals, wenn sie auf einem Pferd sitzt.«

Roger streckte die Arme in die Höhe, um ihr vom Pferd herunterzuhelfen.

Da sprang Rab plötzlich zwischen die beiden, entblößte seine scharfen Reißzähne und ließ ein tiefes Knurren hören. Roger wich instinktiv vor dem Hund zurück.

»Rab!« Der Hund gehorchte seiner Herrin sofort, wich ein Stück zur Seite, behielt aber Roger immer wachsam im Auge. »Er wollte mich beschützen«, sagte Alicia. »Er mag nicht, daß mich jemand anfaßt.«

»Ich werde mir das für die Zukunft merken«, sagte Roger,

während er Alicia vorsichtig beim Absteigen half. Dann schnalzte er mit den Fingern, und seine Pagen trugen zwei mit rotem Samt gepolsterte Sessel herbei. »Bitte, Mylady«, sagte Roger einladend.

Sie bestaunte die Sessel, die mitten im Wald aufgestellt wurden. Das Gras unter ihren Füßen war wie ein Teppich aus Samt, und einer der Männer aus Rogers Gefolge trat vor und spielte auf einer Laute. Sie schloß einen Moment die Augen.

»Habt Ihr Heimweh, Mylady?« fragte Roger.

Sie seufzte. »Was wißt Ihr schon, wie es einem Schotten zumute ist, der sich nach seiner Heimat sehnt. Dazu müßtet Ihr im Hochland geboren sein.«

»Mein Großmutter war Schottin. Vielleicht gibt mir das eine gewisse Berechtigung, Euch diese Frage zu stellen.«

Ihr Kopf ruckte in die Höhe.

»Ihre Großmutter? Wie war ihr Name?«

»Sie war eine MacPherson von MacAlpine.«

Alicia lächelte. Es tat ihr wohl, wenigstens ihr vertraute schottische Namen zu hören. »MacAlpine. Das ist ein guter Klan.«

»Ja, ich verbrachte viele Abende auf ihren Knien, während sie mir Geschichten aus Schottland erzählte.«

»Und was für Geschichten hat sie Euch erzählt?« fragte Alicia vorsichtig.

»Sie war mit einem Engländer verheiratet und verglich oft die Sitten und Gebräuche beider Länder. Sie sagte, die Schotten seien gastfreundlicher und schickten die Frauen nicht in ein anderes Zimmer, weil sie zu dumm seien für Männersachen, wie das die Engländer tun. Bei den Schotten seien Männer und Frauen gleichberechtigt.«

»Ja«, sagte Alicia ruhig, »das stimmt. Mein Vater ernannte mich zum Chef.« Sie hielt kurz inne. »Wie behandelte Euer Großvater seine schottische Frau?«

Roger lachte, als erinnerte er sich an einen Scherz aus seiner Kindheit. »Mein Großvater lebte eine Weile in Schottland. Er wußte, daß meine Großmutter eine kluge Frau war. Er entschied nichts, ohne sie erst um ihren Rat zu fragen.«

»Und Ihr habt eine Zeit bei Euren Großeltern gelebt?«

»Fast mein ganzes Leben verbrachte ich bei ihnen. Meine Eltern starben, als ich noch ganz klein war.«

»Und was haltet Ihr heute von dieser englischen Art, eine Frau zu behandeln? Inzwischen habt Ihr sicher gelernt, daß Frauen nur für das Bett taugen und zum Gebären von Kindern.«

Roger lachte hell auf. »Eine Auffassung, für die der Geist meiner Großmutter aus ihrem Grab steigen und mich ohrfeigen würde.« Nüchterner fuhr er fort: »Sie wollte mich mit der Tochter einer Base verheiraten; doch das Kind starb schon vor dem für die Hochzeit bestimmten Termin. Ich wuchs mit dem Namen MacAlpin auf.«

»Wie?« rief sie betroffen.

Roger sah sie verwundert an. »Es stand im Heiratsvertrag, daß ich ein MacAlpin zu sein habe, um ihrem Klan willkommen zu sein.«

»Und habt Ihr Euch dem gefügt? Ich sagte zu Sir Thomas, daß mein Mann ein MacArran werden müsse, doch er meinte, das sei unmöglich; kein Engländer würde seinen guten alten Namen aufgeben, um einen barbarischen schottischen dafür einzutauschen.«

Rogers Augen blitzten wütend auf. »Sie verstehen das nicht! Verdammnis den Engländern! Sie glauben, nur ihre Lebensart wäre die richtige. Sogar die Franzosen . . .«

»Die Franzosen sind unsere Freunde«, unterbrach ihn Alicia. »Sie verwüsten nicht unsere Felder oder stehlen unsere Rinder, wie das die Engländer tun.«

»Rinder«, sagte Roger lächelnd. »Das ist auch so ein Thema. Züchten die MacGregors immer noch so fette Ochsen?«

Alicia holte tief und heftig Luft. »Klan MacGregor ist unser Feind.«

»Zugegeben«, fuhr er lächelnd fort, »und trotzdem ist das Roastbeef von einem MacGregor-Rind saftiger als jedes andere. So empfand ich es. Seid Ihr anderer Meinung?«

Sie konnte ihn nur stumm anstarren. Die MacGregors waren seit Jahrhunderten ihre Feinde.

»Natürlich kann sich manches geändert haben, seit meine

Großmutter als Hochland-Braut nach England kam. Damals war der Lieblingssport junger Männer eine Rinderjagd in mondhellen Nächten.«

Alicia lächelte wieder. »Daran hat sich nichts geändert.«

Roger drehte sich um und schnalzte mit den Fingern. »Wollt Ihr jetzt eine kleine Stärkung zu Euch nehmen? Der Küchenchef von Sir Thomas, ein Franzose, hat uns ein wahres Festmahl vorbereitet.«

Sie konnte nur noch staunend den Kopf schütteln. Zum erstenmal in ihrem Leben war sie einem Engländer begegnet, der bereit war, sich mit den Gepflogenheiten ihrer Heimat auseinanderzusetzen und die Sitten und Gebräuche der Schotten zu verstehen. Sie nahm ein Stück Pastete zur Hand, das in Form einer Rose auf einem Blatt aus Blätterteig ruhte. Dieser Tag war eine Offenbarung für sie.

»Sagt mir, Lord Roger, was haltet Ihr von unserem Klansystem!«

Roger wischte Kuchenkrümmel von seinem Wams aus Goldbrokat. Er war gut präpariert auf ihre Fragen.

Alicia stand wieder in dem Zimmer, in dem sie einen Monat lang viel zuviel Zeit verbracht hatte.

»Er ist nicht so wie die anderen Männer«, sagte sie zu Morag. »Er beherrscht sogar ein paar gälische Worte.«

Morag verzog ihr dunkles, verrunzeltes Gesicht: »Ihr gingt heute morgen mit einem Haß auf alle Engländer von mir weg, und kommt zurück, um mir das Loblied auf einen Engländer vorzusingen.« Ihre Augen glichen schwarzen Nadeln, die man in eine Walnußschale gesteckt hatte. »Jeder kann sich ein paar gälische Brocken einprägen. Selbst die Leute im Tiefland beherrschen die gälische Sprache.« Das war Morags schlimmster Vorwurf für einen Mann. Für sie waren die Bewohner des Tieflands schottische Verräter, mehr Engländer als Landsleute. »Was hat dieser Mann getan, um dich zu behexen? Er hat von seiner schottischen Großmutter berichtet! Und daß er König Heinrich bitten wolle, die Überfälle auf die Schotten einzustellen. Worte, nichts als Worte!«

Alicia ließ sich schwerfällig auf einer Fensterbank nieder.

»Verstehst du denn nicht, daß ich nur das Beste für mein Volk will? Wenn ich schon gezwungen werde, einen Engländer zu heiraten, warum nicht einen, der fast ein Schotte ist und auch so denkt?«

»Ihr habt keine Wahl in dieser Sache«, sagte Morag wütend. »Der Gatte ist Euch vorgeschrieben! Und seht Ihr nicht, was für eine kostbare Beute Ihr für einen Mann bedeutet? Junge Leute würden das Blaue vom Himmel herunterlügen, damit sie einer hübschen Frau unter die Röcke kommen könnten. Und wenn diese Röcke auch noch mit Perlen bestickt sind, bringen sie sich dafür fast um.«

»Willst du damit sagen, daß er mich belügt?«

»Woher soll ich das wissen? Ich habe diesen Mann eben erst gesehen. Aber Stephen Ascott habe ich noch nicht gesehen. Vielleicht hat er eine schottische Mutter. Vielleicht kommt er mit einem Tartan über der Schulter und einem Dolch im Gürtel. Wer weiß?«

»So viel kann ich mir nicht erhoffen«, sagte Alicia seufzend. »Nicht einer unter tausend Engländern würde meinen Klan so gut verstehen wie Roger Chatworth.« Sie erhob sich von der Bank. »Aber du hast recht. Ich will Geduld haben. Vielleicht ist dieser Ascott einmalig – ein Mann, der an die Schotten glaubt.«

»Hoffentlich erwartet Ihr jetzt nicht zuviel«, sagte Morag. »Hoffentlich hat Chatworth Eure Hoffnungen nicht zu hoch getrieben.«

2. Kapitel

Stephen war den ganzen Tag und auch noch die halbe Nacht hindurch scharf geritten, ehe er nun, nur von seiner persönlichen Wache begleitet, in Sir Thomas Crichtons Haus an der Grenze ankam. Seinen Troß und sein Gefolge hatte er weit hinter sich gelassen. Vor ein paar Stunden waren sie von einem Unwetter überrascht worden, und der Fluß, an dem sie entlangritten, war über seine Ufer getreten. Sie waren durch den Schlamm geritten und bis zum Gürtel mit Kot bespritzt, als sie im Vorhof des Herrenhauses abstiegen. Ein Ast hatte Stephen über einem Auge ins Gesicht getroffen, und das gestockte Blut gab seinen Zügen ein geschwollenes, entstelltes Aussehen. Stephen warf seinem erschöpften Knappen den Zügel zu und trat unter einen Torbogen, damit sich seine Augen erst an das Licht gewöhnten. Das Herrenhaus war von unzähligen Kerzen erleuchtet, und aus den Fenstern kam eine süße Musik.

»Stephen!« rief Sir Thomas, der über den Hof gehumpelt kam. »Wir haben uns deinetwegen so große Sorgen gemacht! Gleich morgen früh, wollte ich einen Suchtrupp nach dir ausschicken.«

Ein Mann kam nun hinter dem hochbetagten und gichtgeplagten Ritter aus dem Tor. »Das ist also der verlorengegangene Bräutigam«, sagte er lächelnd, während er Stephen von Kopf bis Fuß betrachtete, der mit zerrissenem Wams und schmutzigen Beinkleidern vor ihm stand. »Nicht jeder war so besorgt wie Ihr, Thomas.«

»Nein», sagte ein anderer lachend, »der junge Chatworth scheint den Bräutigam ausgezeichnet vertreten zu haben.«

Sir Thomas legte Stephen die Hand auf die Schulter und lenkte ihn zu einem Zimmer neben der Halle. »Komm hier herein, Junge. Wir müssen erst etwas miteinander besprechen.« Es war ein großer, wenn auch nur mager möblierter Raum, dessen Wände mit Eichenholz getäfelt waren. Unter dem mit Faltenwerkmustern beschnitzten Wandfächern hing ein Brett, auf dem eine Reihe von Büchern standen. Darunter ein langer Tisch auf Holzböcken, und davor vier Stühle, die dem Kamin zugekehrt waren, in dem ein helles Feuer loderte. »Was war das eben, was ich von dem jungen Chatworth hörte?« fragte Stephen, während er sich dem Kamin zudrehte.

»Setz dich erst einmal. Du siehst müde aus. Möchtest du etwas zu essen haben? Wein?«

Stephen warf das Sitzpolster von einem der Walnußstühle und ließ sich dankbar darauf fallen. Er nahm den Becher Wein, den ihm Sir Thomas reichte. »Ich bitte für meine Verspätung um Entschuldigung. Meine Schwägerin stürzte eine Treppe hinunter und verlor ihr Baby. Fast wäre sie uns unter den Händen gestorben. Ich fürchte, daß mir darüber das Datum meiner Hochzeit entfallen ist. Ich erinnerte mich erst wieder daran, als ich ihn bereits drei Tage überschritten hatte. Ich ritt so schnell ich konnte, um mich bei Euch einzufinden, Sir Thomas.« Er klaubte ein Stück Lehm von seinem Kragen und warf es in den Kamin.

»Daß du schnell geritten bist, sieht man dir an«, sagte Sir Thomas. »Hätte mir nicht mein Turmwächter gemeldet, daß das Leopardenbanner der Ascotts sich auf dem Fahrweg näherte, hätte ich dich nicht wiedererkannt. Ist diese Wunde über deinem Auge so schlimm, wie sie aussieht?«

Geistesabwesend tastete Stephen über die Stelle und sagte: »Nur gestocktes Blut. Ich ritt so schnell, daß ich keine Zeit fand, jedesmal den Kopf einzuziehen.«

Sir Thomas lachte und nahm auf einem der gepolsterten Stühle Platz. »Es tut gut, dich wiederzusehen, mein Junge. Wie geht es deinen Brüdern?«

»Gavin heiratete Robert Revedounes Tochter.«

»Eine Revedoune? Da steckt viel Geld dahinter.«

Stephen lächelte und dachte, daß Gavin an seiner Frau die Eigenschaft, daß sie auch Geld besaß, bestimmt am wenigsten schätzte. »Raine redet immer noch von seinen verrückten Reformen der Leibeigenschaft.«

»Und Miles?«

Stephen leerte den Weinbecher. »Miles bescherte uns wieder einmal einen Bastard in der vergangenen Woche. Inzwischen sind es drei oder vier. Wenn er ein Hengst wäre, hätte er uns schon viel Geld gebracht.«

Sir Thomas lachte und füllte beide Silberbecher nach.

Stephen sah zu dem alten Mann hoch, der mit ihm anstieß. Sir Thomas war ein Freund seines Vaters gewesen, der den Jungen Spielzeug von seinen vielen Reisen ins Ausland mitbrachte. Er war vor sechsundzwanzig Jahren sein Taufpate geworden. »Und nun«, sagte Stephen gedehnt, »könntet Ihr mir vielleicht verraten, was Ihr bisher nicht sagen wolltet.«

Sir Thomas lachte glucksend. »Du kennst mich zu gut, mein Junge. Eigentlich ist es gar nichts – nur etwas unangenehm. Nichts Ernstliches. Roger Chatworth hat sehr viel Zeit in der Gesellschaft deiner Braut verbracht. Das ist alles.«

Langsam erhob sich Stephen von seinem Stuhl und ging zum Kamin. Lehmklumpen lösten sich bei jedem Schritt von seinen Kleidern und kollerten zu Boden. Sir Thomas konnte nicht ahnen, was der Name Chatworth für Stephen bedeutete. Alice Valence war jahrelang die Mätresse seines Bruders gewesen. Ein paarmal hatte er um ihre Hand angehalten; doch sie gab ihm einen Korb und zog den Ehestand mit dem reichen Edmund Chatworth vor. Kurz nach der Heirat wurde Edmund ermordet, und Alice tauchte wieder in Gavins Leben auf. Sie war ein heimtückisches Biest, hatte Gavin ein Pulver unter den Wein gemischt und sich dann neben den trunkenen schon ganz benommenen Gavin ins Bett gelegt. Sie ließ Judith davon wissen, und Judith hatte die beiden im Ehebett erwischt. Und so war es dann zum Sturz von der Treppe gekommen, der Judith das Baby und um ein Haar das eigene Leben kostete.

Roger Chatworth war Alicens Schwager, und schon der Name genügte daß Stephen mit den Zähnen knirschte.

»Da muß mehr dahinterstecken«, sagte Stephen schließlich.

»Alicia ließ gestern abend durchblicken, daß ihr möglicherweise Roger als Ehemann besser gefiel als einer, der so . . . so wenig galant ist.«

Stephen lächelte und kehrte zu seinem Stuhl zurück. »Und wie beträgt sich Roger inzwischen?«

»Er reitet jeden Morgen mit ihr aus, geleitet sie abends zur Tafel und geht mit ihr im Garten spazieren.«

Stephen leerte den letzten Tropfen Wein aus seinem Becher. »Es ist allgemein bekannt, daß die Chatworths eine geldgierige Bande sind; doch daß sie so weit gehen würden, hätte ich nicht geglaubt. Er muß geldgierig sein, wenn er sogar ihre Gesellschaft erträgt.«

»Erträgt?« wiederholte Sir Thomas überrascht.

»Ihr braucht bei mir mit der Wahrheit nicht hinter dem Berg zu halten, Sir Thomas. Ich hörte, daß sie vier Männer niederschlug, als sie von unseren Leuten umringt war. Und was noch schlimmer ist – ihr Vater hielt sie für Manns genug, sein Nachfolger zu werden. Fast tut er mir leid, der arme Roger. Es geschähe ihm recht, wenn ich ihm diese häßliche Frau abträte.«

Sir Thomas richtete sich mit offenem Mund in seinem Stuhl auf. Dann trat ein leises Zwinkern in seine Augen. »Häßlich – so.« Er kicherte in sich hinein.

»Was könnte sie sonst sein? Vergeßt nicht, daß ich eine geraume Zeit in Schottland verbracht habe. Ein wilderes, barbarischeres Völkchen ist mir nirgendwo mehr begegnet. Aber was konnte ich gegen König Heinrichs Anordnung machen? Er glaubte, er belohnte mich damit. Wenn ich Roger nun den Vortritt ließe und ihm die Braut abtrete, ist er für immer in meiner Schuld. Dann könnte ich eine süße, hübsche kleine Frau heiraten, die sich nicht meine Rüstung ausleihen will. Ja«, endete er lächelnd, »ich glaube, genau das werde ich tun.«

»Ich kann dir da nur recht geben«, sagte Sir Thomas. »Alicia ist eine wahrhaft scheußliche Frau. Ich bin überzeugt, Roger hat es nur auf ihr Land abgesehen. Aber warum lernst du sie nicht wenigstens kennen, damit du König Heinrichs Wunsch mit Anstand ausschlagen kannst? Ich bin sicher, ein Blick von ihr auf dein zugeklebtes Auge und deinen schmutzigen Anzug, und sie wird sich weigern, dich zu heiraten.«

»Ja.« Stephen grinste, und seine weißen Zähne ließen sein Gesicht im Kontrast dazu noch schmutziger erscheinen. »Dann können die Dame und ich schon morgen früh Roger unsere Entscheidung mitteilen, und ich darf wieder heimreiten. Jawohl, Sir Thomas, ich halte Euren Vorschlag für eine großartige Idee.«

Mit einem Funkeln in den Augen, das ihn zwanzig Jahre jünger machte, sagte Sir Thomas: »Du zeigst einen für dein Alter ungewöhnlich reifen Verstand. Warte hier, und ich werde sie über die Hintertreppe hierherbringen lassen.«

Stephen pfiff leise vor sich hin. »Über die Hintertreppe. Soso. Sie muß noch schlimmer sein, als ich sie mir vorstellte.«

»Wart es ab, mein Junge, wart es ab«, beschied ihm Sir Thomas, als er den Raum verließ.

Alicia saß bis zum Kinn im dampfend heißen Wasser. Mit geschlossenen Augen träumte sie im Zuber von ihrer Heimkehr. Roger würde sie begleiten, und gemeinsam wollten sie den Klan führen. Diese Vorstellung hatte sich in den letzten Tagen immer mehr verfestigt. Roger war ein Engländer, den sie berechnen konnte. Und sein Verständnis für Schotten nahm von Tag zu Tag zu.

Als Morag durch die Tür hereinschoß, öffnete sie die Augen. »Er ist da«, verkündete die Alte.

»Wer ist da?« erkundigte sich Alicia, obwohl sie genau wußte, wen Morag damit meinte.

Morag gab ihr darauf keine Antwort. »Noch redet er mit Sir Thomas, doch gewißlich wird er Euch in wenigen Minuten zu sehen wünschen, also steigt aus dem Wasser und kleidet Euch an. Ihr könntet das Blaue anziehen.«

Alicia lehnte den Kopf gegen den Zuber. »Ich bin noch nicht fertig mit meinem Bad und habe keine Lust, mich ihm zu zeigen, nur weil er geruhte, hier zu erscheinen. Er ließ mich vier Tage warten, und so mag er sich noch einen Tag länger gedulden.«

»Ihr seid kindisch und wißt das auch. Der Stalljunge sagt, er habe sein Pferd fast zu Tode geritten. Daran seht Ihr, wie sehr es ihn drängte, hierherzukommen.«

»Vielleicht behandelt er nur seine Pferde schlecht.«

»Ihr seid mir auch nicht zu groß für eine Ermunterung mit der Reitgerte! Also steigt aus dem Zuber, oder ich schütte Euch einen Eimer mit kaltem Wasser über den Kopf.«

Ehe Morag zur Tat schreiten konnte, tat sich plötzlich die Tür auf, und zwei Wächter standen im Zimmer.

»Was fällt euch ein!« rief Alicia und rutschte noch tiefer ins Wasser.

Sogleich erhob sich Rab von seinem Platz vor dem Zuber, bereit, sich auf die Wachen zu stürzen.

Die Männer konten höchstens einen Blick auf Alicia werfen, ehe sie von einer hundertzwanzig Pfund schweren, mit Reißzähnen bewehrten Hundemasse von den Beinen gerissen wurden.

Morag griff nach einem dünnen Leinenhemd und warf es ihrer Herrin zu. Sie stand im Zuber und streifte es hastig über. Und als sie aus dem Wasser stieg, kam noch der Tartan hinzu, der ihre Gestalt mit einer Decke verhüllte.

»Still, Rab!« befahl Alicia. Der Hund ließ sofort von den Männern ab und kam an ihre Seite.

Die Wächter rappelten sich vom Boden auf und befühlten Schultern und Handgelenke, die mit den Hundezähnen Bekanntschaft gemacht hatten. Sie wußten nicht, daß der Hund nur tötete, wenn seine Herrin ihn dazu ermächtigte. Solange er seine Herrin nur verteidigte, fügte er keinen bleibenden Schaden zu. Die Männer hatten gesehen, wie der Zuber in Alicias Zimmer getragen wurde, und auch das Planschen gehört. Sie mißbrauchten Sir Thomas' Befehl, um sich an ihrer Nacktheit zu weiden. Nun war sie von Kopf bis Zehen in einen karierten Schottenstoff gehüllt. Nur ihr Gesicht war noch zu sehen, das sich zu einem spöttischen Lachen verzog.

»Was wollt ihr?« fragte sie.

»Ihr sollt zu Sir Thomas kommen. Er erwartet Euch in seinem Arbeitszimmer«, sagte einer der Wächter mürrisch. »Und wenn Ihr noch einmal den Hund auf uns hetzt . . .«

Sie schnitt ihm das Wort ab: »Wenn ihr noch einmal mein Zimmer betretet, ohne vorher anzuklopfen, gebe ich Rab Befehl, euch an die Gurgel zu springen. Und nun führt mich zu Sir Thomas.«

Sie sahen von Alicia zu dem Wolfshund und drehten ihm dann vorsichtig den Rücken zu. Alicia folgte den Wachen hocherhobenen Hauptes die Treppe hinunter. Sie hütete sich, den Männern zu zeigen, wie wütend sie auf Stephen Ascott war, der vier Tage zu seiner Hochzeit zu spät kam, um sie dann wie eine Leibeigene vor sein Angesicht schleifen zu lassen.

Als Alicia in die Bibliothek kam, wanderte ihr Blick von Sir Thomas zu dem Mann, der vor dem Kamin stand. Er war groß, doch zugleich unbeschreiblich schmutzig. Die eine Hälfte seines Gesichts schien geschwollen zu sein, und sie fragte sich, ob das ein bleibendes Gebrechen war. Sonst vermochte sie nicht viel von seinem Gesicht zu erkennen.

Mit einemmal sah einer der Wächter eine Gelegenheit, sich an Alicia für den rüden Hundespaß zu rächen. Er trat auf den Saum des Schottenplaids und stieß sie nach vorn. Sie taumelte, und das Plaid entglitt ihren Schultern.

»Du!« rief Sir Thomas mit donnernder Stimme, »wie kannst du dir diese Unverschämtheit gegenüber einer Lady erlauben! Wenn du morgen früh noch im Umkreis von fünfzig Meilen angetroffen werden solltest, wirst du baumeln!«

Beide Wächter machten kehrt und verließen rasch den Raum. Sir Thomas bückte sich, um das Plaid aufzuheben.

Alicia, die auf die Knie gefallen war, kam rasch wieder zur Besinnung. Sie stand auf, und da das nasse Hemd ihr am Leib klebte und nichts verbarg, versuchte sie mit den Händen das Wichtigste zu bedecken, bis sie auf Stephen aufmerksam wurde. Er lehnte nicht mehr unbeteiligt an der Kaminwand, sondern starrte sie selbstvergessen mit offenem Mund an. Seine Augen zeigten weiße Ränder und drohten ihm jeden Moment aus dem Gesicht zu fallen. Sie kräuselte verächtlich die Lippen, doch er schien es nicht zu bemerken. Er war viel zu sehr damit beschäftigt, sich anzusehen, was sich unterhalb ihres Halses befand. Da preßte sie ihre Arme seitlich gegen den Körper und funkelte ihn an.

Sir Thomas schien mit seinen gichtigen Händen Mühe zu haben, den Tartan aufzuheben und ihr über die Schultern zu breiten. Jedenfalls zog sich die Sache hin, bis sie endlich ihren Leib wieder in dicke Wolle hüllen konnte.

»Nun, Stephen, willst du nicht deine Braut begrüßen?«

Stephen blinzelte ein paarmal, bis er aus seiner Erstarrung erwachte. Er ging langsam auf sie zu. Sie mußte den Kopf etwas höher heben, um ihm in die Augen sehen zu können, obwohl sie wahrhaftig keine kleine Frau war. Im flackernden Licht der Kerzen wirkte sein Gesicht mit dem gestockten Blut und den Lehmfladen auf den Wangen geradezu gespenstisch.

Er hob eine Haarlocke von ihrer Brust und befühlte sie mit den Fingerspitzen. »Habt Ihr Euch auch nicht täuschen lassen, Sir Thomas?« fragte er leise, während seine Augen die ihren nicht einen Moment losließen. »Ihr wißt, daß das die Chefin des Klans MacArran ist?«

Alicia wich einen Schritt vor ihm zurück. »Ich habe selbst eine Zunge und einen Verstand! Ihr braucht nicht so zu tun, als wäre ich gar nicht im Zimmer! Ich bin die MacArran von MacArran und habe geschworen, alle Engländer zu hassen! Besonders jene, die meinen Klan und mich beleidigen, indem sie zu spät und dazu noch ungewaschen vor mir erscheinen.« Sie wandte sich Sir Thomas zu. »Ich fühle mich nicht mehr in der Lage, noch länger hier zu verweilen. Ich bin sehr müde. Wenn Ihr also Eurer armen Gefangenen erlauben würdet, sich wieder zurückzuziehen, wäre ich Euch für Eure Großzügigkeit dankbar.«

Sir Thomas runzelte die Stirn. »Stephen ist jetzt Euer Meister.«

Sie wirbelte zu Stephen herum, maß ihn mit einem zornigen Blick und verließ ohne Erlaubnis das Zimmer.

Sir Thomas wandte sich Stephen zu. »Ich fürchte, es gebricht ihr an Manieren. Diese Schotten sollten ihr Weibervolk ein wenig strenger behandeln. Doch wenn du von ihrer scharfen Zunge absiehst – hältst du sie immer noch für häßlich?«

Stephen konnte den Blick nicht von der Tür lösen, durch die sie eben entschwunden war. Visionen suchten ihn heim – das Trugbild eines Körpers, der nur in Träumen existieren konnte. Schwarze Haare über saphirblauen Augen und ein Mund, den zu küssen ihn so sehr verlangte, daß es fast schmerzte. Ihre vollen festen Brüste unter dem nassen Stoff, diese schmale Taille, die gerundeten Hüften, diese verlockenden Schenkel – was für eine Qual!

»Stephen?«

Stephen hätte sich um ein Haar neben seinen Stuhl gesetzt.

»Hätte ich das gewußt«, flüsterte er, »hätte ich nur die leiseste Ahnung davon gehabt, wäre ich schon an dem Tag hier gewesen, als König Heinrich sie mir zur Gattin versprach.«

»Dann gefällt sie dir also?«

Er fuhr sich mit der Hand über die Augen. »Ich muß träumen. Eine Frau, die so aussieht, kann es in Wirklichkeit gar nicht geben! Eine Frau, die die kühnsten Erwartungen eines Mannes noch weit übertrifft – sagt, daß Ihr mich nicht zum Narren haltet! Daß ihr mir an meinem Hochzeitstag nicht mit einer anderen Frau aufwartet – der echten Alicia MacArran!«

»Ich versichere dir, das war die echte Alicia MacArran. Weshalb wohl, glaubst du, lasse ich sie so streng bewachen? Meine Männer sind wie Hunde, die sich jeden Moment ihretwegen zu zerfleischen drohen. Sie erzählen sich den ganzen Tag Geschichten von den verräterischen Schotten, doch in Wahrheit hätte sich jeder großzügig bereitgefunden, dich im Hochzeitsbett bei diesem Mädchen zu vertreten.«

Stephen biß sich auf die Lippen. »Doch Ihr habt Eure Männer von ihr ferngehalten?«

»Das war nicht immer leicht.«

»Und dieser Chatworth? Hat er sich an meine Stelle zu setzen versucht?«

Sir Thomas lachte glucksend. »Mir scheint, du bist eifersüchtig. Warst du nicht eben noch bereit, sie an Roger abzutreten? Nein, Roger hat nicht einen Moment ohne Aufsicht das Mädchen beschwatzen können. Sie ist eine vorzügliche Reiterin, und ohne Begleitung wagt er gar nicht, mit ihr auszureiten, weil er fürchtet, sie würde zu den Schotten durchbrennen.«

Stephen schnaubte verächtlich: »Es ist eher die Angst vor den vielen Feinden des Hauses Chatworth.« Er stand auf. »Ihr hättet sie in ihrem Zimmer unter Verschluß halten sollen, statt ihr zu erlauben, mit Männern auszureiten.«

»Ich bin noch nicht so alt, daß ich beim Anblick so einer Frau nicht weich würde. Sie brauchte mich nur um etwas zu bitten, und ich erlaubte es ihr.«

»Jetzt bin ich für sie verantwortlich. Kann ich wieder das

Zimmer im Südostflügel haben? Könntet Ihr mir ein Bad zubereiten und etwas zu essen aufs Zimmer bringen lassen? Morgen wird sie sich bestimmt nicht mehr von meiner Erscheinung beleidigt fühlen.«

Sir Thomas lächelte. Morgen versprach ein aufregender Tag zu werden.

Alicia stand am Tisch und las mit gerunzelter Stirn die Botschaft, die ihr schon am frühen Morgen überbracht worden war. Sie trug ein pfauenblaues Samtkleid mit geschlitzten Puffärmeln, das mit blaßgrüner Seide unterlegt war.

Sie wandte sich Morag zu. »Er wünscht mich im Garten zu sehen.«

»Mir scheint, in diesem Aufzug könnt Ihr Euch sehen lassen.«

Alicia zerknüllte das Papier in ihrer Hand. Kein Wort der Entschuldigung in diesem Brief – nur ein Befehl, dessen prompte Erfüllung er offenbar von ihr erwartete.

Sie sah die Zofe an, die auf ihre Antwort wartete. »Sage Lord Stephen, daß ich ihn nicht im Garten treffen werde.«

»Ihr werdet nicht, Mylady? Ist Euch nicht wohl?«

»Mir geht es ausgezeichnet. Richte ihm aus, was ich dir eben sagte, und gehe anschließend zu Roger Chatworth, um ihm mitzuteilen, daß ich ihn in zehn Minuten im Garten erwarte.«

Das Mädchen machte große Augen und verließ dann wortlos das Zimmer.

»Es stünde Euch besser an, Frieden mit Eurem Gemahl zu schließen«, sagte Morag. »Ihr gewinnt nichts damit, daß Ihr Euch den Zorn Eures Mannes zuzieht.«

»Mein Mann! Mein Mann! Das ist alles, was ich von dir höre! Noch ist er nicht mit mir vermählt. Soll ich springen, wenn er nach mir pfeift, nachdem er mich als sitzengebliebene Braut zum Gespött dieses Hauses gemacht hat? Er muß begreifen, daß ich mir so etwas nicht bieten lasse! Und er soll spüren, daß ich ihn und seinesgleichen hasse.«

»So? Ist der junge Chatworth etwa kein Engländer?«

Alicia lächelte. »Robert ist nach Geburt und Gesinnung ein

halber Schotte. Und vielleicht könnte ich einen ganzen Schotten aus ihm machen, wenn ich ihn ins Hochland mitnähme. Komm, Rab wir haben eine Verabredung!«

»Guten Morgen, Stephen«, rief Sir Thomas. Es war ein schöner Morgen mit strahlend blauem Himmel, erquickend frisch nach dem Unwetter der vergangenen Nacht. Die Luft war erfüllt von dem Duft der Rosen, die im Garten blühten. »Du siehst entschieden besser aus als heute nacht.«

Stephen trug ein Wams aus brauner Wolle, das seine breiten Schultern und den mächtigen Brustkorb betonte. Seine Beine steckten in einer Strumpfhose, die jeden Muskel an seinen kräftigen Schenkeln nachmodellierte. Seine dunkelblonden Lokkem rahmten ein kräftiges Kinn und blitzende blaue Augen. Er sah ungewöhnlich gut aus.

»Sie weigerte sich, mich zu sehen«, sagte er ohne Umschweife.

»Ich sagte dir doch, daß sie ein widerborstiges Wesen hat.«

Stephen ruckte plötzlich mit dem Kopf zur Seite. Alicia kam auf sie zu. Zunächst bemerkte er gar nicht, daß Roger an ihrer Seite ging. Er hatte nur Augen für diese Frau, die das rabenschwarze Haar offen trug. Es floß ihr in üppigen Wellen über die Schultern, und im Sonnenlicht schimmerte es, als wäre es mit Gold gepudert. Das leuchtende Blau ihrer Augen wiederholte sich im Farbton ihres Kleides. Sie hielt das Kinn so hoch wie heute nacht, als sie ihn mit einem vernichtenden Blick im Schreibzimmer seines Patenonkels stehenließ.

»Guten Morgen«, sagte Roger gleichmütig, als die beiden einen Moment auf dem Gartenweg anhielten.

Alicia begrüßte Sir Thomas mit einem Kopfnicken, und dann verweilte ihr Blick auf Stephen. Sie erkannte ihn nicht wieder. Sie dachte nur, daß sie einem Mann mit solchen Augen noch nie begegnet war. Diese Augen schienen durch sie hindurchzusehen. Es gelang ihr nur mit Mühe, den Blick wieder von ihm abzuwenden und ihren Weg fortzusetzen.

Als Stephen sich genügend erholt hatte, merkte er erst, daß Roger Chatworth der Frau Gesellschaft leistete, die ihm zur

Gattin bestimmt war. Er ließ ein tiefes Fauchen hören und wollte den beiden nachgehen. Doch Sir Thomas hielt ihn am Arm fest. »Nicht jetzt, Junge. Roger wartet ja nur darauf, daß er dich zum Kampf herausfordern kann. Und wenn du mich fragst, ist das auch Alicias Wunsch.«

»Diesen Wunsch kann ich den beiden erfüllen!«

»Stephen, hör mich erst an! Du hast dem Mädchen weh getan. Sie ist eine stolze Frau, stolzer, als es einer Frau eigentlich zustünde. Ihr Vater sorgte dafür, als er sie zur Nachfolgerin bestellte. Laß ihr Zeit. Reite morgen mit ihr aus und rede mit ihr. Sie ist eine intelligente Frau.«

Stephen nahm zögernd die Hand wieder vom Schwertgriff. »Mit ihr reden? Wie kann ich mit einer Frau reden, die so aussieht? Ich konnte heute nacht kaum schlafen, weil sie mich in meinen Träumen verfolgte. Ja, ich werde mit ihr reiten; aber anders, als Ihr Euch das vorstellt!«

»Eure Trauung ist für übermorgen festgesetzt. Laß ihr bis dahin die Unschuld.«

Stephen zuckte mit den Achseln. »Sie gehört mir. Ich kann mit ihr machen, was ich will.«

Sir Thomas schüttelte nur den Kopf über die Anmaßung dieses jungen Mannes. »Komm, schau dir lieber die Falken an, die ich im Gehege habe.«

Während Alicia an Rogers Seite durch den Garten wandelte, sah sie sich nach dem Mann um, der ihr heute nacht im Schreibzimmer vorgestellt worden war. Das einzige fremde Gesicht, das ihr bisher begegnet war, gehörte dem Mann, der sich mit Sir Thomas unterhielt. Die anderen Männer, die ihr mit gewohnter Unverschämtheit nachstarrten und ihre abfälligen Bemerkungen machten, kannte sie bereits seit einem Monat.

Sie sah über die Schulter zurück. Doch der Fremde, dessen Blick sie so merkwürdig berührt hatte, war verschwunden. Sie blinzelte, bis ihre Augen wieder klar waren, und wandte sich dem Mann zu, bei dem sie sich sicherer fühlte – Roger. Seine Augen waren freundlich und in keiner Weise beunruhigend.

»Sagt mir, Lord Roger, was gibt es noch Wissenswertes über

Stephen Ascott zu berichten? Ich meine, abgesehen davon, daß er häßlich ist?«

Roger war sehr verwundert über diese Frage; denn keine Frau, der Stephen bisher vorgestellt worden war, hatte ihn für häßlich gehalten. Chatworth lächelte: »Früher waren die Ascotts ein reiches Geschlecht; doch ihr Hochmut mißfiel dem König, und deshalb nahm er ihnen ihre Güter weg.«

Sie runzelte die Brauen. »Also wollen sie nun durch eine Heirat reich werden.«

»So ist es«, sagte Roger entschieden.

Alicia dachte an die Männer, die mit ihrem Vater gefallen waren. Einen davon hätte sie zum Gatten erwählt und sich mit einem Ehepartner verbunden, den sie liebte und der nicht nur auf ihre Ländereien schielte.

Während Morag mit dem Eimer Wasser aus dem Brunnen schöpfte, ließ sie die Augen nicht von dem jungen Mann, der an der Gartenmauer lehnte. In den letzten Tagen war Morag Alicia nie ganz von der Seite gewichen, obwohl das Mädchen es meistens nicht merkte. Sie mochte weder die Art, wie Alicia sich mit diesem Roger Chatworth offen zur Schau stellte, noch diesen Chatworth, der eine Frau hofierte, die binnen kurzem einen anderen Mann heiraten sollte.

Morag hatte sich in der Nacht, als Alicia von dem Treffen mit Stephen Ascott zurückkam. deren Toben anhören müssen, was für ein lüsterner, sabbernder Idiot dieser Ascott wäre und daß sie niemals so einen abscheulichen Widerling heiraten würde.

Morag stellte den Eimer auf den Boden. Fast eine Stunde beobachtete sie nun schon den blauäugigen Mann, der zu Alicia hinüberstarrte, während sie Weisen sang, die Roger auf der Laute begleitete. Der Fremde hatte nicht einmal mit den Lidern gezuckt. Er stand nur da und sah sie an.

»Sie sind also derjenige, den sie heiraten soll«, sagte Morag laut.

Stephen hatte Mühe, den Blick von Alicia abzuwenden. Er

blickte auf die verschrumpelte Alte hinunter und lächelte: »Woher weißt du denn das?«

»Man erkennt es daran, wie Ihr sie betrachtet. Als wäre sie Euer Eigentum.«

Stephen lachte.

»Sie sagte, Ihr seid der häßlichste Mann, den die Schöpfung jemals hervorgebracht habe.«

In Stephens Augen tanzten Funken. »Und was denkst du?«

Morag brummelte: »Ihr müßt Euch nicht unbedingt vor Frauen verstecken. Und versucht ja nicht, mir ein Kompliment abzutrotzen.«

»Nachdem du mich in meine Schranken zurückgewiesen hast, könntest du mir auch sagen, wer du bist. Deiner Aussprache nach wohl eine Schottin wie Alicia.«

»Ich bin Morag von MacArran.«

»Alicias Magd?«

Morag richtete sich sehr gerade auf. »Ihr tätet gut daran, zu begreifen, daß alle Schotten freie Menschen sind. Ich verdiene mir mein Brot wie jeder andere. Warum habt Ihr Euch bei Eurer eigenen Hochzeit verspätet?«

Stephens Blick wanderte zu Alicia zurück. »Meine Schwägerin war sehr krank. Ich konnte sie nicht eher verlassen, bis ich wußte, daß sie am Leben bleiben würde.«

»Und Ihr konntet auch keinen Boten schicken?«

Stephen sah sie verlegen an. »Ich vergaß es. Ich machte mir so große Sorgen um die Frau meines Bruders, daß ich es vergaß.«

Morag ließ ihr krächzendes, rauhes Lachen hören. Und sie konnte sich dem Zauber dieses stattlichen jungen Ritters nicht ganz entziehen. »Ihr seit ein guter Mann, wenn Ihr Euch mehr für das Wohl eines anderen sorgt, als um Euren eigenen Vorteil.«

In Stephens Augen tanzte wieder ein Funke. »Ich wußte natürlich nicht, wie deine Herrin aussieht.«

Die Alte lachte abermals. »Ihr seid ein guter, ehrlicher Junge . . . für einen Engländer. Kommt mit ins Haus und trinkt einen Becher Whisky mit mir. Ihr habt doch keine Angst, so früh am Tag von meinem Whisky zu probieren?«

Er reichte ihr seinen Arm. »Vielleicht mache ich dich trunken, damit du mir alles über Alicia erzählst.«

Morags Lachen hallte über den Garten hin. »Es gab eine Zeit, junger Mann, wo die Männer mich aus anderen Gründen trunken machten.« Sie gingen zusammen ins Haus.

Alicia runzelte die Stirn, als sie das Lachen hörte. Ihr war natürlich aufgefallen, daß der junge Mann sie unverwandt angestarrt hatte, und seine Blicke hatten sie auf eine seltsame Weise verunsichert. Hin und wieder schickte sie einen verstohlenen Blick zu ihm hinüber und gewann den Eindruck von Ungezwungenheit, Anmut, Macht und einer nur mühsam gebändigten Kraft. Morags Vertraulichkeit mit diesem Mann irritierte sie. Die alte Frau ließ sich selten auf ein Gespräch mit Männern ein . . . schon gar nicht mit Engländern. Alicia wunderte sich, daß dieser Mann sie so leicht zu beeindrucken vermochte.

»Wer ist dieser Mann, der mit Morag ins Haus geht?«

Roger zog die Brauen zusammen. »Ich dachte, Ihr kennt ihn bereits. Das ist Stephen.«

Sie starrte dem Mann nach, der einer alten verrunzelten Frau den Arm reichte. Morags Scheitel reichte knapp über Stephens Ellenbogen hinaus.

Mit einemmal fühlte sich Alicia schlimmer beleidigt denn je. Was war das für ein Mann, der zusah, wie ein anderer die Frau hofierte, die er heiraten sollte? Er war nur wenige Schritte entfernt gewesen und hatte nicht einmal so viel Anstand gehabt, ein Wort mit ihr zu reden.

»Beunruhigt Euch etwas, Lady Alicia?« fragte Roger, der sie genau beobachtete.

»Nein«, lächelte sie. »Es ist nichts. Bitte, fahrt fort, mich auf der Laute zu begleiten.«

Erst kurz vor Einbruch der Dunkelheit sah Alicia ihre alte Schaffnerin wieder. Rab stand an der Seite seiner Herrin, während sie sich das Haar auskämmte. »Ich hörte, du hattest Besuch«, sagte sie leichthin, als habe es keine Bedeutung.

Morag bewegte die Schultern.
»Hast du dich gut unterhalten?«
Wieder dieses Achselzucken.
Alicia legte ihren Kamm beiseite und ging zur Fensterbank, wo Morag saß. »Willst du mir nicht antworten!«
»Ihr seid vorwitzig. Seit wann muß ich Euch Auskunft über Dinge geben, die ich privat mit einer anderen Person bespreche?«
»Du hast getrunken. Man merkt es an deinem Atem.«
Morag grinste. »Dieser Junge ist wahrhaftig ein trinkfester Bursche. Ich möchte wetten, er trinkt jeden Schotten unter den Tisch.«
»Wer?« forschte Alicia.
Morag sah sie verschmitzt an. »Wer wohl. Euer Ehemann natürlich. Wer sonst würde mich mit Fragen über Euch löchern!«
»Ich bin nicht . . .« Sie nahm sich zusammen. »Er ist nicht mein Ehemann. Er kam weder zu meiner Hochzeit, noch geruhte er heute, mich im Garten anzusprechen.«
»Aha, das liegt Euch also auf dem Magen. Ihr habt gesehen, wie ich mit ihm ins Haus ging. Wolltet Ihr ihn damit demütigen, daß er Euch ansprechen sollte, während Ihr am Arm eines anderen Mannes gingt?«
Alicia gab keine Antwort.
»Dachte ich es mir doch! Laßt Euch gesagt sein, daß Stephen Ascott nicht gewohnt ist, von Frauen gedemütigt zu werden. Und wenn er beschließt, Euch zu heiraten, obwohl Ihr Euch mit diesem Chatworth vor seinen Augen schamlos benommen habt, dürft Ihr Euch glücklich schätzen!«
»Glücklich schätzen!« vermochte Alicia nur empört zu wiederholen. »Komm Rab!« befahl sie und verließ das Zimmer. Sonst wäre sie Morag noch an die Gurgel gefahren, wenn sie in diesem Ton weitergeredet hätte.
Im Garten war es bereits dunkel, und der Mond warf einen silbrigen Schein über Bäume und Hecken. Sie ging eine Weile herum, bis sie sich auf eine steinerne Bank an der Mauer setzte.

Sie wollte nach Hause, weg von diesen Männern, die sie wie eine Kriegsbeute betrachteten.

Plötzlich stand Rab auf und ließ ein warnendes Knurren hören.

»Wer ist da?« fragte Alicia.

Ein Mann trat ins Licht. »Stephen Ascott«, sagte er ruhig. Er sah im Mondlicht noch größer aus als am Tage, überragte sie wie ein Turm. »Darf ich mich zu Euch setzen?«

»Warum nicht? Habe ich etwas zu sagen, wenn Engländer über mich entscheiden?«

Stephen setzte sich und sah zu, wie sie mit einer einzigen Handbewegung Rab zur Ruhe brachte. Er lehnte sich gegen die Mauer und streckte seine langen Beine aus. Alicia rückte weiter zum Ende der Bank hin, weg von ihm.

»Ihr werdet auf den Boden fallen, wenn Ihr noch weiter rückt.«

Sie erstarrte. »Sagt, was Ihr zu sagen habt, und laßt es dabei bewenden.«

»Ich habe nichts zu sagen«, erwiderte er gleichmütig.

»Ihr hattet wohl auch nichts zu sagen, als Ihr mit Morag geredet habt.«

Er lächelte, und seine ebenmäßigen Zähne schimmerten weiß im Mondlicht. »Die Frau versuchte, mich betrunken zu machen.«

»Und gelang es ihr?«

»Wenn man mit drei Brüdern aufwächst, lernt man das Trinken.«

»Ihr habt nur getrunken und nichts dabei gesprochen?«

Stephen schwieg eine Weile. »Warum behandelt ihr mich so feindselig?«

Sie erhob sich rasch. »Habt Ihr erwartet, ich würde Euch mit offenen Armen empfangen? Ich stand sechs Stunden in meinem Hochzeitskleid in der Kapelle und wartete auf Euch. Ich mußte mit ansehen, wie meine ganze Familie von Engländern hingeschlachtet wurde, und bekam den Befehl, einen Engländer zu heiraten. Dann wurde ich behandelt, als würde ich gar nicht existieren. Und ich hörte dafür keine Entschuldigung von Euch, nur die Frage, warum ich euch nicht gerade freundlich behandle!«

Sie wandte sich ab und ging auf das Haus zu. Er folgte ihr, nahm sie am Arm und drehte sie so, daß sie ihn ansehen mußte. Sie war nicht gewohnt, einem Mann gegenüberzustehen, der so viel größer war als sie. »Wenn ich Euch um Entschuldigung bäte, würdet Ihr sie wohl annehmen?« Seine Stimme war ruhig und tief. Es war das erstemal, daß er ihr so nahe war und sie sogar berührte. Er nahm ihre Handgelenke, fuhr mit den Fingern an ihren Armen hinauf und befühlte ihre Haut unter der Seide.

»König Heinrich wünscht sich nur Frieden«, sagte er. »Er glaubt, wenn er einen Engländer unter Schotten leben läßt, werden sie begreifen, daß wir gar nicht so schlimm sind.«

Alicia sah zu ihm hoch. Ihr Herz schlug heftig, und sie wollte sich von ihm losreißen, doch ihr Körper gehorchte ihr nicht. »Eure Eitelkeit ist erschreckend. Wenn man bedenkt, was für schlechte Manieren Ihr habt, würden meine Schotten durch Euer Beispiel erfahren, daß die Engländer noch schlimmer sind, als sie befürchteten.«

Stephen lachte leise, doch offensichtlich hatte er ihr nicht richtig zugehört. Er fing an, mit der linken Hand ihren Hals zu streicheln.

Alicia versuchte, sich aus seinem Griff zu lösen. »Ihr habt kein Recht, mich zu berühren . . . oder mich auszulachen!«

Stephen machte keine Anstalten, sie loszulassen. »Ihr seid eine köstliche, überaus reizende Frau. Ich kann nur daran denken, daß ich Euch jetzt in meine Kammer hinauftragen könnte, wenn ich meinen Hochzeitstag nicht versäumt hätte. Vielleicht vergeßt Ihr, daß uns noch ein Tag von der Trauung trennt, und folgt mir auf mein Zimmer?«

Sie ließ ein entsetztes Keuchen hören, und Rab knurrte Stephen mit funkelnden Augen an. Sie riß sich von seinen Händen los, und der Hund trat schützend vor seine Herrin. »Was nehmt Ihr Euch heraus!« stieß sie durch zusammengepreßte Zähne hervor. »Seid froh, daß ich Euch für diese Beleidigung nicht die Zähne meines Hundes spürren lasse!«

Stephen sah sie verdutzt an. »Alicia, ich wollte dich nicht beleidigen . . .«

»Lady Alicia, braucht Ihr Hilfe?« fragte Roger Chatworth und trat aus dem Schatten einer Hecke hervor.

»Pflegt Ihr Euch auch nachts an Frauen heranzupirschen, Chatworth?« rief Stephen empört.

Roger blieb gelassen und sagte lächelnd: »Ich betrachte mich eher als Retter.« Er wandte sich Alicia zu und bot ihr den Arm. »Möchtet Ihr, daß ich Euch zu Eurem Zimmer begleite?«

»Chatworth, ich warne Euch!«

»Aufhören! Alle beide!« rief Alicia, erbittert über das kindische Geplänkel erwachsener Männer. »Roger, ich danke Euch für Euer Angebot, doch wenn ich einen Begleiter brauche, ist Rab mein bester Beschützer.« Dann, mit einem eisigen Blick auf Stephen: »Und Euch bin ich dankbar, daß Ihr mir Gelegenheit gebt, mich Eurer abscheulichen Gesellschaft entziehen zu können!«

Beide Männer starrten ihr schweigend nach und gingen dann grußlos auseinander.

Alicia fand an diesem Abend nur mit Mühe ihren Schlaf. Sie träumte, daß die Männer ihres Klans einem englischen Banner in ein blutiges Gemetzel folgten, während Stephen Ascott, der Schotten nicht achtend, die neben ihm niedergemäht wurden, mit der Linken das Banner hochhielt, während er mit der Rechten versuchte, ihr unter die Röcke zu kommen.

Am Morgen besserte sich ihre Laune keineswegs, als sie von Stephen eine Einladung erhielt, mit ihm auszureiten. Sie hatte den Brief zerrissen und Morag gesagt, sie würde nicht mit ihm ausreiten. Doch Morag brachte es auf ihre nörglerische, bissige Art jedesmal zuwege, daß die Leute sich ihren Ansichten fügten. Nun schnaubte sie:

»Er ist ein gesunder junger Mann und hat Euch nur gefragt, ob Ihr die Nacht mit ihm verbringen möchtet. Ich erinnere mich, daß nicht wenige Männer Euch dasselbe fragten, was Euch jedoch nicht zu stören schien.«

Alicia schwieg. Sie dachte daran, daß der Engländer das Ende ihrer Freiheit bedeutete und sie nicht mehr unbefangen mit Männern flirten konnte.

Morag ließ sich durch ihr Schweigen nicht beirren. »Er bat Euch, den Tag mit ihm zu verbringen. Schließlich ist Eure Hochzeit für morgen festgesetzt.«

»Woher weißt du das? Hast du schon wieder mit diesem Engländer gesprochen?«

»Stephen sagte es mir heute morgen«, antwortete Morag geduldig.

»So. Was gefällt dir denn so gut an ihm? Es gibt bessere Männer, sogar unter den Engländern!«

Morag machte eine geringschätzige Handbewegung: »Bisher habe ich keinen besseren getroffen.«

»Roger Chatworth ist ein freundlicher, intelligenter Mann und hat einen kräftigen Schuß schottischen Bluts in den Adern.«

»Hat er Euch das erzählt?« schnaubte Morag. »Vielleicht wollte er damit sagen, daß er großen Geschmack an schottischem Grundbesitz fände. Ich glaube, Roger Chatworth möchte liebend gern das Land haben, das Euch gehört.«

Alicias Augen funkelten zornig auf. »Wollen das nicht alle Engländer? Selbst wenn ich alt und fett wäre, würden sie mich meines Besitzes wegen zur Frau nehmen.«

Morag schüttelte erbost den Kopf. »Erst verdammt ihr Stephen, weil sein hitziges Blut ihn treibt, Euch zu umarmen. Und im nächsten Atemzug klagt Ihr, daß die Männer nur Euren Besitz wollen und nicht die Frau, die Ihr verkörpert. Gebt ihm Gelegenheit, sich zu rechtfertigen. Fragt ihn, weshalb er die Hochzeit versäumte.«

Alicia sah finster vor sich hin. Sie wollte Stephen nie wiedersehen, wenn sie das irgendwie ermöglichen konnte. Sie mochte sich vorstellen, daß Roger an ihrer Seite ritt. Doch sie konnte sich nicht vorstellen, daß Stephen sich beherrschte, wenn sie nicht wollte, was er sich wünschte. Sie sah zu Morag hinüber.

»Ich werde versuchen, mit ihm zu reden . . . wenn er seine Hände so lange stillhalten kann, daß ich zu Wort komme.«

Morag meinte kichernd: »Ich glaube, ganz hoffnungslos klingt Eure Rede nicht!«

3. Kapitel

Trotz ihres Widerwillens, den Tag mit ihrem Verlobten zu verbringen, kleidete sich Alicia sorgfältig an. Sie wählte ein weinrotes Wollkleid mit einem Besatz aus Zuchtperlen am Ausschnitt und eng sitzenden Ärmeln.

Als sie die Treppe hinunterstieg, hielt sie den Kopf hoch erhoben. Sie wollte Stephen Ascott eine Chance geben. Vielleicht hatte sie ihn voreilig verdammt, und er meinte es vielleicht sogar gut mit ihrem Klan. Dafür hätte sie ihm sein Zuspätkommen zur Hochzeit verzeihen können. Das Wohl ihres Volkes war wichtiger als eine persönliche Kränkung. Sie wünschte sich nicht weniger als König Heinrich, daß Frieden herrschen sollte zwischen Schotten und Engländern. Um so mehr, da die blutige Fehde zwischen den beiden Völkern fast ihre ganze Familie ausgerottet hatte.

Sie kam in den Garten und sah Stephen an der Mauer lehnen. Sie mußte zugeben, daß er gut aussah. Er wirkte sogar ungemein anziehend auf sie. Dennoch durften ihre persönlichen Empfindungen – Haß oder Liebe – niemals dem Wohl ihres Klans entgegenstehen.

»Guten Morgen«, sagte sie ruhig, als er zu ihr trat. Er sah sie mit brennenden Augen an und hob eine Locke von ihren Schultern, als wären sie schon vertraute Eheleute.

»Ist es Sitte bei den Schottinnen, ihr Haar unbedeckt zu lassen?« Er wickelte die Locke um den Finger.

»Solange eine Frau noch kein Kind geboren hat, pflegt sie ihren Kopf unbedeckt zu lassen. Es sei denn, sie kleidet sich in ihrer Landestracht.« Sie wartete, daß er dieses Stichwort aufgriff, doch er lachte nur und sagte:

»Ein Kind. Wir wollen zusehen, daß wir da etwas erreichen können. Zwei Pferde erwarten uns dort.« Er deutete mit dem Kopf zum Ende des Gartens. »Seid Ihr bereit?«

Sie bewegte den Kopf, daß er ihre Locke freigeben mußte. »Eine Schottin ist immer bereit, wenn es um das Reiten geht.« Sie achtete nicht auf sein amüsiertes Lachen, als sie mit gerafften Röcken vor ihm herging.

Eine hübsche schwarze Stute tänzelte unruhig neben Stephens Rotschimmel. Ehe Stephen ihr in den Sattel helfen konnte, saß sie mit einem Satz bereits auf dem Rücken der Stute. Zum hundertsten Male verfluchte sie die englische Kleidermode, die sie mit so vielen Röcken behängte. Sie war Stephen wenigstens dafür dankbar, daß er die Stute nicht mit einem Frauensattel versehen hatte, wie Roger es getan hatte.

Bevor Stephen richtig im Sattel saß, hatte sie der Stute schon die Zügel freigegeben. Es war ein feuriges Tier, so begierig wie Alicia, sich Bewegung zu verschaffen. Sie trieb die Stute im vollem Galopp auf den Pfad zu, den Roger ihr gezeigt hatte. Sie beugte sich weit im Sattel vor und badete ihr Gesicht und Hals im frischen Wind, durchströmt von einem Gefühl der Freude, für eine Weile ihrem Gefängnis entronnen zu sein.

Da wurde sie von einer Bewegung abgelenkt, die sie aus dem Augenwinkel wahrnahm. Sie drehte sich ein wenig im Sattel und sah Stephen dicht hinter sich, während ihr Vorsprung sich stetig verringerte. Sie lachte laut. Kein geborener Engländer vermochte eine Schottin auf einem Pferd zu schlagen. Sie redete der Stute beschwörend zu und schlug mit der Gerte ihre Flanke. Das Pferd sprengte dahin, als habe es Flügel bekommen. Ein Gefühl der Macht und des Überschwangs durchrieselte sie.

Als sie kurz über die Schulter sah, bemerkte sie zu ihrem Befremden, daß Stephen trotzdem aufholte. Vor ihr verengte sich der Pfad. Er war zu schmal, um zwei Reitern zu gestatten, auf gleicher Höhe zu bleiben. Wenn er sie überholen wollte, mußte er in den Wald ausweichen und riskieren, daß sein Pferd in ein Kaninchenloch trat oder gegen einen Baum prallte. Sie lenkte ihr Pferd in die Mitte des Pfades. Sie wußte, wie ein

Schotte mit einem Reiter verfahren würde, der ihm den Weg blockierte, doch diese Engländer waren Memmen, viel zu verweichlicht für so ein gefährliches Manöver.

Die Stute rannte so schnell, sie konnte. Stephen mußte ganz dicht hinter ihr sein, und Alicia lächelte triumphierend, weil er sich nun nicht mehr zu helfen wußte. Doch plötzlich kam ihre Stute leicht ins Stolpern und wieherte ängstlich, während Alicia alle Hände voll zu tun hatte, im Sattel zu bleiben. Stephens kriegsgeübter Hengst hatte die Stute, die ihm den Weg verlegte, kurz in die Hinterbacke gekniffen.

Während Alicia versuchte, die Stute auf der Mitte des Pfades zu halten, verfluchte sie die Engländer, weil sie nicht ihr eigenes Pferd reiten durfte. Dieses Reittier war ihr fremd und nicht so empfänglich für ihre Hilfen.

Die Stute schrie zum zweitenmal, als der Hengst sie in den Schenkel biß. Diesmal gehorchte sie nicht mehr den Befehlen ihrer Reiterin, wich zur Seite und ließ Stephen an sich vorbeigaloppieren. Den Blick, den er Alicia zuwarf, beantwortete sie mit einem schrecklichen gälischen Fluch. Sie riß am Zügel und lenkte die Stute wieder zur Mitte des Pfades.

Während des Rennens hatte Alicia der Stute nicht einmal gestattet, das Tempo zu verlangsamen. Nur ihrer jahrelangen innigen Vertrautheit mit diesen Tieren hatte sie es zu verdanken, daß die Stute nicht mit einem Satz vor dem Hengst in den Wald hineinflüchtete.

Als sie den Fluß erreichte und mit einem Satz über das Wasser flog, wartete Stephen bereits am anderen Ufer auf sie. Er war aus dem Sattel gestiegen und stand ruhig neben seinem Pferd, das seinen Durst im Fluß löschte. »Nicht übel«, sagte er und grinste zu ihr hinauf. »Ihr habt zwar die Neigung, mehr mit der rechten Zügelhand zu arbeiten als mit der linken; doch auch das läßt sich mit ein wenig Übung korrigieren.»

Alicias Augen sprühten Blitze. Übung! Sie hatte bereits mit vier ihr eigenes Pony geritten und ihren Vater auf den Raubzügen begleitet, wenn sie im Mondlicht die Rinder fremder Klans forttrieben, als sie acht Jahre alt war. Und sie sollte üben!

Stephen lachte. »Ihr seht ganz verstört aus! Wenn es Euch beruhigt – Ihr seid die beste Reiterin, die ich in meinem Leben gesehen habe. Ihr könntet fast jeder Engländerin Reitstunden geben.«

»Engländerinnen!« keuchte sie entrüstet, »Ihr habt wohl *Engländer* sagen wollen!«

»Vor Euch steht einer, gegen den Ihr soeben ein Rennen verloren habt. Steigt endlich von Eurer Stute herunter und reibt sie ab. Pferde darf man nicht in ihrem Schweiß stehenlassen.«

Jetzt erdreistete er sich noch, sie zu belehren, wie sie mit Pferden umzugehen habe! Sie lächelte höhnisch, beugte sich vor und hieb mit der Reitgerte nach Stephen. Mühelos wich Stephen dem sausenden Leder aus, packte sie dabei beim Handgelenk und drehte es herum. Diese unerwartete Reaktion zwang sie, die Gerte fallen zu lassen. Zugleich verlor sie die Balance. Die schweren englischen Röcke hatten sich ihr ums Bein gewickelt, so daß ihr Fuß aus dem Steigbügel rutschte.

Sie griff nach dem Sattelknopf und hätte sich mühelos auf dem Pferd halten können, wenn Stephens Hände inzwischen nicht ihre Taille umfaßt hätten. Er zog sie zu sich, und sie strebte von ihm weg. Eine Weile lang war es ein Kräftemessen, doch für Alicia eine empörende Sache, weil er an allem, womit er sie demütigen konnte, Gefallen zu haben schien. Er spielte mit ihr, ließ sie beinahe gewinnen und hob sie dann mit einem Ruck aus dem Sattel. Lachend hielt er sie über seinem Kopf und sagte: »Wißt Ihr, daß das Grübchen in Eurem Kinn zu einem Loch wird, wenn Ihr Euch so erzürnt?«

»Ein Loch?« fauchte sie und holte mit dem Bein aus, um ihn in den Leib zu treten.

Doch da sie sich nur auf Stephens Hände stützen konnte und dazu noch drei Ellen über dem Boden schwebte, war das keine kluge Taktik. Er warf sie in die Luft und fing sie in den Armen auf. Er drückte sie an sich, gab ihr einen lauten Kuß auf das Ohr und flüsterte: »Bist du immer so unterhaltsam?«

Sie weigerte sich, ihn anzusehen, obwohl sie wieder über seinem Kopf schwebte. Ihre Arme waren von den Seinen gefesselt, sonst hätte sie ihm eine Ohrfeige gegeben. »Seid Ihr immer in so frivoler Stimmung?« fauchte sie. »Habt Ihr nichts anderes im Kopf als Frauen, die ihr anfassen könnt?«

Er rieb seine Wange sacht an der ihren. »Ihr riecht gut.« Er sah sie an, während er sie auf Armesbreite von sich hielt. »Ich gestehe, Ihr seid die erste Frau, die mich in so eine Stimmung versetzt. Allerdings seid Ihr auch die erste Frau, die mir ganz gehört.«

Sie machte sich noch steifer in seinen Armen, soweit das überhaupt noch möglich war. »Ist das alles, was Euch eine Frau sein soll – ein Gebrauchsgegenstand?«

Er schüttelte lächelnd den Kopf, während er sie auf den Boden stellte und ihr die Hände auf die Schultern legte. »Ihr gehört mir. Und nun rupft ein paar Grashalme ab und reibt damit den Schweiß von Eurem Pferd.«

Sie wandte sich dankbar von ihm ab. Sie sprachen kein Wort miteinander, während sie die Pferde absattelten und ihr Fell mit Gras abrieben. Stephen erbot sich nicht, ihr beim Absatteln zu helfen, und tat ihr nur einen Gefallen damit, weil sie sich geweigert hätte, sich helfen zu lassen. Sie mochte eine Frau sein, doch keinesfalls so hilflos, wie er sich einzubilden schien.

»Wenigstens versteht Ihr etwas von Pferden«, sagte er und lachte wieder über das ganze Gesicht, das sie schnitt. Dann trat er neben sie und strich mit den Fingern über ihren Arm. Doch diesmal sah er sie ernst dabei an.

»Fangt nicht schon wieder damit an«, empörte sie sich und wich vor ihm zurück. »Habt Ihr nichts anderes im Sinn?«

»Ich glaube«, sagte er mit glitzernden Augen, »Ihr müßt mich verhext haben. Ich möchte Euch nicht dasselbe fragen wie gestern abend, sonst macht Ihr mir wieder eine Szene.«

Die Erinnerung an die Auseinandersetzung im Garten veranlaßte sie, sich nach Rab umzusehen. Er lag ganz ruhig neben dem Wasser. Seltsam, daß er Stephen nicht bedroht hatte, als dieser sie aus dem Sattel hob. Der Wolfshund hatte jedesmal geknurrt, wenn Roger ihr zu nahe kam. »Wo sind Eure Leute?« fragte sie.

»Bei Sir Thomas, nehme ich an.«

»Braucht Ihr keine Leibwächter? Wißt ihr nicht, daß sie im Wald lauern, um mir zu Hilfe zu kommen, wenn Ihr mir Gewalt antun wollt?«

Stephen faßte sie bei der Hand und zog sie mit zu einem Felsblock am Wasser. Sie wollte sich losreißen, doch das ließ er nicht zu. Er drückte sie auf den Stein nieder und legte sich neben ihr ins Gras, den Kopf auf eine Hand stützend. Offenbar hielt er es nicht nötig, ihre Frage zu beantworten. Er starrte hinauf in den Himmel und fragte: »Weshalb hat Euer Vater Euch zum Oberhaupt Eures Klans ernannt?«

Alicia starrte ihn an und lächelte dann. Darüber hatte sie ja mit ihm sprechen wollen – über ihre Gefolgsleute, die ihr wichtiger waren alles andere auf dieser Welt. »Ich sollte einen seiner drei Häuptlinge heiraten, von denen jeder sich hervorragend als Anführer des Klans geeignet hätte. Nur standen sie alle nicht in einem Verwandtschaftsgrad, der sie zur Nachfolgerschaft meines Vaters berechtigte. Deshalb bestimmte mich mein Vater zum Nachfolger, weil er voraussetzte, daß ich einen dieser drei Häuptlinge zum Ehemann nehmen würde.«

»Und was wurde aus diesen Häuptlingen?«

Ihr Mund verzog sich im bitteren Zorn. »Sie wurden alle drei mit meinem Vater erschlagen. Von den Engländern.«

Bei Stephen löste das nur ein leichtes Stirnrunzeln aus. »Also wird der Mann, den Ihr heiratet, Chef des Klans.«

»*Ich* bin der Chef des Klans MacArran«, sagte Alicia mit fester Stimme und wollte von ihrem Steinsitz aufstehen.

Er haschte nach ihrer Hand und zog sie wieder herunter. »Mir wäre wohler, Ihr liefet nicht nach jedem Wort, das ich sage, wütend davon. Wie soll ich Euch und Euer Wesen da verstehen?«

»Ich laufe ja gar nicht vor Euch weg!« meinte sie heftig und entzog ihm die Hand, als er begann, ihre Fingerspitzen zu küssen. Alicia bemühte sich, das Prickeln nicht zur Kenntnis zu nehmen, das sie bis zu den Haarspitzen spürte.

Stephen legte sich seufzend ins Gras zurück. »Mit Euch reden und Euch zugleich ansehen, will mir, fürchte ich, nicht gelingen.« Und nach einer kurzen Pause: »Es muß doch noch einen

Verwandten Eures Vaters geben, der seine Nachfolge antreten könnte.«

Alicia zwang sich zur Ruhe. Sie wußte genau, was dieser törichte Engländer damit sagen wollte – *jeder* Mann wäre als Chef besser gewesen als eine Frau. Sie verschwieg ihm die Existenz ihres älteren Bruders Davey. »Die Schotten glauben, daß Frauen charakterfest und intelligent sind. Sie sehen in Frauen nicht nur Wesen, die lediglich zum Kinderkriegen taugen.«

Stephen gab einen grunzenden Laut von sich, und sie sah sich der verlockenden Versuchung ausgesetzt, ihm mit einem großen Felsbrocken den Schädel einzuschlagen. Rab schien zu spüren, was sie dachte, denn er richtete die Ohren auf und blickte zu ihr herüber. Stephen merkte nicht, was über und hinter ihm vorging. »Und was für Pflichten hätte ich als Oberhaupt des Klans?«

Sie biß die Zähne zusammen, damit sie nicht die Geduld verlor. »Ich bin der Klan MacArran, und die Männer gehorchen mir. Ehe sie Eure Anweisungen befolgen, müßt Ihr von den Männern erst akzeptiert werden.«

»Akzeptiert? Ich?« sagte er verwundert und drehte sich ihr zu, doch ihre Brüste, die sich über den Perlensaum des Ausschnitts heraushoben, lenkten ihn so sehr ab, daß er rasch wegsehen mußte, um seine Fassung zu bewahren. »Ich würde eher meinen, die Frage ist, ob ich sie akzeptiere.«

»So kann nur ein echter Engländer sprechen«, höhnte sie. »Ihr glaubt, kraft Eurer Geburt steht Ihr hoch über allen anderen Leuten. Ihr glaubt, Eure Gewohnheiten und Ansichten sind jenen der Schotten überlegen. Im Vergleich zu Euch sind wir Schotten grausam und barbarisch, denkt Ihr, doch wir rauben nicht Eure Frauen und zwingen sie, schottische Männer zu heiraten, wenngleich sie bessere Ehemänner als die Engländer sind.«

Stephen nahm ihren Ausbruch mit einem Achselzucken hin. »Wer hätte nicht die höchste Meinung von seinem Vaterland? Zudem gestehe ich gern ein, daß ich kaum etwas weiß von Schottland und seinen Bewohnern. Ich habe zwar einige Zeit im schottischen Tiefland verbracht; doch scheinen sich Sitten und Gebräuche im Hochland stark von jenen des Tieflands zu unterscheiden.«

»Die Tiefländer sind mehr Engländer als Schotten.«

Er schwieg eine Weile. »Man mag es betrachten, wie man will – der Chef eines Klans hat gewisse Pflichten.« Er lachte in sich hinein und korrigierte sich: »Pardon, der Ehemann der Klanchefin hatte gewisse Pflichten. Was muß ich tun, damit der Klan mich akzeptiert?«

Alicias Verkrampfung löste sich. Solange er sie nicht ansah, konnte sie ihn mit Muße betrachten. Er war riesig, wie er so vor ihr hingestreckt lag – größer als alle Männer, die sie bisher kennengelernt hatte. Trotz gegenteiliger Beteuerungen hätte sie gern neben ihm im Gras sitzen mögen. Sie fand Gefallen an seinem mächtigen Körperbau, seiner breiten Brust, den muskulösen Beinen und seinen Haaren, die ihm lockig über den Kragen fielen. Auch seine schlichte Kleidung sagte ihr zu. Die meisten englischen Edelleute stolzierten prunkvoll einher wie Pfaue. Sie überlegte, wie ihm der Tartan stehen würde, der seine Beine bis zum Unterschenkel hinauf frei ließ.

»Ihr müßt Euch kleiden wie ein Schotte«, sagte sie gemessen. »Solange Ihr nicht im Plaid vor meinen Männern erscheint, werden sie in Euch immer den Feind sehen.«

Stephen runzelte die Stirn: »Ihr verlangt, ich soll mit bloßen Beinen umhergehen? Es herrscht ein rauhes Klima im Hochland, habe ich mir sagen lassen.«

»Wenn Ihr natürlich empfindlich gebaut seid . . .« Sein arroganter Blick brachte sie zum Verstummen.

»Was noch?«

»Ihr müßt ein MacArran werden und denken wie ein MacArran. Die MacGregors sind Eure Feinde, wenn Ihr ein MacArran seid, und . . .«

»Was!« Stephen sprang vom Boden auf. »Ich soll meinen Namen ändern? Ihr mutet *mir*, einem Mann, zu, den Namen meiner Frau anzunehmen?« Er wandte sich von ihr weg. »So etwas Verrücktes hat noch niemand von mir verlangt. Wißt Ihr eigentlich, wer ich bin? Ein Ascott! Die Ascotts haben Hunderte von Kriegen überstanden, viele Königsgeschlechter überlebt! Und sie sitzen seit Hunderten von Jahren auf dem Land, das sie redlich erwarben!«

Er fuhr sich mit der Hand durch das Haar. »Und nun soll ich meinen guten Namen für den meiner Frau aufgeben? Meine Brüder würden sich totlachen, wenn ich Euch diesen Gefallen täte.«

Alicia erhob sich von ihrem Sitz und sagte« »Ihr habt Brüder, die Euren Familiennamen bewahren. Wißt Ihr, was geschieht, wenn ich einen Engländer nach Hause brächte, der sich nicht mit unserer Lebensart auseinandersetzen wollte? Zuerst würden ihn meine Männer töten, und dann müßte ich mir einen neuen Mann wählen. Wißt Ihr, was für verheerende Folgen das hätte? Es gibt nicht wenige junge Männer, die mich zur Frau begehrten. Sie würden um mich kämpfen.«

»Aha. Ich soll meinen Namen aufgeben, damit Ihr Eure Männer im Zaum halten könnt. Und wenn ihnen das noch nicht genügt? Muß ich mir dann den Arm abhacken oder die Haare färben? Nein! Sie gehorchen, oder sie bekommen das zu spüren!« Und damit zog er rasch sein langes Schwert aus der Scheide, die er am Gürtel trug.

Alicia starrte ihn an. Er drohte damit, ihre Leute zu ermorden, ihre Freunde, ihre Verwandten, deren Schutz ihre wichtigste Pflicht war. Sie konnte unmöglich mit so einem Wahnsinnigen nach Schottland zurückkehren.

»Ich kann Euch nicht heiraten«, sagte sie, während sie ihn mit todernstem Blick ansah.

»Ich bezweifle, ob Euch das überlassen bleibt«, sagte Stephen, während er das Schwert in die Scheide zurücksteckte. Er hatte sich nicht so ereifern wollen; doch diese Frau sollte von Anfang an wissen, wer Herr im Haus war . . . und der Schotten, die sie »ihre« Männer nannte. »Ich bin Engländer«, sagte er ruhig, »und das werde ich bleiben, wohin ich auch gehe. Ihr solltet das eigentlich verstehen, da Ihr selbst nicht bereit seid, Eure schottische Lebensart zu ändern.«

Ihr Körper fröstelte, obwohl ein warmer Herbstwind über die Lichtung strich. »Das ist nicht dasselbe. Ihr würdet mit meinen Leuten zusammenleben, Tag für Tag, Jahr für Jahr. Begreift Ihr nicht, daß sie Euch nicht akzeptieren, wenn Ihr täglich mit Euren feinen englischen Kleidern und Eurem englischen Namen unter meine Leute tretet? Täglich würden sie an ihre Kinder erinnert, die von den Engländern erschlagen wurden. Und Sie sähen meinen Vater vor sich, den die Engländer in der Blüte seiner Jahre ermordeten.«

Ihr Appell rührte ihn nun doch. »Ich werde schottische Kleider tragen. Damit erkläre ich mich einverstanden.«

Da loderte wieder der Zorn in Alicia auf: »So! Ihr seid also bereit, den Plaid und das safrangelbe Hemd zu tragen, damit meine Frauen Eure kräftigen Beine bewundern sollen!«

Stephen fiel die Kinnlade herunter. Und dann zog sich sein Mund von einem Ohr zum anderen auseinander. »Daran habe ich noch gar nicht gedacht! Gut, daß es Euch eingefallen ist!« Er streckte ein Bein vor und ließ die Muskeln am Schenkel spielen. »Meint Ihr, Eure Frauen werden mit mir einverstanden sein?« Seine Augen glitzerten. »Ihr seid doch hoffentlich nicht eifersüchtig?«

Alicia sah ihn nur verblüfft an. Dieser Mann konnte doch nicht einen Moment ernst bleiben. Er verspottete sie, während sie über Dinge redete, die über Leben und Tod ihres Klans entschieden. Sie raffte ihre Röcke und ging zum Fluß.

»Alicia!« rief Stephen ihr nach. »Wartet doch! Ich wollte mich nicht über Eure Worte lustig machen.« Er hatte sogleich begriffen, welchen Fehler er begangen hatte, faßte nach ihrem Handgelenk und zog sie zu sich herum. »Bitte«, bettelte er, während sich in seinen Augen all seine Gefühle spiegelten, »ich wollte Euch nicht beleidigen. Ihr seid nur so schön, daß ich nicht zur Besinnung komme. Wenn ich Euer Haar ansehe, möchte ich es streicheln und Eure Augen küssen. Dieses verdammte Kleid ist so tief ausgeschnitten, daß Ihr jeden Moment herauszufallen droht. Wie könnt Ihr da von mir erwarten, daß ich ernsthaft über den Streit zwischen Engländern und Schotten mit Euch disputiere?«

»Streit!« fauchte sie. »Es ist eher ein Krieg!«

»Krieg, von mir aus«, sagte er, den Blick auf ihren Ausschnitt geheftet, während er mit den Fingern über ihre Arme strich. »Himmel, ich kann nicht so dicht vor Euch stehen, ohne daß mein Verlangen nach Euch nicht zu einer Qual würde.«

Unwillkürlich sah sie an sich herab, und ihr Gesicht erglühte.

Stephen lächelte sie mit halbgesenkten Lidern an.

Sie zog die Lippen von den Zähnen zurück und fauchte ihn an. Er glaubte wohl, sie habe den gleichen frivolen Charakter wie er. Sie wich seinen tastenden Händen aus, und als er sie nicht loslassen wollte, stieß sie ihn gegen die Brust. Stephen rührte sich nicht von der Stelle, und als ihre Hände von seinem Brustkorb abprallten, verlor sie das Gleichgewicht. Sie wußte nicht, daß sie dicht beim Wasser stand.

Sie fiel nach hinten und versuchte verzweifelt, sich irgendwo zu halten. Stephen reichte ihr seine Hand, doch selbst im Fallen schlug sie danach. Er trat mit einem leichten Achselzucken zurück, da er sich nicht auch noch naßspritzen lassen wollte, wenn sie ins Wasser plumpste.

Das Wasser im Fluß mußte aus dem Hochland kommen, sonst hätte es unmöglich so kalt sein können. Alicia landete hart auf dem Kies des Flußbetts, und die vielen wollenen Röcke sogen begierig das flüssige Eis auf, als hätten sie nur auf so eine Gelegenheit gewartet.

Sie saß einen Moment wie betäubt da und sah zu Stephen hinauf. Der grinste sie an, während ein Wassertropfen über ihre Nasenspitze rann. Rab stand neben Stephen und bellte, während er, entzückt von diesem Spiel, mit dem Schwanz wedelte.

»Darf ich Euch wieder aufhelfen?« fragte Stephen mit spöttischer Ritterlichkeit.

Alicia wischte sich eine nasse pechschwarze Strähne von der Wange. Jeden Moment mußten ihre Zähne zu klappern beginnen; doch lieber biß sie auf einen Kieselstein, als sich vor ihm diese Blöße zu geben. »Nein, vielen Dank«, sagte sie so hochmütig, wie sie es nur irgend fertigbrachte.

Alicia wischte sich noch mehr Wasser aus dem Gesicht, während sie es tunlichst vermied, sein grinsendes Gesicht anzusehen. Sie stemmte beide Hände auf den Rücken des Wolfshundes und versuchte, sich aufzurichten. Doch die mit Wasser getränkten Wollröcke waren so schwer wie Blei. Und da sie noch schlüpfrige Steine unter sich hatte, war ihr Bemühen zum Scheitern verurteilt.

Sie saß wieder in der Hocke, und es hatte sie einige Mühe gekostet, sich so weit zu erheben. Da glitten ihr die Beine unter dem Körper weg, und Rab machte einen Satz, um der Wasserfontäne zu entkommen. Diesmal lag sie flach auf dem Rücken, und das Wasser spülte über ihr Gesicht, daß sie prustend wieder an die Oberfläche kam. Das erste, was sie hörte, war Stephens lautes Lachen. Und während ihr das Wasser aus den Ohren rann, fiel Rab bellend in das Gelächter ein. Das tat ihr weh. Rab machte sich lustig, statt sie zu verteidigen.

»Zur Hölle mit euch beiden!« zischelte sie und versuchte, ihre Beine aus den klebenden, nassen Röcken zu befreien.

Stephen schüttelte den Kopf und watete in den Fluß. Ehe sie etwas sagen konnte, bückte er sich und hob sie auf seine Arme. Sie hätte viel darum gegeben, hätte sie ihn mit ihrem triefenden Gewicht ins Wasser hineinziehen können. Doch er stand zu fest auf den Beinen. Er beugte nur den Rücken, so daß die Strömung keine Angriffsfläche hatte.

»Es wäre mir lieber, Ihr würdet mich loslassen«, sagte sie so steif wie möglich.

Stephen zuckte mit einer Schulter und ließ dann beide Arme fallen. In einer Reflexbewegung, damit sie nicht noch einmal mit dem eiskalten Wasser in Berührung kam, schlang sie die Arme um seinen Hals.

»Schon besser«, meinte er lachend und drückte sie so fest an sich, daß die ihre Arme nicht mehr von seinem Nacken zu lösen vermochte.

Er watete mit ihr ans Ufer und blieb stehen, ohne sie loszulassen. »Schwarze Haare und blaue Augen – so etwas habe ich noch nie beisammen gesehen«, flüsterte er. »Wie konnte ich nur meinen Hochzeitstag versäumen.«

Sie kannte den Grund seiner Reue, und das verbesserte ihre Laune keineswegs. »Ich friere«, sagte sie kühl. »Bitte, gebt mich frei.«

»Ich könnte dich wärmen«, flüsterte er und biß sie ins Ohrläppchen.

Alicia lief ein Schauder über den Arm – ein Schauder, der nicht von der Kälte kam. Diese Art von Schauder erschreckte sie. Sie wehrte sich dagegen. »Laßt mich endlich los!« bat sie.

Stephen schien der Klang ihrer Stimme zu ernüchtern. »Ihr werdet Euch erkälten«, sagte er besorgt. »Zieht Euer Kleid aus. Ihr könnt mein Wams tragen. Soll ich ein Feuer für Euch machen?«

»Ich würde es vorziehen, wenn ihr mich losließet und wir zum Haus zurückreiten könnten.«

Widerstrebend stellte Stephen sie auf den Boden. »Ihr zittert«, sagte er, während er über ihren Arm strich. »Ihr werdet krank, wenn Ihr Euch nicht etwas Trockenes anzieht.«

Sie wich vor ihm zurück. Die nassen Röcke klatschten um ihre Beine, und die Ärmel klebten ihr triefend an den Armen.

Stephen sah sie verdrossen an. »Diese Sachen sind so naß, daß Ihr kaum darin laufen könnt. Warum Frauen so eine Mode tragen, ist mir unerfindlich. Ich fürchte, Ihr seid in diesen Röcken so schwer, daß Euer Pferd unter der Last zusammenbrechen wird.«

Alicia drückte ihre Schultern gerade, obwohl das gar nicht so leicht war. »Frauen! Ihr Engländer seid es doch, die den Frauen diese Mode aufzwingen. Ihr wollt sie damit unbeweglich machen, weil Ihr nicht Manns genug seid, mit freien Frauen umzugehen. Die Engländer beurteilen ja zu oft einen Menschen nach seinem Aufzug.«

Sie hielt den Stoff auseinander. »Wißt Ihr, wieviel mich dieses Kleid gekostet hat? Hundert Stück Rinder hätte ich mir dafür kaufen können. Und Ihr habt es mir verdorben.«

»Ich? Eure Halsstarrigkeit ist schuld daran. Und nun schlottert Ihr lieber vor Kälte, als auf mich zu hören.«

Sie lächelte spöttisch. »So ganz dumm seid Ihr doch nicht. Einiges habt Ihr begriffen.«

Stephen lachte in sich hinein: »Ich weiß mehr, als Ihr ahnt.« Er entfernte sein Wams und hielt es ihr hin. »Wenn Ihr solche Angst vor mir habt, geht in den Wald und zieht Euch dort um.«

»Angst!« schnaubte Alicia und ließ ihn samt seinem Wams stehen. Sie ging langsam und nahm ihren Hochland-Tartan aus ihrer Satteltasche. Sie sah nicht zu Stephen zurück, als sie, von Rab begleitet, weiterging in den Wald.

Sie hatte große Mühe mit den Ösen und Haken auf ihrem Rücken. Als sie sich endlich von ihrem Kleid zu befreien vermochte, war ihre Haut fast blau. Das Kleid fiel wie ein Klumpen um ihre Füße. Das linnene Unterhemd und der vormals gestärkte Unterrock waren von dem burgunderroten Kleid verfärbt. Sie hätte zu gern auch das nasse Unterzeug ausgezogen, wagte es aber nicht, solange ein Mann wie Stephen Ascott in der Nähe war. Sie sah sich um, ob er sie gar heimlich beobachtete, hob dann den Rock und entfernte ihre Seidenstrümpfe. Nachdem sie alles ausgezogen hatte, dessen sie sich zu entledigen wagte, wickelte sie sich in ihr Plaid und ging zum Fluß zurück.

Stephen war nirgends zu sehen.

»Sucht Ihr mich?« fragte er hinter ihr.

Als sie sich umdrehte, stand er grinsend vor ihr, ihre nassen Kleider über dem Arm. Offenbar hatte er sich in der Nähe versteckt und sie beim Umziehen beobachtet.

Ihre Augen waren kalt wie Stahl, als sie ihn ansah. »Ihr glaubt, Ihr hättet gewonnen, wie? Ihr seid so zuversichtlich, daß Ihr mich behandelt wie Euer Spielzeug. Ich bin aber kein Spielzeug und schon gar nicht Eures. Wenn es Eure englische Eitelkeit auch nicht wahrhaben möchte – ich bin eine Schottin und verfüge über einige Macht. Und die werde ich zu gebrauchen wissen.«

Damit wandte sie sich der Stelle zu, wo ihre schwarze Stute angebunden war. Sie schob ihren Tartan über die Knie hinauf, packte das Pferd bei der Mähne und schwang sich auf dessen Rücken. Sie sprengte im Galopp davon, ehe Stephen ihren Sattel aufsammeln und seinen Hengst losbinden konnte.

Alicia fühlte sich nach einem heißen Bad schon viel besser. Sie stand vor ihrem Spiegel in ihrem Gemach und betrachtete das

Kleid aus smaragdgrüner Seide, dessen Schleppärmel mit dem Pelz grauer Eichhörnchen gefüttert waren. Sie betonten den aus grauer Seide genähten Einsatz an der Vorderseite ihres Glockenrocks. Eine Zofe hatte ihr frische Astern gebracht, aus denen sie einen Kranz für ihre Haare flocht. Sie wollte so vorteilhaft wie möglich zur Geltung kommen.

Morag, die ihr beim Ankleiden zusah, schnaubte: »Mir würde es ja gefallen, wenn Ihr Euch so schön macht, um Sir Stephens Herz zu erfreuen. Doch das scheint mir nicht der Fall zu sein.«

»Für diesen Mann würde ich mich *niemals* schön machen.«

»Soweit ich seine Wünsche erraten kann, sieht er Euch am liebsten ohne Kleider«, murmelte Morag.

Alicia ersparte sich eine Antwort darauf. Sie hatte Zeit gehabt, zu überlegen. Ein Mann wie Stephen Ascott konnte niemals ihr Ehemann werden. Wenn er ihren Klan so grob behandelte wie sie, würden ihre Gefolgsleute ihn auf der Stelle töten. Dann fielen die Engländer abermals über sie her. Nein, ein Mann, der ihr nur einen Krieg und Stammesfehden bescherte, kam nicht in Frage.

Sir Thomas erwartete sie im Arbeitszimmer. Sein Lächeln war herzlich, doch zugleich reserviert. Er wünschte sich nichts lieber, als diese Frau so rasch wie möglich loszuwerden, die mit ihrer Schönheit seinen Männern den Kopf verwirrte.

Als Alicia Platz genommen und ein Glas Wein abgelehnt hatte, brachte sie ihr Anliegen vor. Der wahre Grund ihrer Weigerung, Stephen Ascott zu heiraten, war dessen unnachgiebige Haltung gegenüber schottischen Interessen. Doch sie hatte sich einen anderen, für Engländer schmackhafteren Grund ausgedacht.

»Aber meine Liebe«, sagte er verwirrt, »König Heinrich hat Stephen für Euch ausgesucht.«

Alicia senkte den Kopf in demütiger Unterwerfung. »Und ich bin bereit, einen Gatten zu nehmen, den der König für mich bestimmt. Doch ich bin Oberhaupt des Klans MacArran, und Stephen Ascott ist nur ein Ritter. Ich bekäme Schwierigkeiten mit meinen Gefolgsleuten, wenn ich ihn heiraten müßte.«

»Doch Lord Roger würden sie akzeptieren, glaubt Ihr?«

»Da sein Bruder vor kurzem verstorben ist, ist er nun ein Graf, steht also meinem Rang als Oberhaupt eines Klans viel näher.«

Sir Thomas schnitt eine Grimasse. Er wurde zu alt für derlei Sachen. Zum Henker mit diesen Schotten, die einer Frau erlaubten, selbständig zu denken.

Er ging zur Tür und gab Order, Stephen und Roger herbeizuholen.

Als die beiden jungen Männer links und rechts von ihm Platz genommen hatten, eröffnete er ihnen Alicias Begehren. Er beobachtete dabei genau ihre Gesichter. Er sah, wie Rogers Augen zu funkeln begannen, und Sir Thomas wandte sich Stephen zu. Nur eine leichte Verfärbung in dessen Augen schien darauf hinzudeuten, daß er gehört hatte, was sie verlangte. Alicia saß regungslos da. Das Grün ihres Kleides gab ihren Augen eine neue Tiefe, die frischen Blumen in ihren Haaren betonten Liebreiz und Unschuld ihrer Erscheinung.

Roger meldete sich zuerst zu Wort, als Sir Thomas ausgeredet hatte. »Lady Alicia hat recht. Ihr Rang muß respektiert werden.«

Stephens Augen sprühten nun Blitze. »Natürlich kommt Euch ihr Wunsch sehr zustatten, da Ihr Euch von so einer Entscheidung großen materiellen Gewinn erhofft.« Er wandte sich Sir Thomas zu. »Der König suchte ein Jahr, ehe er für mich die Braut erkor. Er wollte meine Familie dafür belohnen, daß wir im Tiefland seine Grenze abschirmten.«

Alicia drehte sich ihm heftig zu: »Daß Ihr dort geplündert und die Frauen vergewaltigt habt, wolltet Ihr wohl sagen!«

»Abschirmen. Genau das meinte ich. Getötet haben wir sehr selten.« Seine Augen suchten ihre Brüste. »Genötigt haben wir auch keine Frau«, setzte er leiser hinzu.

Alicia stand auf. »Sir Thomas, Ihr seid im Hochland gewesen.« Sie versuchte, einen unangenehmen Schauder zu unterdrücken. »Mein Klan würde sich entehrt fühlen, brächte ich einen niedriggeborenen Ritter als Oberhaupt ins Hochland zurück. König Heinrich wünscht sich Frieden. Dieser Mann«, sie deutete auf Stephen, »würde nur neue Unruhen heraufbeschwören, wenn er das Hochland betritt.«

Stephen lachte, als er hinter Alicia trat und ihr einen Arm um die Taille legte. »Hier geht es nicht um Diplomatie, sondern um den Zorn eines Mädchens. Ich bat sie, noch vor der Hochzeit zu mir ins Bett zu kommen, und sie dachte, ich hätte sie damit beleidigt.«

Sir Thomas lächelte erleichtert.

Roger trat vor. »Ich protestiere! Lady Alicia ist keine Frau, die man so leicht zur Seite schieben könnte. Was sie sagte, ist vernünftig.« Er wandte sich Stephen zu. »Fürchtet Ihr Euch, um den Preis dieser Lady einen Wettkampf zu bestehen?«

Stephen zog eine Braue in die Höhe. »Ich wüßte nicht, daß dem Namen Ascott der Ruf der Feigheit vorausginge. Woran habt Ihr gedacht?«

»Gentlemen, ich muß schon bitten!« rief Sir Thomas. »König Heinrich schickte Lady Alicia zu einem freudigen Anlaß hierher!«

Alicia löste sich mit einem Ruck aus Stephens Arm. »Freudig! Wie könnt Ihr so etwas sagen, wenn ich gezwungen werde, diesen niedriggeborenen Lüstling zu ehelichen? Ich schwöre, ich werde ihn bei erstbester Gelegenheit im Schlaf ermorden!«

Stephen lächelte ihr zu. »Solange das erst nach der Hochzeitsnacht geschieht, bin ich einverstanden.«

Alicia machte ein höhnisches Gesicht, und Sir Thomas befahl: »Wollt Ihr uns bitte allein lassen, Lady Alicia?«

Sie raffte ihre Röcke hoch und verließ das Zimmer. Sie hätte Stephens Nähe auch nicht mehr länger ertragen können.

»Stephen«, sagte Sir Thomas, »ich möchte nicht der Anlaß für deine Ermordung sein.«

»Die Worte einer Frau schrecken mich nicht.«

Sir Thomas erwiderte stirnrunzelnd: »Aus dir spricht die Unschuld. Du bist nie im Hochland gewesen. Dort kennt man keine Regierung wie bei uns. Die Chefs regieren ihre Klans, und niemand regiert die Chefs. Lady Alicia braucht nur ein Wort des Mißfallens zu flüstern, und jeder Mann, sogar jede Frau ihres Klans wären bereit, deinem Leben ein Ende zu setzen.«

»Diese Gefahr nehme ich gern in kauf.«

Sir Thomas trat vor und legte Stephen die Hand auf die Schulter. »Ich kannte deinen Vater zu gut, um mich dafür herzugeben, den Sohn in den sicheren Tod zu schicken.«

Stephen wandte sich ihm mit lodernden Augen zu: »Ich will diese Frau haben. Ihr habt kein Recht, sie mir wegzunehmen!« Er wirbelte zu Roger herum, der die Szene mit selbstgefälligem Lächeln beobachtete. »Ich treffe Euch auf dem Schlachtfeld, und da wollen wie sehen, wer von uns sich besser als Chef eines Klans eignet!«

»Angenommen!« fauchte Roger. »Morgen früh. Der Gewinner heiratet sie noch am gleichen Nachmittag und schläft ihr am Abend bei.«

»So sei es!«

»Nein«, murmelte Sir Thomas, wußte jedoch, daß er verloren hatte. Er seufzte: »Kümmert Euch selbst um Euer Schlachtfeld. Damit möchte ich nichts zu tun haben.«

4. Kapitel

Stephen stand neben seinem Hengst, von Kopf bis Fuß in Stahl gehüllt, und die Sonne heizte seine Rüstung auf. Dazu kam ihr Gewicht, doch daran hatte er sich mit den Jahren gewöhnt.

»Mylord«, sagte sein Schildknappe, »die Sonne wird Euch blenden.«

Stephen nickte grimmig. Dessen war er sich nur zu sehr bewußt. »Laß Chatworth diesen Vorteil. Er wird ihn brauchen.«

Der Junge lächelte stolz. Es hatte lange gedauert, bis Sir Stephen in gepolsterte Baumwolle gehüllt und in Leder verpackt war, damit er die Rüstung anlegen konnte. Nun bestieg er behende sein Roß und ließ sich von dem Jungen den Schild und die Lanze zureichen. Er gönnte Lady Alicia keinen Blick, obwohl er wußte, daß sie in einem elfenbeinfarbenen Kleid mit Goldbesatz und blassem Gesicht neben der Schranke stand. Er verbesserte seine Kampfeslust nicht damit, wenn er dieser Frau ansah, wie sehr sie ihm den Tod wünschte.

Er paßte die lange hölzerne Lanze seiner Rüstung an. Er hatte mit Roger seit gestern abend keinen Ton mehr geredet. Sir Thomas stand zu seinem Wort: Er blieb dem Turnier fern. So waren keine festen Regeln für dieses Turnier erlassen worden. Sie würden darum kämpfen, wer länger auf seinem Pferd sitzen blieb.

Stephens Schlachtroß, ein mächtiger schwarzer Hengst mit wehenden Haaren über den Fesseln, scharrte ungeduldig im Sand. Die Tiere wurden für Ausdauer und Kraft gezüchtet, nicht für Schnelligkeit.

Stephens Männer standen im Kreis um ihn her, bis Roger am anderen Ende des sandbestreuten Platzes erschien. In der Mitte des Feldes war ein niedriger Zaun errichtet, der den Turnierplatz in zwei Hälften teilte.

Stephen ließ das Visier an seinem Helm herab, so daß nur noch ein Schlitz für die Augen frei blieb. Ein junger Mann hob eine Standarte, und als er sie senkte, sprengten die beiden Edelleute mit erhobenen Lanzen aufeinander los. Hier kam es nicht so sehr auf die Schnelligkeit, sondern auf Kraft an. Nur ein Mann in Hochform vermochte sich beim Anprall der Lanze gegen den Schild auf dem Pferd zu halten.

Stephen preßte die Schenkel fest gegen den Pferdeleib, als Rogers Lanze seinen Schild traf. Beide Lanzen zersplitterten beim ersten Aufprall. Stephen lenkte sein Pferd zurück zum Ende seiner Hälfte.

»Er ist gut, Mylord«, sagte einer von Stephens Knappen, der ihm eine neue Lanze reichte. »Achtet diesmal auf die Lanzenspitze. Ich glaube, er möchte Euren Schild unterlaufen.«

Stephen nickte kurz und schloß wieder das Visier.

Die Standarte senkte sich zum zweiten Anlauf. Stephen brauchte seinen Gegner nur aus dem Sattel zu stechen und hatte dann nach den gebräuchlichen Turnierregeln das Treffen gewonnen. Als Roger ihn jetzt attackierte, hielt Stephen den Schild tiefer und fing Rogers Stoß geschickt auf. Von diesem Manöver überrascht, achtete Roger nicht auf Stephens Lanze, die ihn an der Hüfte traf. Er wankte im Sattel, und der wuchtige Aufprall hätte ihn um ein Haar vom Pferd geworfen. Doch gelang es ihm gerade noch, sich an der Mähne festzuhalten.

»Er ist angeschlagen«, sagte der Knappe an Stephens Seite. »Wenn Ihr ihn diesmal voll trefft, geht er zu Boden.«

Stephen nickte und schloß das Visier.

Roger konzentrierte sich auf die Attacke und vernachlässigte seine Verteidigung. Als er die Lanze zum Stoß senkte, traf Stephen ihn wieder, diesmal wuchtiger als zuvor. Roger kippte nach hinten und fiel dann hart auf den Boden vor die Beine von Stephens Pferd.

Stephen sah nur kurz zu seinem gestürzten Gegner hinunter und blickte dann Alicia an.

Doch Roger Chatworth war nicht der Mann, dem man den Rücken zukehren durfte. Er griff nach einer mit Eisenstacheln bewehrten Keule an seinem Sattel und lief, die Waffe über den Kopf schwingend, hinter Stephen her.

»Stephen!« rief jemand.

Stephen reagierte sofort, doch nicht rasch genug. Der Morgenstern traf Stephen wuchtig am linken Schenkel. Stephens Rüstung beulte und drückte sich in sein Fleisch. Der unerwartete Schlag warf Stephen, obwohl er sich am Sattelknopf zu halten suchte, vom Pferd.

Als er sich aufrichtete, sah er Roger erneut mit schlagbereiter Keule auf sich zukommen. Er rollte zur Seite, und die Stahlgelenke seiner Rüstung protestierten kreischend.

Jemand warf Stephen eine Keule zu, als ihn Rogers Morgenstern an der Schulter traf. Stephen stöhnte und schmetterte seine Keule gegen Rogers Hüfte. Als Roger zur Seite taumelte, setzte Stephen ihm nach. Diesen Kampf mußte er gewinnen.

Sein nächster Schlag, der Roger am rechten Schulterblatt erwischte, warf diesen kopfüber in den Sand. Die Rüstung schützte ihn vor den Stacheln; aber die Wucht der Keulenschläge betäubten ihn.

Roger blieb offensichtlich benommen liegen. Stephen zog sein

Schwert, stellte sich mit gespreizten Beinen über ihn und öffnete mit der Schwertspitze das Visier.

Roger blickte finster zu dem Sieger hinauf. »Bringt es hinter Euch!« stieß er hervor. »Tötet mich, wie ich Euch getötet hätte!«

Stephen starrte auf ihn hinunter. »Ich habe gewonnen. Das genügt mir.« Er trat neben Rogers regungslose Gestalt, zog den Panzerhandschuh aus und reckte ihm die entblößte Hand hin.

»Ihr beleidigt mich«, zischte Roger, hob den Kopf und spuckte auf die Hand, die Stephen ihm hinstreckte. »Das werde ich Euch nicht vergessen!«

Stephen wischte seine Hand an der Rüstung ab. »Ich werde immer daran denken.« Er schob das Schwert in die Scheide zurück und wandte sich ab.

Er ging direkt auf Alicia zu, die neben Morag am Rand des Turnierplatzes stand. Alicia wurde ganz steif, als Stephen sich ihr näherte, langsam den Helm abnahm und diesen Morag zuwarf, die ihn grinsend auffing.

Alicia wich nun einen Schritt vor ihm zurück.

»Diesmal entkommt Ihr mir nicht mehr«, sagte er, während er mit der unbewehrten Hand nach ihrem Oberarm griff. Er zog sie an sich. Sein Arm war stärker als ihr ganzer Körper. Er drückte ihren weichen Leib an seinen harten Panzer. Die Kälte und Starrheit der Rüstung brachte ihren Atem zum Stocken. Noch mehr Stahl beschwerte sie, als er sie mit beiden Armen umfaßte.

»Jetzt bist du mein«, murmelte Stephen und drückte seinen Mund auf ihre Lippen.

Es war nicht das erste Mal, daß Alicia einen Mann küßte. So manchesmal bei ihren Raubzügen auf dem Hochland hatte sie mit einem Mann einen flüchtigen, verstohlenen Kuß getauscht.

Doch noch nie hatte sie so einen Kuß erlebt wie diesen. Er war weich und zart, doch zugleich nahm er ihr etwas, das sie bisher noch nie einem Mann geschenkt hatte. Sein Mund spielte mit ihrem Mund, berührte ihn und liebkoste ihn. Sie stand auf den Zehenspitzen, um ihn besser erreichen zu können, und hielt den Kopf etwas schräg. Er schien zu verlangen, daß sie die Lippen öffnete, und sie tat es. Ihre Zungenspitzen berührten sich, und das löste einen Schauder aus, der an ihrem Rückgrat entlanglief. Ihr Körper schien zu schmelzen, und als sie den Kopf zurücknahm, folgte er ihr mit dem seinen. Er hielt sie mehr gefangen, als es Ketten hätten tun können.

Unvermittelt zog sich Stephen von ihr zurück, und als Alicia die Augen öffnete, sah sie sein unverschämtes Grinsen. Sie merkte, daß sie mit ihrem ganzen Gewicht an seinem Arm hing, daß sein Kuß zu einer Hingabe ihres Körpers führte, der nur von ihm gestützt wurde. Sie richtete sich auf, bis sie wieder auf eigenen Füßen stand.

Stephen lachte leise: »Ihr wißt gar nicht, wie sehr Ihr mir gehört.« Er ließ sie los und schob sie Morag zu. »Geht und bereitet Euch auf unsere Hochzeit vor . . . wenn Ihr noch so lange warten könnt.«

Alicia wandte sich rasch von ihm ab. Sie wollte nicht, daß jemand ihr glühendes Gesicht sah und die Tränen, die in ihren Augen schwammen. Was seine Beleidigungen nicht vermochten, war ihm mit seinem Kuß gelungen: Sie weinte.

»Was gibt es da zu bejammern?« schimpfte Morag, als sie wieder allein in ihrem Zimmer waren. »Er ist ein tüchtiger, gutaussehender Mann. Er hat Euch den Willen getan und um Euch gekämpft. Er hat sich als kräftiger, zupackender Kämpfer erwiesen. Was wollt Ihr mehr?«

»Er behandelt mich wie eine Dirne!«

»Er behandelt Euch wie eine Frau. Der andere, dieser Roger, sieht nur das Land, das Euch gehört. Ich bezweifle, daß ihm überhaupt der Gedanke kam, Ihr könntet auch eine Frau sein.«

»Das ist nicht wahr! Er ist . . . wie Ian!«

Morag runzelte die Stirn, als sie an den jungen Mann erinnert wurde, der schon mit fünfundzwanzig sein Leben lassen mußte. »Ian war wie ein Bruder zu Euch. Er ist mit Euch aufgewachsen. Hätte er so lange gelebt, daß er Euch zur Frau hätte nehmen können, wäre es ihm schwergefallen, mit Euch ins Bett zu gehen. Ihm wäre gewesen, als schliefe er bei seiner Schwester.«

Alicia verzog das Gesicht. »Dieser Stephen Ascott hat da gewiß keine Skrupel!«

»Warum sollte er ein schlechtes Gewissen haben, wenn er sich zu Euch legt?«

Alicia sah Morag mit einem so verzweifelten Gesicht an, daß die Alte in ein schnaubendes Gelächter ausbrach.

»Das ist es also. Ihr seid noch Jungfrau. Ich war mir da nie sicher, weil der Chef Euch immer mit den jungen Männern reiten ließ . . .«

»Ich hatte stets einen Beschützer bei mir. Das weißt du genau.«

»Zuweilen ist ein junger Mann nicht der beste Hüter einer tugendhaften jungen Frau.« Sie lächelte. »Nun hört auf zu jammern. Ihr habt ein erfreuliches Erlebnis vor Euch. Und wenn mich nicht alles trügt, ist dieser Stephen ein Gatte, der weiß, wie er es einer Frau beim ersten Mal leicht machen kann.«

Alicia ging ans Fenster. »Davon bin ich überzeugt. So wie er sich aufführt, möchte man meinen, er habe schon halb England beigeschlafen.«

Morag betrachtete Alicias Rücken. »Fürchtet Ihr, Eure Unerfahrenheit könnte ihm mißfallen?«

Alicia schwang herum. »Kein blaßgesichtiges englisches Weib kann mit einer Schottin mithalten!«

Morag kicherte. »Ihr bekommt ja wieder Farbe. Nun steigt aus Eurem Kleid, damit ich Euch für die Hochzeitsnacht anziehen kann. Es sind nur noch ein paar Stunden bis zur Trauung.«

Alicias Gesicht wurde wieder so blutleer wie zuvor. Seufzend ließ sie die langwierige Prozedur des Umziehens über sich ergehen.

Stephen saß bis zum Hals im brühend heißen Wasser. Sein Bein und die Schulter brannten von den Schlägen, die Roger ihm versetzt hatte. Er hielt die Augen geschlossen, während die Tür auf- und zuging. »Mach, daß du fortkommst«, fauchte er. »Ich werde dich schon rufen, wenn ich dich brauche.«

»Und wozu brauchtst du mich?« fragte eine amüsierte, ihm wohlvertraute Stimme.

Stephens Augen flogen auf, und im nächsten Moment lief er splitternackt durchs Zimmer. »Chris!« rief er lachend, während er seinen Freund an sich drückte.

Christopher Audley gab sich dieser herzlichen Umarmung nur kurz hin und schob Stephen dann von sich. »Ich möchte nicht mit durchnäßten Kleidern zu deiner Trauung erscheinen. Ich habe sie doch nicht versäumt, oder?«

»Setz dich dort drüben hin, damit ich dich besser sehen kann«, befahl Stephen, während er wieder in seinen Zuber stieg. »Du hast abgenommen. Ist Frankreich dir so schlecht bekommen?«

»Es bekam mir nur allzugut. Die Frauen hätten mich vor Zuneigung fast aufgefressen.« Er rückte sich einen Stuhl neben den Zuber. Er war untersetzt, zierlich und dunkelhaarig. Ein kurzer, sehr gepflegter Kinnbart, die Stupsnase und die großen, sanften, an ein Reh erinnernden Augen schienen auf Frauen einen Zauber auszuüben, dem sie selten zu widerstehen vermochten. Er betrachtete Stephens blutunterlaufene Schulter. »Eine neue Wunde? Ich wußte gar nicht, daß du schon wieder in eine Fehde verwickelt bist.«

Stephen kippte eine Schöpfkelle voll heißes Wasser über die Wunde. »Ich mußte mit Roger Chatworth um die Frau kämpfen, die ich heute eheliche.«

»Kämpfen?« meinte Chris verdutzt. »Ich sprach noch mit Gavin, ehe ich hierherkam. Er sagte, dir sei ganz schlecht gewesen bei der Aussicht, in den Ehestand treten zu müssen.« Er lächelte. »Ich lernte auch Gavins Frau kennen. Eine Schönheit. Doch bei Hof soll sie ziemlich viel Staub aufgewirbelt haben mit ihren Eskapaden, ehe sie deine Schwägerin wurde.«

Stephen wischte die Bemerkung mit einer Handbewegung fort. »Im Vergleich zu Alicia ist Judith ein zahmes Füllen.«

»Alicia? Heißt so die Erbin, die du heiraten sollst? Gavin beschrieb sie mir als fett und häßlich.«

Stephen lachte leise, während er seine Beine einseifte. »Häßlich. Dir wird es die Sprache verschlagen, wenn du sie siehst. Ihre glänzenden tiefschwarzen Haare kannst du als Spiegel benützen. Wenn die Sonne darauf scheint, sprühen sie wie Gold. Ihre

Augen sind blau und ihr Kinn so hochgereckt, wenn sie mit mir spricht, daß du meinst, sie redet mit einer Dienstmagd.«

»Und wie sieht sie sonst aus?«

Stephen seufzte: »Herrlich.«

Chris lachte über Stephens schmachtenden Ton: »Wie können zwei Brüder nur so viel Glück haben bei der Wahl ihrer Frauen. Aber weshalb mußtest du erst um sie kämpfen? Ich dachte, König Heinrich hätte sie dir zum Geschenk gemacht.«

Stephen erhob sich aus dem Zuber und fing das Handtuch auf, das Chris ihm zuwarf. »Ich kam vier Tage zu spät zu meiner Hochzeit, und ich fürchte, das hat Alicia mir übelgenommen. Sie hegt seltsame Vorstellungen von der Ehe. Ich müßte als ihr Mann zum Schotten werden, selbst meinen Namen ändern. Ich bin mir zwar nicht sicher, glaube aber, Chatworth ließ durchblikken, er wolle ihr jeden Wunsch erfüllen, falls sie ihn heiratete.«

Chris schnaubte: »Und zweifellos glaubte sie ihm. Roger konnte es schon immer gut mit Frauen; doch ich habe ihm nie getraut.«

»Wir veranstalteten ein Turnier ihretwegen. Doch als ich ihn aus dem Sattel stach, fiel er mich hinterrücks mit der Keule an.«

»Dieser Bastard! Edmund, sein Bruder, war ein niederträchtiger Bursche. Mich würde es nicht wundern, wenn so etwas auf Roger abfärbte. Und du hast trotzdem gewonnen?«

»Ich war so wütend über seine heimtückische Attacke, daß ich ihn fast getötet hätte. Tatsächlich bat er mich darum und meinte, es sei eine Beleidigung, wenn ich sein Leben schonte.«

Chris sah seinen Freund nachdenklich an. »Du hast ihn dir damit zum Todfeind gemacht. Das könnte sich schlimm auswirken.«

Stephen ging zum Bett, wo sein Hochzeitsgewand ausgebreitet lag. »Ich kann es ihm nicht verdenken, daß er Alicia begehrte. Jeder Mann würde um ihren Besitz kämpfen.«

Chris grinste. »So hast du dich noch nie wegen einer Frau angestellt.«

»So eine Frau wie Alicia ist mir bisher auch noch nicht begegnet.« Es klopfte an der Tür. Als er »herein« rief, trat eine junge Zofe herein, ein schimmerndes, aus Silberfäden gewirktes Kleid über dem Arm. Sie starrte Stephen an, der mit nacktem Oberkörper vor ihr stand.

»Was ist?« forschte er ungeduldig. »Warum hast du das Gewand nicht Lady Alicia übergeben?«

Die Unterlippe des Mädchens zitterte.

Stephen streifte ein Hemd über und nahm dem Mädchen das Kleid ab. »Du kannst es mir ruhig sagen«, meinte er versöhnlich. »Ich weiß, daß Lady Alicia eine scharfe Zunge hat.«

Das Mädchen blickte hoch. »Sie war in der Halle, Mylord, als ich zu ihr trat, und mehrere Männer waren zugegen. Ich gab ihr das Kleid, und es schien ihr zu gefallen.«

»Ja. Erzähle weiter!«

Die Worte des Mädchens überstürzten sich: »Doch als ich sagte, es wäre von Euch und für die Trauung bestimmt, warf sie es mir wieder zu. Sie sagte, sie habe ihr eigenes Hochzeitskleid und würde Eures niemals tragen. Oh, Mylord, es war schrecklich. Sie sagte es sehr laut, und die Männer, die zuhörten, lachten.«

Stephen gab dem Mädchen einen Kupferpfennig. Als das Mädchen das Zimmer wieder verlassen hatte, sagte Chris lachend: »Eine scharfe Zunge, sagtest du? Mir scheint, sie ist eher ein scharfgewetztes Messer.«

Wütend schlüpfte Stephen in sein Wams. »Ich habe mir genug von ihr bieten lassen. Höchste Zeit, daß jemand dieser jungen Dame ein paar Manieren beibringt.«

Er warf das Kleid über die Schulter und strebte mit langen Schritten der Halle zu. Er hatte es sich einiges kosten lassen, ihr dieses Kleid zu beschaffen. Alicia hatte sich bei ihm über ihr verdorbenes Kleid beschwert, obwohl er keine Schuld daran trug, daß sie damit in den Fluß fiel. Er war in die Stadt geritten, hatte den aus Silber gewirkten Stoff entdeckt und eine Näherin dafür bezahlt, daß sie die Nacht hindurch an dem Kleid arbeitete. Das Material war von feinster Wolle und jeder zweite Querfaden ein hauchdünner Silberdraht. Das Gewand war schwer und kostbar und schimmerte und glühte sogar auf den dunklen Korridoren.

Vermutlich hatte es mehr gekostet als alle Kleider von Alicia zusammengerechnet.

Doch sie hatte sich geweigert, es zu tragen.

Er sah sie schon, als er in die große Halle kam. Sie saß auf einem gepolsterten Stuhl und trug ein Kleid aus elfenbeinfarbenem Satin. Ein junger Mann saß neben ihr und spielte einen Psalter auf der Harfe.

Stephen pflanzte sich zwischen den beiden auf.

Sie sah ihn mit einem kurzen betroffenen Blick an und drehte dann das Gesicht zur Seite.

»Es wäre mir recht, wenn Ihr dieses Kleid anziehen würdet«, sagte er ruhig.

Sie sah nicht zu ihm hoch. »Ich habe ein Hochzeitskleid.«

Jemand in Stephens Nähe gluckste: »Habt Ihr wieder Probleme mit Frauen, Stephen?«

Stephen stand einen Moment still und riß dann Alicia aus dem Stuhl. Er sagte nichts, doch sein finsteres Gesicht war ihr Warnung genug. Er legte seine Finger wie eine Fessel um ihr Handgelenk und zog sie hinter sich her. Ihre Füße verfingen sich im Rocksaum, und sie raffte rasch den Rock hoch. Sie wußte, er hätte sie hinter sich hergezogen, wenn sie gestürzt wäre.

Er stieß sie förmlich in ihr eigenes Zimmer hinein und schleuderte das Kleid auf das Bett. »Zieht das an!« befahl er.

Alicia wehrte sich. »Ich werde weder jetzt noch in Zukunft Euren Befehlen gehorchen.«

Seine Augen waren dunkel und hart. »Ich habe alles Menschenmögliche getan, um für mein Zuspätkommen Abbitte zu leisten.«

»Zuspätkommen«, fauchte sie, »glaubt Ihr etwa, ich wäre so eitel, Euch zu verachten, weil Ihr die Manieren eines Bauern besitzt? Wie schlecht Ihr mich doch kennt! Ich wünschte, daß Ihr heute das Turnier verloren hättet, weil Roger Chatworth sich besser für meinen Klan geeignet hätte. Meine Gefolgsleute werden Euch aus dem gleichen Grund verabscheuen wie ich: Eurer Hoffart wegen. Weil Ihr Euch einbildet, alles wäre Euer Eigentum.«

Stephen rückte einen Schritt auf sie zu und packte ihr Kinn. Sein Daumen und sein Zeigefingen gruben sich in ihre Wangen. »Ich habe es satt, nur dauernd von Eurem Klan zu hören. Und noch mehr empört es mich, wenn Ihr noch einmal den Namen Chatworth über die Lippen bringt. Ich habe dieses Kleid als Geschenk für Euch nähen lassen; doch Ihr seid zu halsstarrig, zu eigensinnig, um es anzunehmen.«

Sie versuchte, ihren Kopf aus seinem Griff zu befreien. Doch es gelang ihr nicht.

»Ihr seid meine Frau, und als solche werdet Ihr mir gehorchen. Ich weiß nichts von Euren Leuten und kann mich mit ihnen erst befassen, wenn ich sie kennenlerne. Aber ich weiß, wie Frauen sich zu verhalten haben. Ich habe weder Kosten noch Mühen gescheut, für Euch dieses Kleid anfertigen zu lassen. Und nun werdet Ihr es auch tragen.«

»Nein! Ich werde Euch nicht gehorchen! Ich bin eine MacArran!«

»Tod und Verdammnis«, fluchte er, packte ihre Schultern und fing an, sie zu schütteln. »Das ist keine Sache zwischen England und Schottland oder zwischen einem Klanchef und dessen Gefolgsmann. Das ist eine Sache zwischen uns – zwischen Mann und Frau! Ihr werdet dieses Kleid tragen, weil ich Euer Ehemann bin und sage, daß Ihr es tragen werdet!«

Er hörte auf, sie zu schütteln, und sah, daß seine Worte sie nicht beeindruckt hatten. Er bückte sich und warf sie sich über die Schulter.

»Laßt mich sofort los!«

Er achtete nicht auf ihr Begehren, sondern warf sie mit dem Gesicht nach unten aufs Bett.

»Hört auf! Ihr tut mir weh!«

»Ihr habt mir Schlimmeres angetan das«, gab er zurück, während er die winzigen Knöpfe auf dem Rückenteil ihres Kleides zu öffnen versuchte. Er kniete sich über sie. »Heute abend werde ich Euch die Wunden zeigen, die Roger mir Euretwegen zufügte. Haltet still, oder ich reiße dieses verdammte Kleid in Stücke!«

Sofort lag Alicia still.

Stephen maß ihren Rücken mit einem verächtlichen Blick. »Mir scheint, Ihr geht nur auf mich ein, wenn es Euer Geld kostet.«

»Wir sind ein armes Land und können uns die Verschwendungssucht der Engländer nicht leisten.« Sie hielt still, während Stephen mit ihren Knöpfen beschäftigt war. »Ihr . . . habt gut gekämpft heute morgen.«

Er hielt einen Moment mit dem Aufknöpfen inne. »Das muß Euch schwer angekommen sein, mir so etwas zu sagen, wenn ich bedenke, daß Ihr mir den Tod wünschtet.«

»Ich wünschte keinem den Tod. Ich wollte nur . . .«

»Ich weiß schon, was Ihr wolltet! Roger Chatworth!«

Das war ein seltsamer Moment zwischen ihnen. Alicia fühlte sich eigenartigerweise gar nicht befangen in seiner Nähe, als wären sie schon viele Jahre beisammen. Sie wußte, daß sie ihm nicht zu erklären vermochte, weshalb sie Roger zum Ehemann haben wollte. Sie hatte oft genug versucht, ihm ihre Logik zu vermitteln. Nun war es ihr fast ein Genuß, die Eifersucht aus seiner Stimme zu vernehmen. Sollte er doch glauben, sie begehrte Roger als Mann. Das geschah ihm recht.

»So! Und jetzt steht auf und zieht dieses Kleid an.«

Als sie sich nicht bewegte, beugte er sich über ihren Hals und küßte ihn. »Laß uns nicht bis heute nacht warten.«

Bei diesen Worten und Aktionen wurde Alicia sogleich lebendig. Sie rollte rasch unter ihm vom Bett herunter. Sie hielt den Vorderteil ihres Kleides zusammen und sagte: »Ich werde Euer Geschenk anziehen, doch Ihr müßt erst das Zimmer verlassen!«

Stephen lehnte sich auf den Ellenbogen zurück. »Ich habe nicht die Absicht, das Zimmer zu räumen.«

Alicia versuchte, ihn dazu zu überreden, wußte jedoch, daß das zwecklos war. Zudem hatte er sie ja bereits in nassen Unterkleidern gesehen. Stephen beobachtete mit hungrigen Augen, wie sie aus ihrem Kleid stieg und es sorgsam auf eine Truhe legte. Dann hielt er das silberfarbene Kleid so dicht vor sich hin, daß er ihr einen Kuß auf die Schulter geben konnte, als sie es ihm abnahm.

Es war schon ein herrlicher Stoff, über den sie staunend mit der Hand hinstrich, ehe sie das Kleid über den Kopf streifte. Es saß wie angegossen, und als es sich an ihre Hüften schmiegte, sah sie verwundert zu Stephen hoch. Es hatte nicht den großzügigen Ausschnitt, wie es der herrschenden Mode entsprach, sondern war hochgeschlossen bis zum Kinn.

Stephen zuckte mit den Achseln, »Ich möchte nicht allen Männern zeigen, was mir gehört.«

»Euch!« keuchte sie, »habt Ihr vor, mein Leben lang zu bestimmen, was ich zu tun und zu lassen habe? Darf ich mir nicht einmal meine eigenen Kleider aussuchen?«

Er stöhnte: »Ich wußte doch, daß Eure Friedfertigkeit nicht lange vorhalten würde. Nun kommt hierher, daß ich Euch die Ösen auf dem Rücken schließen kann.«

»Das kann ich schon selbst erledigen.«

Er sah ihr eine Weile zu, wie sie sich mit dem Kleid abmühte, ehe er sie an sich zog. »Glaubt Ihr, Ihr werdet je begreifen können, daß ich nicht Euer Feind bin?«

»Aber Ihr seid doch mein Feind. Alle Engländer sind Feinde meines Klans, dem ich vorstehe.«

Er zog sie zwischen seine gegrätschten Beine und schloß Haken und Ösen auf ihrem Rücken. »Hoffentlich werdet Ihr eines Tages verstehen, daß ich mehr bin als nur ein Engländer.« Er strich über ihre Arme. »Ich freue mich auf heute nacht.«

Alicia entzog sich ihm. »Der Priester und die Gäste erwarten uns bereits.«

Stephens Page wartete vor der Tür und half ihm in sein schweres Samtjackett. Alicia sah, wie der Junge seinen Herrn voller Verehrung ansah und ihm Glück wünschte.

Stephen lächelte und führte Alicias Hand an seine Lippen. »Glück«, sagte er, »ob es das für uns beide geben wird?«

Sie sagte nichts und drehte das Gesicht zur Seite, als er ihre Hand nahm, um sie die Treppe hinunterzuführen. Das silberne

Kleid wog schwer und erinnerte sie daran, daß sie in der Gewalt dieses Fremden war.

Viele Leute erwarteten sie am Fuß der Treppe – alles Männer, die mit Sir Thomas im Hochland gegen ihre Leute gekämpft hatten. Sie versuchten nicht, ihre feindseligen Gefühle gegenüber Schotten zu verbergen. Sie lachten darüber, wie Alicia sich zur Wehr gesetzt hatte, nachdem sie ihren Vater erschlugen. Sie glaubten, wenn Alicia sich nur halb so wild im Hochzeitsbett aufführte, würde Stephen sein blaues Wunder erleben.

Sie hielt den Kopf hoch und ermahnte sich im stillen, daß sie eine MacArran sei und ihren Klan zu vertreten habe. Die Engländer waren ein rohes, prahlerisches Volk. Sie wollte sich nicht mit ihnen gemein machen, indem sie ihren rüden Scherzen mit gleicher Grobheit begegnete.

Stephens Finger preßten ihre Hand, daß sie betroffen zu ihm hinsah. Er machte ein feierliches Gesicht, sein Mund war ein grimmiger Strich, und die Muskeln unter seinen Wangenknochen zuckten. Sie hatte eigentlich erwartet, daß er die Bemerkungen seiner Landsleute gern hörte, weil sie bezeugten, daß sie ihm als Kriegsbeute zugefallen war. Statt dessen blickte er mit fast traurigen Augen zu ihr hinunter, als wollte er sie um Entschuldigung bitten.

Die Trauung dauerte nur sehr kurz. Tatsächlich kam ihr diese Zeremonie gar nicht wie eine Hochzeit vor. Alicia stand vor dem Priester und begriff in diesem Augenblick, wie allein sie war. Sie hatte sich ihre Hochzeit ganz anders vorgestellt – im Hochland im Frühjahr, wenn die Erde wieder zum Leben erwachte, umgeben von ihren Freunden und mit einem Mann zur Seite, den sie kannte.

Sie bewegte den Kopf und sah Stephen an. Sie knieten Seite an Seite in Sir Thomas kleiner Hauskapelle. Stephen hatte den Kopf andächtig nach vorn geneigt. Wie weit er von ihr entfernt war, wie entrückt! Und wie wenig sie doch von ihm wußte! Sie waren in zwei verschiedenen Welten aufgewachsen, in ganz verschiedenen Verhältnissen. Ihr Leben lang hatte man ihr beigebracht, daß sie Macht hatte und Rechte. Und daß ihr Volk sich an sie wenden würde, wenn es Hilfe brauchte. Doch dieser Engländer hatte nur eine Gesellschaft gekannt, wo man Frauen zum Nähen und zur Willfährigkeit gegenüber den Männern erzog. Und mit diesem Mann, der Frauen als Eigentum betrachtete, mußte sie nun ihr Leben verbringen.

Und heute nacht. . . Ihre Gedanken kamen zum Stillstand, weil sie nicht an die kommende Nacht denken wollte. Dieser Mann war ein Fremder für sie . . . ein völlig Fremder. Sie wußte nicht, was er gerne aß, ob er lesen oder singen konnte und aus welcher Familie er stammte. Doch sie hatte zu ihm ins Bett zu steigen und die intimsten Dinge mit ihm zu teilen. Wie sollte sie sich da wohl freuen können!

Stephen drehte sich ihr zu und sah sie an. Er bemerkte, wie sie befremdet die Brauen runzelte. Er lächelte kurz, um sie zu ermutigen; doch sie wandte sogleich ihr Gesicht wieder ab und sah auf ihre gefalteten Hände.

Für Alicia schien der Tag kein Ende nehmen zu wollen. Sie saßen an einem langen Tisch mit den Männern, und je mehr sie schmausten und tranken, um so derber wurden ihre Späße. Alles schien sich nur um das Ereignis der Hochzeitsnacht zu drehen, und bei jeder Bemerkung wurde ihr Haß auf die Engländer größer. Sie nahmen kein Rücksicht auf die Braut. Sie war nichts als eine Trophäe.

Alicia aß kaum etwas und trank noch weniger. Sie spürte, wie sich alles in ihr verkrampfte, als die Sonne immer tiefer sank. Sie versuchte sich einzureden, daß sie eine mutige Frau war. Mehrere Male hatte sie die Raubzüge gegen die Rinderherden der MacGregors angeführt. Sie hatte, zusammengerollt in ihrem Plaid, im Schneesturm nachts im Freien geschlafen. Sie hatte sogar an der Seite ihres Vaters gegen die Engländer gekämpft. Sie wußte, wie eine Paarung ablief, doch von den Gefühlen, die sie begleitete, hatte sie keine Ahnung. Würde sie sich dabei verändern? Gehörte sie danach diesem Stephen Ascott, wie er das jetzt schon zu glauben schien? Morag hatte gesagt, das Schlafen bei einem Mann sei ein erfreuliches Erlebnis. Alicia hatte Männer gesehen, die weich wurden wie Wachs, weil sie glaubten, verliebt zu sein. Sie hatte auch Frauen erlebt, die glücklich und aufgeregt waren, jedoch in eine plumpe und träge Sattheit verfielen, sobald ihnen ein Mann den Ring an den Finger steckte. Nicht nur die Paarung schien sich im Ehebett zu vollziehen, sondern auch etwas Geheimnisvolles, vor dem sie sich fürchtete.

Als Morag hinter ihren Stuhl trat und Alicia zuraunte, es sei Zeit, zu Bett zu gehen, wurde Alicias Gesicht weiß wie ein Laken. Sie umkrampfte mit beiden Händen die geschnitzten Löwenköpfe an den Stuhllehnen.

Stephen hielt einen Moment ihren Arm. »Sie sind eifersüchtig. Bitte, achtet nicht auf sie. Bald werden wir hinter uns die Tür zumachen und sie ausschließen können.«

»Ich würde lieber hierbleiben«, gab Alicia böse zurück und folgte Morag dann aus der großen Halle.

Morag sagte kein Wort, während sie die Haken auf dem Rücken des silberfarbenen Kleides löste. Alicia benahm sich wie eine gehorsame Puppe, die sich nackt zwischen Laken und Zudecke betten ließ. Rab legte sich dicht neben seine Herrin auf den Boden.

»Komm, Rab«, rief Morag. Der Hund rührte sich nicht. »Alicia! Schickt den Hund aus dem Zimmer. Ihm wird es nicht gefallen, wenn der Hund heute nacht zugegen ist.«

Alicia funkelte die Alte an: »Du fürchtest um den Hund und nicht um mich? Hat denn jeder mich verlassen? Rab bleibt hier.«

»Ihr tut Euch nur selbst leid. Sobald es vorbei ist, werdet Ihr Euch nicht mehr so schlecht fühlen.« Sie verstummte, weil plötzlich die Tür aufflog und Stephen hereinstürmte.

»Geht, Morag«, sagte er, ganz außer Atem, »geht rasch! Sie werden wütend sein, wenn sie entdecken, daß ich mich heimlich entfernt habe. Doch ich kann sie nicht mehr ertragen. Und ich mochte nicht mehr zuhören, wie sie über Alicia reden. Zur Hölle mit ihnen!«

Morag grinste und legte ihre Hand auf seinen Arm. »Ihr seid ein guter Junge.« Sie lehnte sich vor und wisperte: »Seid vor dem Hund auf der Hut.« Sie tätschelte noch einmal seinen Arm, ehe sie zur Tür ging und diese hinter sich schloß.

Stephen drehte sich Alicia zu und lächelte. Sie saß aufrecht im Bett. Ihre schwarzen Haare fielen in üppigen Wellen über das weiße Bettuch, das sie bis zum Kinn hochgezogen hatte. Ihre Knöchel waren so weiß wie ihr Gesicht.

Stephen ließ sich schwer auf den Bettrand fallen und zog Jackett und Wams aus. Er streifte seine Schuhe von den Füßen und knöpfte das Hemd auf, ehe er sagte: »Es tut mir leid, daß es bei unserer Hochzeit nicht festlicher zuging. Aber da Sir Thomas' Haus so nahe an der Grenze liegt, kommen Frauen nur selten hierher zu Besuch.«

Er schwieg, als Fäuste gegen die Tür hämmerten.

»Das ist nicht fair, Stephen!« grölten Männerstimmen. »Wir wollen die Braut sehen! Du hast sie ja ein ganzes Leben für dich.«

Stephen stand auf und drehte sich seiner Frau zu, während er sein Schwert abgurtete und den Dolch dazulegte. »Sie werden sich gleich wieder entfernen. Sie sind zu betrunken, um Schaden anrichten zu können.«

Als er sich nackt ausgezogen hatte, schlüpfte er unter das Bettuch an ihre Seite. Er lächelte, weil sie mit glasigen Augen vor sich hinstarrte. Er streckte die Hand aus und berührte ihre Wange. »Bin ich so schrecklich, daß du nicht einmal meinen Anblick ertragen kannst?«

Da kam plötzlich Leben in sie. Sie sprang aus dem Bett und nahm die Bettdecke mit. Sie wich bis zur Wand, und ein aufgeschreckter Rab stellte sich schützend vor sie. Sie starrte auf Stephen, der vor ihr im Bett lag. Sein nackter Körper, seine muskulösen Beine, die mit hellblonden Haaren bedeckt waren, sahen seltsam verwundbar aus. Seine Brust war noch breiter, als sie im bekleideten Zustand gewirkt hatte. »Rühr mich nicht an!« zischelte sie leise.

Langsam und mit großer Geduld schwang Stephen sich auf ihre Seite des Bettes hinüber. Sie sah ihm an, daß er ihren Ausbruch nur für ein kleines Ärgernis hielt. Er ging an ihr vorbei zum Tisch, wo ein Becher neben einer Schale mit Früchten stand. Er goß aus einer Kanne Wein in den Becher. »Hier«, sagte er und reichte ihr den Becher, »trink das und beruhige dich wieder.«

Sie schlug ihm den Becher aus der Hand. »Ich werde nicht dulden, daß du mich anfaßt!«

»Alicia, du bist doch nur nervös. Jede Braut hat beim ersten Mal Angst.«

»Erstes Mal?« wiederholte sie mit schriller Stimme. »Du glaubst, es wäre für mich das erste Mal? Ich habe mit dem halben Klan geschlafen. Ich will nur nicht, daß ein schmutziger Engländer mich berührt!«

Stephen verlor nicht die Geduld mit ihr. »Ich weiß so gut wie du, daß das eine Lüge ist. Du wärst nicht so entsetzt, wenn du schon einmal mit einem Mann geschlafen hättest. Und nun entspanne dich. Du machst doch alles nur noch schlimmer. Und was willst du damit eigentlich erreichen?«

Sie verabscheute seine selbstgefällige Überzeugung, daß sie machtlos gegen ihn wäre. Sie haßte alles an ihm. Selbst nackt strahlte er noch ein Gefühl der Macht aus. Alicia erwiderte sein Lächeln, denn sie hatte etwas, das ihm das Lächeln von seinem Gesicht wischen würde.

»Rab!« befahl sie, »faß!«

Der riesige Hund zögerte nur einen winzigen Augenblick, ehe er mit einem mächtigen Satz auf Stephens Hals lossprang.

Stephen bewegte sich zur Seite. Seine Reaktionen waren noch schneller als die des Hundes. Als der Wolfshund mit knurrend entblößten Fangzähnen ihm entgegenflog, schlug er mit der Faust seitlich gegen den kantigen Schädel der Kreatur. Rabs Sprung wurde in eine andere Richtung gelenkt. Er prallte wuchtig gegen die Wand und rutschte dann als Fleischmasse auf den Boden.

»Rab!« schrie Alicia, ließ die Bettdecke fallen und eilte ihrem Hund zu Hilfe.

Rab versuchte aufzustehen, torkelte aber nur benommen umher.

Stephen hatte dem Hund nur einen kurzen Blick gegönnt. Als er wußte, daß er keinen ernsthaften Schaden genommen hatte, starrte er mit offenem Mund auf ihre rosigen Brustspitzen und ihre gerundeten Hüften, die wie mit elfenbeinfarbenem Satin überzogen zu sein schienen.

»Dafür werde ich Euch töten!« schrie Alicia.

Stephen war viel zu sehr verzaubert von ihrer Schönheit, um zu bemerken, wie sie nach dem Messer griff, das bei der Früchteschale lag. Es war ein stumpfes Messer, jedoch mit scharfer Spitze. Er sah es gerade noch aufblitzen, ehe es sich in seine Schulter gebohrt hätte. Er bewegte sich zur Seite, und so schnitt es nur in seine Haut.

»Verdammt!« sagte er und preßte die Hand auf die Wunde. Blut sickerte ihm durch die Finger. Plötzlich fühlte er sich sehr müde. Er setzte sich auf das Bett und befahl: »Reiß ein Stück vom Laken ab, damit ich mir das da verbinden kann.«

Alicia stand starr da, das Messer noch in der Hand.

Stephen sah sie an, und sein Blick tat ihrem Körper Gewalt an. »Reiß ein Stück vom Laken ab!« befahl er noch einmal, und sie kniete sich auf den Boden, riß einen Streifen von dem Leinen und wickelte sich den Rest um den Körper.

Stephen bat sie nicht um Hilfe, als er sich mit einer Hand und mit Hilfe seiner Zähne einen Verband anlegte. Dann wandte er sich dem Hund zu. »Komm her, Rab«, sagte er ruhig. Der Hund gehorchte sofort. Stephen untersuchte ihn sorgfältig, und als er keine Verletzung an dem Tier entdeckte, streichelte er es, und der Hund rieb den Kopf an seiner Hand. »Guter Junge«, sagte Stephen, »und nun lege dich dorthin und schlafe.« Rab ging zu der Stelle, auf die Stephen deutete, und legte sich hin.

»Und jetzt kommst du ins Bett, Alicia«, sagte er im gleichen Ton wie zu dem Hund.

»Ich bin nicht Rab, der so rasch seine Treuepflicht vergißt!«

»Ach, zum Teufel!« sagte Stephen, machte einen langen Schritt auf sie zu und packte sie am Handgelenk. Er wickelte sie mit einem Ruck aus dem Leinen und schleuderte dieses zu Boden. »Du wirst mir gehorchen, und wenn ich dich dazu zwingen muß.« Damit warf er sie über den nackten Schenkel und verabreichte ihr ein paar saftige Hiebe auf ihre festen, runden Pobacken.

Als sie beide die roten Male seiner Finger trugen, warf er Alicia auf die andere Seite des Bettes hinüber. Er achtete nicht auf die Tränen, die der Schmerz ihr in die Augen trieb. Er streckte sich neben ihr aus, schlang einen Arm um ihre Taille und legte einen Schenkel auf den ihren.

Stephen lag einen Moment ganz still und spürte ihre herrliche zarte Haut an der seinen. Ihm verlangte sehr danach, sie ganz zu umarmen, doch zugleich fühlte er sich sehr, sehr müde. Er hatte mit Roger am Morgen gekämpft und den übrigen Tag mit Alicia und ihrem Hund. Ein wohliges Gefühl der Ruhe überkam ihn. Er hatte sie und konnte sie bis zum Ende seiner Tage genießen. Seine Muskeln lockerten sich.

Alicia lag steif unter Stephens Schenkel und stemmte sich innerlich gegen alles, was jetzt über sie hereinbrechen mußte. Ihre Kehrseite war ganz wund von seinen Schlägen. Als sie spürte, daß er sich entspannte, und dann seine regelmäßigen Atemzüge hörte, die ihr verrieten, daß er eingeschlafen war, seufzte sie erleichtert auf. Im nächsten Moment war sie beleidigt. Sie wollte von ihm abrücken, doch sein Arm hielt sie so fest umklammert, daß sie sich dabei die Rippen brechen mußte. Da sie nichts an ihrer Lage zu ändern vermochte, entspannte sie sich. Und danach fand sie sogar Gefallen daran, daß ihre Körper sich berührten. Seine Schulter fühlte sich so fest und hart an. Sie legte ihre Wange an sein Gesicht. Die Wachskerzen im Zimmer fingen an zu flackern, und als er ihr Gesicht in ihren Haaren vergrub, lächelte sie verträumt vor sich hin.

5. Kapitel

Stephen erwachte schon sehr zeitig am nächsten Morgen. Zunächst war er sich nur eines pochenden Schmerzes in seiner Schulter bewußt. Das Zimmer war dunkel und still. Nur ein Hauch von Rosa schwamm im dunklen Blau vor dem Fenster.

Dann nahm er den warmen Hauch von Alicias Körper wahr. Ihre dicken schwarzen Haarsträhnen waren um seinen Arm gewickelt. Ihr Schenkel ruhte zwischen seinen. Sofort vergaß er das Pochen und Ziehen in Arm und Schultern. Er holte tief und langsam Luft, während er sie betrachtete. Im Schlaf sprühten ihre Augen keinen Haß. Ihr Kinn war gesenkt und wehrlos, ihr Gesicht so glatt und rosig wie bei einem Baby. Ihre Haare ringelten sich wie Rosenranken an einem Spalier um seinen Arm. Ihm war, als habe er sie schon sein ganzes Leben lang begehrt. Sie war die Frau, von der er immer geträumt hatte. Es drängte ihn nicht, sich an ihrem Körper zu ergötzen. Er hatte so lange gewartet, daß er sich nun Zeit nehmen wollte, sie zu genießen.

Er merkte, als sie ebenfalls die Augen öffnete. Er tat nichts, was sie erschrecken konnte. Ihre großen blauen Augen erinnerten ihn an die Rehe im Park von Ascott. Als Junge hatte er sich an sie heranpirschen und sie so lange ruhig ansehen können, bis sie ihre Angst vergaßen und neben ihm grasten.

Er berührte ihren Arm und tastete daran entlang, bis er ihre Hand in seiner spürte. Er hob sie langsam an seine Lippen und lächelte. Sie betrachtete ihn mit einem besorgten Gesicht, als könnte er ihr mehr rauben als ihre Unschuld. Er wollte sie beruhigen, wußte jedoch, daß ihm das nie mit Worten gelingen konnte. Er mußte sie erst dazu bringen, daß sie mit ihrem Körper verstand, wie wenig sie zu befürchten hatte.

Er drehte sich so, daß er beide Arme frei hatte, und spürte, wie sie sich sogleich verkrampfte. Mit einer Hand hielt er ihre Fingerspitzen an seine Lippen und liebkoste sie mit Zunge und Zähnen. Mit der anderen Hand fuhr er über ihre Rippen, faßte ihre Taille, streichelte ihre Hüfte. Ihr Körper war fest, die Muskeln unter der zarten Haut straff und wohlgeformt von stetiger Übung. Er hörte ihren scharfen Atem, als er ihre Brust berührte. Ganz sacht fuhr er mit dem Daumen über die Brustwarze. Obwohl er spürte, wie sie hart wurde unter seiner Haut, entspannte sie sich nicht. Stephen runzelte ein wenig die Stirn, weil er merkte, daß er auf diese Weise nicht weiterkam. Seine Vorsicht und Zärtlichkeit machten sie nur noch spröder.

Seine Hand ging von ihrer Brust zur Hüfte hinunter. Er berührte mit den Lippen ihren Hals und wanderte von dort zur

Brust, während seine Hand mit ihrem wohlgerundeten Knie spielte. Er spürte, wie sie mit einem kleinen wohligen Schauer antwortete, und er lächelte, während er mit dem Mund ihre andere Brust liebkoste, die Hand wieder an ihrer Hüfte. Er merkte, wie sie sich abermals versteifte, und bewegte sich langsam von ihr fort.

Sie lag auf dem Rücken und sah ihn mit großen Augen an. Er strich mit den Fingerspitzen an ihren Schläfen entlang. Ihre Haare lagen um sie ausgebreitet wie ein Wasserfall von flüssigen schwarzen Perlen.

Sie ist anders, dachte er, ganz anders als die Frauen, die mir bisher begegnet sind. Sie ist etwas Besonderes, Einmaliges.

Er grinste sie an und riß ihr mit einem Ruck die Zudecke von den Beinen.

»Nein«, flüsterte Alicia, »bitte.«

Ihre Beine waren herrlich: lang, schlank und wohlgerundet. Sie war ihr ganzes Leben lang geritten, geklettert und gelaufen. Ihre Beine schienen überaus reizempfänglich. Stephen begriff, daß nicht die Berührung ihrer Brust den wohligen Schauer bei ihr ausgelöst hatte, sondern das Streicheln ihres Knies.

Er glitt zum Fußende des Bettes, während er sich mit den Augen an ihrer Schönheit weidete. Er beugte sich vor und legte die Hände auf ihre Fußknöchel. Langsam fuhr er von dort über die Knie bis zu ihren Schenkeln hinauf. Alicia zuckte, als habe sie jemand mit einer glühenden Kohle berührt.

Stephen lachte tief in der Kehle und bewegte die Hände wieder an ihren Beinen entlang nach unten. Er nahm einen ihrer beiden Füße in die Hand und liebkoste ihr Bein mit den Lippen. Er fuhr mit der Zunge an ihrer Kniescheibe entlang.

Alicia bewegte sich ruhelos unter ihm. Kleine wohlige Schauer ergossen sich durch ihren Körper, rieselten durch ihre Arme, strahlten bis zu den Schultern aus. Solche Gefühle hatte sie noch nie empfunden. Ihr Körper erbebte, und ihr Atem ging schneller und unregelmäßig.

Stephen drehte sie auf den Bauch und küßte ihre Kniekehlen. Alicia zuckte, daß sie fast aus dem Bett gefallen wäre, wenn

Stephen nicht mit der Hand ihren Rücken niedergedrückt hätte. Sie grub ihr Gesicht in die Kissen und stöhnte, als litte sie Schmerzen. Stephen marterte sie mit Händen und Lippen, die jeden Zoll ihrer empfindlichen Beine erforschten.

Er begehrte sie so sehr, daß er ihr nicht länger widerstehen konnte. Er drehte sie wieder auf den Rücken und suchte mit seinen Lippen ihren Mund. Er war nicht vorbereitet auf die Leidenschaft, mit dem sie seinen Kuß erwiderte. Sie schlang die Arme um ihn und hielt ihn fest wie ein Schraubstock. Ihr Mund schien sein ganzes Wesen in sich hineinsaugen zu wollen. Er wußte, was sie verlangte, wußte jedoch zugleich, daß sie keine Ahnung hatte von dem Wie.

Als sie ihn auf das Bett niederzudrücken suchte, während ihre Hände ruhelos über seinen Rücken und seine Arme glitten, warf er sie in die Kissen zurück und legte sich über sie. Ihre Beine öffneten sich wie von selbst. Sie war bereit für ihn. Ihre Augen weiteten sich, als er in sie eindrang, und sie legte den Kopf zurück. Dann lächelte sie, während sich ihre Lider senkten. »Ja«, flüsterte sie mit geschlossenen Augen, »oh, ja.«

Stephen glaubte, sein Herz würde stehenbleiben. Ihr Anblick, ihre kehligen, gestammelten Worte, waren verlockender als jedes Liebesgedicht. Hier war eine Frau, die sich nicht vor einem Mann fürchtete, sondern ihm ebenbürtig war in ihrer Leidenschaft.

Er bewegte sich auf ihr, und sie zögerte nicht, im Takt ihm zu folgen. Ihre Hände liebkosten seinen Körper, rieben die Innenflächen seiner Schenkel, bis Stephen dachte, er müsse schier zerspringen unter der Gewalt seiner immer größer werdenden Leidenschaft. Doch Alicia kam ihm Stoß für Stoß entgegen, gebend und empfangend. Und als er schließlich zum Höhepunkt kam, war die Erschütterung so gewaltig, daß er meinte, er risse mitten entzwei.

Er brach, schweißgebadet und schlaff, auf Alicia zusammen und preßte sie an sich, daß sie kaum noch Luft bekam. Es störte sie nicht. Einen Moment lang glaubte sie, sie wäre tot. Niemand konnte das, was sie eben erfahren hatte, lebend überstehen. Ihr ganzer Körper hatte sich in Schwingungen aufgelöst, und selbst wenn ihr Leben davon abgehangen hätte, wäre sie nicht imstande gewesen, sich vom Bett zu erheben. Sie glitt in den Schlaf, Beine und Arme noch um Stephens Körper geschlungen.

Als sie erwachte, sah sie seine spöttisch lächelnden blauen Augen über sich. Das Zimmer war vom Licht der Sonne überflutet, und blitzartig fiel ihr alles ein, was zwischen ihnen geschehen war. Sie spürte, wie ihr das Blut ins Gesicht schoß. Seltsamerweise erinnerte sie sich nicht mehr an die Empfindungen, die an ihrem peinlichen Verhalten schuld gewesen sein mußte.

Er berührte ihre Wange und sagte mit lachenden Augen: »Ich wußte ja, daß es sich lohnen würde, um dich zu kämpfen.«

Sie rückte von ihm fort. Sie fühlte sich gut. Tatsächlich fühlte sie sich so gut wie lange nicht mehr. Natürlich, dachte sie; denn ich weiß, ich bin immer noch die gleiche. Ich habe die Nacht mit einem Mann verbracht und mich dennoch nicht verändert. Sie haßte ihn wie zuvor. Er war ihr Feind geblieben – ein unerträglicher, arroganter Prahlhans. »Das ist alles, was du in mir siehst, nicht wahr? Eine Dirne, die dir das Bett wärmt.«

Stephen lächelte träge. »Fast hättest du es in Brand gesetzt.« Seine Finger strichen über ihren Arm.

»Laß mich los!« sagte sie mit fester Stimme, sprang aus dem Bett und griff nach ihrer Kammerrobe aus grünem Samt.

Ein flüchtiges Pochen an der Tür, und schon trat Morag mit einer Kanne voll heißem Wasser ins Zimmer. »Ich hörte euch selbst eine Treppe tiefer noch streiten«, schimpfte sie.

»Es kann nicht nur Streit gewesen sein, was du gehört hast«, sagte Stephen, den Kopf auf beide Hände gebettet.

Morag drehte sich zu ihm um und grinste, daß ihre Augen vor lauter Runzeln kaum noch zu sehen waren. »Ihr schaut mir sehr zufrieden aus«, sagte sie und musterte wohlgefällig seinen von der Sonne gebräunten muskulösen Oberkörper auf dem weißen Laken.

»Ich bin mehr als zufrieden, möchte ich sagen. Kein Wunder, daß ihr Hochländer euch selten in den Süden verirrt.« Seine Augen gingen zu Alicias, die ihn gehässig anfunkelte.

Chris Audley erschien im Türrahmen.

»Gönnt man uns kein Privatleben?« fauchte Alicia, sich dem Fenster zudrehend. Rab kam an ihre Seite. Doch sie kraulte ihn nicht, weil sie sich von ihm zweimal verraten fühlte. Zum erstenmal gestern nacht und zum zweitenmal, als er Stephen erlaubte, sie zu . . . zu . . . Ihr Gesicht erglühte vor Scham.

Stephen sah Chris lächelnd an. »Sie möchte lieber mit mir allein sein.«

»Was ist denn mit deinem Arm geschehen?« fragte Chris und deutete mit dem Kopf auf den durchgebluteten Verband.

Stephen zuckte mit den Schultern. »Ein kleines Mißgeschick. Und wenn ihr beide euch inzwischen überzeugt habt, daß wir uns nicht gegenseitig umbrachten, könntet ihr uns vielleicht wieder allein lassen, damit meine Frau meine Wunde versorgen kann.«

Morag und Chris lächelten ihm zu, warfen einen kurzen Blick auf Alicias steifen Rücken und gingen wieder.

Alicia schwang zu Stephen herum. »Ich hoffe, du verblutest«, fauchte sie.

»Komm her«, sagte er geduldig und liebenswürdig.

Ihren finsteren Gedanken zum Trotz gehorchte sie. Er faßte ihre Hand und zog sie auf den Bettrand nieder. Er rollte zu ihr, daß die Zudecke mehr entblößte als nur Schenkel und Brust. Alicia sah davon fort auf sein Gesicht. Sie mußte gegen den Drang ankämpfen, seine Haut zu berühren.

Er streichelte ihre Wange mit der freien Hand. »Vielleicht habe ich mich zu oft über dich lustig gemacht. Du hast mir heute morgen eine große Wonne bereitet!« Er sah, wie sich ihre Wangen dunkelrot färbten. »Womit kann ich dir nun eine Freude machen?«

»Ich möchte wieder nach Hause«, sagte sie ruhig. »Ich will zurück ins Hochland zu meinem Klan.«

Er beugte sich vor und küßte sie so zart auf den Mund wie ein Frühlingsregen. »Dann werden wir schon heute aufbrechen.«

Sie lächelte und wollte von ihm weg, doch er hielt ihre Hand fest. Sofort wurde ihr Gesicht eine kalte Maske.

»Du mißtraust mir nach wie vor, wie?« Er betrachtete den blutigen Verband an seinem Arm. »Die Wunde muß gesäubert und neu verbunden werden.«

Sie entwand sich ihm. »Das kann Morag besorgen. Sie macht es dir gern, denn sie hat dich vorhin sehr begehrlich angesehen.«

Stephen warf die Zudecke beiseite, stand auf und schloß sie in seine Arme. »Ich wollte, es wäre Eifersucht, die dir diese Worte eingab. Ich möchte nicht von Morag verbunden werden. Du hast mir die Wunde beigebracht, also verbinde sie auch.«

Alicia vermochte sich nicht zu bewegen oder klar zu denken, wenn er ihr so nahe war. Sie erinnerte sich nun an die Empfindungen, die seine Lippen in ihrer Kniekehle ausgelöst hatten. Sie schob ihn von sich fort. »Gut, ich werde es tun. Je rascher ich das erledige, um so früher können wir aufbrechen.«

Er setzte sich auf die Fensterbank und lehnte sich in das Polster zurück. Ihn schien überhaupt nicht zu stören, daß er nackt war. Er hielt ihr lächelnd den Arm hin, und sie riß ihm mit einem tückischen Funkeln in ihren Augen das Leinen von der Wunde, daß sich der Schorf und Hautfetzen vom Arm lösten.

»Verdammt!« schrie Stephen und fuhr von der Fensterbank auf. Er griff mit einer Hand in ihren Nacken und zog ihren Kopf zu sich. »Das wirst du mir büßen! Eines Tages wirst du begreifen, daß ein Tropfen meines Blutes kostbarer ist als alle Haßgefühle, die du gegen mich hegst!«

»Ist das dein innigster Wunsch? Ich prophezeie dir, daß er nicht in Erfüllung gehen wird. Ich habe dich geheiratet, um meinem Klan blutige Stammesfehden zu ersparen. Ich schone dein Leben nur, weil dein alter König mir sonst blutgierige Engländer ins Haus schickt.«

Stephen stieß sie so heftig von sich, daß sie gegen die Bettstatt flog. »Du schonst mein Leben!« höhnte er. Das Blut lief aus der aufgerissenen Wunde über seinen Arm. »Du bist verblendet von deiner eigenen Wertschätzung.« Er raffte seine Kleider vom Boden und stieg in seine Hose. »Du bist in einer Stunde reisefertig«, sagte er barsch und warf dann die Tür hinter sich zu.

Sie ritten hart den ganzen Tag bis in den späten Abend hinein.

Je weiter sie nach Norden kamen, um so leichter wurde es Alicia ums Herz. Sie haßte das Gepolter der vielen Gepäckwagen, die zu ihrem Troß gehörten. Mit ihrem schottischen Sinn für Sparsamkeit sah sie in den Wagenladungen nur einen überflüssigen Ballast. Ein Schotte konnte alles, was er brauchte, auf dem Rücken seines Pferdes mitnehmen. Mittags bestanden die Engländer auf einer Rast, um sich eine Mahlzeit kochen zu können. Alicia war viel zu ungeduldig, um mehr als einen Bissen zu sich zu nehmen. Und selbst dazu mußte Stephen sie erst zwingen.

»Setz dich!« befahl er. »Du machst meine Männer nervös mit deinem Herumgehüpfe!«

»Deine Männer! An die Männer, die auf mich warten, denkst du wohl nicht!«

»Ich kann mich immer nur um eine Gruppe von Männern kümmern.«

»Du kannst . . .!« hob sie an und verstummte wieder. Ein paar von Stephens Gefolgsleuten sahen ihnen neugierig zu. Christopher Audley zwinkerte gar belustigt. Alicia hielt ihn für einen angenehmen jungen Mann, doch im Augenblick konnte es ihr keiner recht machen. Sie wollte so rasch wie möglich aus diesem verfluchten Tiefland heraus.

Sie überquerten nach Sonnenuntergang die Grampians. Das waren niedrige, von breiten Tälern durchzogene Berge. Dahinter schien die Luft kühler und die Landschaft wilder zu werden. Erst jetzt vermochte Alicia wieder frei atmen und ruhiger auf ihrem Pferd sitzen zu können.

»Alicia!« sagte Stephen neben ihr. »Wir müssen uns einen Platz für das Nachtlager suchen.«

»Anhalten? Aber . . .« Sie wußte, daß es sinnlos war, ihn noch weiter zur Eile anzutreiben. Nur Morag empfand so wie sie. Die anderen brauchten ihre Rast, ehe sie die Reise fortsetzen wollten. Sie holte tief Luft. Das Gefühl, ihrer Heimat schon so nahe zu sein, würde ihr heute nacht helfen, Schlaf zu finden. Sie stieg vom Pferd und löste ihre Satteltasche. Wenigstens konnte sie aus diesen beengenden englischen Kleidern heraus.

»Was ist das?« fragte Stephen und befühlte das Plaid, das sie über den Arm legte. »Hast du das in der Nacht getragen, als ich dich zum erstenmal sah?«

Sie entriß ihm den Tartan und ging damit zwischen die Bäume. Es war gar nicht so leicht, sich ohne fremde Hilfe von diesem englischen Kleidungsstück zu befreien. Endlich konnte sie aus dem schweren Samtkleid steigen, legte es auf einen Stein und zog sich aus bis auf die Haut. Sie streifte ein weiches Baumwollhemd über den Kopf und darauf ein safrangelbes Hemd mit langen Ärmeln, die an den Schultern gefältelt waren und an den Gelenken eng anlagen. Der Rock war aus breiten Keilen zusammengesetzt, die sich fest um die Taille schlossen, aber an den Knien so weit wurden, daß sie mit diesem Kleidungsstück schnell laufen oder rasch auf ein Pferd springen konnte. Ein breiter Gürtel mit Silberschnalle hielt den hellblauen Plaidrock über den Hüften zusammen. Ein zweites, sechs Ellen langes Plaid, das sie mit einer geschickten Bewegung über beide Schultern warf, wurde vorn mit einer Nadelbrosche zusammengeheftet. Die Brosche war aus gediegenem Silber, ein Erbstück, das seit vielen Generationen im Besitz ihrer Familie war.

»Laß dich mal ansehen«, sagte eine Stimme hinter ihr.

Sie wirbelte herum. »Hast du schon wieder spioniert?«

»Ich möchte das eher beschützen nennen. Was kann so einer hübschen Lady wie dir nicht alles in so einem dunklen Wald passieren!«

Sie wich vor ihm zurück. »Das Schlimmste, meine ich, ist mir bereits passiert.« Damit ließ sie ihn stehen und rannte in das Lager zurück. Sie wollte nicht mehr dieser Macht verfallen, die sie in der letzten Nacht seinem Willen unterwarf.

»Hast du nicht etwas vergessen?« rief Stephen ihr nach und hielt ein Paar Schuhe hoch. Er lachte, als sie sich nicht einmal umzuschauen wagte.

Alicia kam humpelnd in das Zelt, das für Stephen errichtet worden war, wie seine Männer ihr sagten. Seine Gefolgsleute waren geschickt in derlei Dingen. Sie vermochten aus Stöcken und Planen kleine Städte zu errichten. Sie zuckte zusammen, als ihr bloßer Fuß den Teppich berührte, mit dem der gute schottische Boden zugedeckt war. Sie hatte vergessen, daß sie seit Monaten nicht mehr barfuß gegangen war. Ihre Sohlen waren weich und empfindlich geworden.

Sie setzte sich auf den Rand der breiten Koje und untersuchte sie. Als die Klappe am Eingang des Zeltes sich hob und Stephen hereinkam, stand sie rasch auf, obwohl der Schmerz beim Auftreten ihr die Tränen in die Augen trieb.

Stephen warf die Schuhe in eine Ecke. »Laß sehen!« befahl er, während er sich auf den Kojenrand setzte.

»Ich habe keine Ahnung, wovon du sprichst!« erwiderte sie hochmütig und ging einen Schritt von ihm fort.

»Alicia, weshalb bist du immer nur aufsässig? Du hast dich an den Füßen verletzt. Ich weiß, daß es so ist. Also komm her, damit ich sie mir ansehen kann.«

Früher oder später mußten ihre wunden Füße versorgt werden. Also gab sie widerstrebend nach und setzte sich neben ihn.

Mit einem verdrossenem Seufzen bückte er sich und zog ihre Füße in seinen Schoß. Alicia fiel auf die Ellenbogen zurück. Stephen betrachtete stirnrunzelnd die Schnitte in ihrer Sohle. Eine Wunde klaffte, als sei sie mit einem Schwert in Berührung gekommen. Er rief laut nach seinem Knappen und befahl ihm, eine Schüssel voll heißes Wasser und Bandagen zu bringen.

»Und jetzt stell deine Füße hinein«, befahl er und deutete auf die Schüssel mit dem dampfenden Wasser, die auf dem Teppich stand.

Sie sah zu, wie er sacht ihre Wunden auswusch und dann ihre Füße wieder auf seine Schenkel hob, um sie zu trocknen und zu verbinden.. »Warum tust du das für mich?« fragte sie leise. »Ich bin dein Feind.«

»Nein, das bist du nicht. Du bekämpfst mich, während ich nichts anderes will, als mit dir in Frieden zu leben.«

»Wie kann es Frieden geben, wenn das Blut meines Vaters wie eine Mauer zwischen uns steht?«

»Alicia«, hob er an und verstummte wieder. Nur mit Taten war sie zu überzeugen, daß er es gut mit ihr und ihrem Klan meinte. Er zog die Bandage fest. »Das sollte eine Weile halten«, sagte er. Als sie ihren Fuß zurückziehen wollte, hielt er ihn in seinem Schoß fest. »Du hast wunderschöne Beine«, flüsterte er.

Alicia wollte sich von ihm entfernen, doch dieser Blick, den sie nur zu gut kannte, hypnotisierte sie. Sie hielt still, obwohl er nur locker ihre Ferse umspannte. Dann fuhr er mit beiden Händen unter ihren langen Rock, und sie legte sich in die Kissen zurück, während er ihre Beine streichelte.

Er lag neben ihr und küßte ihr Gesicht, ihre Ohren, ihren Mund. Ehe sie wußte wie ihr geschah, hatte er sie schon ausgezogen. Er lachte tief in seiner Kehle, als ihre Hände seine Blöße suchten.

Er suchte mit seiner Zungenspitze die ihre. »Wer bin ich?« flüsterte er, als er mit den Zähnen sanft an ihrem Hals knabberte.

Sie gab keine Antwort, sondern rieb ihre Hüften an den seinen. Ihr Herz klopfte ganz laut, und trotz der kalten Nachtluft bildete sich ein dünner Schweißfilm auf ihrer Haut.

Er faßte in ihre Haare. Seine Hand versank in der schwarzen Fülle. »Wer bin ich? Ich möchte dich meinen Namen sagen hören.«

»Stephen« flüsterte sie, »und ich bin die MacArran.«

Er lachte mit glitzernden Augen. Selbst im Sturm der Leidenschaft vergaß sie nicht einen Augenblick ihren unglaublichen Stolz. »Und ich bin der Eroberer der MacArran«, lachte er.

»Niemals!« sagte sie mit einem kehligen Flüstern. Und nun packte sie ihn bei den Haaren, zog seinen Kopf nach hinten und setzte die Zähne an seine Kehle. »Und wer ist jetzt der Eroberer?«

Stephen legte sich auf den Rücken und zog sie auf seine Brust, während er mit beiden Händen ihre Schenkel und Kniekehlen knetete. »Wir Engländer würden alle unsere Kriege verlieren, wären unsere Feinde so wie du.« Dann stemmte er sie plötzlich hoch und setzte sie auf sein steifes Glied.

Alicia keuchte laut vor Überraschung und gab dann ein tiefes, wohliges Stöhnen von sich, als sie sich nach vorn beugte und sacht auf- und niederzugleiten begann. Stephen hielt ganz still, damit sie es war, die das Geschehen diktierte. Als er spürte, daß sich ihre Erregung dem Höhepunkt näherte, rollte er sie wieder auf den Rücken, und sie umschlang ihn mit Armen und Beinen. Gemeinsam entluden sie sich in einem blendenden Blitz.

Erschöpft fielen sie so, wie sie waren, in den Schlaf, die Glieder ineinander verschlungen, ihre Körper vom Schweiß ihrer Leidenschaft verklebt.

Eine Eule weckte Alicia. Stephen lag mit gespreizten Beinen über ihr und nagelte sie ans Bett. Sie runzelte die Stirn, als sie sich an den Aufruhr erinnerte, der sie in diese Lage versetzt hatte. Ihre Leidenschaft war verflogen, ihr Kopf regierte wieder den ungehorsamen Körper.

Der Schrei der Eule war ihr von Kindesbeinen an vertraut. »Tam!« flüsterte sie. Langsam und mit einer Behutsamkeit, die nicht ihren Gefühlen entsprang, schob sie Stephens schlaftrunkene Glieder von ihrem Körper.

Sie kleidete sich rasch an, suchte die Schuhe, die Stephen in eine Ecke geworfen, und verließ geräuschlos das Zelt. Dann stand sie einen Moment lauschend da, Rab mit hochgestellten Ohren neben sich. Stephen hatte Wachen aufgestellt, die um das Lager patrouillierten. Alicia hatte nur einen verächtlichen Blick für sie übrig, als sie zwischen den Posten in den Wald schlüpfte. Die blaue Farbe ihres Plaids und das schwarze Haar machten sie so gut wie unsichtbar.

Sie ging zielstrebig durch den Wald, trat so leise auf wie eine Katze. Plötzlich blieb sie stehen, als sie die Nähe eines Menschen spürte.

»Jamie kann stolz darauf sein, wie gut er dich erzogen hat«, sagte eine tiefe Stimme hinter ihr.

Sie drehte sich um, ein strahlendes Lächeln auf dem Gesicht. »Tam!« hauchte sie erst, ehe sie ihm in die Arme flog.,

Er drückte sie fest an sich, hob sie von den Beinen, als sie sich mit ihrem ganzen Gewicht an ihn legte. »Haben sie dich gut behandelt? Bist du wohlauf?«

Sie löste sich von ihm. »Laß dich anschauen!« Das Mondlicht gab seinem Haar ein silberfarbenes Aussehen. In Wahrheit war er noch nicht so grau. Er war von durchschnittlicher Größe, sehr kompakt gebaut, und seine Arme und sein Brustkasten hätten selbst eine Eiche neidisch werden lassen. Tam war ein Vetter ihres Vaters und sein bester Freund gewesen. Einer von Tams Söhnen hatte zu den drei Häuptlingen gehört, aus denen sie ihren Gatten hätte wählen sollen.

Tam sagte mit einem tiefen Lachen: »Deine Augen sind besser als meine. Ich vermag nicht zu sagen, ob du noch gesund bist oder nicht. Wir wollten dich aus deinem Gefängnis befreien, fürchteten aber um deine Sicherheit.«

»Setzen wir uns erst einmal.«

»Hast du so viel Zeit? Ich hörte, du seist vermählt.«

Sie konnte die Sorge an seinem Gesicht ablesen, die vielen Fältchen erkennen, die er hinzubekommen hatte. »Ja, ich habe jetzt einen Ehemann«, sagte sie, als sie nebeneinander auf einem Felsblock saßen. »Er ist Engländer.«

»Was ist er für ein Mann? Will er in Schottland bleiben oder mit dir nach England zurückkehren?«

»Was weiß ich? Er ist ein arroganter Mann. Ich wollte ihm von meinem Klan erzählen, doch er mochte mir nicht zuhören. Er ist überzeugt, daß es nichts anderes gibt als englische Lebensart.«

Tam berührte ihre Wange. Viele Jahre hatte er in ihr nur seine Tochter gesehen. »Hat er dir weh getan?« fragte er leise.

Alicia war froh, daß die Dunkelheit ihre Schamesröte überdeckte. Stephen verletzte ihren Stolz, indem er sie dazu brachte, daß sie sich unter und über ihm wand. Sie konnte ihren Kopf hoch tragen, solange er sie nicht berührte. Doch das konnte sie nicht zu einem Mann sagen, den sie als zweiten Vater betrachtete. »Nein, weh tat er mir nicht. Sag, wie geht es dem Klan? Hattet ihr Schwierigkeiten mit den MacGregors?«

»Nein. Sie hielten still, solange du abwesend warst. Der englische König hat versprochen, dir würde kein Leid geschehen.« Er streckte die Hand aus, als Rab an seine Seite kam, und tätschelte ihm den Kopf. »Du verschweigst mir doch etwas. Sag mir, was hältst du von deinem Mann?«

Alicia stand auf. »Ich hasse ihn! Er wird mehr Unheil anrichten, als ich vertragen kann. Er lachte mich aus, als ich von ihm verlangte, er müsse sich die Sympathie meines Klans erwerben. Er reist mit einer Armee von Männern und Gepäckwagen.«

»Wir haben den Lärm schon hinter den Bergen gehört.«

»Ich fürchte, seine Dummheit und Arroganz wird meinen Leuten nur Schaden bringen. Zweifellos wird er versuchen, meinen Männern seine Lebensart aufzuzwingen. Einer von ihnen wird ihn erdolchen, und der englische König schickt uns seine Soldaten ins Land.«

Tam stand auf und legte seine Hände auf ihre schmalen Schultern. »Vielleicht auch nicht. Vielleicht genügt es, ihm ein Stück Haut von den Rippen zu schälen, damit er unsere Lebensart begreift.«

Alicia drehte sich um und lächelte zu ihm hinauf. »Du bist gut zu mir. Die Engländer sagen, wir wären ein grausames, barbarisches Völkchen. Wenn sie dich hörten, fühlten sie sich bestätigt.«

»Wild, aha«, spöttelte Tam.

»Ja. Und die Frauen, sagen sie, sind genauso schlimm wie die Männer.«

»Soso«, brummelte Tam. »Mal sehen, ob du auch nicht vergessen hast, was ich dir beigebracht habe.«

Und ehe sie auch nur blinzeln konnte, hatte er schon seinen Dolch gezückt und zielte damit auf ihren Hals. Er hatte ihr jahrelang Tricks beigebracht, wie sie sich gegen einen stärkeren Mann zur Wehr setzen konnte. Sie wich mit einer raschen, fließenden Bewegung zur Seite, doch nicht rasch genug. Das Messer saß ihr an der Kehle.

Plötzlich flog ein Mann zwischen den Bäumen hervor, segelte buchstäblich durch die Luft und landete wuchtig auf Tams Schultern. Alicia sprang zur Seite, und Tam versuchte, das Gleichgewicht zu bewahren. Er war so stämmig und massiv, daß er selbst von vier kräftigen, ausgewachsenen Männern nicht von der Stelle bewegt werden konnte, die ihn gleichzeitig ansprangen. Das hatte Alicia mit eigenen Augen gesehen.

Tam bewegte nur die Schultern, und der Mann tropfte von

ihm ab. Während Tam ihn neugierig beäugte, lachte Alicia leise in sich hinein. Es war ein Freude, Stephen als Verlierer zu erleben. Er hatte zwar Roger Chatworth besiegt, doch das war ein Engländer, der nach den Regeln ritterlicher Turnierwettkämpfe gestritten hatte. Tam war ein echter Kämpfer.

Stephen verlor keine Zeit damit, seinen Gegner zu studieren. Er wußte nur, daß dieser Mann seiner Frau das Messer an die Kehle gesetzt hatte. Für ihn ging es darum, ihrer beider Leben gegen diesen Meuchelmörder zu verteidigen. Er packte einen klobigen Ast, der neben ihm auf dem Boden lag, und als Tam sich verdutzt Alicia zuwandte, schmetterte Stephen das Holz in Tams Kniekehlen.

Tam fiel mit einem tiefen Grunzlaut nach vorn. Stephen, der sich auf die Knie stützte, schlug ihm die Faust ins Gesicht, daß das Nasenbein knirschte.

Tam wußte, daß Stephen für Rab kein Unbekannter war, weil er sonst Laut gegeben hätte. Doch als er spürte, wie sein Gegner ihm fast das Nasenbein zerschmetterte, nahm er keine Rücksicht mehr, wer sein Angreifer sein könnte. Er öffnete seine mächtigen Pranken und fuhr damit an Stephens Hals. Stephen wußte, daß er gegen die Bärenkraft dieses Mannes nichts auszurichten vermochte, konnte diesen Vorteil jedoch mit seiner Jugend und Behendigkeit mehr als ausgleichen. Er wich den Pranken aus, duckte sich und rammte beide Fäuste in den eisenharten Magen seines Gegners. Tam schien die Schläge von Stephen gar nicht zu spüren. Er packte Stephen bei den Schultern, hob ihn hoch und schmetterte ihn gegen einen Baum – einmal, zweimal. Stephen war betäubt von diesen schrecklichen Rammstößen, hob aber abwehrend beide Beine und drückte sie mit aller Macht gegen Tams Brust. Es steckte doch so viel Kraft in ihm, daß Tam mit seinen Hammerschlägen aufhören mußte.

Zugleich schlug Stephen von unten her mit beiden Armen gegen Tams Handgelenke. Diese unerwartete Aktion zwang Tam, Stephen loszulassen. Sofort warf er sich mit gespreizten Fingern wieder nach vorn, um Stephen am Hals zu würgen.

Stephen blieben nur Sekunden zur Gegenwehr. Er warf die Beine in die Luft und drehte einen Salto rückwärts.

Tam stand einen Moment in der Hocke da. Eben hatte er noch den Hals seines Gegners vor Augen, und im nächsten Moment war da nichts mehr. Ehe er mit den Lidern zucken konnte, saß ihm ein scharfes Messer an der Kehle.

»Keine Bewegung!« warnte Stephen ihn keuchend, »oder ich schneide dir den Hals durch!«

»Hört auf!« schrie Alicia, »Stephen, laß ihn sofort los!«

»Ihn loslassen?« rief Stephen verblüfft. »Er wollte dich töten.« Er runzelte die Brauen, als er Tams glucksendes Lachen hörte.

»Mich töten!« fauchte Alicia. »Du bist der größte Narr, der mir je begegnet ist. Rab wäre ihm längst an die Gurgel gesprungen, wenn Gefahr von ihm ausgegangen wäre. Steck dein Messer weg, bevor du noch jemand verletzt.«

Benommen schob Stephen sein Messer in die Scheide zurück. »Dieser verdammte Hund lag so still, daß er aussah wie tot.« Er rieb sich den Hinterkopf. Sein Rückgrat fühlte sich an, als sei es an mehreren Stellen gebrochen.

»Er hat recht, Alicia«, sagte Tam. »Er tat nur, was er tun mußte. Mein Name ist Tam MacArran«, sagte er und streckte Stephen die Hand hin. »Wo hast du so gut kämpfen gelernt?«

Stephen zögerte kurz, ehe er die Hand des Schotten ergriff. Am liebsten hätte er jetzt nämlich Alicia übers Knie legen wollen, weil sie ihn einen Narren schimpfte, daß er ihr Leben verteidigen wollte. »Stephen Ascott«, sagte er, während er Tam die Hand schüttelte. »Ich habe einen Bruder, der ebenso gebaut ist wie du. Ich entdeckte, daß es nur eine Möglichkeit gab, ihn zu besiegen. Ich mußte schneller sein als er. Und ein Akrobat brachte mir ein paar Tricks bei, die mir bei so bärenstarken Männern schon oft aus der Verlegenheit geholfen haben.«

»Das glaube ich dir aufs Wort!« Tam rieb seine Nase. »Ich fürchte, die ist gebrochen.«

»Oh, Tam!« rief Alicia, während sie Stephen einen gehässigen Blick zuwarf. »Komm mit ins Lager, damit wir den Schaden besehen können!«

Tam rührte sich nicht. »Ich glaube, da solltest du erst deinen Mann um Erlaubnis fragen. Ich vermute, er ist dein Mann, oder?«

Stephen faßte in diesem Moment so etwas wie Zuneigung zu diesem Mann. »Ich habe bereits ein paar Narben, die das beweisen.«

Tam lachte.

»Also gehen wir und schauen wir zu, ob wir auch ein Faß Bier auftreiben können. Und ich würde gern ein Wörtchen mit meinen Wachen reden. Unbegreiflich, daß sie nicht merkten, wie sich Alicia aus dem Lager schlich. Eine Schar gepanzerter Ritter hätte keinen größeren Lärm machen können.«

»Größeren Lärm!« schnappte Alicia. »Ihr Engländer seid wirklich Groß . . .«

Tam legte ihr die Hand auf die Schulter und brachte sie so zum Schweigen. »Dein Mann hat dich gehört. Das genügt. Und nun geh voraus und besorge mir etwas warmes Wasser zum Waschen. Ich habe das Gefühl, das Blut klebt mir sogar hinter den Ohren.« Er musterte Stephen mit liebevollem Respekt. »Du hast eine recht kräftige Handschrift.«

Stephen grinste. »Noch so ein Rammstoß gegen den Baum, und mein Rückgrat wäre zersprungen.«

»Aye«, meinte Tam, »du hast eben kein Fleisch auf den Rippen. Da bin ich schon besser gepolstert.«

»Ha!« schnaubte Stephen, »wenn ich so dick wäre wie du, könnte ich mich nicht mehr bewegen.«

Die Männer grinsten sich an und folgten dann Alicia ins Lager.

»Stephen!« rief Chris, als sie den Lagerrand erreichten. »Wir hörten den Lärm, doch es dauerte eine Weile, ehe wir merkten, daß du das Lager verlassen hast. Himmel, was ist mit deinem Rücken? Und wer ist dieser Mann?«

Fackeln wurden angezündet, als die Männer von dem Lärm erwachten. »Leg dich wieder schlafen, Chris«, sagte Stephen. »Schick nur jemand mit warmem Wasser zu mir und zapfe für mich ein Fäßchen Bier an. Tretet ein, Tam!«

Tam sah sich im Innern des Zeltes um. Die Wände waren mit

blaßblauer Seide verkleidet, der Boden mit Orientteppichen ausgelegt. Er setzte sich auf einen geschnitzten Eichenstuhl. »Eine schöne Burg hast du da«, sagte er.

»Vergeudetes Geld!« fauchte Alicia. »Viele Menschen hungern, und . . .«

»Ich bezahlte die Männer, die mir das Zelt anfertigten, und ich vermute, daß sie sich mit dem Geld ihre Nahrung verdienten!« schnaubte Stephen.

Tam sah von Alicia zu Stephen. Er las Zorn und Feindseligkeit in ihren Augen, aber in den seinen Toleranz und vielleicht sogar Liebe. Und Stephen hatte ihn angegriffen, weil er dachte, er, Tam, bedrohte Alicia ernsthaft mit dem Messer.

Das heiße Wasser wurde hereingebracht. Die beiden Männer zogen sich bis zum Gürtel aus und begannen, sich zu waschen. Alicia untersuchte Tams Nase und versicherte ihm, sie sei nicht gebrochen. Stephens Rücken war ein blutige Masse an den Stellen, wo die Baumrinde die Haut abgeschürft hatte.

»Ich glaube, du solltest dich um deinen Mann kümmern«, sagte Tam ruhig. »Sein Rücken ist ganz blutig.«

Alicia warf Stephen nur einen hochmütigen Blick zu und verließ mit Rab das Zelt.

Tam nahm ein Stück Leinen auf. »Setz dich, Junge, damit ich dir den Rücken waschen kann.«

Stephen gehorchte. Tam wusch ihm vorsichtig die Wunden aus. Stephen sagte: »Vielleicht sollte ich mich für die Manieren meiner Frau entschuldigen.«

»Nicht nötig. Eher sollte ich mich bei dir entschuldigen, denn ich habe mitgeholfen, daß sie so wurde, wie sie ist.«

Stephen lachte. »Dann hatte ich ja sogar einen guten Grund, mit dir zu kämpfen. Sagt – ob sie wohl jemals ihren Zorn auf mich überwinden wird?«

Tam wrang das blutige Leinen aus. »Schwer zu sagen. Sie und Davey haben eine Menge Gründe für ihren Haß auf die Engländer.«

»Davey?«

»Alicias älterer Bruder.«

Stephen schwang herum. »Bruder! Alicia hat einen Bruder, und dennoch erklärte ihr Vater sie zu seinem Nachfolger?«

Tam kicherte und drehte Stephen wieder herum, damit er mit dem Reinigen der Wunden fortfahren konnte. »Dir müssen die Schotten unbegreiflich erscheinen, wie?«

Stephen schnaubte: »Unbegreiflich ist noch ein mildes Wort dafür. Was für ein Mann ist Alicias Vater gewesen?«

»Du solltest mich lieber fragen, was für ein Mann ihr Bruder ist. Davey war ein wilder Junge, vom Tag seiner Geburt an nicht ganz richtig. Er ist ein hübscher Bursche und hat eine gewinnende Art, die die Leute dazu bringt, seinem Willen zu gehorchen. Nur schien er nie zu begreifen, daß seine Taten sich selten zum Wohl des Klans auswirkten.«

»Aber Alicia tat nichts, was dem Klan schadete? Sie redet immer nur von ihrem Klan – und ihrem verdammten Hund.«

Tam betrachtete lächelnd Stephens Hinterkopf. »Ihr Vater Jamie machte sich nie Illusionen über seine Tochter. Sie hat ein hitziges Temperament, und zuweilen ist sie auch ein bißchen nachtragend.« Er übersah den Blick, den Stephen ihm zuwarf. »Aber, wie gesagt, sie liebt den Klan. Dem Wohl des Klans ordnet sie alles unter.«

»Und deshalb wurde sie ihrem Bruder als Nachfolger vorgezogen.«

»Aye, das stimmt, aber so einfach, wie es sich anhört, war es doch nicht. Sie hatte ein Abkommen mit ihrem Vater, daß sie einen Mann seiner Wahl heiraten sollte. Er ließ ihr allerdings die Freiheit, sich zwischen drei Männern zu entscheiden, die er als Bewerber aussuchte – alle drei verläßliche, starke Männer, die in der Lage waren, Alicias hitziges Temperament zu zügeln.« Tam warf das Tuch in die Waschschüssel und setzte sich wieder auf den geschnitzten Stuhl.

»Und diese drei Männer?« fragte Stephen, während er sich das Hemd über den Kopf streifte.

»Sie wurden alle drei zusammen mit Jamie erschlagen.«

Stephen schwieg einen Moment. Er wußte, daß die Engländer sie getötet hatten.

»Und hat Alicia einen der drei Männer geliebt? Hatte sie ihre Wahl bereits getroffen?« Er sah hoch, weil Tam so lange brauchte für eine Antwort. Der Mann schien in den letzten Minuten um Jahre gealtert. Dann hob Tam den Kopf und versuchte, sich zu einem Lächeln zu zwingen. »Ich glaube, daß sie ihre Wahl getroffen hatte, daß sie sich zu einem besonders hingezogen fühlte.« Er holte tief Luft und sah Stephen fest in die Augen. »Einer der drei Getöteten war mein ältester Sohn.«

Stephen starrte den Mann an. Sie hatten sich erst vor ein paar Stunden kennengelernt, und sein Körper schmerzte von den wuchtigen Schlägen dieses Schotten. Und doch hatte er ein Gefühl, als sei er mit diesem Mann jahrelang zusammen gewesen. Dieses kräftige Kinn, die breite Nase, die dunklen Augen und die grauen Haare kamen ihm so vertraut vor. Er spürte Tams Trauer über den Verlust seines Sohnes.

»Und David?« fragte Stephen, »gab er gnädig nach und trat bereitwillig für seine jüngere Schwester beiseite?«

Tam schneuzte sich, und seine Augen wurden wieder klar. »Kein Schotte handelt nur mit kühlem Kopf. Davey drohte, den Klan zu spalten, als sein Vater Jamie Alicia zu seiner Erbin erklärte.«

»Er drohte? Und was sagte Alicia dazu?«

Tam hob die Hand und lachte. »Alicia erzählte mir, du wärst ein dummer Mann. Diesen Eindruck machst du nicht auf mich.«

Stephen warf ihm einen Blick zu, der verriet, was er von Alicias Meinung über ihn hielt.

»Davey trommelte ein paar Männer zusammen, die ihm folgten«, fuhr Tam fort. »Doch sie weigerten sich, gegen ihr eigenen Klangenossen zu kämpfen. Deshalb zogen sie sich in die Berge zurück, wo sie heute im Exil leben.«

»Und Alicia?«

»Die Arme. Sie vergöttete Davey. Ich sagte schon, daß er ein einnehmendes Wesen hat. Sie sagte zu ihrem Vater, sie weigerte sich, anzunehmen, was kraft Geburtsrecht Davey zustünde. Doch Jamie lachte nur und fragte, ob sie abseits stehen möchte und zusehen, wie ihr eigener Klan sich zerfleischte.«

Stephen nickte. »Und natürlich würde Alicia nur tun, was am besten ist für ihren Klan«, sagte er mit einem Hauch von Sarkasmus.

»Ja, das würde sie. Das Mädchen zögerte nicht, sich sogar selbst zu töten, falls sie glaubte, der Klan würde durch ihren Tod profitieren.«

»Oder sie bliebe am Leben und fügte sich in ein Schicksal, das für sie schlimmer ist als der Tod, wenn es dem Klan nützt.«

Tam warf ihm einen listigen Blick zu. »Ja, auch das würde sie tun.«

Stephen lächelte. »Wirst du mit uns zu Alicias Haus reiten?«

Tam stand auf und bewegte bedächtig seinen mächtigen Leib. »Es wäre eine Ehre für mich.«

»Dann könnte ich Euch auch einen Platz in meinem Zelt anbieten?« fragte Stephen ihn.

Tam zog eine Braue in die Höhe. »Das ist mir zu prächtig. In meinem Alter ändert man seine Gewohnheiten nicht mehr. Ich habe mein Plaid. Trotzdem danke ich Euch für Euer freundliches Angebot.«

Erst jetzt wurde Stephen auf die Kleidung des Schotten aufmerksam. Er trug ein Hemd mit weiten, gerafften Ärmeln und ein gestepptes Wams, das ihm bis zu den Schenkeln reichte. Die Hose aus dicker Wolle ging nur bis knapp unter das Knie. Die kräftigen Waden waren nackt, und die Füße steckten in derben Schuhen. Über die Schultern hatte er ein langes und breites Stück Tuch geworfen. Über dem Wams trug er einen breiten Gürtel mit dem Dolch an der Seite.

Tam stand ruhig da und ließ Stephens Musterung geduldig über sich ergehen. Er wartete auf die übliche Bemerkung eines Engländers.

»Du könntest dich erkälten«, sagte Stephen.

Tam grinste. »Wir sind abgehärtet, wir Schotten. Wir sehen uns morgen früh wieder.« Er verließ das Zelt.

Stephen stand einen Moment am Zelteingang und ließ dann einen leisen Pfiff hören. Nach einer Weile kam Rab zu ihm und leckte ihm die Hand, als Stephen befahl: »Alicia.«

Der Hund drehte sich um und lief auf den Wald zu. Stephen folgte ihm. Er fand Alicia, in ihren Tartan gewickelt, schlafend unter einem Baum. Er bückte sich und hob sie vom harten Boden auf. Sie schmiegte sich schlaftrunken an ihn, als er sie ins Zelt zurücktrug.

6. Kapitel

Am späten Nachmittag des folgenden Tages erreichten sie Larenston Castle. Alicia, die ihre Ungeduld nicht länger zügeln konnte, gab ihrem Pferd die Sporen.

»Bleib an ihrer Seite«, raunte Tam Stephen zu. »Ich wette, so etwas wie Larenston hast du in deinem Leben noch nie gesehen.«

Neugierig auf das Haus, das sein zukünftiges Heim sein sollte, trieb Stephen seinen Hengst die grasige Anhöhe hinauf.

Tam hatte recht: auf den Anblick von Larenston war er durch nichts vorbereitet. Der Hügel, auf dem er ritt, brach unvermittelt ab und fiel in ein breites, tiefes Tal hinunter, in dem zottelige Rinder grasten und die Hütten von Kleinbauern standen. Ein schmaler Pfad führte quer durch das Grasland und kletterte an der gegenüberliegenden Talwand wieder in die Höhe. Überragt wurde die Talwand von einem hohen, flachen roten Felsen, der sich über die Talsohle hinaus erstreckte und als Halbinsel ins Meer hineinragte. Wie eine riesige gepanzerte Faust lag der Fels in der Brandung. Die Halbinsel war nur durch eine schmale Felsbrücke, die nicht breiter war wie eine Fahrspur, mit dem Festland verbunden. Auf drei Seiten fiel sie steil ins Meer hinunter, und zu beiden Seiten der Felsbrücke stand ein Torhaus, jedes drei Stockwerke hoch.

Der Schloßkomplex selbst bestand aus mehreren Häusern aus Stein, die eine riesige Halle umschlossen. Eine Burgmauer gab es nicht. Sie wäre auch nicht nötig gewesen, da die Steilwände der Halbinsel, die aus dem Meer aufstiegen, mit Leichtigkeit von wenigen, mit Pfeil und Bogen ausgerüsteten Männern verteidigt werden konnten.

Alicia wandte sich ihm zu, ein Leuchten in den Augen, wie er es noch nie an ihr bemerkt hatte. »Sie ist noch nie eingenommen worden«, sagte sie schlicht und trieb dann ihr Pferd den Abhang hinunter.

Stephen hatte keine Ahnung, woher sie wußten, daß sie wieder nach Hause kam. Jedenfalls öffneten sich wie auf Befehl die Türen aller Hütten, und die Leute strömten heraus, kamen ihr mit ausgebreiteten Armen entgegen.

Stephen trieb sein Pferd zum Galopp an, um auf gleicher Höhe mit ihr zu bleiben. Doch dann hielt er sich zurück, als sie hastig aus dem Sattel stieg und die Leute umarmte – Männer, Frauen, Kinder, selbst die fette Gans, die ein Kind sich als Schoßtier hielt. Er war gerührt von dieser Szene. Er hatte sie nur als zornige junge Frau erlebt. Sie hatte ihm erzählt, daß ihr der Klan wichtiger sei als das eigene Leben, doch er hatte sich unter dem Klan keine Einzelpersonen vorstellen können. Sie schien sie alle persönlich zu kennen, rief jeden beim Namen, erkundigte sich nach den Kindern, Krankheiten, ihren Sorgen und ob sie irgendwie zu helfen vermochte.

Er hob sich im Sattel und sah sich um. Der Boden war karg. Sein Hengst scharrte nur Torfmoos vom steinigen Boden. Trotzdem sah er auch Felder im Tal. Die Gerste, die darauf wuchs, hing nicht mit fetten Ähren am Halm, doch leere Spreu war sie auch nicht. Die Hütten waren klein und armselig.

Da wurde es Stephen bewußt, daß diese Leute auf gleicher sozialer Stufe mit den Leibeigenen auf den Gütern seiner Brüder standen. Alicia gehörte das Land, das diese Leute bewirtschafteten.

Sie nahm ein Stück Käse von einer Frau entgegen, die ihre Leibeigene war, stellte Stephen verwundert fest. Sie behandelte Leibeigene, als gehörten sie zu ihrer Familie. In England hüteten sich die Ladys davor, mit ihren Leibeigenen in Berührung zu kommen. Undenkbar, daß sie sich von ihnen küssen ließen! Und die Leute nannten sie Alicia, nicht Lady Alicia, wie es ihr nach Stand und Geburt zukam.

»Du machst ein finsteres Gesicht, Junge«, sagte Tam neben ihm. »Was mißfällt dir so an dieser Begrüßung?«

Stephen nahm seinen Hut ab und fuhr sich mit der Hand durch das dichte Haar. »Ich glaube, ich muß einiges dazulernen. Mir scheint, ich habe nicht den rechten Begriff von dem, was ein Klan ist. Ich dachte, ihre Klangenossen wären Edelleute wie die Männer meines Gefolges. Sie sind alle von hoher Geburt.«

Tam betrachtete ihn einen Moment. »Klan ist ein gälisches Wort und bedeutet Kinder.« Er blinzelte. »Und was die hohe Geburt betrifft, so kannst du jeden Schotten nach seiner Herkunft fragen. Sie stammen ausnahmslos von irgend einem schottischen König ab.«

»Aber diese Armut . . .«, begann Stephen und hielt inne, da er fürchtete, Tam zu beleidigen.

Tams Mund wurde hart. »Die Engländer und der Boden, den Gott uns gab, machten uns arm. Doch du solltest dir gleich merken, daß in Schottland der Wert eines Menschen danach bemessen wird, was in ihm steckt, nicht nach dem Gold, das er in seinen Taschen trägt.«

»Ich bedanke mich für diesen Hinweis. Ich werde ihn mir merken.« Er trieb sein Pferd voran, bis er wieder an Alicias Seite war. Sie widmete ihm nur einen kurzen Seitenblick und hörte dann wieder der alten Frau zu, die ihr ein neues Färbemittel für Wolle beschrieb.

Dann verstummten die Leute nacheinander, als Stephen ihre Blicke auf sich zog. Seine Kleider unterschieden sich stark von ihren. Die meisten Männer vor ihm trugen weder Schuhwerk noch Hose, und nur wenige hatten ein Beinkleid wie Tam, das ihnen ebenfalls nur bis zu den Knien reichte.

Doch Stephens Interesse galt vor allem den Frauen. Sie hatten nicht diese bleiche, vor jedem Wettereinfluß geschützte Haut wie die englischen Ladies, sondern ihre Gesichter und Arme hatten jene güldene Tönung, die vom Leben im Freien herrührte. Und ausnahmslos hatten sie herrliches Haar, das in schimmernden Wellen über den Rücken bis zum Gürtel hinunterfloß.

Stephen schwang sich vom Pferd, nahm Alicias Rechte fest in seine Linke und streckte die andere Hand vor. »Erlaubt, daß ich mich vorstelle. Ich bin Stephen Ascott.«

Sie sahen ihn alle mit ihren lebhaften, glitzernden Augen an.

»Ein Engländer«, sagte ein Mann in Stephens Nähe mit haßgetränkter Stimme.

»Aye, ein Engländer!« sagte Stephen, das Wort betonend, während er mit harten blauen Augen den Blick des Schotten erwiderte.

»Moment!« sagte Tam. »Laßt ihn in Frieden. Er griff mich an, weil er glaubte, ich würde Alicia Gewalt antun.«

Ein paar Männer lächelten über die Unsinnigkeit dieser Feststellung. Keine Frage, wer dabei gewonnen hatte. Tam wog mindestens sechzig Pfund mehr als der schlanke Engländer.

»Er hat gewonnen«, sagte Tam bedächtig. »Er brach mir fast die Nase, und dann setzte er mir das Messer an die Kehle.«

Die Leute schwiegen eine Weile, als mochten sie nicht glauben, was Tam ihnen erzählt hatte.

»Willkommen, Stephen«, sagte eine von den hübschen jungen Frauen und ergriff Stephens Hand.

Stephen schluckte kurz, weil er mit seinem Vornamen angeredet wurde, und dann begann er, den Leuten der Reihe nach die Hände zu schütteln.

»So leicht wirst du es bei meinen Männern nicht haben«, sagte Alicia, als sie nebeneinander den Fahrweg hinunterritten, der das Festland mit der Halbinsel verband. Sie sah ihn hochmütig an, während er den Blick auf das Meer gerichtet hielt. Sie lächelte und drängte ihr Pferd scharf gegen seines.

Stephens Pferd scheute von der Straße weg, und als es merkte, daß es mit einem Huf ins Leere trat, geriet es in Panik und stellte sich auf die Hinterbeine. Stephen hatte große Mühe, das Pferd auf der Brücke zu halten, damit sie nicht kopfüber ins Nichts fielen.

»Tod und Verdammnis!« fluchte Stephen, als das Pferd seinem Schenkeldruck wieder gehorchte.

Alicia lachte, als sie über die Schulter auf ihn zurücksah. »Sind unsere schottischen Späße zu rauh für dich?« spottete sie.

Stephen grub die Sporen in die Weichen seines Pferdes. Alicia sah ihn auf sich zukommen, reagierte aber nicht rasch genug. Stephen packte sie um die Taille und zog sie vom Pferd. Er setzte sie vor sich in den Sattel.

»Laß mich los!« forderte sie. »Meine Leute beobachten uns!«

»Sehr gut. Dann sahen sie auch, wie du versuchtest, einen Narren aus mir zu machen. Oder hattest du gehofft, ich würde mich zu Tode stürzen?«

»Damit König Heinrich uns Truppen aufs Haupt schickt? Nein, ich wünsche dir nicht den Tod auf schottischen Boden.«

Stephen verschlug es den Atem bei dieser Offenherzigkeit. »Vielleicht habe ich diese Antwort verdient«, murmelte er, legte ihr jedoch den Finger auf den Mund, als sie etwas erwidern wollte. »Aber du tust mir unrecht, wenn du mich vor deinen Leuten lächerlich machst. Also wirst dafür büßen müssen. Wie viele Männer sind bisher mit einer MacArran vor sich auf dem Sattel durch das Burgtor von Larenston geritten?«

»Wir kamen oft mit Toten im Sattel zurück, die immer von einem . . .«

Er brachte sie mit einem Kuß zum Verstummen.

Gegen ihren Willen klammerte Alicia sich an ihn, schlang ihm die Arme um den Hals, suchte mit ihren Lippen hungrig die seinen. Er zog sie fest an sich und liebkoste ihren Rücken. Er spürte ihre warme Haut unter dem dünnen Leinen. Diese schottische Mode hatte doch viele Vorteile. Durch englische Stoffe vermochte man höchstens einen Knochen zu ertasten.

Stephen befreite sich zuerst aus seiner Trance. Er spürte, daß man sie beobachtete. Er öffnete die Augen und hob ein wenig den Kopf, seine Lippen immer noch auf Alicias Mund gepreßt. Er hatte gar nicht gemerkt, daß sein Pferd auf dem Torweg weitergaloppiert war. Jetzt passierten sie schon die Torhäuser, und er sah sich von mehreren Männern umringt, alles nüchterne, ernste Gestalten, die ihre Gefühle nicht zeigten.

»Alicia, Liebling«, sagte Stephen leise.

Alicia reagierte prompt. Sie löste sich mit einem Ruck von ihm und sah auf die Männer hinunter. »Douglas«, flüsterte sie und glitt in die ausgebreiteten Arme eines Schotten. Der Reihe nach begrüßte sie die Männer der Torwache.

Stephen stieg bedächtig aus dem Sattel und führte sein Pferd am Zügel durch das Tor. Die Männer sprachen nicht mit ihm und beachteten ihn auch nicht mit einem Blick. Doch Stephen spürte sehr deutlich, daß sie ihn mißtrauisch und wachsam belauerten. Alicia ging ein paar Schritte vor ihm und scherzte mit den Männern.

Stephen fühlte sich ausgeschlossen, einsam. Die Männer, die ihm feindselig die Schulter zeigten, waren anders gekleidet als die Leute unten im Tal. Sie trugen durchweg Hosen und Schuhwerk wie Tam, und einige hatten sogar Schaftstiefel, die ihnen bis zum Knie hinauf reichten. Doch keiner hatte den Unterschenkel oder das Knie mit Stoff oder Leder bedeckt.

Sobald sie das schmale Tor passiert hatten, öffnete sich der Fels zu einem weiten Plateau. Sie kamen auf dem Weg zum großen Haus an mehreren kleinen Gebäuden vorbei, die Stephen nun als Werkstätten erkannte. Da waren eine Reihe von Ställen, eine Molkerei, eine Schmiede, sogar ein Garten, der mit Gemüse und Kräutern bestellt war, befand sich zwischen den Wirtschaftsgebäuden. Eine Burg, die sich auf diese Weise selbst versorgte, konnte eine lange Belagerung überstehen.

Das Innere des Wohnraumes war einfach und schmucklos. Die Steinwände waren feucht, ungetäfelt, ja nicht einmal mit Farben aufgehellt. Die schmalen Fenster ließen kaum Licht herein. Es war kalt in dieser Burg, kälter noch als draußen in der frostigen Herbstluft; doch nirgends sah er ein wärmendes Feuer.

Alicia setzte sich auf einen nackten Holzstuhl. »Also, Douglas, berichte, was sich inzwischen hier zugetragen hat!«

Stephen stand abseits und beobachtete die Szene. Niemand fragte, ob sie es bequem hatte oder ob sie von der Reise müde sei.

»Die MacGregors haben wieder unsere Weiden überfallen. Vor zwei Nächten raubten sie uns sechs Stück Vieh.«

Alicia runzelte die Stirn. Mit den MacGregors würde sie sich später befassen. »Was für Probleme gibt es im Klan?«

Der Mann, den sie Douglas nannte, zupfte geistesabwesend an seinen langen Haaren. »Das Land am Loch ist wieder zum Zankapfel zwischen Robert und Desmond geworden. Robert behauptet, die Lachse wären sein Eigentum; doch Desmond fordert Bezahlung dafür.«

»Ist schon Blut deswegen geflossen?«

»Nein; aber es wird bald dazu kommen. Soll ich ein paar Männer hinschicken, die den Streit bereinigen? Ein bißchen mit dem Schwert dazwischengehen? Das wird das Feuer rasch wieder ersticken.«

Stephen streckte sich. Er war gewohnt, solche Streitigkeiten zu schlichten. Doch Tam legte ihm rasch die Hand auf den Arm, ehe er sich einmischen konnte.

»Fällt dir nichts Besseres ein als dein Schwertarm, Douglas?« fragte Alicia mit erzürnter Stimme. »Will es dir nicht in den Kopf, daß die Männer nicht ohne Not miteinander streiten? Robert muß sieben Kinder versorgen, und Desmond hat eine kränkelnde Frau und keine Kinder. Also muß es einen Weg geben, die Sache friedlich zu regeln.«

Die Männer sahen sie verständnislos an.

Sie seufzte. »Befehle Robert, er soll sein ältestes und jüngstes Kind Desmond zur Pflege geben. Robert wird sich hüten, Fische für sich zu fordern, mit denen seine eigenen Kinder gefüttert werden sollen. Und Desmonds Frau wird nicht mehr mit ihrem Mann hadern, daß sie keine eigenen Kinder hat. Was gab es noch für Probleme?«

Stephen lächelte, als er ihre weise Entscheidung vernahm. Ihre Weisheit gründete in der genauen Kenntnis ihres Klans und in der Liebe für ihre Schützlinge. Es war wie eine Offenbarung für ihn, sie in ihrer gewohnten Umgebung zu beobachten. Ihr Kinn war nicht mehr zornig emporgereckt, während sie mit ihren Männern verhandelte. Ihre Schultern waren noch gerade; aber nicht so steif, als müsse sie jeden Moment Schläge abwehren oder zornig aus der Haut fahren.

Er beobachtete die Gesichter der Männer in seiner Nähe. Sie respektierten sie, hörten aufmerksam zu, und jedes Urteil, das sie verkündete, war weise und im besten Interesse ihres Klans.

»Jamie hat sie gut auf ihr Amt vorbereitet«, sagte Tam leise hinter ihm.

Stephen nickte. Hier lernte er sie von einer ganz anderen Seite kennen – von einer Seite, deren Existenz er nicht einmal geahnt hatte. Er kannte sie als jähzornige, impulsive Frau, die mit dem Messer auf Männer losging und ihren Haß über Engländer ausgoß. Und er erinnerte sich daran, wie er sie ausgelacht hatte, als sie vor ihm mit nassen Röcken im eiskalten Wasser lag.

Plötzlich plagte ihn die Eifersucht. Diese Frau, die so gelassen vor diesen Männern saß und Entscheidungen traf, die deren Leben änderten, hatte er nie gekannt. Diese Männer kannten eine Seite ihres Wesens, die sie ihm nicht einmal andeutungsweise gezeigt hatte.

Alicia erhob sich und schritt zur Treppe im Hintergrund der Halle. Stephen folgte ihr. Und dann kam ihm die Erinnerung an ihre Kniekehlen, und er lächelte in sich hinein. Davon wußten wiederum diese Männer nichts.

»Schau ihn dir an«, sagte Alicia verächtlich. Sie stand am Fenster ihrer Kammer im dritten Stock und sah hinunter in den Hof, wo Stephen und Chris in voller Rüstung ihren Männern die Kampfesweise englischer Ritter vorführten. Die Schotten standen im Kreis um die beiden und verfolgten den Drill mit finsterem Schweigen.

Sie waren nun seit zwei Wochen verheiratet. Sie hatte achselzuckend zugehört, wie er ihren Mannen die Wichtigkeit eines schützenden Panzers predigte. Er hatte sich sogar erboten, denjenigen, die am fleißigsten übten, eine Rüstung auf eigene Kosten zu besorgen. Doch die Schotten hatten wenig oder gar kein

Interesse daran gezeigt, sich mit kostbarem, aber schwerem und schweißtreibendem Metall zu verhüllen. Sie bevorzugten immer noch ihr barbarisches Kostüm, das wichtige Teile des Körpers ungeschützt, ja sogar entblößt ließ. Die einzige Konzession, die Stephen bei ihnen erreichte, war ein kurzes Kettenhemd unter dem Plaid.

Alicia wandte sich vom Fenster ab und lächelte in sich hinein.

»Ihr habt keinen Grund, so selbstgefällig und schadenfroh zu sein«, fauchte Morag. »Eure Männer können ein bißchen Bewegung recht gut gebrauchen. Die meiste Zeit sitzen sie nur faul herum. Stephen bringt sie wenigstens zum Schwitzen.«

Alicia schüttelte lächelnd den Kopf. »Er ist ein halsstarriger Mann. Gestern wagte er sogar, meinen Männern vorzuhalten, Schottland sei ein unruhiges Land, das sich besser gegen seine Feinde schützen müsse. Als wüßten wir das nicht selbst! Es sind doch nur die Engländer, die uns . . .«

Morag hob abwehrend die Hand. »Ihr könnt meinetwegen Euren Gatten mit Euren ständigen Nörgeleien zum Wahnsinn treiben, doch mich verschont damit. Was stört Euch eigentlich so sehr an ihm? Wollt Ihr ihn dafür bestrafen, daß er Euch nachts zum Stöhnen bringt? Seid ihr ihm gram, weil Ihr von einer Leidenschaft zu einem Mann ergriffen seid, den Ihr als Feind Eurer Landsleute betrachtet?«

»Ich bin ihm nicht . . .« Alicia hielt inne, als sie die Tür klappen hörte. Sie drehte sich um; aber es war nur Morag gewesen, die sich enfernt hatte, weil sie ihr zürnte, wie sie Stephen behandelte.

Alicia wandte sich wieder dem Fenster zu. Sie mußte zugeben, daß sie zutiefst beunruhigt war, wie ihr Körper reagierte, wenn er sie berührte. Oft wurden ihr schon die Knie weich, wenn die Sonne unterging. Doch sie hütete sich, Stephen ihre Gefühle zu zeigen. Sie machte weder Annäherungen noch sagte sie ihm ein zärtliches Wort. Er gehörte ja zu den Leuten, die ihren Vater erschlugen. Tagsüber war es leicht, den Feind in ihm zu sehen. Da kleidete er sich wie ein Engländer, sprach und dachte wie ein Engländer. Aber nachts, wenn er sie berührte, vergaß sie allzuschnell, was sie beide waren.

»Stephen!« sagte Chris, als sie an den Rand der Burg traten und hinaussahen auf die See, »es hat keinen Sinn. Sie wollen nicht verstehen.«

Stephen nahm seinen Helm ab. Die kalte Brise spielte mit seinen verschwitzten Haaren. Seine Männer übten jeden Tag fleißig den Umgang mit Rüstung und Waffen. Alicias Männer hingegen standen abseits und begafften die Engländer wie Tiere aus König Heinrichs Menagerie.

»Es muß doch eine Möglichkeit geben, diese Männer zu überzeugen«, sagte Stephen leise.

»Mylord!« einer seiner Männer trat zu ihm, »eine Rinderherde der MacArrans ist im Norden überfallen worden. Die Männer satteln bereits die Pferde.«

Stephen nickte heftig. Endlich eine Chance, den Schotten zu zeigen, was für tüchtige Kämpfer seine englischen Ritter waren. Er hatte jahrelang gegen Diebe und Wilderer gekämpft.

Die schwere Rüstung machte schnelle Bewegungen unmöglich. Sein Knappe erwartete ihn schon mit seinem Schlachtroß, das ebenfalls gepanzert war. Diese Pferde waren schwer, seit Jahrhunderten dafür gezüchtet, das Gewicht eines Ritters in schwerer Rüstung und seine Waffenlast zu tragen. Als Stephen und seine gepanzerten Männer in den Sattel stiegen, waren die Schotten längst losgeritten. Stephen dachte besorgt, daß er um der Disziplin willen eine Bestrafung durchsetzen mußte.

Erst viele Jahre danach konnte Stephen an die Ereignisse jener Nacht auf dem schottischen Hochmoor zurückdenken, ohne vor Scham in den Boden zu versinken.

Es war bereits dunkel, als sie den Ort erreichten, wo die MacGregors die Rinder gestohlen hatten. Den Lärm, den die gepanzerten Reiter machten, war meilenweit zu hören. Ihre Rüstungen klirrten, die Hufe der schweren Pferde donnerten über den Boden.

Stephen glaubte, die MacGregors würden ihn wie Engländer

zu einem Kampf Mann gegen Mann erwarten. Doch er und seine Leute konnten nur betroffen zusehen, wie sich der Kampf entwickelte. Etwas Derartiges hatte Stephen bisher noch nicht erlebt oder sich vorstellen können.

Die Schotten sprangen von ihren Pferden und schwärmten in den Wald aus. Sie warfen die Plaids von den Schultern, so daß sie in ihren weiten Hemden besser laufen und sich freier bewegen konnten. Es gab großes Geschrei unter den Bäumen, und dann hörte er das Klirren der Claymores, der zweischneidigen schottischen Schwerter.

Stephen gab seinen Männern das Zeichen, abzusteigen. Sie folgten, sich nach den Geräuschen orientierend, den Schotten in den Wald. Doch die Schotten waren bereits wieder woanders. Die schweren Rüstungen machten die Engländer zu langsam, zu unbeweglich.

Stephen sah sich verwirrt um, als einer von Alicias Männern aus dem Schatten der Bäume trat. »Wir schlugen sie in die Flucht«, sagte dieser mit einem Hauch von Schadenfreude.

»Wie viele sind verletzt?«

»Drei Verwundete, kein Toter«, sagte der Schotte knapp und lächelte dann. »Die MacArrans sind zu schnell für die MacGregors.« Der Mann war noch ganz atemlos von der Aufregung des Gefechts. »Soll ich ein paar Leute zusammenholen, die Euch wieder aufs Pferd heben?« fragte er und grinste ganz unverhohlen, als er Stephen in seiner Rüstung betrachtete.

»Hör mal!« empörte sich Chris, »wenn du uns beleidigen willst, bekommst du mein Schwert zu spüren!«

»Gemach, englischer Hund«, höhnte der Schotte. »Ich schneide dir den Hals durch, ehe du auch nur einen Finger in deinem Stahlsarg krumm machen kannst!«

»Hört auf!« befahl Stephen. »Chris, steck dein Schwert in die Scheide zurück. Und du, Douglas, kümmerst dich um die Verletzten.«

»Du kannst ihm doch diese Unverschämtheit nicht durchgehen lassen«, sagte Chris. »So bekommen sie nie Respekt vor dir.«

»Respekt kann man nicht eindrillen«, gab Stephen barsch

zurück. »Respekt muß man sich erwerben. Los, wir reiten zurück nach Larenston. Ich habe zudem eine Menge zu bedenken.«

Alicia setzte sich im Bett auf. »Bist du taub? Ich habe dich gefragt, wie viele Leute bei dem Überfall verletzt wurden!«

Stephen drehte sich um, als bemerkte erst jetzt ihre Gegenwart. Seine Augen glitten über ihren nackten Körper, doch er blieb ungewöhnlich zurückhaltend, während er seinen Gürtel löste. »Niemand wurde ernsthaft verwundet. Nur ein paar Nähte am Arm. Das war alles.«

»Wessen Arm mußte genäht werden?«

Stephen winkte ab und stieg nackt neben ihr ins Bett. Er verschränkte die Arme hinter dem Kopf und starrte zur Decke. Er machte keinen Versuch, sie zu berühren. »Francis wurde am Arm verletzt, glaube ich«, sagte er schließlich.

Alicia sah ihn stirnrunzelnd an. Was war nur mit ihm los? »Haben die Schotten dich so verschreckt, Engländer? Waren meine Männer zu stark für dich oder zu schnell?«

Zu ihrem Erstaunen reagierte diesmal Stephen nicht auf ihren Spott.

»Zu schnell«, sagte er ernsthaft, während er nach wie vor zur Decke starrte. »Sie bewegten sich rasch und leichtfüßig. Natürlich würden sie in England damit nicht weit kommen, weil eine Handvoll gepanzerter Ritter fünfzig von ihnen erlegen könnte. Doch hier . . .«

»Fünfzig!« schnaubte Alicia. Im nächsten Moment hämmerte sie mit beiden Fäusten gegen Stephens Brust. »Du wirst nie den Tag erleben, wo ein Engländer fünfzig Schotten auch nur ein Haar krümmen könnte!«

»Hör auf damit. Ich habe schon genug wunde Stellen am Körper!«

Sie hielt inne. Sein Körper war so warm, sein Haar noch feucht von der Nachtluft, und eine blonde Locke hing hinter seinem Ohr. Sie hütete sich, sein Haar zu berühren, und lag ganz still neben ihm. Doch zuweilen fühlte sie sich so allein, daß sie nicht wußte, was sie tun sollte. Ihre Vorstellung von der Ehe war eine

Partnerschaft, wo Mann und Frau ihr Leben und ihre Liebe teilten. Doch sie war mit einem Engländer verheiratet!

Stephen drehte sich ihr zu und küßte ihre Schläfe. »Was ist das?« fragte er verwundert. »Erst Schläge und jetzt Tränen?«

»Natürlich nicht! Mir ist nur etwas ins Auge gekommen.«

Er schlang den Arm um sie und drehte sie zu sich. »Du lügst«, sagte er nüchtern, betrachtete ihr Gesicht, berührte das Grübchen am Kinn. »Du und ich sind Fremde«, flüsterte er. »Wann werden wir Freunde sein? Wann wirst du dein Wesen mit mir teilen? Wann wirst du mir den Grund deiner Tränen verraten?«

»Wenn du zum Schotten wirst!« sagte sie so heftig, wie sie vermochte. Doch Stephens Nähe gab ihren Worten einen seltsamen Klang, als wären sie eher ein Flehen statt eine unmögliche Forderung.

»Einverstanden!« rief er so zuversichtlich, als könne er sich tatsächlich in einen Schotten verwandeln.

Sie wollte ihn auslachen, ihm sagen, daß er nie zu einem Schotten oder zu ihrem Freund werden könne. Doch er zog sie an sich und küßte sie.

»Meine schöne, wunderschöne Frau«, flüsterte er, während seine Nägel sachte an der Sehne ihrer Kniekehle entlangfuhren. »Ich wünschte, ich würde dir nicht nur im Bett gefallen!«

Stephen stand unter dem niedrigen Dach einer Kate und wärmte sich die Hände an einem Torffeuer. Ein rauher Wind blies von Norden, und ohne Feuer hätte man es in der Hütte nicht aushalten können. Tam war auf Besuch bei seiner Schwester und hatte daher Alicias Haus vor ein paar Tagen verlassen. Der stämmige, schon betagte Mann saß an der entfernten Seite des Feuers, ein Fischernetz über den bloßen Knien. Er zog mit seinen plumpen Fingern die Knoten im groben Tauwerk fest.

»Du möchtest also, daß ich dir helfe, dich nicht mehr wie ein Narr aufzuführen«, sagte er ernsthaft.

Stephen drehte sich um. Er war noch immer nicht ganz daran gewöhnt, daß Schotten sich in seiner Gegenwart benahmen, wie es ihnen beliebte. Und dann dachte er zurück an den Überfall auf die Rinderherden und schüttelte den Kopf. »So möchte ich es nicht gelten lassen«, sagte er langsam. »Es ist richtig, daß ich mich sowohl vor meinen Männern wie vor den Schotten blamierte. Mir war, als stünde ich in einem Stahlsarg vor Douglas. Seine Bemerkung war zutreffend.«

Tam hielt einen Moment mit der Arbeit inne. »Douglas war immer der Meinung, Jamie hätte ihn zu Alicias Ehemann bestimmen sollen.« Er lachte leise, als er Stephens Gesicht sah. »Keine Bange, Junge, Jamie wußte sehr genau, was er tat. Douglas ist ein guter Gefolgsmann, aber kein Anführer. Er hat viel zu große Ehrfurcht vor Alicia, um jemals ihr Meister werden zu können.«

Stephen lachte. »Kein Mann ist stark genug, ihr Meister zu werden.«

Tam äußerte sich nicht dazu, lächelte nur still in sich hinein. Morag behielt das Ehepaar immer im Auge und berichtete ihm, wie sich ihr Zusammenleben entwickelte. Tam wollte sichergehen, daß Alicia von dem Engländer keine Gefahr drohte. Nach allem, was Morag ihm erzählt hatte, war Tam überzeugt, daß Stephen der Gefährdete war – als Ehemann seine Manneskraft zu erschöpfen.

Tam sah hoch. »Das erste, was Ihr tun müßt, Stephen, ist, Eure englischen Kleider abzulegen.«

Stephen nickte. Das hatte er erwartet.

»Und dann müßt Ihr laufen lernen – schnell und ausdauernd.«

»Laufen! Ein Soldat soll nicht von der Stelle weichen, wenn er kämpft!«

Tam schnaubte: »Unsere Art ist das nicht. Ich dächte, das hättest du schon begriffen. Wenn du nicht willens bist, zu lernen, kann ich dir auch nicht helfen.«

Stephen fügte sich widerwillig.

Eine Stunde später bereute er schon, daß er nachgegeben hatte. Er stand neben Tam im kalten Herbstwind und hatte sich in seinem Leben noch nie so nackt gefühlt. Statt der schweren, wattierten, warmen englischen Kleider trug er nur noch ein dünnes Hemd und ein Plaid, das über den Hüften gegurtet war. Zwar hatte er an den Füßen Wollsocken und Stiefel, aber dennoch konnte er sich des Gefühls nicht erwehren, er wäre bis zum Gürtel hinauf nackt.

Tam schlug ihn auf die Schultern. »Komm schon, Junge, du gewöhnst dich schnell daran. Wenn du die Haare noch ein bißchen länger wachsen läßt, bist du von einem Schotten kaum noch zu unterscheiden.«

»Aber das ist ein verdammt kaltes Land, in dem ich mit bloßem Hintern herumlaufen muß!« murrte Stephen und hob Hemd samt Plaid, um seine nackte Kehrseite zu zeigen.

Tam lachte. »Nun weißt du, was ein Schotte unter dem Plaid trägt.« Sein Gesicht wurde ernst. »Aber wir sind nicht ohne Grund so gekleidet. Das Plaid ist eine perfekte Tarnung im Heidekraut. Unser Anzug kann rasch gewechselt oder ausgezogen werden. In Schottland regnet es oft, und wer zu lange nasse Kleider auf der Haut trägt, erliegt bald einer Lungenkrankheit. Das Plaid kühlt im Sommer, und das dauernde Aneinanderreiben der Knie hält dich im Winter warm.« Er blinzelte. »Und die kostbarsten Teile werden ständig von frischer Luft umspült.«

»Das kann man wohl sagen«, meinte Stephen.

»Ah, jetzt seht Ihr endlich wie ein Mann aus!« rief Morag hinter ihm. »Von dem vielen Eisen, das Ihr dauernd mit Euch herumgeschleppt habt, bekamt Ihr wenigstens Muskeln!« Sie betrachtete voller Anerkennung seine Beine.

Stephen grinste. »Wäre ich nicht schon verheiratet, würde ich dich in die engste Wahl ziehen.«

»Und vielleicht nähme ich Euch sogar«, gab sie zurück. »Obwohl ich mit Alicia nicht um Euren Besitz kämpfen möchte.«

Stephen sah sie düster an. »Sie würde mich gern an jeden verschenken, der mich nähme.«

»Solange sie dich in ihrem Bett behalten kann, wie?« entgegnete sie und lachte scheppernd.

Stephen sah der Alten blinzelnd nach. Der familiäre Ton, der in so einem Klan herrschte, war doch immer wieder ein Schock für ihn. Hier schien jeder über die intimsten Dinge des Nachbarn Bescheid zu wissen.

»Wir vergeuden nur unsere Zeit«, sagte Tam. »Versuche, bis zu dieser Stange dort zu laufen!«

Stephen hatte geglaubt, Laufen wäre leicht. Schließlich war er ja schon als Kind gerannt und fühlte sich in guter körperlicher Verfassung. Doch nach dem ersten schnellen Sprint brannten ihm die Lungen wie Feuer. Er brauchte Minuten, bis das rasende Pochen seines Herzens sich wieder legte.

»Hier, trink einen Schluck Wasser«, sagte Tam und hielt ihm eine Schöpfkelle hin. »Wenn du wieder zu Atem gekommen bist, wiederholen wir das Ganze.«

Stephen sah ihn ungläubig an.

»Nun los schon, Junge«, sagte Tam. »Du willst dich doch von so einem alten Mann, wie ich es bin, nicht besiegen lassen!«

Stephen legte, immer noch nach Luft ringend, die Kelle beiseite. »Alt könnte ich Euch beim besten Willen nicht nennen! Also dann – es kann wieder losgehen!«

7. Kapitel

Alicia stand allein am Fuß der Treppe, die zur Brüstung des alten Turms hinaufführte. Vor einer Stunde hatte ihr einer von den Bauern eine silberne Gürtelschnalle gebracht. Auf der Rückseite war eine Widmung eingraviert: »Für Ennis von James MacArran.«

Alicia erinnerte sich wieder an die Zeremonie, als ihr Vater den drei jungen Männern, die als sein Nachfolger in Betracht kamen, diese Gürtelschnallen überreicht hatte. Es war fast wie ein Fest gewesen damals. Es wurde geschmaust, getrunken und getanzt, und so mancher hatte ihr zugezwinkert und sie gefragt, für wen sie sich denn nun entscheiden würde. Doch Alicia hatte nur gelacht und so getan, als könnten alle drei ihrem Vater nicht das Wasser reichen.

Nun waren sie alle tot. Die hübschen jungen Männer, mit

denen sie geflirtet hatte, verrotteten irgendwo in einem Grab. Ihr Bruder hatte sich voller Haß von ihr abgewendet. Es gab weder Liebe noch Lachen mehr auf Larenston. Der englische König hatte sie mit einem der Mörder ihres Vaters vermählt. Sie betrachtete voller Wehmut die Waffen ihres Vaters, die an der Wand hingen, seine Äxte, die Claymores, die Pfeile und die Bögen. Sie berührte die abgewetzte Stelle an ihres Vaters Lieblingsbogen und ließ sich in seinen Stuhl fallen, daß der Staub aufwirbelte. Seit Jamies Tod hatte sie diesen Raum nicht mehr betreten.

Die Engländer! dachte sie. Sie glaubten, ihnen gehörte die Welt. Sie haßte die Art, wie Stephens Männer vor ihn hintraten, sich verbeugten, mit dem Fuß scharrten und ihn »Mylord« nannten. Die Engländer waren ein kaltes Volk. Sie hatte hunderte Male versucht, ihm zu sagen, wie Schotten sich benahmen; doch er war zu eitel, ihr auch nur zuzuhören.

Sie lächelte für sich. Wenigstens wußten ihre Männer, wer hier Chef war. Sie lachten hinter Stephens Rücken. Den ganzen Vormittag über hatten sie sich Geschichten von der mißlungenen Strafexpedition gegen die Rinderdiebe erzählt. Wie lächerlich Stephen ausgeschaut haben mußte, als er in seiner törichten Rüstung vor ihren Männern stand!

Ein Lärm unten im Hof lenkte sie von ihren Gedanken ab. Sie trat ans Fenster.

Zunächst erkannte sie Stephen gar nicht. Sie glaubte, sie sähe einen gutgebauten jungen Mann, der mit übertriebenem Selbstbewußtsein auftrat. Sein gegurtetes Plaid schwang in aufreizender Weise um seine muskulösen Beine. Sie schnaubte entrüstet, als ihr bewußt wurde, daß Stephen es war, der da so arrogant über den Hof schritt und das Plaid trug, als habe er ein Recht dazu.

Mehrere von ihren Leuten standen auf dem Hof umher. Sie war froh, als sie bemerkte, daß sie keine Anstalten machten, ihn zu begrüßen. Sie konnten mit einem Blick erkennen, daß sich hier nur ein Engländer verkleidet hatte!

Doch dann erlosch ihr Lächeln, als die Männer der Reihe nach zu Stephen kamen. Sie sah ihn lächeln. Er sagte etwas und hob kurz den Schoß seines Plaids an. Sie hörte, wie Gelächter über den Hof hinrollte.

Douglas – *ihr* Douglas! – trat vor und streckte Stephen einen Arm hin. Stephen packte ihn, und die beiden begannen, Arme und Knöchel aneinandergestemmt, im Stehen zu ringen. Kaum eine Minute später lag Douglas im Staub.

Sie sah empört zu, wie Stephen der Reihe nach ihre Männer zum Ringen herausforderte. Sie holte scharf Luft, als Margaretes Tochter, ihre Hüften herausfordernd schwingend, vortrat und ihren Rock anhob, damit Stephen ihre hübschen Beine sehen konnte. Und dann führte sie Stephen wahrhaftig ein paar Hochland-Tanzschritte vor!

Alicia wandte sich vom Fenster ab, verließ den Raum und schloß die Tür hinter sich ab. Zorngeladen eilte sie die Treppe hinunter.

Stephen stand mit blitzenden Augen und geröteten Wangen auf dem Hof. Seine Haare waren noch naß von den Laufübungen im Freien. Hinter ihm waren ein paar von seinen Leuten versammelt, und vor ihm standen ihre Leute und bemerkenswert viele junge, hübsche Frauen.

Er sah sie an wie ein Junge, der seiner Mutter einen Gefallen tun wollte. »Na – habe ich bestanden?«

Sie musterte ihn finster, übersah dabei geflissentlich seine muskulösen Beine. »Vielleicht kannst du einige täuschen, doch für mich bist du ein Engländer und wirst es immer bleiben. Daß du deine Kleidung geändert hast, bedeutet noch lange nicht, daß sich deine Absichten gewandelt haben!« Sie drehte sich um und ging wieder ins Haus.

Stephen blieb einen Moment stirnrunzelnd stehen. Vielleicht wollte er tatsächlich, daß sie seine englische Herkunft vergaßen. Vielleicht . . .

Tam schlug ihn auf die Schulter. »Nun mach nicht so ein betrübtes Gesicht!«

Stephen drehte sich um und bemerkte, daß die schottischen Männer lächelten, als Tam fortfuhr: »Wenn sie auch ein guter

Boß ist, bleibt sie dennoch eine Frau. Kein Wunder, daß sie erzürnt ist, wenn du mit anderen Frauen tanzt.«

Stephen lächelte kläglich: »Ich wünschte, du hättest recht.«

»Warum gehst du nicht hinein und versuchst, sie zu beruhigen?«

Stephen wollte darauf erwidern, daß er es Alicia nie recht machen könnte. Aber was nützte es, wenn er darüber auch noch laut klagte? Stumm folgte er ihr die Treppe hinauf. Er fand sie über einen Webstuhl gebeugt. Sie gab den Frauen Anweisungen, welche Fäden sie als Einschuß für ein neues Plaid verwenden sollten.

»Stephen!« rief eine der Frauen, »seht Ihr aber gut aus!« Die hübsche junge Frau betrachtete begehrlich seine nackten Beine.

Stephen drehte sich um; aber das Lächeln fror ihm auf den Lippen ein, als er Alicias Gesicht sah. Sie warf die Tür hinter sich zu, und er holte sie erst wieder am Kopfende der Treppe ein. »Was hast du nur? Ich dachte, gerade dir müßte es gefallen, daß ich diese Kleider trage! Du verlangtest doch, ich sollte ein Schotte werden.«

»Schottische Kleider machen noch keinen Schotten.« Sie wandte sich wieder ab. Stephen faßte sie an den Armen.

»Das ist es nicht allein. Dich bedrückt noch etwas. Was?«

»Was soll mich schon bedrücken? Ich bin mit meinem Feind verheiratet. Ich . . .«

Stephen legte ihr den Finger auf die Lippen. »Da ist noch ein anderer Kummer«, sagte er ruhig, während er forschend ihr Gesicht betrachtete. Sie senkte die Augen, damit er den Schmerz nicht sah, der sich darin spiegelte. Er fuhr mit den Händen an ihren Armen entlang. Er spürte, wie sich ihre linke Hand fest um etwas schloß. »Was ist das?« fragte er behutsam.

Sie suchte sich seinem Zugriff zu entziehen, doch er zwang ihre Finger auseinander. Er starrte auf die Gürtelschnalle, las die Gravierung. »Hat dir jemand das heute übergeben?«

Sie nickte stumm.

»Gehörte die Schnalle deinem Vater?«

Sie senkte die Augen und konnte nur nicken.

»Alicia«, sagte er mit bewegter, tiefer Stimme, »schau mich an.« Er legte die Hand an ihr Kinn und hob es sacht an. »Es tut mir von Herzen leid.«

»Wie kannst du wissen, wie das ist?« schnappte sie und entzog sich seiner Hand. Im stillen verfluchte sie sich, daß sie fast auf seine Nähe und Worte hereingefallen wäre.

»Ich weiß, was es bedeutet, Vater und Mutter zu verlieren«, sagte er geduldig. »Ich bin überzeugt, der Schmerz war für mich genauso groß wie für dich.«

»Aber ich habe deinen Vater nicht ermordet!«

»Und ich auch nicht deinen! Jedenfalls nicht mit meinen Händen!« sagte er heftig. »Hör mich an, nur ein einziges Mal – als Ehemann, nicht als politische Schachfigur! Wir sind verheiratet. Das ist eine Tatsache. Nichts läßt sich daran mehr ändern. Wir könnten glücklich sein. Ich weiß, daß wir das könnten, wenn du nur bereit wärst, uns eine Chance zu geben.«

Ihr Gesicht verhärtete sich, ihre Augen wurden kalt. »Und dann prahlst du vor deinen Leuten, eine Schottin fräße dir aus der Hand? Wirst du versuchen, meine Männer genauso auf deine Seite zu ziehen, wie dir das heute mit meinen Frauen gelungen ist?«

»Auf *meine* Seite!« rief Stephen. »Tod und Verdammnis! Ich habe fast den ganzen Tag damit verbracht, bei diesem kalten Wetter mit nackten Beinen und, Entschuldigung, nacktem Hintern zu laufen, um dir und den Leuten, an denen dir so viel liegt, zu gefallen!« Er schob sie von sich fort. »Geh und wälze dich in deinem Haß. Ich werde dich auch nachts mit meiner kalten Gegenwart verschonen.« Er drehte sich um und ließ sie auf der Treppe stehen.

Alicia blieb eine Weile vollkommen regungslos, ehe sie langsam die Stufen hinunterging. Sie wollte ihm vertrauen. Sie brauchte einen Ehemann, dem sie vertrauen konnte. Aber wie vermochte sie das? Was geschah, wenn ihr Land von plündernden Engländern angegriffen wurde? Konnte sie von Stephen erwarten, daß er gegen seine Landleute kämpfte?

Sie wußte, wie sie auf seinen Körper reagierte. Wie leicht war es für sie, ihre Unterschiede zu vergessen und seinen süßen Berührungen und seiner zärtlichen, wohlklingenden Stimme zu unterliegen. Aber wenn sie vorsichtig und wachsam sein mußte, waren ihre Sinne abgestumpft. Sie konnte sich das nicht leisten. Sie durfte das Leben ihres Klans nicht aufs Spiel setzen, nur weil sie eine genußreiche Zeit im Bett mit einem Mann verbrachte, der ein englischer Spion sein konnte.

Sie setzte sich in den kleinen Garten hinter dem hohen steinernen Haus. Sie konnte ihm nicht trauen. Sie wußte, daß er Brüder hatte. Vielleicht rief er sie zu Hilfe, wenn er eine Bresche in Alicias Verteidigungsbereitschaft geschlagen hatte. Würde er sich vor seinen Brüdern damit brüsten, daß sie ihm jeden Wunsch erfüllte, wenn er ihre Kniekehlen küßte?

»Alicia.«

Sie drehte sich um. »Was ist, Douglas?« Sie blickte in die braunen Augen des jungen Mannes. Sie konnte darin die gleiche stumme Frage lesen, die sie in allen Augen ihrer Männer sah. Sie wußten nicht, ob sie Stephen vertrauen durften, und warteten auf ihr Urteil. Und danach würde auch sie beurteilt werden. Falls sie sich irrte, verlor sie das Vertrauen ihres Klans.

»Mir wurde zugetragen, daß die MacGregors heute abend einen neuen Überfall auf unsere Weiden planen.«

Alicia nickte. Sie wußte, daß Douglas einen Informanten in den Reihen des anderen Klans hatte. »Hast du das schon anderen mitgeteilt?«

Douglas zögerte. Er las ihre Gedanken richtig, daß ihre Frage sich ausschließlich auf Stephen bezog. »Niemand.«

Sie sah hinaus auf das Meer. »Ich werde heute nacht meine Männer führen, und wir werden den MacGregors zeigen, wer Chef des MacArran ist. Ich lasse mich nicht mehr verspotten.«

Douglas lächelte. »Es tut gut, wieder mit Euch reiten zu können.«

Sie sah ihn eindringlich an. »Verrate niemandem unser Vorhaben. Niemandem! Hörst du?«

»Aye, ich habe verstanden.« Er drehte sich um und verließ den Garten.

Der Abendbrottisch bog sich förmlich unter den Speisen. Stephen betrachtete zunächst diese Fülle mit Mißtrauen, da Alicias schottischer Sinn für Sparsamkeit in der Regel nur spärliche Kost zuließ. Beim Essen lächelte sie ihm zu. Das war eine Überraschung; denn nach ihrer Auseinandersetzung am Nachmittag war er auf böse Blicke gefaßt. Vielleicht hatten sie seine Worte nachdenklich gemacht; vielleicht war sie bereit, ihm eine Chance zu geben.

Er lehnte sich im Stuhl zurück und strich mit der Hand über ihren Schenkel. Er lächelte, als er spürte, wie sie auf seine Berührung ansprang.

Sie wandte sich ihm mit halb offenen Lippen und warmen Blick zu. »Jetzt ist nicht der Ort oder die Zeit dafür«, sagte sie mit einem Hauch von Trauer in der Stimme.

»Dann komm mit mir auf unser Zimmer.«

Sie lächelte verführerisch. »Gleich. Doch erst versuche ein neues Getränk, das ich erfand. Es ist aus Wein und Fruchtsaft zubereitet und mit einem Kraut gewürzt.« Sie reichte ihm den Silberbecher.

Stephen achtete nicht auf das, was er trank. Alicia hatte ihn noch nie so angesehen wie eben. Sein Blut begann zu kochen. Ihre langen Wimpern senkten sich über Augen, die wie blaue Perlen leuchteten. Ihre Zungenspitze berührte ihre Unterlippe, und ein Schauer lief Stephen über den Rücken.

»Komm mit mir!« flüsterte er rauh und preßte ihre Hand. So sah sie also aus, wenn sie sich willig seinen Wünschen fügte!

Doch ehe er das Kopfende der Treppe erreicht hatte, fühlte er sich schläfrig. Als sie die Tür des Schlafzimmers öffnete, konnte er die Augen kaum noch offen halten.

»Irgend etwas stimmt nicht mit mir«, flüsterte er, und selbst die Zunge wollte ihm nur mit Mühe gehorchen.

»Du bist müde, das ist alles«, sagte Alicia mitfühlend. »Du hast fast den ganzen Tag mit Tam geübt, und er kann einen Mann bis zur Erschöpfung antreiben. Komm, laß dir helfen!« Sie legte einen Arm um seine Taille und brachte ihn zu Bett.

Stephen brach darauf zusammen. Seine Glieder waren schwer, zu nichts zu gebrauchen. »Es tut mir leid. Ich . . .«

»Still«, sagte Alicia leise. »Du ruhst dich aus. Du wirst dich nach einem kurzen Schlaf viel besser fühlen.«

Stephen hatte keine andere Wahl, als ihren Rat zu befolgen. Der Schlaf überwältigte ihn.

Alicia blieb eine Weile stirnrunzelnd über ihn gebeugt. Sie hoffte, sie hatte nicht zu viel von der betäubenden Droge in seinen Trank gemischt. Sie empfand ganz ungewohnte Gewissensbisse, als sie ihn so regungslos unter sich liegen sah. Doch sie mußte dafür sorgen, daß er sich heute nacht nicht störend einmischte. Es galt, den MacGregors zu beweisen, daß sie nicht ungestraft ihre Rinder stehlen konnten.

Sie wollte schon das Zimmer verlassen, als sie noch einmal zurücksah. Mit einem Seufzer zog sie Stephen die Stiefel aus. Er rührte sich nicht, fragte sie nichts, betrachtete sie nicht, verlangte nichts von ihr. Sie strich ihm eine Locke aus der Stirn und, einem plötzlichen Impuls folgend, beugte sie sich vor und drückte einen Kuß auf seine Wange. Dann trat sie mit rotem Gesicht vom Bett zurück, sich für ihre Torheit scheltend. Weshalb so viel Gehabe wegen eines Engländers?

Ihre Männer warteten schon mit den gesattelten Pferden. Sie schob ihren langen Rock über die Knie und schwang sich auf ihr Pferd. Es bedurfte keines Befehls. Die Männer folgten ihr schweigend über die Felsbrücke auf das Festland.

Douglas' Informant hatte die Wahrheit berichtet. Es stand ein Überfall auf ihre Weiden bevor. Sie ritten so rasch, wie es die Pferde erlaubten, stiegen nach zwei Stunden aus den Sätteln und schlichen in den Wald hinein.

Alicia vernahm als erste den Tritt eines Mannes, der ihnen entgegenkam. Sie hob die Hand – das Signal für ihre Leute, anzuhalten. Dann eine kreisende Bewegung, und ihre Männer schwärmten zwischen den Bäumen aus, um die Rinderdiebe zu umzingeln. Nur Douglas blieb an ihrer Seite.

Als sie mit zuverlässigem Instinkt wußte, daß ihre Leute ihre Positionen eingenommen hatten, stieß sie einen schrillen Schrei aus, der die Rinder aufschreckte. Die MacGregors ließen ihre Stricke fallen und griffen zu ihren Claymores. Aber dafür war es bereits zu spät; denn Alicias Leute fielen über sie her. Sie hatten ihre Plaids abgeworfen und konnten sich in ihren losen Hemden frei bewegen. Ihr barbarisches Kriegsgeschrei hallte schauerlich von den Talwänden wider. Alicia warf ihren Rock ab und kämpfte im kurzen Hemd und dem Plaid, das ihr nur bis zu den Knien reichte. Sie blieb im Hintergrund, um ihre Männer anzuleiten, ohne sie mit ihren schwachen Kräften zu behindern. In solchen Minuten verfluchte sie, daß sie an Körperkraft nur eine Frau war.

»Jarl!« schrie sie noch rechtzeitig, um einen ihrer Männer vor dem zweischneidigen Schwert zu retten, das über seinem Kopf schwebte. Sie lief über das Gras, um einen anderen MacGregor daran zu hindern, einen ihrer Leute von hinten anzuspringen. Im Mondlicht blitzte ein Dolch, der zum Stoß gegen Douglas ausholte. Sie sah, daß Douglas seine Waffe verloren hatte. »Douglas!« rief sie und warf ihm ihre zu. Der MacGregor drehte sich, um nach ihr zu sehen, und im gleichen Moment stieß ihm Douglas den Dolch unter die Rippen. Langsam brach der Mann zusammen.

Sogleich schien das Gefecht auf der Weide zum Stillstand zu kommen. Alicia, die diese jähe Wandlung bei den Männern spürte, sah auf den Mann zu ihren Füßen. »Der MacGregor selbst«, flüsterte sie. »Ist er tot?«

»Nein«, antwortete Douglas, »nur verwundet. Er wird in wenigen Minuten wieder zu sich kommen.«

Sie sah umher. Die anderen Männer des Klans MacGregor waren in den Wald geflüchtet, als sie bemerkten, daß ihr Anführer gefallen war. Sie kniete neben dem Bewußtlosen nieder. »Gib mir meinen Dolch zurück«, befahl sie.

Douglas gehorchte ihr, ohne zu zögern.

»Ich möchte, daß sich MacGregor an diese Nacht erinnert. Wie wäre es, wenn ich ihm meine Initialen in die Haut schnitzte?«

»Gar auf die Wange?« meinte Douglas eifrig.

Alicia warf ihm einen kalten Blick zu. Im Mondlicht wirkten

ihre Augen wie Silber. »Ich möchte nicht einen neuen Krieg heraufbeschwören, sondern ihm nur ein Andenken hinterlassen. Zudem habe ich gehört, daß MacGregor ein hübscher Mann sein soll.« Sie öffnete sein Hemd.

»Ihr scheint in letzter Zeit sehr empfänglich für hübsche Männer zu sein«, sagte Douglas bitter.

»Vielleicht bist du es nur, den das stört. Ist es die Eifersucht oder der Ehrgeiz, der dich verzehrt? Also laß diese kindischen Bemerkungen und kümmere dich um meine Leute!«

Douglas wandte sich von ihr weg.

Alicia hatte eine Menge Geschichten vom Klanboss MacGregor gehört und wußte, daß er eine Narbe zu schätzen wissen würde, die von einer Frau stammte, der er im Kampf unterlegen war. Sie ritzte ihm nur die Haut mit der Spitze ihres Dolchs und schrieb ihm ein kleines A auf die Schulter. Das war wohl Warnung genug und ein Denkzettel für jeden Räuber ihrer Rinderherden.

Als sie ihm ihre Initiale in den Körper geschnitzt hatte, lief sie zu ihren Männern zurück. Sie eilten durch den Wald zu der Stelle, wo sie ihre Pferde angebunden hatten. Es war ein herrliches Gefühl für sie, zum erstenmal als Chefin des Klans ein Gefecht siegreich bestanden zu haben.

»Zu Tam!« rief sie, als sie wieder im Sattel saß. »Wir wollen ihn aus dem Bett holen. Er möchte sicher gern als erster erfahren, daß der Boss der MacGregor nun das Brandzeichen des MacArran trägt.« Sie lachte bei dem Gedanken, wie wütend der Mann sein würde, wenn er das Geschenk entdeckte, das sie ihm hinterlassen hatte.

Doch das Schicksal wollte nicht, daß sie so rasch wieder nach Hause kamen. Plötzlich öffnete der Himmel seine Schleusen, und ein Wolkenbruch eiskalten Regens ging auf sie nieder. Sie wickelten sich die Plaids um den Kopf, und Alicia dachte sehnsüchtig an den Rock, den sie auf der Kampfstätte zurückgelassen hatte. Blitze schlugen ringsum ein, und die Pferde scheuten bei dem Lärm der Donnerschläge.

Sie ritten am Rand der Klippe über dem Meer. Das war nicht

der sicherste, aber der schnellste Weg zurück nach Larenston. Sie wußten, daß die MacGregors ihnen auf diesem gefährlichen Weg entlang der Steilküste nicht zu folgen wagten.

Plötzlich peitschte ein mächtiger Blitzschlag aus den Wolken und fuhr direkt vor Alexander in den Boden hinein. Alexanders Pferd änderte die Richtung, und im nächsten Moment hing es mit den Vorderbeinen über dem Rand der Steilwand. Einen Atemzug lang schwebten Roß und Reiter halb auf dem Land, halb in der Luft. Dann kippten sie plötzlich nach vorn, und Alex stürzte aus dem Sattel.

Alicia war die erste, die vom Pferd heruntersprang. Der eiskalte Regen peitschte ihr Gesicht, ihre Beine waren blau gefroren.

»Er ist verloren!« rief Douglas. »Das Meer hat ihn verschlungen!«

Alicia beugte sich vor und bemühte sich, das Meer im Dunklen unter sich mit den Augen abzusuchen. Ein Blitz zeigte ihr das Pferd, das zerschellt am Fuß der Steilwand zwischen den Klippen lag. Doch Alex vermochte sie nirgends zu entdecken.

»Weiter!« drängte Douglas, »du kannst ihm nicht mehr helfen!«

Alicia richtete sich auf. Sie war so groß wie Douglas, und ihre Augen lagen auf einer Ebene. »Seit wann erteilst du mir Befehle?« herrschte sie ihn an und sah wieder zur Brandung hinunter. »Halte meine Knöchel fest, damit ich über den Rand der Klippe rutschen kann!«

Alicia legte sich auf den Bauch, während Douglas ihre Fesseln ergriff. Ein zweiter Mann hielt Douglas an den Schultern fest.

Zoll für Zoll schob sich Alicia über den Rand der Klippe, bis sie die Steilwand in ganzer Länge zu übersehen vermochte. Ihr erster Impuls war, die Männer zu bitten, sie auf den festen Boden zurückzuziehen. Es war ein beängstigendes Gefühl, zwischen Himmel und Erde zu schweben und zu wissen, daß ihr Leben von dem Griff eines Mannes abhing. Doch sie durfte Alex nicht im Stich lassen, solange die Möglichkeit bestand, daß er den Sturz überlebt hatte. Also wartete sie geduldig den nächsten Blitz ab.

Sie drehte den Kopf, um an einer anderen Stelle die Klippe abzusuchen. Das Blut staute sich hinter ihren Augen. Sie spürte einen Knoten im Magen und einen Schwindel im Kopf. Und dann, als der dritte Blitz aufflammte, sah sie auf halber Höhe der Steilwand, etwas links von ihr, etwas Rotes – Alex bevorzugte ein rotes Plaid.

Sie gab mit der Hand ein Zeichen, und die Männer zogen sie wieder hinauf auf den Klippenpfad. »Alex ist da unten!« keuchte sie, als der Regen ihr in den Mund klatschte. Sie schützte mit einer ungeduldigen Handbewegung ihre Augen. »Er kauert dort unten auf einem schmalen Sims. Bindet mir ein Seil um den Leib. Ich glaube, so kann ich ihn erreichen.«

»Laßt mich hinuntersteigen!« meldete sich Francis.

»Nein, du bist zu groß und kräftig. Das Sims ist zu schmal für dich. Beschafft mir ein Seil, und ich binde mir ein zweites über die Schulter!« Sie begleitete ihre Befehle mit lebhaften Gesten, daß die Männer auch im Donner verstanden, was sie vorhatte. Und dann rollten sie schon Stricke aus.

Sie gab das Ende des Taus, das sie sich um die Schultern schlang, Douglas in die Hand. »Wenn ich zweimal daran ziehe, hievst du ihn hoch«, sagte sie. Dann band sie sich das andere Seil um die Taille. »Sobald Alex in Sicherheit ist, holt ihr mich herauf.«

Sie ging an den Rand der Klippe und wagte nicht mehr, in die Tiefe zu sehen. Sie zögerte einen Moment. »Tam ist mein Nachfolger«, sagte sie, ohne hinzuzusetzen, daß diese Verfügung nur galt, falls sie diese Kletterpartie nicht überlebte.

Das regennasse Seil schnitt in ihre Hüften, obwohl die Männer sie so vorsichtig und langsam wie möglich an der Wand hinabließen. Sie prallte ein paarmal heftig gegen den Fels. Die Haut löste sich von ihren Händen, als sie ein paarmal mit ihnen einen Fall abzubremsen versuchte. Denk nur an Alex, hämmerte sie sich immer wieder ein.

Es dauerte eine Ewigkeit, bis sie den schmalen Sims im Fels erreichte. Sie hatte kaum Platz für ihre Füße neben dem schweren Körper ihres Gefolgsmannes. »Alex!« rief sie, den peitschenden Regen übertönend.

Der junge Mann öffnete benommen die Augen. »Chef«, flüsterte er und schloß erneut die Lider.

»Verdammt, Alex, wach auf!« schrie Alicia.

Alex öffnete die Augen.

»Bist du verletzt? Kannst du mir beim Festbinden des Seils helfen?«

Plötzlich wurde Alex sich seiner Umgebung bewußt. »Mein Bein ist gebrochen. Aber ich denke, so bewegungslos bin ich nicht. Wie seid Ihr hierhergekommen?«

»Frag nicht lange! Schürze lieber einen Knoten!«

Sie balancierte gefährlich am Rand der Klippe. Sie beugte sich steif vor, ohne die Beine zu lockern, damit sie das Gleichgewicht nicht verlor, und befestigte das zweite Seil um seinen Körper. Sie führte es zwischen seinen Beinen hindurch und über eine Schulter.

»Bist du bereit?« rief sie dann.

»Ihr zuerst. Ich warte solange.«

»Widersprich mir nicht! Das ist ein Befehl!« Sie zog zweimal heftig am Seil und spürte, wie es sich straffte, als die Männer oben das Tau einholten. Sie sah mit gerunzelter Stirn Alex nach, der gegen einen Felsvorsprung prallte. Sein gebrochenes Bein würde noch eine Menge Püffe bekommen.

Als Alex über ihrem Kopf schwebte, drückte sie sich gegen die Wand. Plötzlich fühlte sie sich schrecklich einsam, allein gelassen und furchtsam. Der Gedanke an Alex hatte sie von ihrer Angst abgelenkt. Doch nun hatte sie keinen Ansporn mehr für ihre Courage. Alex war in Sicherheit, und sie wünschte sich, sie säße bei Stephen, sein Arm um ihre Taille, ein wärmendes Feuer vor sich.

Das Seil um ihre Taille straffte sich, und sie hatte keine Zeit mehr für solche Wunschträume. Doch selbst als sie mit dem Seil nach oben schwebte, die Hände fest um das Tauwerk gelegt, damit das Seil nicht zu tief in ihre Hüften schnitt, vermochte sie Stephens Bild nicht aus ihrem Bewußtsein zu verdrängen.

Und irgendwie kam es für sie gar nicht überraschend, daß Stephen und Tam es waren, die sie über die Klippe heraufzogen.

Stephen streckte ihr seine Arme entgegen, faßte sie unter den Achseln und hob sie auf sicheren Boden hinauf. Er drückte sie an sich, daß sie glaubte, alle ihre Rippen müßten zerspringen; doch sie genoß diese Umarmung, war froh, nicht mehr allein zu sein. Er hielt sie von sich weg, ihr Gesicht zwischen seinen Händen, und betrachtete sie. Seine Augen waren dunkel und von tiefen Schatten unterlegt. Sie wollte ihm sagen, wie froh sie sei, ihn bei sich zu haben; doch sein Gesicht ließ diese Worte nicht zu.

Abrupt lösten sich seine Hände von ihrem Gesicht und begannen, unpersönlich und leidenschaftslos ihren Körper abzutasten. Er warf sie über einen Arm und untersuchte ihre Beine. Sein Mund wurde schmal, als er die blutigen Stellen an Knien und Schenkeln befühlte. Ihre zärtlichen Gefühle für ihn verflogen. Wie konnte er es wagen, sie im Angesicht ihrer Männer derartig zu betasten.

»Laßt mich los!« befahl sie.

Stephen überhörte das. Er sah zu Tam hoch, der sich über sie beugte: »Ein paar Blutergüsse, ein paar Schnitte, doch nichts Besorgniserregendes.«

Tam nickte und richtete sich aus der Hocke auf. Die Last von zehn Jahren schien von ihm abzufallen. Alicia stieß mit dem Fuß und wehrte sich gegen Stephens Hände. »Bist du mit deiner Begrapscherei fertig?« fragte sie hochmütig. »Ich will nach Hause.«

Stephen drehte den Kopf, und sie sah nur zu deutlich, was ihn bewegte. Er war zornig – sehr, sehr zornig. Der Regen ließ ein wenig nach, und im Osten zeigte sich ein grauer Streifen. Sie setzte sich hoch und strengte sich an, sich aus seinem Griff zu befreien. »Ich muß mich um Alex kümmern.«

»Alex ist bereits versorgt«, sagte Stephen mit zusammengepreßten Zähnen. Seine Finger schlossen sich fest um ihr Handgelenk. Er zog sie mit sich, als er aufstand. Er ging zu seinem Pferd und zog sie hinter sich her.

»Ich befehle dir, mich sofort loszulassen«, sagte sie scharf, aber leise, weil ihre Männer in der Nähe standen.

Er schwang herum und riß sie an sich. »Wenn du noch ein

einziges Wort sagst, werfe ich dir das Hemd über den Kopf und versohle dir den Hintern, bis er grün und blau ist! Alex geht es im Augenblick besser als dir. Also fordere mich nicht noch mehr heraus. Hast du verstanden?«

Sie reckte das Kinn in die Höhe und funkelte ihn an. Doch sie gab ihm keinen Anlaß, seine Drohung wahrzumachen.

Er setzte sie so heftig in den Sattel, daß ihr die Zähne aufeinanderschlugen. Mit einem Satz war er auf seinem Pferd. Er gab den Zügel ihres Tiers nicht frei. »Folgst du mir freiwillig, oder muß ich dich hinter mir herziehen?«

Eine unerträgliche Vorstellung, am Zügel vorgeführt zu werden wie ein ungezogenes Kind!

»Ich reite hinter dir«, sagte sie mit sehr geradem Rücken. »Freiwillig.«

Sie ritten von den Männern fort, die noch auf dem Pfad über der Klippe standen. Alicia sah nicht zurück. Ihre Demütigung war zu groß. Ihre Männer respektierten sie, gehorchten ihr, doch Stephen versuchte, sie in die Unmündigkeit eines Kindes zurückzuversetzen. Rab lief neben den Pferden her, ein unzertrennlicher Begleiter seiner Herrin.

Sie ritten über drei Stunden, und Alicia wußte, daß ihre nördlichsten Güter das Ziel ihres Ritts sein würden. Es war ein rauhes, hügeliges Land, das sie durchquerten, mit vielen kleinen Flüßen, die sie durchwaten mußten. Stephen behielt ein stetiges Tempo bei, sah sich nie nach ihr um, schien jedoch zu spüren, wann er langsamer werden mußte, damit sie den Anschluß nicht verlor.

Alicia war sehr müde. Sie hatte keinen Bissen mehr zu sich genommen seit gestern abend, und der Kampf auf der Weide schien schon Tage zurückzuliegen. Sie war so hungrig, daß ihr Magen sich anfühlte, als verzehrte er sich selbst. Der Regen war nur noch ein kaltes Nieseln, das die Wärme aus ihrem Körper saugte, bis ihre Zähne zu klappern anfingen. Ihre Beine waren wund und geschwollen, und wie sie sich auch in den Sattel setzen mochte, stets traf sie auf eine wunde Stelle.

Doch sie wäre lieber gestorben als Stephen zu bitten, eine Rast einzulegen.

Gegen Mittag hielt er an, und Alicia vermochte einen erleichterten Seufzer nicht zu unterdrücken. Ehe sie absteigen konnte, stand er schon an ihrem Pferd und zog sie aus dem Sattel. Sie war zu zerschlagen und verfroren, um sich noch an die Ereignisse der vergangenen Nacht erinnern zu können.

Er stellte sie auf den Boden und ging dann ein paar Schritte zur Seite. Als er zurücksah, merkte sie, daß sein Zorn sich nicht gemildert hatte. »Warum?« fragte er, und sie hörte seiner Stimme an, wieviel Mühe es ihn kostete, ruhig zu sprechen. »Warum hast du mich betäubt?«

Sie versuchte, sehr gerade zu stehen. »Die MacGregors planten einen neuen Überfall, und ich mußte das Eigentum meiner Leute schützen.«

Seine Augen waren kalt und hart. »Hat dir noch nieemand gesagt, daß es Mannespflicht ist, einen Trupp von Kriegern anzuführen?«

Sie zuckte mit den Achseln. »So lernt ihr es in England. In Schottland ist es anders. Mir brachte man schon mit sieben Jahren bei, wie ich mit einem Schwert umzugehen habe, wenn die Umstände es verlangten.«

»Und du dachtest, ich wäre unfähig, deine Leute anzuführen. Also warfst du deine Kleider ab« – er wies höhnisch auf den kurzen Saum ihres Hemdes – »und führtest sie selbst. Glaubst du, du bist ein besserer Mann als ich?«

»Ein besserer Mann!« sagte sie entrüstet, »das ist deine ganze Sorge, daß du als Mann nicht dein Gesicht verlierst! Beim letzten Überfall bist du in deiner Rüstung losgeritten. Weißt du, daß die MacGregors *mich* ausgelacht haben? Sie sagten, die MacArrans haben eine Frau als Boss, und ein eiserner Klotz ist ihr Anführer. Ich sorgte heute nacht dafür, daß ihnen das Lachen vergeht. Ich schnitzte ein A in die Schulter des Klanführers.«

»Du schnitztest *was*?« rief Stephen betroffen.

»Du hast sehr wohl verstanden, was ich sagte«, erwiderte sie hochmütig.

»Oh, Gott!« rief Stephen und fuhr sich mit den Händen durch die nassen Haare, »hast du noch nicht begriffen, daß Männer ihren Stolz haben? Er soll sein ganzes Leben lang mit dem Brandzeichen einer Frau herumlaufen? Er wird dich hassen dafür – dich und deinen Klan.«

»Da täuschst du dich! Zudem leben die MacGregors und die MacArrans bereits seit Jahrhunderten im Haß aufeinander.«

»Das ist nicht wahr. Ich betrachte diese Weideüberfälle eher als einen Sport, als ein Kräftemessen. Doch ein richtiger Krieg ist das nicht.«

»Was weißt du schon davon! Du bist ein Engländer.« Sie drehte ihm den Rücken zu und beschäftigte sich mit ihrer Satteltasche.

Er legte seine Hand auf die ihren. »Versprich mir, daß du nie mehr versuchst, mich zu betäuben.«

Sie nahm ihre Hände von der Satteltasche.

»Das kann ich nicht versprechen.«

Er drehte sie zu sich. »Ich kann nicht zulassen, daß die Launen eines törichten Mädchens meine Männer gefährden!«

Sie stieß mit beiden Händen gegen seine Brust. »Mädchen! Ich bin eine MacArran. Hunderte von Männern und Frauen gehorchen meinem Befehl und respektieren mich.«

»Und lassen dich gewähren, wenn du übermütig wirst! Du bist eine intelligente Frau, und deine Urteilssprüche sind weise. Doch du hast nicht die Erfahrung, Männer in den Kampf zu führen. Das ist meine Aufgabe.«

»Meine Männer werden dir nicht folgen.«

»Sie werden mir folgen, solange ich wach genug bin, sie anzuführen.« Er starrte sie an, als sie ihm nicht antwortete. »Ich bat dich um ein Versprechen. Jetzt werde ich es mir nehmen. Wenn du mich noch einmal betäubst, verlierst du deinen Hund!«

Alicia erwiderte verwundert: »Rab wird immer zu mir zurückkehren.«

»Nicht, wenn er ein paar Fuß tief unter der Erde liegt.«

»Du würdest meinen Hund töten, um zu bekommen, was du verlangst?«

»Ich würde hundert Hunde oder Pferde töten, um einen Mann zu retten, ob er nun zu dir oder mir gehört. Ihr Leben ist in

Gefahr, wenn ich nicht bei ihnen bin, um sie zu beschützen. Und ich kann nicht mein ganzes Leben in der Sorge leben, ob es meiner Frau mißfällt, daß ich meiner Pflicht nachkomme, und mich lieber betäubt in ihrem Bett zurückläßt.«

Plötzlich war ihr das alles zuviel. Der Kampf auf der Weide, der lange Ritt, das schreckliche Unwetter und die Angst an der Steilwand hatten ihre Nerven so sehr angegriffen, daß sie nun niederkniete und Rab umarmte. »Ihr Engländer habt mir alles genommen«, klagte sie, »meinen Vater und seine drei Häuptlinge, aus denen ich mir den Mann aussuchen sollte, den ich liebte.« Sie hob den Kopf und sah ihn mit brennenden Augen an. »Warum nimmst du mir Rab nicht gleich fort? Und Tam? Und brennst meine Burg nieder? Ich . . .«

»Du bist so müde, daß du gar nicht merkst, was du sagst.«

Sie ließ den Hund wieder los und stand auf.

»Wie kann ich einen Mann lieben, dem ich nicht einmal vertrauen kann?« klagte sie, als er sie in den Arm nehmen wollte.

8. Kapitel

Erst am späten Nachmittag hielt Stephen wieder vor einem alten Haus aus Stein an. Die Rückseite des Hauses war in einen kleinen Hügel hineingebaut, das Dach mit Grassoden gedeckt. Es begann wieder zu regnen, nachdem Alicias Plaid eben erst trokken geworden war.

Sie hielt ihr Pferd an, stieg jedoch nicht aus dem Sattel. Sie war zu müde für irgendeine Bewegung.

Stephen legte die Hände an ihre Hüften. »Hungrig?« fragte er, ehe er sie vom Pferd zog und in die Hütte trug.

Dort war es angenehm warm von einem Torffeuer. Er setzte sie auf einen Stuhl, der an der Wand lehnte. »Ich kümmere mich um die Pferde«, sagte er.

Sie merkte gar nicht, daß er sie verlassen hatte.

Als er wieder hereinkam, spöttelte er: »Ich dachte, die Schotten wären ein zäher Menschenschlag.« Er lachte, als sie die Augen aufschlug und sich sehr gerade auf den Stuhl setzte. »Schau her, was ich habe.« Er öffnete eine Truhe an der anderen Wand und entnahm ihr einen Topf mit herrlich duftender Brühe, einen Laib dunkles Brot, Fisch, Gemüse und Früchte.

Alicia glaubte, sie träumte nur. Erst als sie den Stuhl an den Tisch rückte und mit der Hand ein geröstetes Stück Schweinefleisch berührte, wußte sie, daß dieser Traum Wirklichkeit war.

Stephen nahm ihr den Teller mit dem Fleisch fort.

»Das kostet alles seinen Preis«, sagte er ruhig.

Sie rückte von ihm fort, ihre Augen hart wie Glas. Sie wollte sich vom Stuhl erheben. Stephen faßte sie bei der Schulter und zog sie wieder nieder. »Hast du keinen Sinn für Humor?«

»Nicht bei Engländern, die meinen Hund ermorden wollen.«

Er zog sie an sich. »Eines muß man dir lassen. Du bleibst dir immer treu. Und was, glaubst du, fordere ich als Preis für diese Mahlzeit?«

»Daß ich und meine Männer dir den Treueid leisten und dir selbst in den Kampf folgen, wenn er gegen unsere eigenen Leute gerichtet ist«, sagte sie tonlos.

»Gütiger Himmel!« rief Stephen. »Für was hältst du mich? Ein Ungeheuer?« Er starrte sie einen Moment an und lächelte dann. »Der Preis, den ich verlange, ist noch viel schrecklicher. Ich will einen Kuß von dir. Einen Kuß, den du freiwillig gibst. Einen Kuß, um den ich nicht kämpfen muß.«

Zunächst wollte ihm Alicia sagen, was er mit seinen Speisen und Küssen machen konnte – auf gälisch natürlich. Sie war sicher, er würde sie trotzdem verstehen. Doch ein Schotte ist praktisch veranlagt. Sie durfte diese Speisen nicht verderben lassen.

»Gut«, flüsterte sie, »ich werde dich küssen.«

Sie beugte sich auf den Knien vor und berührte seine Lippen mit ihren. Er wollte sie packen, doch sie schob seine Arme beiseite. »Mein Kuß!« sagte sie. Stephen lehnte sich lächelnd auf die Ellenbogen zurück.

Ihr Mund spielte mit seinem. Draußen regnete es, und das Geräusch gab ihnen das Gefühl, sie wären ganz allein auf der Welt. Er lag wartend unter ihr. Sie hatte keinen Sinn für Humor, hatte er gesagt. Wollen doch sehen, wieviel Verständnis für Humor du hast, Engländer!

Stephen öffnete kurz die Augen, ehe Alicias Mund sich wieder auf seinen senkte. Diesmal war sie nicht zart und sanft, sondern hungrig und verlangend.

Stephen verlor seine gelassene, überlegene Haltung. Er fiel auf den gestampften Lehmboden. Er faßte Alicia um die Hüften. Doch sie lachte kehlig und schob seine Hände weg.

»Mein Kuß«, sagte sie wieder.

Sie schob eine Hand unter seinen Nacken, die andere legte sie auf sein Knie. Er trug schottische Kleidung, war also nackt unter dem Hemd und dem Plaid. Zoll für Zoll kroch ihre Hand höher, liebkoste ihn an der Innenseite seiner Schenkel, schob sich weiter hinauf. Als sie ihn zwischen den Beinen berührte, flogen seine Augen auf. Im nächsten Moment hatte er Alicia auf den Rücken geworfen und ein Bein über sie gestreckt.

»Nein!« sagte sie wieder und schob ihn von sich. »Ein Kuß war der Preis, den du verlangtest.« Sie atmete so heftig, daß sie kaum sprechen konnte, als wäre sie meilenweit gelaufen.

Stephen kam nicht so rasch zur Besinnung. Er starrte sie an, als müsse er erst sprechen lernen.

Beide Hände abwehrbereit an seiner Brust, sagte Alicia mit nüchterner Stimme: »Du hast mir versprochen, ich könnte essen, wenn ich dir einen Kuß gebe. Ich glaube, das habe ich getan!«

»Alicia!« hauchte Stephen, als läge er im Sterben.

Sie lächelte verschmitzt und rollte ihn von sich weg. »Sag nur ja nicht, ein Schotte würde sein Wort nicht halten!«

Stephen stöhnte: »Ich muß um zwanzig Jahre gealtert sein, seit ich dich kennenlernte. Heute nacht ein Betäubungsmittel, dann dein Klettern an der Steilwand und nun das! Was darf ich mir noch von dir versprechen? Das Rad? Oder ziehst du die Wasserfolter vor?«

Sie lachte ihn an und reichte ihm ein saftiges Stück Schweinefleisch. Sie schmauste bereits mit roten Lippen, die nun von Fett glänzten. »Wie bist du auf dieses Haus gekommen? Wer bereitete das Essen vor? Woher wußtest du, daß ich an der Klippe entlangreiten würde?«

Nun war Stephen an der Reihe, ihr ins Gesicht zu lachen, ehe er in das Fleisch hineinbiß. Er hatte sich noch nicht von ihrer Hand zwischen seinen Beinen erholt. Tam hatte die Vorteile eines Schottenkostüms weit untertrieben.

»Douglas ging zu Tam«, sagte er nach einer Weile und wurde wieder nüchtern. »Ich wünschte, ich konnte deinen Männern beibringen, zu mir zu kommen. Ich erfahre alles erst aus zweiter Hand.«

Alicia hatte beide Hände voll mit Pastetenstücken. Auch ihr Mund war voll davon. »Douglas war nur ein gehorsamer Sohn.«

»Sohn? Wovon redest du überhaupt?«

»Von Douglas. Er ist Tams Sohn.«

»Oh! Ich dachte, Tams Sohn wurde von Engländern erschlagen.«

Sie warf ihm einen bitterbösen Blick zu, während er sich Butter auf eine Scheibe Schwarzbrot strich.

»Es gibt Männer, die mehr als einen Sohn haben. Mein Vater sagte, Tam versuche einen eigenen Klan zu gründen. Er hat ein rundes Dutzend Söhne – hätte es noch, wenn die Engländer nicht . . .«

Stephen hielt rasch die Hand hoch: »Wie heißen diese Söhne?«

»Douglas, Alex, Jarl und Francis sind die ältesten. Dann kommen ein paar Söhne, die noch zu jung sind zum Kämpfen. Und seine neue Frau wird ihm in diesen Tagen wohl einen neuen Sohn bescheren.«

Stephen lachte in sich hinein. Es waren immer die Stillen im Lande, auf die man besonders achten mußte.

»Du hast vergessen, meine Fragen zu beantworten«, sagte Alicia, die keinen Moment ihre Mahlzeit unterbrach. »Warum hast du mich hierhergebracht?«

»Ich dachte, der lange Ritt würde meinen Zorn etwas abkühlen. Und ich wollte nicht von deinen Männern gestört werden.«

Er warf Alicia einen vernichtenden Blick zu, der sie jedoch nicht beim Essen störte. »Tam versuchte mich zu wecken; doch es gelang ihm nicht. Morag bereitete mir einen Trank zu – ein schreckliches Gebräu, das mich fast umgebracht hätte. Ehe ich noch ganz bei mir war, saßen wir bereits auf unseren Pferden und galoppierten zur Klippe. Wir kamen dort an, als Alex gerade über den Rand der Steilwand gezogen wurde.«

Er legte den Hühnerknochen beiseite, den er eben abgenagt hatte. »Wie kamen deine Männer dazu, *dich* an der Steilwand hinunterklettern zu lassen! Wie konnten sie das zulassen!«

Sie legte den Gerstenkuchen beiseite, an dem sie knabberte.

»Kannst du das immer noch nicht begreifen? Weil *ich* die MacArran bin. Ich bin es, die zuläßt oder verbietet. Meine Männer befolgen meine Anweisungen, nicht umgekehrt.«

Stephen stand auf und warf noch etwas Torf ins Feuer. Seine englische Erziehung rebellierte gegen ihre Worte.

»Aber du bist doch nicht so kräftig wie deine Männer. Wenn Alex nun ohnmächtig gewesen wäre? Was dann?«

Sie hatte Geduld mit ihm, weil sie spürte, daß er versuchte, sie zu verstehen: »Ich ging an der Steilwand hinunter, weil ich leicht bin und schlank. Ein Mann hätte auf dem schmalen Sims keinen Platz gefunden. Und sein Gewicht hätte möglicherweise den Stein, auf dem Alex lag, aus der Felswand gerissen. Hätte ich eine bessere Möglichkeit gesehen, Alex zu retten . . .«

»Verdammt!« unterbrach er sie, »so viele kluge Worte auf einmal von einer Frau kann ich nicht ertragen!«

Sie blinzelte und lächelte dann über seine Offenherzigkeit. »Weißt du denn nicht, daß es gute Anführer gibt, die statt ihrer Muskeln ihren Verstand benützen?«

Er starrte sie an und zog sie dann zu sich heran. »Ich war so wütend«, flüsterte er. »Ich wollte deinen Männern zuerst nicht glauben, als sie mir erzählten, daß du in der Felswand hängst. Ich glaube, ich habe erst Luft geholt, als ich dich lebendig vor mir sah.«

Sie hob den Kopf und betrachtete forschend sein Gesicht. »Wäre ich umgekommen, hätte Tam dir sicherlich einen Teil meiner Ländereien überlassen.«

»Ländereien!« sagte er keuchend und stieß ihren Kopf dann in den Nacken. »Zuweilen bist du doch eine sehr dumme Frau.« Er packte ihre Haare, als sie sich aus seinem Griff befreien wollte. »Ich sollte dich für diese Beleidigung bestrafen. Ja, ich glaube, ich werde deine Mahlzeit ein wenig in die Länge ziehen«, sagte er rauh. Er hob ihr Gesicht und küßte sie hungrig. Er schlang die Arme um ihre Schultern und ihre Knie und bettete sie vor das Feuer. Er entkleidete sie bedächtig, küßte ihren Leib und ihre langen Beine.

»Komm zu mir!« flüsterte sie.

Doch diesmal war er an der Reihe, sie zu foltern. Er schob ihre Hände beiseite, die seine Blöße suchten. Er nahm sich viel Zeit mit seinen Küssen und lächelte, als sie sich ihm entgegenwölbte. Er lachte nur, als sie ihn an den Haaren zog, damit er zu ihr kam. Er vergrub sein Gesicht zwischen ihren Brüsten. Und als ihre Hände ihn freigaben, setzte er sich auf die Fersen und betrachtete ihren schönen Körper.

Erst dann streifte er auch seine Kleider ab und legte sich neben sie. Sie stöhnte, als sie seine Haut an ihrer fühlte.

»Stephen«, flüsterte sie, und diesmal klang es fast zärtlich.

»Ja«, murmelte er, ehe er sie unter seinen Körper zog . . .

Zwei Wochen später erfüllte sich Stephens Prophezeiung, daß die MacGregors Alicia hassen würden.

Stephen hatte diese zwei Wochen genützt, um von Alicias Männern zu lernen. Die Katastrophe beim ersten Überfall auf die Weiden der MacArrans hatte ihn von der Notwendigkeit überzeugt, die schottische Kampfesweise einzustudieren. Er lernte das Laufen auf kurze und weite Distanz, das Fechten mit dem schweren Claymore, das Ab- und Anlegen des Plaids in wenigen Sekunden. Seine Beine wurden noch muskulöser und bekamen eine gesunde braune Farbe. Und als der erste Schnee fiel, hatte er sich schon so gut an das Klima gewöhnt, daß er mit bloßen Beinen herumlief.

Alicia beobachtete das alles mit einem Mißtrauen, daß sie nur nachts aufgab, wenn sie in seinen Armen lag. Stephen hatte sich in den letzten Wochen so sehr verändert, daß sie meinte, der Kampf auf der Hochweide, als sie ihrem Feind ihre Initiale in die Schulter schnitt, müsse bereits Monate zurückliegen. Und da kam die erste Nachricht, wie erzürnt Lachlan MacGregor über ihr unerbetenes Geschenk war: Er hatte an ihrer Nordgrenze drei Bauernhäuser niedergebrannt.

»Gab es Verwundete?« fragte sie bang, als sie die Meldung von der Brandschatzung bekam.

Tam winkte einen jungen Mann zu sich, der in den rauchenden Trümmern wühlte.

Alicia legte entsetzt die Hand gegen den Mund. Der junge Mann trug ein großes L als Brandzeichen auf seiner linken Wange.

»Der MacGregor läßt dir ausrichten«, sagte Tam, »daß er den ganzen Klan mit seinem Zeichen versehen würde. Er wäre fast an einer Blutvergiftung gestorben, weil du ihn mit deinem Dolch geritzt hast.«

Alicia wandte sich schweigend ab und ging zurück zu ihrem Pferd. Stephen trat zu ihr.

»Keine Bange – ich will dir jetzt keinen Vortrag halten«, sagte er leise, als er den Ausdruck auf ihrem Gesicht sah. »Aber vielleicht hast du auch etwas aus dieser Lektion gelernt. Es ist nun meine Aufgabe, diese Scharte auszuwetzen.«

»Was hast du vor?« fragte sie.

»Ich werde versuchen, ein Treffen mit dem Klanboss MacGregor zu erreichen. Diese Fehde muß ein Ende haben.«

»Ein Treffen mit MacGregor!« sagte sie mit stockendem Atem. »Er wird dich umbringen! Er haßt die Engländer noch mehr als ich!«

»Das ist unmöglich«, sagte er sarkastisch, während er sich in den Sattel schwang und von den rauchenden Ruinen der Siedlung wegritt.

Eine Stunde später war Chris zum erstenmal mit Alicia einer Meinung. Die beiden Männer, die sich so ähnlich sahen, als sie nach Schottland kamen, zeigten inzwischen erhebliche, nicht nur äußerliche Unterschiede. Chris trug immer noch englische Kleider – ein Wams aus schwerem Samt und mit Nerz gefüttert, Kniehosen aus Satin, darunter eine Strumpfhose aus feiner Wolle. Stephen dagegen trug das Plaid, und seine Haare ringelten sich um seine Ohren, was ihm sehr gut stand. Seine Beine waren wettergegerbt und die Muskeln daran geschmeidig von den täglichen Wettläufen mit den Schotten.

»Sie hat recht«, sagte Chris. »Du kannst nicht einfach in die Burg des Nachbarklans gehen, an die Tür klopfen und verlangen, du möchtest mit dem Boss sprechen. Ich habe ein paar schreckliche Geschichten gehört, wie er mit solchen Leuten zu verfahren pflegt. Du kannst noch froh sein, wenn er dich auf der Stelle umbringt.«

»Was soll ich dann tun? Mich in einen Sessel setzen und zuschauen, wie meine Leute verwundet und ihre Häuser in Asche gelegt werden?«

Chris starrte seinen Freund an. »Deine Leute?« fragte er verwundert. »Seit wann bist du zu einem Schotten geworden?«

Stephen strich sich grinsend durch die langen Haare. »Es sind gute Leute, und ich wäre stolz, einer der ihren zu sein. Nur das hitzige Temperament von Alicia ist an dieser Panne schuld. Ich bin sicher, dieser neue Streit läßt sich auf friedliche Weise schlichten.«

»Weißt du denn nicht, daß diese Fehde schon ein paar hundert Jahre andauert? Jeder dieser Klans ist mit jedem anderen verfeindet. Was für ein barbarisches Land!«

Stephen hatte nur ein mildes Lächeln für seinen Freund übrig. Vor ein paar Monaten hatte er noch genauso gedacht. »Komm ins Haus und trink einen Becher Whisky mit mir. Ich bekam gestern von Gavin einen Brief. Er will, daß ich ihn zu Weihnachen mit Alicia besuche.«

»Wird sie mit dir zu ihm kommen?«

Stephen lachte. »Sie wird mitkommen, ob sie will oder nicht. Und wie steht es mit dir? Willst du uns begleiten?«

»Mit dem größten Vergnügen! Ich habe dieses kalte Land

wirklich lang genug genossen. Ich kann überhaupt nicht verstehen, wie du bei diesem Wetter halbnackt herumlaufen kannst.«

»Chris, diese Kleider sind sehr bequem. Sie lassen dir viele Möglichkeiten offen.«

Chris schnaubte. »Die Möglichkeit, mir gewisse Körperteile zu verkühlen, ist nicht sehr verlockend für mich. Aber vielleicht gibt es hier auch die Möglichkeit, zu jagen. Ich hatte mir gedacht, ich nehme ein paar von deinen und meinen Männern mit und erlege einen Elch.«

»Nur, wenn du versprichst, auch ein paar von Alicias Männern mitzunehmen.«

Chris schnaubte verächtlich. »Ich weiß nicht, ob ich mich von diesem Vorschlag beleidigt fühlen soll.« Er lenkte rasch ein, als er die Veränderung auf Stephens Gesicht bemerkte. »Schön. Ich werde tun, was du sagst. Wenn es zu Schwierigkeiten kommt, wäre es gar nicht so unklug, ein paar von deinen barbeinigen Männern bei mir zu haben.« Er legte Stephen lächelnd die Hand auf die Schulter. »Ich sehe dich morgen wieder – hoffentlich mit frischem Wildbret.«

Stephen sollte Chris nicht mehr lebend wiedersehen.

Die Wintersonne ging gerade unter, als vier von Alicias Männern durch die Tore am Anfang der Halbinsel ritten. Ihre Kleider waren blutig und zerfetzt. Einer von ihnen trug einen blutigen, verwinkelten Schnitt auf der Wange.

Stephen war auf dem Exerzierfeld und hörte aufmerksam zu, als Tam ihm die Kampfesweise mit der Lochaber-Axt erklärte. Alicia stand in der Nähe und sah den beiden Männern zu.

Tam bemerkte die arg zerzausten und verschwitzten Männer zuerst. Er ließ seine Axt fallen und rannte zu ihnen, Stephen und Alicia ihm dicht auf den Fersen. »Was ist passiert, Francis?« keuchte er und zog den jungen Mann vom Pferd.

»MacGregor«, sagte dieser. »Der Jagdtrupp wurde angegriffen.«

Stephen saß schon auf seinem Pferd, ehe Francis zu Ende geredet hatte. Der Junge sah zu Stephen hinauf. »Zwei Meilen hinter dem See auf der östlichen Fahrstraße.« Stephen nickte, ehe er seinem Pferd den Zügel freigab. Er schien gar nicht zu merken, daß Tam und Alicia versuchten, sein Tempo mitzuhalten.

Die untergehende Sonne spiegelte sich rötlich auf Chris' Rüstung, als er regungslos auf dem gefrorenen schottischen Boden lag. Stephen sprang von seinem Pferd und kniete sich neben seinen Freund in den Schnee. Er schob sacht das Visier zurück.

Er sah nicht auf, als er die Stimme eines Knappen hinter sich hörte: »Lord Chris wollte den Schotten zeigen, wie die Engländer kämpfen können. Er legte seinen Panzer an und forderte MacGregor zum Zweikampf heraus.«

Stephen betrachtete den leblosen Körper seines Freundes. Er wußte, daß die schwere Rüstung seinen Freund schwerfällig und fast bewegungslos gemacht hatte. Der McGregor hatte sich nach Belieben die Stellen aussuchen können, wo er seinen Gegner treffen wollte. Auch die beste Rüstung deckte nicht alles am Körper zu. Und an einigen Stellen war der Stahl verbogen oder eingedrückt.

»Sie versuchten, ihn zu retten.«

Erst jetzt wurde Stephen auf die drei Schotten aufmerksam, die bei Chris lagen. Ihre kräftigen jungen Körper waren blutüberströmt und schrecklich entstellt.

Stephen spürte Zorn in sich aufwallen. Sein Freund war tot! Er richtete sich auf, packte Alicia am Arm und drehte sie so, daß sie die vier toten Männer ansehen mußte.

»Das ist die Folge deiner Eskapade! Schau sie dir an! Kennst du diese Männer?«

»Ja«, brachte sie flüsternd hervor. Sie hatte sie ihr ganzes junges Leben lang gekannt. Sie blickte weg von den Toten.

Stephen faßte ihre Haare und zwang sie, wieder auf die Toten zu blicken. »Erinnerst du dich noch an den Klang ihrer Stimmen? Kannst du ihr Lachen hören? Kennst du ihre Familien?« Sie drehte ihren Kopf zur Seite, damit sie auf den toten Engländer schauen mußte. »Chris und ich wurden gemeinsam aufgezogen. Wir sind als Geschwister aufgewachsen.«

»Laß mich los«, rief sie verzweifelt.

Stephen gab sie mit einer jähen Handbewegung frei. »Du hast mich mit Gift betäubt und führtest deine Männer zu einem Kampf auf der Weide, der damit endete, daß du dem MacGregor deine Initiale auf den Körper schnitztest. Was für eine dumme, kindische Handlung! Und jetzt müssen wir den Preis für deine Dummheit bezahlen, oder?«

Sie versuchte, den Kopf hochzuhalten. Sie wollte nicht glauben, daß er die Wahrheit sagte.

Douglas streckte sein Schwert in die Luft. Er war hinter Alicia und seinen Vater hergeritten. »Wir müssen diese Bluttat rächen!« rief er. »Wir müssen sofort in den Kampf gegen den MacGregor reiten!«

»Ja«, fiel Alicia in seinen Ruf ein, »wir müssen das auf der Stelle vergelten!«

Stephen machte einen Schritt vorwärts und schmetterte Douglas die Faust ins Gesicht. Er nahm ihm das Schwert weg, als Douglas im Sattel wankte.

»Hört mich an«, sagte Stephen langsam, damit die Männer, die ihm gefolgt waren, auch jedes Wort verstanden. »Hört mir gut zu! Das wird gesühnt werden, jedoch nicht mit noch mehr Blutvergießen. Diese Fehde ist sinnlos, und ich werde mich nicht an einer Rache beteiligen, die immer größere Verluste nach sich ziehen wird. Mit Blutvergießen werden diese Männer dort nicht mehr lebendig.« Er deutete auf die vier blutigen Leichen zu seinen Füßen.

»Ihr seid ein Feigling«, sagte Douglas, der sich sein schmerzendes Kinn rieb.

Ehe Stephen etwas sagen konnte, stand Tam neben seinem Sohn. Er hielt den Dolch in der Hand, zielte damit auf den Brustkorb seines Sohnes. »Du magst mit diesem Mann darüber streiten, ob er recht hat. Doch wenn du ihn einen Feigling nennst, ist das eine Beleidigung!« sagte er mit seiner tiefen, dröhnenden Stimme.

Douglas sah seinem Vater in die Augen und nickte dann, ehe er sich Stephen zuwandte. »Ich bin bereit, dir zu folgen«, sagte er.

»Ihm folgen!« Alicias Stimme war eher ein Aufschrei. »*Ich* bin die MacArran. Hast du vergessen, daß er ein Engländer ist?«

Tam sprach für seinen Sohn: »Ich glaube nicht, daß wir so viel vergessen haben, wie wir hinzulernten.«

Alicia fragte ihn nicht, was er hinzugelernt hatte. Sie sah die Gesichter ihrer Männer der Reihe nach an und erkannte an ihren Mienen, daß ihre Einstellung sich geändert hatte. Sie wußte nicht, ob die Wandlung sich allmählich vollzogen hatte oder plötzlich kam, weil man ihr die Schuld gab für den Tod dieser Männer. Sie wich einen Schritt zurück und hob abwehrend die Hände. »Nein«, flüsterte sie, wandte sich um und eilte zu ihrem Pferd.

Sie achtete nicht darauf, wohin sie ritt und wie weit. Die Tränen verwischten die Konturen der Hügel und Stege, über die sie galoppierte, und sie merkte nicht einmal, daß sie die Grenze des MacArran-Landes überschritt.

»Alicia!« rief jemand hinter ihr.

Sie gab ihrem Pferd die Sporen, um dieser vertrauten Stimme zu entkommen. Erst als der Mann auf gleicher Höhe mit ihr ritt, erkannte sie ihren Irrtum. Es war ihr Bruder, der sie beim Namen gerufen hatte.

»Davey«, flüsterte sie, während sie scharf am Zügel ihres Pferdes riß.

Davey sah sie grinsend an. Er war so groß wie seine Schwester, hatte die schwarzen Haare von ihrem Vater geerbt, die braunen Augen von seiner Mutter. Er war hagerer, als Alicia ihn in Erinnerung hatte, und in seinen Augen flackerte ein Licht, das von einem inneren Brand herrühren mußte. »Du hast geweint«, sagte er. »Wegen der Männer, die MacGregor erschlug?«

»Du weißt davon?« sagte sie und wischte sich mit dem Handrücken die Augen aus.

»Es ist immer noch mein Klan, wenngleich mein Vater es anders bestimmte.« Für eine Weile wurden seine Augen hart und kalt, bis dieses flackernde Licht sich wieder zeigte: »Ich habe dich lange nicht mehr gesehen. Setz dich zu mir und gönne deinem Pferd eine Rast.«

Mit einemmal schien ihr Bruder ein lang entbehrter Freund zu sein, und sie schob die Erinnerung an seinen letzten Auftritt weit von sich – die Nacht, als Jamie MacArran sie zu seinem Nachfolger bestimmte. Es war eine unerwartete Ernennung gewesen und deshalb um so schmerzlicher. Der ganze Klan hatte sich versammelt und wartete, daß Davey zum nächsten »Laird« ausgerufen würde. James MacArran war stets ehrlich gegen sich selbst und besonders vorurteilsfrei in der Einschätzung seiner Kinder gewesen. Er sagte dem Klan, was er von seinen Kindern hielt. Davey liebte den Krieg. Er schätzte ein Gefecht höher ein als den Schutz seines Klans. Er sagte, Alicia habe ein zu hitziges Temperament und handele oft unüberlegt. Beide Kinder fühlten sich zutiefst beschämt von der Kritik ihres Vaters. Jamie fuhr fort, daß Alicias Fehler ausgeglichen werden könnten, falls ihr ein besonnener Ehemann zur Seite stünde wie zum Beispiel Ian, Ramsey oder Ennis. Selbst nach dieser Einleitung ahnte noch niemand, was Jamie vorhatte. Als er Alicia zu seiner Nachfolgerin kürte, war es ganz still in der Halle. Dann hoben die Männer nacheinander die Becher, um ihr zuzutrinken. Davey brauchte einen Moment, bis er begriff, was sich hier vollzog. Dann sprang er auf, verfluchte seinen Vater, nannte ihn einen Verräter und sagte sich als Sohn von ihm los. Er forderte die Männer auf, ihm zu folgen. Zwölf junge Männer verließen in dieser Nacht die Halle, um sich Davey anzuschließen.

Seit jener Nacht hatte Alicia ihren Bruder nicht mehr gesehen. Inzwischen war viel geschehen – ihr Vater tot und die Männer, die er ihr zum Gatten bestimmt hatte. Sie war mit einem Engländer verheiratet worden. Plötzlich schien alles, was Davey damals sagte, unwichtig geworden zu sein.

Sie stieg vom Pferd und legte die Arme um ihn. »Oh, Davey, alles hat sich zum Schlimmen entwickelt«, klagte sie.

»Der Engländer?«

Sie nickte an seiner knochigen Schulter. »Er hat alles verändert. Heute sahen mich meine Männer an, als sei ich der Eindringling. Ich las es in ihren Augen. Sie gaben ihm recht und mir unrecht.«

»Willst du damit sagen, er hetzt die Männer gegen dich auf?« fauchte Davey und wich von ihr zurück. »Wie konnten sie nur so verblendet sein? Er muß ein sehr guter Schauspieler sein, wenn er sie das Entsetzen über den Tod unseres Vaters vergessen läßt. Und Ian? Will sich selbst Tam nicht mehr daran erinnern, daß die Engländer seinen Sohn erschlugen?«

»Ich weiß es nicht«, sagte Alicia, als sie sich auf einen umgestürzten Baum setzte. »Sie scheinen ihm alle zu vertrauen. Er kleidet sich wie ein Schotte. Er übt mit den Männern. Er mischt sich sogar unter die Bauern. Er scherzt und trinkt mit ihnen. Ich weiß, daß sie ihn mögen.«

»Aber hat er denn durch Taten bewiesen, daß er ihr Vertrauen verdient?«

Sie drückte die Hände gegen die Schläfen. Ihr wollten die vier Männer nicht aus dem Kopf, die verstümmelt vor ihr auf der Erde lagen. War sie an deren Tod schuld? »Er hat nichts getan, das sie argwöhnisch machen könnte.«

Davey schnaubte: »Davor wird er sich hüten! Er wird warten, bis er das Vertrauen deiner Männer gewonnen hat, ehe er die Engländer hierherbringt.«

»Engländer? Wovon redest du eigentlich?«

»Begreifst du denn nicht?« sagte Davey mit großer Geduld. »Plant er nicht, in nächster Zeit nach England zurückzukehren?«

»Ja«, sagte sie betroffen, »er hat vor, in ein paar Wochen mit mir zu seiner Familie zu reisen.«

»Das geschieht in der Absicht, die Engländer ins Land zu ziehen. Er bringt ihnen alles bei, was er bei uns gelernt hat, und wenn sie nach Schottenart mit uns kämpfen, können wir ihnen wenig entgegensetzen.«

»Nein!« sagte sie und erhob sich von ihrem Sitz. »Davey, das kann nicht dein Ernst sein. So ist er nicht. Er sorgt sich wirklich um meine Männer. Davon bin ich überzeugt.«

Er blickte sie finster an. »Ich habe mir sagen lassen, daß er dich im Bett zum Singen bringt. Du hast Angst, ihn zu verlieren. Du würdest deinen Klan für die Hände eines Engländers opfern, die deinen Körper in Wonneschauer versetzen.«

»Das ist nicht wahr! Bei mir steht der Klan immer an oberster Stelle.« Sie hielt jählings inne. »Ich habe vergessen, daß wir im Streit liegen. Ich muß jetzt zurückreiten.«

»Nein«, sagte Davey ruhig und legte ihr die Hand auf den Arm. »Verzeih mir, daß ich dich so erzürnt habe. Bleibe noch eine Weile bei mir. Ich habe dich so sehr vermißt. Erzähle mir von Larenston. Hast du das lecke Dach ausbessern lassen? Wie viele Söhne hat Tam inzwischen?«

Sie lächelte und setzte sich wieder. Sie redeten eine Weile über die Alltagserlebnisse des Klans. Sie erfuhr, daß Davey irgendwo in den Hügeln lebte, wollte aber nicht sprechen, wovon. Sie respektierte das.

»Und gefällt dir deine Stellung als Klanboss?« fragte er freundlich. »Hast du Freude daran? Gehorchen dir deine Männer?«

Sie lächelte. »Ja, sie behandeln mich mit großem Respekt.«

»Bis heute morgen, als sie sich deinem Mann zuwandten.«

»Fang nicht wieder damit an.«

Davey lehnte sich gegen einen Baum. »Ich empfinde es nur als große Schmach, daß der jahrhundertealte Klan MacArran nun von einem Engländer regiert wird. Wenn du Zeit hättest, könntest du deine Autorität festigen. Doch du kannst von deinen Männern nicht erwarten, daß sie dir folgen, wenn ein Mann sie drängt, sich hinter ihn zu stellen.«

»Ich weiß nicht, was du damit meinst.«

»Ich dachte nur laut. Wenn Stephen nun ein Spion ist, den König Heinrich dir ins Haus setzte? Sobald er das Vertrauen deiner Männer gewonnen hat, könnte er Schottland großen Schaden zufügen. Natürlich würdest du versuchen, das zu verhindern; aber was vermagst du, wenn deine Männer sich bereits daran gewöhnt haben, dir den Gehorsam zu verweigern?«

Sie wußte nichts darauf zu sagen. Sie sah ihre Männer vor sich, die in jüngster Zeit zu Stephen gegangen waren, während sie nach ihrer Rückkehr aus England nur ihre Meinung gelten ließen.

»Du solltest eine Weile allein mit deinem Klan sein. Dann

könnte dieser Ascott nichts ausrichten, wenn er Verrat im Sinn hat.«

Sie mochte über seine Worte nicht nachdenken. Sie war schuld am Tod von vier Männern. Stephen hatte recht gehabt, ihr Arroganz und Dummheit vorzuwerfen. Ihre Männer hatten zu Recht seinen Rat befolgt. Was aber, wenn er ein Spion war? Vielleicht hatte Davey recht damit, daß er fürchtete, Stephen wollte sie alle nur ins Verderben führen.

Sie legte die Hände an den Kopf. »Ich kann nicht denken. Ich weiß nicht, wie er ist und ob man ihm trauen kann.«

»Alicia«, Davey nahm ihre Hände, »vielleicht glaubst du mir nicht; aber ich habe nur das Beste mit deinem Klan im Sinn. Ich hatte monatelang Zeit, mit mir ins reine zu kommen – und mit dir. Ich weiß, daß du Laird sein solltest, nicht ich.« Er legte ihr einen Finger auf die Lippen. »Nein, laß mich ausreden. Ich will dir nur helfen. Ich will sichergehen, daß er kein Spion ist. Daß er unseren Klan nicht verführt.«

»Sichergehen?«

»Ich nehme ihn mit in mein Lager. Das ist alles. Es geschieht ihm kein Leid. Ich halte ihn so lange fest, bis deine Autorität über den Klan nicht mehr durch ihn zu erschüttern ist.«

»Ihn festhalten!« sagte sie mit funkelnden Augen.

»Ich täte ihm nichts. Ich wäre verrückt, wenn ich ihm etwas täte. König Heinrich würde dem Klan MacArran den Krieg erklären. Alles, was ich möchte, ist dir Zeit erkaufen.«

Sie wich ein wenig von ihm fort. »Und was versprichst du dir davon?« fragte sie kühl.

»Ich möchte wieder nach Hause kommen«, sagte er dumpf. »Wenn ich eine gute Tat für dich vollbringe, kann ich in Ehren zurückkehren. Meine Männer und ich hungern, Alicia. Wir sind keine Bauern und haben keine Farmer, die uns ernähren.«

»Du bist jederzeit bei mir willkommen. Das solltest du wissen«, sagte sie leise.

Er sprang hoch. »Und muß mich von deinen Männern auslachen lassen, weil ich mit eingeklemmtem Schwanz zurückkomme? Nein!« Er beruhigte sich ein wenig. »Wir würden unsere Ehre retten, wenn wir im Triumphzug nach Hause kämen. Wir reiten mit deinem englischen Mann in Larenston ein, und jeder, von König Heinrich bis zum letzten Bauern, würde uns dafür Dank schulden.«

»Ich . . . nein, das ist unmöglich. Stephen ist . . .«

»Denke darüber nach. Du hättest deine Leute wieder fest in der Hand. Ich könnte in Ehren nach Hause kommen. Oder liegt dir mehr an deinem englischen Ehemann als an deinem Bruder?« fragte er mit bitterem Hohn.

»Nein, natürlich nicht. Aber wenn ihm ein Leid geschieht . . .«

»Du beleidigst mich. Hältst du mich für schwachsinnig? Wenn ich ihm etwas antue, fällt König Heinrich über uns her. Bitte, Alicia, denke darüber nach. Verwirre deinen Klan nicht noch mehr. Warte nicht, bis sie auf dem Schlachtfeld stehen und sich zwischen England und Schottland entscheiden müssen. Spalte nicht ihre Treuepflicht.«

»Davey, ich muß jetzt wieder gehen.«

»Bitte! Du sollst nur nachdenken. In drei Tagen treffe ich dich wieder auf der Klippe. Dort, wo Alex abstürzte.«

Sie sah ihn überrascht an.

»Ich weiß gut Bescheid über meinen Klan«, sagte er, während er sich in den Sattel schwang.

Sie starrte ihm nach. Sie hatte Angst vor ihrer Rückkehr nach Larenston. Doch ein MacArran konnte sich Feigheit nicht leisten.

9. Kapitel

Alicia ging langsam über den Hof. Drei Tage hatte sie nach dem Tod ihrer Männer zum Nachdenken Zeit gehabt. Daveys Worte gingen ihr nicht mehr aus dem Sinn. Jede Minute wurde ihr deutlicher bewußt, daß ihre Männer sich Stephen zuwandten. Es war ganz natürlich, daß sie sich einem Mann unterordnen wollten, da sie erst vor Monaten noch hinter Jamie MacArran geritten waren. Doch Alicia traute keinem Engländer. Sie hatte als Gefangene bei Sir Thomas Crichton reichlich Gelegenheit, sie zu studieren.

Was Stephen betraf, war er vom Tod seines Freundes zutiefst erschüttert. Er redete kaum mit ihr, und zuweilen ertappte ihn Alicia dabei, wie er ins Leere starrte. Gleich nach dem Tod der vier Männer hatte er Anweisung gegeben, die Sachen für die Reise nach England zu packen. Er sagte, er wollte Chris' Leiche zu seiner Familie zurückbringen.

Nachts, wenn sie allein waren, lagen sie Seite an Seite, ohne sich zu berühren, ohne miteinander zu reden. Der Anblick ihrer toten Männer war für sie ein ständiger Alptraum. Sie fragte sich, wie ihr Vater damit fertiggeworden war, wenn ein Fehler ihn das Leben von Männern gekostet hatte, die er liebte. Sie spürte, wie sich ein Knoten in ihrem Hals zusammenzog. Der Laird eines Klans weint nicht. Sie mußte stark sein und durfte das Alleinsein nicht fürchten.

Neben ihrer Last, ihrer Schuld, bedrückte sie noch Daveys Vorschlag. Sie kannte den Stolz ihres Bruders. Sie wußte, wie schwer es ihm gefallen war, sie um etwas zu bitten. Doch wie konnte sie ihm Stephen in die Hände liefern?

Sie preßte die Hände gegen die Ohren. Sie wollte das Richtige tun, allen gerecht werden. Aber was *war* richtig?

Sie sattelte ihr Pferd und verließ die Halbinsel, um sich mit Davey zu treffen.

Davey starrte sie einen Moment mit brennenden, durchbohrenden Augen an. Als Alicia auf ihre Hände niedersah, wußte er, wie sich sich entschieden hatte.

»So!« sagte er, und seine Augen nahmen einen unversöhnlichen Ausdruck an, »du stellst deinen Liebhaber über deinen Klan!«

Sie sah ihn fest an. »Du weißt, das ist nicht wahr.«

»Dann darf ich daraus schließen«, schnaubte er, »daß ich es bin, dem du nicht traust. Ich hoffte, du würdest mir die Chance geben, dir zu beweisen, daß ich gereift bin. Daß ich nicht mehr der schreckliche Junge bin, der seinen Vater verfluchte.«

»Ich will das ja, Davey«, sagte sie ruhig. »Ich will das Richtige für jeden tun.«

»Aber das tust du ja gar nicht, verdammt noch mal!« brauste er auf. »Du hast nur deinen Vorteil im Sinn. Du hast Angst vor meiner Heimkehr. Du fürchtest, die Männer werden mir folgen, dem wahren MacArran.« Er drehte sich zu seinem Pferd.

»Davey, bitte, ich will nicht, daß wir so auseinandergehen. Komm mit mir nach Hause. Wenigstens für eine Weile.«

»Und zusehen, wie meine Schwester den mir zustehenden Platz im Klan ausfüllt?« höhnte er. »Nein, vielen Dank. Ich bin lieber König meines eigenen armen Königreiches als Diener in einem anderen.« Er sprang in den Sattel und sprengte davon.

Alicia wußte später nicht mehr, wie lange sie einsam auf der Klippe verweilt und vor sich hingestarrt hatte.

»Wer war das?« fragte Stephen behutsam.

Sie sah hoch und war nicht überrascht, daß Stephen neben ihr stand. So oft war er schon in ihrer Nähe gewesen, ohne daß sie sich seiner Gegenwart bewußt geworden war. »Mein Bruder«, sagte sie leise.

»David?« fragte er interessiert und sah dem galoppierenden Pferd nach.

Sie sagte nichts darauf.

»Hast du ihn gebeten, nach Larenston zu kommen?« fuhr er fort. »Hast du ihm gesagt, daß die Tore für ihn stets offen stehen?«

»Du mußt mir nicht sagen, was ich meinem eigenen Bruder mitzuteilen habe.« Sie wandte sich ab, Tränen in den Augen.

Er faßte sie am Arm. »Es tut mir leid. Es war nicht so gemeint.«

Sie wollte sich von ihm lösen, doch er riß sie an sich.

»Es war falsch von mir, dich zu verfluchen, als ich Chris' Leiche fand«, sagte er leise. »Ich war nur so wütend, daß ich irgend jemand dafür anprangern mußte. Ich tat dir unrecht.«

Sie preßte ihr Gesicht an seine Brust. Sie sehnte sich nach seiner Umarmung. »Nein! Du hattest recht! Ich habe deinen Freund und meine Männer getötet.«

Er zog sie an sich und spürte, wie sie am ganzen Körper zitterte. Ihre Schultern waren so schmal und zerbrechlich. »Nein, die Verantwortung ist zu groß für dich.« Er hob ihr Kinn an. »Schau mir in die Augen. Ob du es glaubst oder nicht – wir teilen uns die Last. Ich trage auch einen Teil der Schuld am Tod dieser Männer.«

»Aber ich allein habe schuld!« sagte sie verzweifelt.

Er legte ihr den Finger auf die Lippen und spähte in ihr Gesicht. »Du bist so jung, nicht einmal zwanzig; doch du versuchst, für Hunderte von Leuten zu sorgen, sie selbst vor mir zu schützen – vor einem Mann, der ja auch, wie du glaubst, ein Spion sein könnte.«

Er lachte, als ihr Gesicht sich veränderte. »Ich fange an, dich zu verstehen. Im Augenblick denkst du, ich habe noch andere Motive, so mit dir zu reden. Du glaubst, ich plante einen Verrat und möchte dich nur mit süßen Worten einlullen.«

Sie wich vor ihm zurück. Seine Worte trafen ihre Gedanken so genau, daß sie fast erschrak über seine Fähigkeit, sie zu lesen.

Er lachte tief und leise. »Bin ich meiner Heimat zu nahe? Du möchtest, daß ich ein Fremder bleibe in deinem Klan, nicht wahr? Jemand, den du unbeschwert hassen kannst. Ich habe nicht vor, dich so lange alleinzulassen, daß du vergißt, daß ich vor allem ein Mann bin – nicht nur ein Engländer.«

»Du – du redest Unsinn. Ich muß nach Larenston zurück.«

Er achtete nicht auf ihre Worte, sondern setzte sich ins Gras und zog sie neben sich nieder. »Morgen brechen wir nach England auf. Was ist das für ein Gefühl für dich, meine englische Familie kennenzulernen?«

Sie starrte ihn an. »Darüber habe ich noch nicht nachgedacht.« Ihre Augen sprühten blaue Blitze, als sie sich wieder ihrer Gefangenschaft in Thomas Crichtons Haus entsann. »Ich mag die Engländer nicht.«

»Du kennst sie nicht!« gab Stephen heftig zurück. »Du hast nur den Abschaum kennengelernt. Ich schämte mich meiner Landsleute, als ich sah, wie du in Sir Thomas' Haus behandelt wurdest.«

»Aber keiner deiner Landsleute ließ mich in meinem Hochzeitskleid am Traualtar warten.«

Er lachte glucksend. »Das wirst du mir wohl nie verzeihen, wie? Vielleicht verzeihst du mir, wenn du meine Schwägerin Judith kennenlernst.«

»Wie . . . wie ist sie?« fragte Alicia vorsichtig.

»Schön! Gütig und von angenehmem Wesen. Klug. Sie leitet Gavins Geschäfte. König Heinrich hatte eine hohe Meinung von ihr. Er hat sie mehr als einmal um Rat gefragt . . .«

Alicia seufzte schwer. »Es ist gut zu hören, daß jemand seine Pflichten nicht vernachlässigt und fähig ist für ein Regiment. Ich wünschte, mein Vater hätte eine Tochter, die den Titel Laird verdiente.«

Er lachte und zog sie auf das Gras nieder. »Als Frau bist du eine außergewöhnlich befähigte Klanchefin.«

Sie blinzelte. »Als Frau? Soll das heißen, du hältst keine Frau dazu befähigt, Anführer eines Klans zu sein?«

Er zuckte mit den Achseln. »Jedenfalls nicht eine so blutjunge und hübsche Frau, die auf ihr Amt nicht richtig vorbereitet ist.«

»Nicht richtig vorbereitet! Ich habe mein ganzes Leben nur mit Lernen verbracht! Du weißt, daß ich besser lesen und rechnen kann als du!«

Er lachte. »Zum Regieren von Männern gehört mehr als nur das Zusammenrechnen von Zahlen.« Er sah sie einen Moment ernst an. »Du bist so schön!« Er beugte sich vor und küßte sie.

»Laß mich in Ruhe! Du bist ein unerträglicher, engstirniger schwachsinniger . . .« Sie schwieg still, weil seine Hände ihre Beine streichelten.

»Ja«, flüsterte er an ihrem Mund. »Was bin ich?«

Die beiden glaubten sich allein, waren es aber nicht. David MacArran stand auf dem Hügel über ihnen und sah zu, wie die beiden sich auf dem kalten Boden umarmten. »Diese Hure!« flüsterte er. Sie stellt ihre Lust über das Wohl ihres Bruders. Und von dieser Hure glaubte Jamie MacArran, sie sei würdiger, ein Laird zu sein als er.

Er drohte mit der Faust den beiden, die nur sich sahen. Er

würde es ganz Schottland zeigen, wer der mächtigste Mann im Land war – der wahre Chef des Klans MacArran.

Die Sonne war gerade aufgegangen, als die Wagen den steilen Pfad zum Festland hinunterrollten. Stephens Männer, nun braun von Sonne und Wind, kaum noch zu unterscheiden von Alicias Schotten, ritten neben ihm. Es war ein stiller Trupp, der um den Ausgang der Reise bangte. Die Wagen waren beladen mit englischen Kleidern, und Alicias Männer überlegten, ob sie in der englischen Gesellschaft nicht aneckten.

Alicia hatte ihre eigenen geheimen Sorgen. Morag hatte ihr einen langen Vortrag gehalten, als sie von Daveys Plan erfuhr. »Daß du mir nicht auf so was hereinfällst«, hatte sie geschimpft und mit ihren knochigen Fingern auf Alicia gezeigt. »Er war schon immer ein hinterlistiger Bursche, schon als kleines Kind. Er will Larenston haben, und er wird vor nichts zurückschrecken, um dieses Ziel zu erreichen.«

Alicia hatte ihren Bruder verteidigt. Doch Morags Warnung wollte ihr nicht aus dem Kopf. Sie sah sich immer wieder vorsichtig um.

»Nervös?« fragte Stephen neben ihr. »Das ist nicht nötig. Ich bin überzeugt, meine Familie wird dich mögen.«

Sie brauchte eine Minute, um zu begreifen, wovon er redete. Dann steckte sie hochmütig die Nase in die Luft. »Du solltest dir eher Gedanken darüber machen, ob die MacArran deine Familie mag«, sagte sie und spornte ihr Pferd an.

Die Sonne ging wieder unter, als der erste Pfeil knapp an Alicias linkem Ohr vorbeischwirrte. Eben erst hatte sie in ihrer Wachsamkeit nachgelassen und sich ihrer Ängstlichkeit wegen gescholten. Nun begriff sie zunächst nicht, was da geschah.

»Attacke!« schrie Stephen, und binnen Sekunden hatten seine Männer einen Kreis um sie gezogen, die Waffen bereit zum Einsatz. Alicias Männer glitten von den Pferden, warfen ihre Plaids ab und schwärmten in den Wald aus.

Sie saß wie benommen auf ihrem Pferd, als sie einen Mann nach dem anderen zu Boden gehen sah.

»Alicia!« schrie Stephen, »reite, so schnell du kannst!«
Sie gehorchte ihm sofort. Die Pfeile flogen nur so um sie her. Einer schrammte ihre Hüfte, und ihr Pferd schrie, als ein Schaft ihm die Haut verbrannte. Nun wurde es ihr jählings bewußt, weshalb sie betäubt gewesen war. Die Pfeile galten alle ihr. Und einer der Bogenschützen, den sie in einem Baumwipfel entdeckt hatte, gehörte zu den Männern, die damals ihrem Bruder Davey aus der Halls ins Exil gefolgt waren. Ihr Bruder versuchte sie umzubringen!

Sie beugte sich weit über den Hals des Pferdes und trieb es vorwärts. Diesmal brauchte sie sich nicht umzudrehen, um sich zu vergewissern, wer auf dem Pferd saß, das mit donnernden Hufen zu ihr aufschoß. Zum erstenmal hatte sie kein Bedenken, ihm ganz zu trauen.

Er schoß an ihr vorbei, und sie folgte ihm, während er sie wegführte von den fliegenden Pfeilen. Und dann wurde das Pferd ihr unter dem Leib erschossen, und sie schrie.

Ehe das Pferd zusammenbrach, war er schon bei ihr und hob sie aus dem Sattel. Sie duckte sich vor ihm auf den Hals des Hengstes, während sie rasch über ein unbekanntes, wildes Land ritten. Alicia spürte, wie der Hengst unter ihr langsam ermattete.

Plötzlich knickte Stephen nach vorn und legte sich schwer auf ihren Rücken. Sie griff instinktiv nach dem Zügel und riß ihn nach rechts. Das Pferd verließ den schmalen Pfad und lief unter die Bäume. Sie wußte, daß sie Stephen vom Pferd heben mußte, ehe er aus dem Sattel stürzte. Sie konnte unter den Bäumen nicht schnell reiten; aber vielleicht fand sie irgendwo eine Stelle, die sich als Versteck eignete.

Sie hielt das Pferd mit einem Ruck an. Stephens lebloser Körper fiel zu Boden, ehe Alicia aus dem Sattel springen konnte. Sie sog scharf die Luft ein, als sie das Blut an seinem Hinterkopf sah, wo ein Pfeil ihn gestreift hatte. Sie hörte schon die Verfolger, hatte keine Zeit zum Nachdenken. Der Waldboden war mit vertrockneten Blättern bedeckt. Da kam ihr eine Idee.

Sacht führte sie das Pferd von Stephen weg. Sie durfte nicht riskieren, das Tier mit einem Peitschenhieb anzutreiben. So nahm sie ihre Brosche und stach das Tier mit der Nadel in die Hinterbacke. Sogleich galoppierte es von ihr weg. Sie rannte zu Stephen zurück, ließ sich auf Hände und Knie fallen und schob ihn an einen umgestürzten Baum. Dann bedeckte sie ihn mit vertrockneten Blättern. Das Plaid in den Farben des Herbstlaubs tarnte ihn vorzüglich. Sie legte sich neben ihn und grub sich ebenfalls in die Blätter ein.

Sekunden später war sie von stampfenden, wütenden Männern umgeben. Sie drückte Stephen an sich und hielt ihm den Mund zu, falls er aus seiner Ohnmacht erwachte.

»Verdammnis über sie!«

Sie hielt die Luft an. Daveys Stimme würde sie überall wiedererkennen.

»Sie hatte schon immer sieben Leben wie eine Katze! Die werde ich ihr alle der Reihe nach nehmen«, fügte er heftig hinzu. »Und diesen Engländer, den sie zum Mann hat! Ich werde König Heinrich zeigen, daß die Schotten Schottland regieren!«

»Dort ist ihr Pferd!« rief eine andere Stimme.

»Los!« befahl Davey, »sie kann nicht weit gekommen sein!«

Es dauerte lange, ehe sich Alicia von ihrer Betäubung erholt hatte. Sie hoffte, daß ihre Männer jeden Moment zu ihrer Rettung herbeieilen würden. Doch als sich nach einer Stunde immer noch nichts regte, gab sie die Hoffnung auf.

Es war bereits dunkle Nacht, als Stephen stöhnend erwachte.

Er starrte zu ihr hinauf. Im Mondlicht wirkten seine Augen wie Silber. Sie beugte sich besorgt über ihn. »Wer bin ich?« hauchte sie leise.

Sein Gesicht war ernst, als denke er angestrengt nach.

»Ein blauäugiger Engel, der mein Leben gleichzeitig zum Paradies und zur Hölle macht.«

Sie stöhnte vor Empörung: »Du bist unglücklicherweise immer noch der gleiche.«

Stephen brachte ein klägliches Grinsen zustande und versuchte, sich aufzusetzen. Er hob eine Braue, als Alicia einen Arm um seinen Brustkorb schob, um ihn zu stützen. »Sind die

Neuigkeiten so schlimm?« fragte er und rieb sich mit den Fingern die Schläfe.

»Was meinst du damit?« fragte sie mißtrauisch.

»Wenn du mir helfen willst, müssen die Neuigkeiten schlimmer sein, als ich ahnte.«

Sie wurde steif. »Ich hätte dich nicht mit Blättern zudecken, sondern sie auf deine Fährte führen sollen.«

»Mein Kopf bringt mich um. Ich fühle mich nicht zum Streiten aufgelegt. Und was, beim Satan, habt Ihr mit meinem Rücken gemacht? Ihn mit Stahlstiften gespickt?«

»Ihr fielt vom Pferd«, sagte sie nicht ohne Genugtuung. »Doch sollte ich wohl lieber beim Anfang beginnen.«

»Ihr erwieset mir einen großen Gefallen, wenn Ihr das tätet«, sagte er, sich mit einer Hand den Kopf, mit der anderen den Rücken reibend.

Sie berichtete ihm so kurz und bündig wie möglich von Daveys Plan, Stephen zu kidnappen.

»Und du warst zweifellos mit seinem Plan einverstanden«, sagte er böse.

»Natürlich nicht!«

»Aber wenn du mich losgeworden wärst, hätten sich doch deine Probleme von selbst gelöst. Ich verstehe gar nicht, warum du dich weigertest, mitzumachen.«

»Ich weiß es auch nicht«, sagte sie leise.

»Seine Argumente waren logisch, und der Plan ausgezeichnet.«

»Ich weiß es nicht!« Sie senkte den Kopf. »Vielleicht habe ich ihm nicht ganz getraut. Als wir uns hier unter dem Laub versteckten, hörte ich ihn sagen . . . er wollte uns beide töten.«

»Das dachte ich mir.«

»Wie konntest du!«

Er berührte eine Locke an ihrer Schläfe. »Eine reine Vermutung, die mir kam, als ich die Pfeile zählte, die auf dich gezielt waren. Und dann die Taktik, uns von unserer Begleitung zu trennen. Das hat dich sehr mitgenommen, wie?«

Ihr Kopf ruckte hoch. »Was würdest du sagen, wenn einer deiner Brüder eben versuchte, dich umzubringen?«

Sogar in der Dunkelheit vermochte sie zu erkennen, wie sein Gesicht erblaßte. Seine Augen waren starr vor Entsetzen. »Eine unmögliche Vorstellung«, murmelte er. Er sah sich um. »Wo sind wir?«

»Ich habe keine Ahnung.«

»Was ist mit unseren Männern? Sind die in der Nähe?«

»Woher soll ich das wissen? Ich bin nur eine Frau, weiß nichts von der Taktik der Männer.«

»Alicia!« sagte er warnend.

»Ich weiß wirklich nicht, wo wir sind. Wenn die Männer uns nicht finden können, kehren sie nach Larenston zurück, wohin wir uns auch so rasch wie möglich begeben sollten.« Sie legte den Kopf auf die Seite. »Still!« flüsterte sie erregt. »Da kommt jemand!«

Alicia faßte ihn bei der Hand und zog ihn über die Kuppe eines kleinen Hügels hinweg. Dort versteckten sie sich im Laub und beobachteten zwei Männer, die offenbar auf Jagd waren, nicht auf der Suche nach einem verlorengegangenen Laird und dessen Gatten.

Stephen wollte sich erheben und etwas zu den Männern sagen; doch Alicia hinderte ihn zu seinem Erstaunen daran.

Als die Männer außer Hörweite waren, wandte er sich ihr zu: »Das waren nicht Davids Männer.«

»Schlimmer«, sagte sie, »das waren die MacGregors.«

»Sag nur nicht, du kennst die MacGregors persönlich!«

Sie schüttelte den Kopf über seine Dummheit. »Die Kokarden an ihren Hüten hatten die Farben und Embleme des MacGregor-Klans.«

Er warf ihr einen bewundernden Blick zu. Sie konnte auch in der Dunkelheit ausgezeichnet sehen.

Er lehnte sich gegen einen Baum und seufzte. »Wir haben keine Waffen, keine Pferde, keine Nahrungsmittel und kein Gold. Dein Bruder macht Jagd auf uns, und die MacGregors, auf dessen Land wir uns jetzt befinden, klatschten vor Vergnügen, wenn unsere Köpfe dem Klanboss auf einem silbernen Tablett serviert würden.«

Alicia betrachtete sein Profil und konnte ein leises Kichern nicht unterdrücken.

Stephen sah sie verwundert an und mußte ebenfalls lächeln. »Hoffnungslos, nicht wahr?«

»Ja«, sagte sie, und ein Funke tanzte in ihren Augen.

»Natürlich ist es keinesfalls zum Lachen.«

»Selbstverständlich nicht.«

»Aber komisch ist es doch, wie?« Er lachte.

Sie fiel in sein Gelächter ein. »Höchstwahrscheinlich werden wir morgen früh tot sein – so oder so.«

»Was möchtest du also gern in deiner letzten Nacht auf Erden treiben?« fragte er, und in seinen blauen Augen schimmerte das Mondlicht.

»Jemand könnte jeden Moment über uns stolpern«, sagte sie ziemlich ernsthaft.

»Hm. Sollen wir dafür sorgen, daß sie auch was zu sehen bekommen?«

»Was zum Beispiel?«

»Zwei ausgelassene, außerordentlich glückliche und splitternackte Waldgeister.«

Sie zog das Plaid eng an sich und sagte züchtig: »Es ist aber schrecklich kalt – meinst du nicht auch?«

»Da ist es nur logisch, daß man das bißchen Wärme, was man hat, zusammenlegt.«

»In diesem Falle . . .« Sie machte einen Satz und landete auf seinem Bauch.

Stephen keuchte überrascht und lachte dann. »Ich denke, ich hätte dich schon viel früher auf das Land von MacGregor bringen sollen.«

»Still, Engländer!« befahl sie, während sie den Kopf senkte und ihn küßte.

Sie schienen beide vergessen zu haben, daß sie sich auf der Schräge eines ziemlich steilen Hügels befanden. Sie hatte sich eben ihres Rockes entledigt, und er zog sein Hemd aus, als sie von seiner Seite wegrollte. Er wollte sie festhalten, doch seine Sinne waren von Leidenschaft getrübt. Er verfehlte sie, und sie landeten beide am Fuße des Abhangs in einem Haufen aus Laub.

Zwei Nackte suchten im wirbelnden Laub sich zurechtzufinden.

»Hast du dir weh getan?« fragte Stephen besorgt.

»Noch nicht. Aber wenn du dein Bein nicht von meinem Hals nimmst, werde ich bald erstickt sein.«

»Nun – dann weiß ich Bescheid«, sagte er und schob sie so, daß sie ganz unter ihm lag. »Du hast dich ja noch nie darüber beschwert, daß ich zu schwer für dich wäre«, sagte er, während er an ihrem Ohrläppchen knabberte.

Sie lächelte mit geschlossenen Augen. »Es gibt Zeiten, wo du so gut wie gar nichts wiegst.«

Er bewegte seine Lippen an ihrem Hals nach unten.

Plötzlich landete etwas Großes, Schweres auf seinem Rücken. Er brach auf ihrem Körper zusammen und stemmte sich schnell wieder mit den Armen hoch, um sie zu beschützen. »Tod und Verdammnis!«

»Rab!« rief Alicia und schlüpfte dann unter Stephens Körper hervor. »Oh, Rab«, rief sie überglücklich und begrub ihr Gesicht in seinem Fell.

Stephen setzte sich auf die Fersen zurück. »Als wäre mein Rücken nicht schon genug geschunden«, klagte er.

Rab bewegte sich von Alicia weg und sprang Stephen gegen die Brust. Stephen umarmte den mächtigen Hund, der ihm das Gesicht mit seiner großen Zunge abschleckte.

»Na, du solltest dich was schämen!« rief Alicia lachend. »Schimpfst den Hund aus, wo er dich so sehr liebt!«

»Er sollte ein bißchen mehr Rücksicht auf *meine* Liebe nehmen. Laß mich los, Rab! Platz! Du erstickst mich ja. Hier, Junge, such!« Stephen schleuderte einen imaginären Stock in die Dunkelheit hinein. Der Hund rannte glücklich hinterher.

»Das war gemein! Er wird stundenlang danach suchen. Er möchte so gern gefällig sein!«

Stephen faßte nach ihren Handgelenken. »Ich hoffe, daß er die ganze Nacht den Stock sucht. Weißt du eigentlich, wie köstlich du im Mondlicht aussiehst?«

Sie betrachtete seine breiten Schultern und schmalen Hüften. »So unangenehm siehst du auch nicht aus.«

Er zog sie an sich. »Wenn du so weitermachst, kommen wir nie mehr nach Larenston zurück. Wo waren wir vorhin stehengeblieben?«

»Du sagtest, dein Kopf brächte dich um.«

»Komm her, Mädchen«, flüsterte er, während er sie in das Laub hinunterzog.

Es war eine ziemlich kalte Nacht, aber sie merkten es nicht . . .

Sie wurden schon am frühen Morgen in ihrem Laubbett von einem Knurren geweckt. Stephen reagierte spontan auf die Meldung des Wolfshundes. Er setzte sich auf und schob Alicia hinter sich. Er starrte auf den Mann, der etwa zwanzig Schritte entfernt war. Es war ein untersetzter, drahtiger Mann mit braunen Augen und Haaren. Er trug die Kokarde der MacGregors.

»Guten Morgen«, sagte er herzhaft. »Ich wollte nicht stören. Ich wollte nur etwas Wasser holen, doch dein Hund ließ mich nicht vorbei.

Stephen hörte, wie Alicia hinter ihm Luft holte zum Sprechen. Er drehte sich um und warf ihr einen warnenden Blick zu. Sie war halb begraben im Laub. Nur ihr Kopf und die nackten Schultern sahen heraus.

»Morgen!« rief Stephen ebenso herzhaft, und seine Stimme hatte einen schweren schottischen Akzent. »Rab, komm her, laß diesen guten Mann passieren.«

»Ich danke Euch, Sir«, sagte der Mann und ging ein paar Schritte weiter zu einem Bach.

»Rab, hol unsere Kleider«, befahl Stephen und sah dem Hund nach, der den Hügel hinaufeilte. Dann blickte er zu dem Mann, der am Bachrand stand und neugierig das nackte Paar beäugte. »Ein bißchen wie Adam und Eva, nicht wahr?« meinte Stephen lachend.

Der Fremde lachte ebenfalls. »Dasselbe hatte ich auch gedacht.«

Er schöpfte Wasser und stand wieder auf. »Ich habe weder einen Wagen noch Pferde gesehen. Ich hatte keine Ahnung, daß noch Leute in der Nähe sind.«

»Um ehrlich zu sein«, sagte Stephen, »wir haben nur das, was wir auf dem Leib tragen.«

Alicia sah zu, wie er hinter seinem Rücken die Kokarde der MacArrans von seiner Kappe riß.

»Wir wurden von Dieben überfallen.«

»Diebe!« rief der Mann, »auf dem Land des MacGregor? Das wird ihm aber gar nicht gefallen.«

»Nein, das ganz bestimmt nicht«, pflichtete Stephen dem Mann bei. »Schon gar nicht, weil die Diebe MacArrans waren. Oh, Entschuldigung, Liebes, ich wollte dich nicht bei den Haaren ziehen«, sagte er geistesgegenwärtig, als Alicia wütend hinter ihm schnaubte.

»Ah, die MacArrans«, sagte der Mann. »Ein niederträchtigeres, ehrloseres und feigeres Gesindel hat die Welt noch nicht gesehen! Weißt du, daß sie vor kurzem den MacGregor fast umgebracht hätten, nur weil er ein Stück weit über das Land der MacArran ritt? Die Hexe hat ihn fast mit ihrem Messer in Stücke gehackt. Ich hörte, sie versuchte, ihn zu kastrieren. Vermutlich aus Eifersucht.«

Stephen packte Alicia an den Schultern, damit sie ihn ansehen mußte und der Mann ihr Gesicht nicht betrachten konnte. »Komm, ich mache dir die Brosche zu«, sagte er in seinem schweren schottischen Akzent.

»Ich ritzte ihn kaum«, sagte sie wütend.

»Was?« fragte der Fremde.

Stephen lächelte. »Meine Frau warnte mich eben, daß ich sie beim letztenmal mit der Nadel piekste.«

Der Mann lachte glucksend. »Ich bin Donald Farquhar vom Klan MacGregor.«

Stephen lächelte vergnügt. »Ich bin Stephen Graham, und das ist meine Frau Alicia.« Er grinste über die Grimasse, die sie ihm schnitt.

»Alicia!« sagte Donald, »das ist ein übler Name. Weißt du

denn nicht, daß die Hexe, die den Klan MacArran anführt, auch so heißt?«

Stephen hielt Alicias Schultern fest wie in einem Schraubstock. »Wer kann schon dafür, was für einen Namen er trägt?«

»Ja, daran sind die Eltern schuld.« Der Mann betrachtete Alicias lange schwarze Haare, in denen ein paar gelbe Blätter steckten. »Und jeder sieht auf den ersten Blick, daß sie der anderen überhaupt nicht ähnlich ist.«

Alicia senkte den Kopf, als wollte sie Stephen die Hand küssen. Tatsächlich biß sie so heftig hinein, daß er ihre Schultern loslassen mußte. Sie wandte sich lächelnd dem Mann zu. »Und du hast natürlich die MacArran schon oft gesehen, nicht wahr?« fragte sie mit süßer Stimme.

»Ja, das habe ich – wenn auch nicht aus der Nähe; aber immerhin.«

»Und sie ist häßlich?«

»Oh, ja. Breite Schultern wie ein Mann und größer als die meisten ihrer Männer. Ihr Gesicht ist so häßlich, daß sie es ständig bedeckt halten muß.«

Stephens Finger bohrten sich warnend in ihre Schultern. Sie nickte. »Ja, so wurde sie mir auch beschrieben. Nett, jemand kennenzulernen, der sie sozusagen mit seinen eigenen Augen gesehen hat.«

Stephen beugte sich vor, um sie aufs Ohrläppchen zu küssen. »Nimm dich zusammen, oder es kostet uns beide das Leben«, flüsterte er.

Donald strahlte sie beide an. »Ihr müßt frisch verheiratet sein«, sagte er vergnügt. »Ihr klebt wie Kletten aneinander. Das kann man nicht übersehen.«

»Dir entgeht wenig, wie, Donald?« sagte Alicia.

»Ja, man sagt, ich wäre ein aufmerksamer Beobachter. Unser Wagen ist oben auf der Kuppe. Vielleicht würdet ihr gern mit uns speisen. Dann lernt ihr auch meine Frau Kirsty kennen.«

»Nein . . .«, hob Alicia an; doch Stephen stellte sich vor sie.

»Das nehmen wir gern an«, sagte er. »Wir haben seit gestern mittag nichts mehr gegessen. Vielleicht kannst du uns auch sagen, wo genau wir uns befinden. Wir irrten lange durch die Gegend, als wir von den Dieben überfallen worden waren.«

»Aber die Zeit habt ihr gut genutzt«, sagte Donald lachend, während er auf die Blätter sah.

»Das stimmt!« sagte Stephen heiter und legte den Arm um Alicias Schultern.

»Nun, dann kommt. Ein MacGregor ist stets gastfreundlich zu einem MacGregor.« Er drehte sich um und kletterte hügelan.

»Tu nur nichts, was uns gefährden kann!« warnte Stephen Alicia leise, als sie die Anhöhe hinaufkletterten.

»Ein MacGregor!« murrte sie wütend.

»Und ein Engländer!« setzte er im gleichen Ton hinzu.

»Ich weiß nicht, was das geringere Übel von beiden ist!«

Stephen grinste. »Hasse mich. Er hat das Essen, ich nicht.«

Auf der Kuppe hielten sie alle an und sahen auf die zierliche Frau, die sich über das Feuer beugte. Sie war ein zerbrechliches Wesen, nicht viel größer als ein Kind, mit einer kleinen Nase und einem zarten Mund. Auffallend an ihr war der unförmige Leib. Ihr Bauch ragte vor wie ein massives Monument. Sie war hochschwanger. Einen Moment lang sah sie nur Donald, und ihre Augen leuchteten auf vor Zärtlichkeit. Als sie sich umdrehte und Alicia erblickte, ging eine Verwandlung ihres Gesichtes in mehreren Stufen vor: Fassungslosigkeit, Angst, Ungläubigkeit, was sie zuletzt in einem Lächeln zusammenfaßte.

Stephen und Alicia standen nebeneinander und hielten den Atem an. Sie erwarteten, daß die Frau jeden Moment ihre wahre Identität enthüllte.

»Kirsty!« Donald eilte zu seiner Frau und fragte besorgt: »Ist dir nicht gut?«

Sie legte die Hand auf den unförmigen Bauch und sah entschuldigend zu Alicia und Stephen hinüber. »Verzeiht, daß ich Euch nicht gebührend begrüßt habe. Das Kind. Es gab mir einen mächtigen Tritt.«

Donald blickte lächelnd zu Stephen. »Ja, er ist ein starker Bursche«, sagte er lachend. »Kommt, setzt euch ans Feuer.«

Stephen faßte sich zuerst und schlenderte gemütlich aufs

Feuer zu. Alicia folgte ihm zögernd. Sie glaubte noch immer, auf Kirstys Gesicht einen Schrecken gesehen zu haben. Vielleicht wußte sie, wer sie wirklich waren, und wollte es ihrem Mann nur später sagen, damit der MacGregor sie nachts überfallen konnte.

Als Donald seine Gäste Kirsty vorstellte, lächelte diese nur, als Alicias Name fiel.

»Reicht das Essen für alle?« fragte Donald.

Kirsty hatte dunkelblonde Haare und braune unschuldige Augen. Es fiel schwer, dieser Frau zu mißtrauen. Sie sagte mit einem stillen Lächeln: »Wir haben immer so viel, daß wir auch mit anderen teilen können.«

Sie setzten sich zu einer Mahlzeit aus Gerstenkuchen und Kaninchenragout ans Feuer. Donalds Wagen stand neben der Fahrspur – ein kleines Gefährt mit einem Holzaufbau. Zweifellos ein bequemes Fahrzeug, doch nicht für weite Reisen gebaut.

Nach dem schmackhaften Frühstück schlug Stephen vor, daß Donald und er auf die Jagd gehen sollten.

Alicia stand ebenfalls auf und wischte sich die Krümel vom Rock. Offensichtlich wollte sie sich an der Jagd beteiligen.

Stephen warf ihr einen warnenden Blick zu. »Du solltest lieber bei Kirsty bleiben«, sagte er gelassen, doch mit Betonung. »Der Platz einer Frau ist am Feuer.«

Alicia merkte, wie sich ihre Wangen zornig röteten. Was wußte sie schon vom Kochen? Aber bei der Jagd konnte sie den Männern helfen. Doch dann, als sie sah, wie Donald zustimmend nickte, wußte sie, was Stephen zu seinem Hinweis veranlaßt hatte. Er sorgte sich, daß Donald Verdacht schöpfte, wenn eine Frau eine ausgezeichnete Jägerin war, jedoch keine Ahnung hatte vom Kochen. Sie seufzte ergeben. »Wir haben wenigstens den Hund als Schutz.«

»Nein«, sagte Stephen, »Rab werden wir für die Jagd brauchen.«

»Rab!« befahl sie, »du bleibst bei mir.«

»Komm, Rab«, sagte Stephen geduldig, »wir beide gehen auf die Jagd.«

Doch der Wolfshund dachte gar nicht daran, sich von Alicias Seite zu entfernen.

Donald lachte glucksend. »Du hast aber einen gehorsamen Hund, Stephen.«

»Den hat mir mein Vater geschenkt!« sagte Alicia stolz.

»Dein Vater?« meinte Donald neugierig.

»Wir sollten lieber gehen«, unterbrach Stephen ihn und sah warnend zu Alicia hinüber.

Alicia setzte sich neben Kirsty ans Feuer – neben ihrer Feindin.

10. Kapitel

Alicia wickelte sich einen Grashalm um den Finger. Sie wußte wenig über das Alltagsleben einer Frau. Sie konnte reiten und schießen, doch das Kochen war gleichsam ein Buch mit sieben Siegeln für sie.

»Bist du schon lang verheiratet?« fragte Kirsty.

»Nein«, antwortete Alicia, »und du?« Auch mit den Alltagsgesprächen von Frauen war sie nicht vertraut.

»Ungefähr neun Monate«, sagte Kirsty und strich lächelnd über ihren Leib.

Zum erstenmal wurde Alicia sich der Möglichkeit bewußt, daß sie eines Tages auch so einen Bauch haben könnte. Als Klanchefin hatte sie nie daran gedacht, daß sie ebenfalls Kinder gebären würde. »Tut das Baby sehr weh?« fragte sie.

»Nur hin und wieder.« Plötzlich wurde Kirstys Gesicht dunkel vor Schmerz. »Nur heute regt es sich ungewöhnlich oft«, sagte sie atemlos.

»Soll ich dir etwas besorgen? Frisches Wasser? Ein Kissen? Irgend etwas?«

Kirsty starrte sie an und blinzelte heftig. »Nein. Es genügt, wenn du mit mir sprichst. Ich habe lange nicht mehr mit einer Frau geredet. Sag mir, wie ist dein Mann?«

»Stephen?«

Kirsty lachte. »Nimm es mir nicht übel, daß ich so neugierig bin. Man scheint einen Mann erst richtig kennenzulernen, wenn man mit ihm zusammenlebt.«

Alicia blieb auf der Hut: »Hat Donald dich enttäuscht?«

»Keineswegs. Er war sehr scheu vor der Hochzeit, und nun ist er freundlich und rücksichtsvoll. Dein Stephen scheint ein guter Mann zu sein.«

Alicia, die ihren Mann nur immer als Engländer angesehen hatte, sagte nach einem Zögern: »Er . . . er bringt mich zum Lachen. Wenn ich zu ernsthaft werde, bringt er mich zum Lachen.«

Kirsty lächelte, preßte dann wieder die Hand gegen den Leib und beugte sich vor.

»Was ist mit dir?« fragte Alicia erschrocken. Sie half Kirsty zu einem Stein. »Setz dich hierher.«

Kirsty blickte Alicia in die Augen. »Du bist sehr gütig, nicht wahr?«

Alicia lächelte. »Ich bin überhaupt nicht gütig. Ich bin . . .« Sie beherrschte sich rasch. Fast hätte sie gesagt, daß sie die Chefin des MacArran-Klans wäre. Doch was war sie schon, wenn sie nicht bei ihrem Klan weilte?

Kirsty legte ihr die Hand auf den Arm. »Du versuchst, deine Güte vor anderen Leuten zu verbergen. Erzähl mir mehr von dir. Das lenkt mich von meinen eigenen Sorgen ab.«

»Ich glaube, du bekommst dein Baby. Ich muß jemand zu Hilfe holen.«

»Nein«, sagte Kirsty mit flehender Stimme, »erschrecke Donald nicht. Mein Baby ist noch nicht fällig. Ich darf es jetzt noch nicht bekommen. Donald und ich sind unterwegs zu meinen Eltern. Meine Mutter wird mich von dem Kind entbinden. Es muß am Essen gelegen haben. Ich hatte schon öfter solche Schmerzen.«

Alicia setzte sich stirnrunzelnd wieder neben Kirsty.

»Erzähl von dir«, sagte Kirsty mit glasigen Augen. »Wie ist es, wenn man mit einem . . .«

Alicias Kopf ruckte hoch; doch Kirsty beendete ihre Frage nicht. Sie krümmte sich vor Schmerzen, und Alicia fing die Frau in den Armen auf.

»Es ist das Baby«, flüsterte Kirsty. »Das Baby kommt. Du bist die einzige, die mir dabei helfen kann.«

Alicia konnte die Frau nur entsetzt anstarren. Sie befanden sich irgendwo in einer Wildnis. Wo sollte sie hier eine Hebamme finden? Sie nahm Kirsty in die Arme, als eine neue Welle von Schmerzen über ihren Leib lief. »Rab«, sagte sie leise, »geh zu Stephen. Bring ihn sofort hierher.«

Rab lief schon, ehe sie ihren Befehl ganz ausgesprochen hatte.

»Komm – ich bringe dich in den Wagen«, sagte Alicia besorgt. Es war für sie ein Leichtes, diese zarte Frau in den Wagen zu tragen und dort auf die Planken zu betten. Alicia sah zum Wald hinüber, während sie Kirsty zu trinken gab. Stephen würde wissen, was hier zu tun sei, dachte sie immer wieder. Sie merkte gar nicht, daß sie sich zum erstenmal ganz auf seine Hilfe verlassen wollte.

Sie lächelte, als sie Stephens ärgerliches Poltern hörte.

»Alicia!«

Sie stieg vom Wagen herunter.

»Was, zum Henker, wollte diese Höllengeburt von mir?« fragte er. »Er sprang mir auf den Rücken, als ich auf ein Reh zielte! Und er riß mir fast ein Bein aus, als ich nicht gleich mitkommen wollte.«

Sie lächelte ihn nur an. »Kirsty bekommt ihr Baby.«

»Oh, mein Gott!« hauchte Donald und lief zum Wagen.

»Wie schnell?« forschte Stephen.

»Jetzt, glaube ich.«

»Denk nach!« sagte Stephen ärgerlich. »Weißt du es nicht genau?«

»Woher soll ich das wissen?«

»Frauen müssen doch in diesen Dingen Erfahrung haben!« stotterte er.

»Beim Lesen, Rechnen und Kampfübungen mit dem Schwert erfährt man wenig darüber«, sagte sie sarkastisch.

»Eine verdammt einseitige Erziehung für ein Mädchen, wenn du mich fragst. Es muß doch Zeiten gegeben haben, wo deine Familie nicht nur Überfälle auf Rinderherden organisierte!«

Donald hinderte Alicia daran, Stephen eine zornige Antwort zu geben. »Sie verlangt nach dir«, sagte er, eine tiefe Falte auf der Stirn. Weiße Linien zeichneten sich an seinen Mundwinkeln ab. Er nahm den Stock, um ihn auf das Feuer zu legen, doch seine Hände zitterten so heftig, daß ihm das Holz entfiel.

»Mich?« fragte Alicia verdattert und zeigte auf sich.

»Wer sonst? Ist ja kein anderer da«, sagte Stephen und gab ihr einen Schubs auf den Wagen zu.

Ihr Gesicht verlor jede Farbe. »Stephen, ich habe nicht die geringste Ahnung, wie man ein Baby bekommt.«

Er legte ihr die Hand an die Wange. »Du hast Angst?«

Sie sah auf ihre Hände hinunter.

»Ein so großer Unterschied zu einer Kuh oder einem Pferd kann es doch nicht sein«, sagte er, bemüht, ihr zu helfen.

»Eine Kuh!« Ihre Augen funkelten ihn erst an. Doch dann nickte sie. »Bleib bei mir«, sagte sie entschlossen. »Hilf mir dabei.«

Stephen hatte noch nie erlebt, daß Alicia ihn um Hilfe gebeten hatte. Ausgerechnet in so einer Sache. »Wie kann ich dir helfen? Ein Mann hat bei der Geburt eines Kindes nichts zu suchen. Ja, wenn ich ein Verwandter der Frau wäre . . .«

»Schau dir ihren Mann an!« sagte Alicia, mit dem Kopf auf Donald deutend. »Er ist nur besorgt um das Wohl seiner Frau. Aber wenn sie ein Kind bekommt, verliert er die Nerven.«

»Alicia!« rief die Frau im Wagen gellend.

»Bitte!« sagte Alicia, ihre Hand auf Stephens Brust. »Ich habe dich noch nie um etwas gebeten . . .«

»Nur daß ich meinen Namen, meine Nationalität, meine Kleidung . . .«

Sie wandte sich von ihm ab. Er faßte nach ihrem Arm. »Gemeinsam«, flüsterte er, »laß uns wenigstens einmal etwas gemeinsam tun!«

Es wurde keine leichte Geburt. Kirsty war eng gebaut, und das Baby war groß. Sie hatten alle drei wenig Ahnung, wie man ein Kind auf die Welt bringt, hielten das aber für eine wundervolle Erfahrung. Alicia und Stephen schwitzten genauso wie Kirsty. Als der Kopf erschien, sahen sie sich alle drei stolz an. Stephen stützte Kirsty, damit sie sehen konnte, wie Alicia den Kopf des Babys hielt und die Schultern vorsichtig aus dem Leib beförderte.

Die untere Hälfte des Kindes schien förmlich aus dem Bauch herauszuschießen, und Alicia hielt das Baby in ihren Armen.

»Wir haben es geschafft!« flüsterte sie.

Stephen grinste sie an und gab Kirsty einen schallend lauten Kuß.

»Vielen Dank«, sagte Kirsty lächelnd und lehnte sich völlig erschöpft gegen Stephens Arm.

Es dauerte ein paar Minuten, bis sie das Baby und die Mutter gesäubert hatten, und sahen dann auf das Kind, das bereits mit dem Mund nach der Brust suchte.

»Komm, wir wollen Donald sagen, daß er einen Sohn bekommen hat«, flüsterte Stephen.

Donald stand mit angstverzerrtem Gesicht vor dem Wagen.

»Schau mich nicht so böse an!« sagte Stephen lachend, »betrachte lieber deinen Sohn!«

»Ein Sohn«, sagte Donald mit bebender Stimme, ehe er in den Wagen kletterte.

Es war dunkel geworden inzwischen. Der klare, kalte Tag hatte sich in eine noch kältere Nacht verwandelt.

Alicia streckte sich in der frischen, klaren Luft. Aus irgendeinem Grund hatte sie das Gefühl von Freiheit. Sie warf den Kopf zurück, streckte die Arme in die Höhe und drehte sich immer wieder im Kreis.

Stephen faßte sie lachend an den Armen und hob sie hoch. Er schwenkte sie herum. »Du warst wunderbar«, sagte er begeistert. »Du warst so stark und ruhig und hast Kirsty die Geburt sehr erleichtert.«

Alicia schlang die Arme um den Hals ihres Mannes. »Vielen

Dank. Aber du hast den wesentlichen Anteil an meiner Hilfe; denn du wußtest, was ich tun mußte, als der Kopf des Kindes zum Vorschein kam. Ich glaube, ich hätte nicht mehr gewußt, was ich machen sollte, wenn ich allein mit der werdenden Mutter gewesen wäre.«

Stephen glaubte ihr kein Wort; aber es tat seinem Stolz gut, wenn sie sagte, er habe einen wesentlichen Beitrag geleistet. »Bist du müde?« fragte er leise, während er sie an seinen Körper drückte und über ihre Haare fuhr.

»Sehr«, sagte sie, obwohl sie sich sehr gut und entspannt fühlte.

Er bückte sich und schob seine Arme unter ihre Knie. »Komm – wir suchen uns einen ruhigen Platz zum Schlafen.« Er trug sie über den Kamm des Hügels und setzte sie ab, während er mit einer geschickten Bewegung das Plaid fallen ließ, daß es sich unter ihr auseinanderfaltete. Alsbald schmiegten sie ihre Körper aneinander und spendeten sich gegenseitig Wärme. Rab barg sich an Alicias Rücken.

»Stephen?« flüsterte Alicia an seinem Ohr. »Was sollen wir nur anstellen? Wir wissen nicht, wie wir nach England gelangen sollen. Allein fallen wir beide zu sehr auf.«

Stephen lag ganz still, während sein Kopf fieberhaft arbeitete. Noch nie hatte sie ihn um seine Meinung gebeten und sich noch nie so vertrauensvoll an seine Seite gelegt. Er lächelte, küßte sie auf den Scheitel und zog sie noch fester an sich. Er spürte förmlich, wie seine Brust ein paar Zoll breiter wurde. »Bisher habe ich noch nicht gründlich nachgedacht; doch mir scheint, wir sollten vorläufig mit Kirsty und Donald zusammenbleiben, falls das geht.« Er legte eine Pause ein. »Was meinst du dazu?« Kaum waren ihm die Worte entschlüpft, wurde ihm klar, wie sehr er sich verändert hatte. Vor ein paar Monaten hätte er seiner Frau Befehle gegeben, was sie zu tun habe. Nun fragte er sie um Rat.

Alicia nickte an seiner Brust. »Die beiden fahren nach Süden zu ihren Eltern. Wenn wir bei ihnen bleiben, könnten wir unterwegs irgendwo Pferde kaufen.«

»Kaufen? Mit unserem guten Aussehen?« fragte Stephen.

»Wir besitzen nicht einmal einen Penny. Selbst Donald können wir nicht für seine Gastlichkeit entlohnen.«

»Kein Schotte läßt sich die Bewirtung eines Gasts bezahlen.«

»Auch ein MacGregor nicht?« hänselte Stephen.

Sie lachte leise. »Solange sie nicht wissen, daß wir MacArrans sind, brauchen wir für die Reise nichts zu bezahlen. Und was das Essen betrifft, bist du ein besserer Jäger als Donald. Wir müssen also nur überlegen, wie wir zu Pferden kommen.« Sie seufzte. »Schade, daß Davey uns nicht näher bei der Grenze überfiel.«

»Warum?«

»Dann hätte ich bereits eines meiner englischen Kleider getragen. Diese verdammten Dinger sind mit Juwelen bestickt. Die hätten wir verkaufen können.«

»Wenn du wie eine Engländerin gekleidet gewesen wärst, würden wir nun vermutlich tot sein. Und wir hätten kein Plaid, das uns jetzt warm hält.«

Sie sah zu seinem Gesicht hinauf. »Ich dachte, du verabscheust unsere schottische Kleidung. Wenn ich mich richtig erinnere, sagtest du, man verkühle sich an einigen Stellen, die Männern kostbar sind.«

»Werde nicht unverschämt«, sagte er mit gespielter Entrüstung. »Dieser Nachteil wird durch raschen Zugang wieder ausgeglichen. Ein Mann kann aus einem Plaid in der gleichen Zeit schlüpfen, die ein Engländer braucht, um sich zu überlegen, ob er sich ausziehen soll.«

Sie lächelte zu ihm hinauf.

»Höre ich Stolz aus Eurer Stimme? Und wo, zum Kuckuck, hast du dir diesen schweren Akzent angewöhnt?«

»Vielleicht ist er mir mit dem Plaid zugeflogen«, sagte er.

»Mir gefällt er«, sagte sie leise, während sie ihr nacktes Knie unter sein Hemd hinaufschob, das er noch auf dem Leib trug. »Wie hättet Ihr es lieber – als Hebamme oder als Chefin eines Klans?«

Er wühlte mit der Hand in ihren Haaren. »Im Augenblick ist mir alles recht, solange du Alicia bist, dieses süße, köstliche Ding, das reiten kann wie der Teufel, seinem Mann das Leben rettet und ein Baby auf die Welt befördert – alles binnen weniger Stunden.«

»Ich hatte ja immer einen Helfer dabei«, flüsterte sie, ehe sie ihren Mund dem seinen entgegenhob, damit er sie küssen konnte.

Auch Alicia spürte die seltsame Wirkung dieses Ortes und dieser Stunde. Eigentlich hätte sie sich Sorgen machen müssen um ihren Klan; doch vielleicht kam er eine Weile unter Tams Führung viel besser zurecht, weil er nicht unter dem erbitterten Streit zwischen ihr und Stephen leiden mußte. Im Augenblick hatte sie gar nicht das Empfinden, bei einem Feind zu liegen. Ein ganz neues Gefühl ergriff von ihr Besitz. Sie war zärtlich und fraulich gestimmt. Sie mußte keine Entscheidungen treffen, sich nicht ärgern, nicht grübeln, ob Stephen für England spionierte. Gegenwärtig waren sie beide Gejagte.

»Du hast so einen entrückten Blick«, sagte er. »Bist du bereit, deine Gedanken mit mir zu teilen?«

»Ich dachte daran, daß ich im Augenblick glücklich bin. Seit mein Vater mich zum Nachfolger bestimmte, hatte ich keinen glücklichen oder selbst ruhigen Moment mehr erlebt.«

Stephen lächelte, weil sie zum erstenmal vergaß, ihn zu den Mördern ihres Vaters zu rechnen. »Komm her, mein Liebling. Vielleicht gelingt es mir, dich noch glücklicher zu machen.«

Sie nahmen sich Zeit, rollten im Laub, kitzelten sich, lachten und erfreuten sich ihrer Freiheit.

Und die Berührung seiner Hände machten sie diesmal ganz still und gelöst. Sie lernte, die Wonnen des Liebesspiels zu genießen. Sie küßte sein Gesicht, seinen Hals und sah dem Wechsel von Licht und Schatten auf seinen Muskeln im Mondlicht zu.

Er führte seine Lippen über ihre Schulter zu ihrer Brust hinunter. Sie spürte, wie Schauer ihr über die Haut rieselten. »Stephen«, flüsterte sie. Seine Hände strichen über ihre Hüften und Rippen. Die Kraft seiner Hände erregte sie. Sie fühlte sich klein im Bann seiner Macht.

»Du bist so schön«, flüsterte er.

Sie lächelte und wußte, daß er sie dazu brachte, sich schön zu fühlen. Er strich mit der Hand über die Innenseite ihrer Schenkel, und als er spürte, wie sie erbebte, erbebte er mit ihr.

Sie liebten sich langsam und sacht, bis Alicia ihre Nägel in seinen Rücken grub und noch mehr von ihm verlangte, als er sich in einem gewaltigen Stoß in ihr entlud. Es war, als wollte sie ihn ganz in sich hineinziehen und nie mehr loslassen . . .

Alicia erwachte noch vor ihm. Stephen hielt sie so fest umschlungen, daß sie kaum Atem bekam. Sie betrachtete ihn einen Moment. Eine Locke ringelte sich um sein Ohr. Sie bemerkte, daß er sich in den letzten Monaten gewaltig verändert hatte. Keiner würde in ihm noch den Engländer erkennen. An diesem Morgen wollte sie ihn zum erstenmal wachküssen.

Er lächelte, ehe er die Augen öffnete.

»Guten Morgen«, flüsterte sie.

»Ich habe Angst, die Lider aufzumachen«, sagte er verträumt. »Hat jemand meine Alicia in einen Waldgeist verwandelt?«

Sie biß ihn ins Ohr.

»Oh!« Er riß die Augen auf und lachte in seinem Hals. »Ich möchte dich nicht gegen alle Geister dieser Erde eintauschen«, sagte er, während er sich über sie beugte.

»Oh, nein!« sie schob ihn von sich weg. »Ich möchte unser Baby sehen!«

»Unser Baby? Ich bliebe lieber hier und machte selbst eins.«

Sie rollte von ihm weg. »Ich weiß nicht, ob ich das erleben möchte, was Kirsty gestern durchlitten hat. Komm, wir machen einen Wettlauf über den Hügel!«

Stephen zog sich hastig an und drehte sich erst um, als Alicia schon auf der Hügelkuppe angekommen war und leise lachte. Sie hielt seine Stiefel in die Höhe. Er rief nach Rab und befahl ihm, seine Stiefel herzuholen. Der Ringkampf zwischen Herrin und Hund gab ihm Gelegenheit, Alicia auf dem Hügel einzuholen. Er gewann den Ringkampf gegen Alicia und lief in seiner kurzen Wollhose zum Wagen hinunter. Dort saß er ganz ruhig, als sie ankam, und sagte, als hätten sie sich seit Tagen nicht mehr gesehen: »Guten Morgen. Hast du gut geschlafen?«

Sie lachte ihn aus und stieg in den Wagen, um Kirsty zu besuchen.

Den Rest des Tages verbrachten die Männer auf der Jagd und Alicia mit der Versorgung von Mutter und Kind. Sie war zutiefst betroffen, als sie die kärglichen Vorräte des Ehepaars musterte. Sie besaßen nur zwei kleine Säcke voll Gerstenmehl. Sie wollte Kirsty nicht damit beleidigen, indem sie fragte, ob im Wagen noch andere Vorräte versteckt seien. Als die Männer bei Sonnenuntergang nur mit zwei kleinen Kaninchen zurückkamen, die kaum für eine Mahlzeit reichten, nahm Alicia Stephen beiseite und flüsterte: »Wir dürfen nicht länger von ihren Nahrungsvorräten leben. Sie haben kaum genug für sich selbst.«

Er lehnte sich gegen einen Baum zurück. »Ich weiß. Doch andererseits ließ ich die beiden ungern allein. Donald weiß kaum, wo bei einem Bogen unten und oben ist. Und das Wild in dieser Gegend ist sehr wachsam gegenüber Jägern. Ich mag sie nicht verlassen und bleiben mag ich auch nicht, wenn wir ihnen zu viel wegessen.«

»Ich wünschte, wir könnten ihnen irgendwie helfen. Hier, trink das.« Sie hielt ihm einen Krug hin.

»Ein Rezept von Kirsty. Ein Gebräu aus Flechten und Ale. Sie behauptet, es sei ein Heilmittel gegen alles. Sie macht sich Sorgen, ihr könntet euch bei der Jagd erkältet haben.«

Stephen nippte von der heißen Flüssigkeit. »Und du? Hast du dir auch Sorgen gemacht?«

Sie lächelte. »Ein bißchen wegen Donald. Doch ich dachte mir, du kannst ganz gut auf euch beide aufpassen.«

Er wollte etwas darauf erwidern; doch das Getränk, von dem er nun einen kräftigen Schluck nahm, lenkte ihn ab. »Du, das Zeug ist wirklich gut. Meine Kopfschmerzen sind sofort besser geworden.«

Sie runzelte die Stirn. »Ich wußte gar nicht, daß du Kopfschmerzen hast.«

»Seit mich der Pfeil deines Bruders am Hinterkopf traf, sind sie mir nicht mehr vergangen.« Er wechselte das Thema: »Sind diese Flechten schwer zu finden?«

»Keineswegs.«

Stephens Augen leuchteten auf. »Donald hat mir heute erzählt, wir wären gar nicht weit weg von einer Stadt. Er wollte seinen Sohn zum Taufen dorthin bringen. Wenn wir beide ein Faß von diesem Zeug brauen könnten, würden wir das vielleicht in der Stadt verkaufen können.«

»Eine gute Idee!« In Gedanken machte sie bereits Pläne.

Bis zum Einbruch der Nacht jagten sie nach Flechten. Donald nahm das bißchen Geld, das er noch hatte, und ritt mit einem Zugpferd in die Stadt, um noch mehr Ale zu besorgen. Alicia blieb in Stephens Nähe. Zum erstenmal fühlte sie sich bei ihm geborgen, ohne sich dem Verlangen ihres Körpers hinzugeben. Das war eine ganz neue Erfahrung für sie.

Am nächsten Morgen spannten sie schon in aller Frühe die Pferde ein und fuhren in die kleine, von einer Mauer umfriedete Stadt. Hier schienen sich Hunderte von Läden und winzige Häuser zusammenzudrängen, daß kaum noch Luft blieb zum Atmen. Das machte Alicia so beklommen, daß sie sich zurücksehnte in das freie Gelände vor der Stadt.

Sie hatte in ihrem Leben nur wenige Städte gesehen. Die Kaufleute kamen in ihre Burg nach Larenston, wenn sie etwas verkaufen wollten.

Donald stellte den Wagen vor einen Torgang neben die Hauptstraße und schirrte seine Pferde aus. Sie stellten einen Topf von dem Gebräu auf die Erde und begannen, ihren Wundertrank anzupreisen. Kirsty und Alicia saßen im Wagen und hörten den Männern zu. Stephens tiefe Stimme schien die ganze Stadt auszufüllen. Er machte ein paar gewagte Versprechungen und deutete an, er sei selbst von dem Getränk geheilt worden, und zwar vom Aussatz.

Die Leute hörten ihm zu; aber keiner wollte kaufen.

»Vielleicht hast du mehr Erfolg, wenn du Räder schlägst und Saltos wie damals bei Tam«, hänselte Alicia ihren Mann.

Stephen ignorierte sie und suchte einen Mann zum Kaufen zu überreden, weil das Getränk sein Liebesleben verbessern würde.

»Vielleicht brauchst du so was – ich nicht«, erwiderte der junge Mann. Die Leute lachten und zerstreuten sich wieder.

»Ich glaube, jetzt sollte ich es mal versuchen«, sagte Alicia und knöpfte ihr Kleid auf.

»Alicia!« protestierte Kirsty, »du tust doch nichts, was Stephen erzürnen könnte?«

Sie lächelte. »Vermutlich doch. Ist das tief genug?«

»Mehr als genug«, erwiderte Kirsty, als sie den halb entblößten Busen von Alicia sah. »Donald riß mich an den Haaren, wenn ich mich so den Männern zeigte.«

»Die Engländerinnen tragen noch tiefer ausgeschnittene Kleider«, entgegnete Alicia.

»Aber du bist doch keine Engländerin!«

Alicia lächelte nur in sich hinein und stieg auf der anderen Seite aus dem Wagen.

Stephen lächelte überrascht, als die Leute auf diese Seite hinüberdrängten. Und Alicia pries das Getränk erst als Mittel gegen Beulen an.

»Ist deine Frau unglücklich?« rief Alicia. »Vielleicht ist das deine Schuld. Wenn du von dieser Arznei trinkst, wirst du zum kräftigsten Mann in dieser Stadt werden. Und als Liebestrank ist diese Arzenei unübertroffen.«

»Glaubst du, das Zeug verschafft mir auch so eine Frau, wie du eine bist?« rief ein Mann.

»Nur, wenn du ein ganzes Faß davon trinkst«, gab Alicia schlagfertig zurück.

Die Menge lachte.

»Ich glaube, ich werde den Saft mal versuchen«, sagte ein anderer Mann.

»Und ich kaufe etwas davon für meinen Mann«, sagte eine Frau und eilte an das vordere Ende des Wagens, wo Donald und Stephen darauf warteten, das Gebräu an die Käufer zu verteilen.

Eine Weile lang war Stephen nur noch damit beschäftigt, die Behälter, die ihm die Stadtleute zureichten, mit dem Wundertrank zu füllen und Pfennige einzusammeln. Er war stolz auf Alicias Erfolg als Verkäuferin und geschmeichelt, daß sie so gut ankam bei den Städtern. Er grinste bei dem Gedanken, daß eine englische Lady sich als Marktschreierin ihr Geld verdiente.

Dann wurde er stutzig, als er das tiefe, anzügliche Lachen der Männer hörte. Einer von ihnen hielt ihm den Becher ihn und drehte sich zum Nebenmann. »Sie gab mir zu verstehen, daß wir uns am Stadtbrunnen treffen sollten.«

Stephens Gesicht wurde zu Eis. »Hat sie dir auch gesagt, daß sie bereits einen Mann hat?« fragte er mit drohender Stimme.

Der Mann sah zu Stephen, betrachtete das hübsche Gesicht und die Herausforderung zu einer tödlichen Auseinandersetzung, und wich zurück. »Gib nicht mir die Schuld. Sie brachte mich auf die Idee.«

»Tod und Verdammnis!« fauchte Stephen und schleuderte die Kelle in das Gebräu. Was, zum Henker, bildete sie sich eigentlich ein?

Er blieb wie festgenagelt stehen, als er um die Ecke des Wagens bog. Sie hatte ihr Hemd aufgeknöpft und einen Gutteil ihrer hohen, festen Brüste entblößt. Sie hatte das Plaid abgelegt, und ihr Rock klebte an den Hüften. Sie ging an der Seite des Wagens auf und ab und hatte die Hände in die Seiten gestemmt. Und dabei wackelte sie sehr graziös mit dem Hinterteil.

Zunächst war er so geschockt, daß er sich nicht zu bewegen vermochte. Dann war er mit zwei großen Schritten bei ihr, packte sie am Arm und zog sie in den Torweg hinter dem Wagen. »Was, zum Kuckuck, soll das bedeuten?« stieß er zwischen zusammengebissenen Zähnen hervor.

»Daß ich den Wundertrank verkaufe«, erwiderte sie ruhig. »Donald und du hattet ja wenig Erfolg. Deshalb dachte ich, ich sollte etwas für den Absatz unserer Ware tun.«

Er ließ ihren Arm los und fing an, ihre Bluse zuzuknöpfen.

»Du hast es genossen, wie?« fauchte er wütend, »dich vor den Leuten wie ein Freudenmädchen aufzuführen!«

Sie sah ihn an und lächelte vergnügt. »Du bist wohl eifersüchtig, wie?«

»Natürlich nicht! Nur diese alten Männer kommen auf schmutzige Gedanken, wenn sie dich so sehen!«

»O, Stephen, das ist . . . das ist, ich weiß nicht; aber irgendwie freut es mich, daß du eifersüchtig bist.«

»Du freust dich?« fragte er verwirrt. Er packte sie und küßte sie wild, hungrig und besitzergreifend.

Plötzlich brüllte eine Stimme, daß die Mauern der Häuser zu beben schienen: »Wo ist dieses Ding, das den Wundertrank verkauft?«

Alicia löste sich widerstrebend aus Stephens Umarmung und sah ihn verdutzt an.

»Wo ist sie?« dröhnte die Stimme abermals.

»Das ist der MacGregor«, flüsterte sie. »Ich habe seine Stimme schon einmal gehört.«

»Du kannst nicht vortreten und dich dem Klanchef stellen!« warnte Stephen.

»Warum nicht? Er hat mich noch nie gesehen. Er wird mich nicht erkennen. Und wie könnte ich seinen Wunsch abschlagen? Ich befinde mich auf dem Land der MacGregors.«

»Hier bin ich!« rief sie und trat aus dem Torweg. Der MacGregor saß auf seinem Pferd und sah belustigt auf sie hinunter. Er war ein kräftiger, großer Mann mit grauen Schläfen und energischem Kinn. Seine grünen Augen funkelten lebhaft über einer gebogenen Nase. »Und wer will mich sprechen?« fragte sie hochmütig.

Der MacGregor warf den Kopf zurück und lachte dröhnend.

»Seit wann erkennst du deinen eigenen Laird nicht?« sagte er, und seine Augen färbten sich einen Hauch dunkler. Sie glichen funkelnden Smaragden.

Sie lächelte süß zu ihm hinauf. »Ist das der Laird, der seine eigenen Klangenossen nicht erkennt?«

Er verlor sein Lächeln nicht. »Du bist eine kecke Dirne. Wie ist dein Name?«

»Alicia«, sagte sie stolz, als wäre der Name eine Herausforderung, »genauso wie die Chefin des Klans MacArran.«

Die Augen des MacGregor wurden hart. »Sprich nicht den Namen dieser Frau in meiner Gegenwart aus.«

Alicia stemmte die Hände auf die Hüften. »Warum nicht? Weil du das Zeichen dieser Frau noch auf deinem Leib trägst?«

Plötzlich wurde es totenstill ringsum. Die Menge hielt den Atem an.

»Alicia«, hauchte Stephen entsetzt und legte ihr den Arm auf die Schulter.

Der MacGregor hielt seine Hand hoch. »Du bist nicht nur keck, sondern hast auch Courage. Kein anderer hat es bisher gewagt, mich an jene Nacht zu erinnern.«

»Sag mir, weshalb wurdest du so zornig über so ein kleines Mal?«

Der MacGregor schwieg still und schien über sie und ihre Frage nachzudenken. »Offensichtlich weißt du eine Menge darüber.« Die zornige Aufwallung, die sich in seinen Augen spiegelte, ließ nach. Er sagte lächelnd: »Ich glaube, es lag an der Frau. Wäre sie dir nur ein bißchen ähnlich gewesen, hätte ich dieses Mal vermutlich mit Stolz getragen. Doch ein MacGregor läßt sich nicht von einer häßlichen Hexe den Körper verstümmeln.«

Alicia wollte darauf etwas erwidern, doch Stephen faßte sie um die Taille, daß sie keine Luft mehr bekam. »Verzeiht meiner Frau«, sagte er. »Sie neigt dazu, ein bißchen vorlaut zu sein.«

»Das ist sie«, meinte der MacGregor mit einem lebhaften Kopfnicken. »Ich hoffe, du hast sie fest in der Hand.«

»Das seht ihr doch«, antwortete Stephen lachend.

»Ich mag eine Frau mit Temperament«, sagte der MacGregor. »Deine Frau ist nicht nur schön, sondern hat auch einen guten Kopf auf den Schultern.«

»Nur hin und wieder wäre es mir lieber, wenn sie ihre Gedanken für sich behielte.«

»Das bringen nur wenige Frauen fertig. Einen guten Tag wünsche ich euch beiden noch!« Damit lenkte der MacGregor sein Pferd vom Wagen fort.

»Tod und Verdammnis!« fluchte Alicia, während sie sich wütend zu Stephen umdrehte.

Stephen packte ihren Arm und zog sie wieder hinter den Wagen. »Alicia«, sagte er geduldig, »begreifst du nicht, was du hättest anrichten können? Ich traue dir zu, daß du dich als Laird des Klans MacArran offenbart hättest!«

»Und wenn schon«, sagte sie schnippisch. »Du hast doch gehört, was er sagte . . .«

Er fuhr ihr ins Wort: »Was ein Mann zu einem hübschen Mädchen sagt und was er tun muß, wenn er eine Menge als Zeugen hat, sind zweierlei Dinge. Hast du Kirsty und Donald vergessen? Sie gaben uns Schutz und Nahrung!«

Zu seinem Erstaunen lehnte sich Alicia an ihn und flüsterte: »Du hast ja recht, Stephen. Ob ich jemals etwas dazulerne?«

Er hielt sie an sich gedrückt und streichelte ihre Haare.

»Werde ich mich jemals so beherrschen können, daß ich das Amt eines Klanchefs der MacArran auch verdiene?«

»Das wirst du, mein Liebling«, flüsterte er. »Du hast den Willen dazu, und eines Tages – bald – hast du dieses Ziel erreicht.«

»Alicia?«

Sie sahen beide hoch, und Donald stand lächelnd über ihnen auf dem Wagen. »Kirsty läßt euch fragen, ob ihr bereit seid, den Priester zu empfangen. Wir wollen das Kind noch vor Sonnenuntergang taufen lassen, und ihr sollt Taufpaten sein.«

Stephen lächelte: »Natürlich sind wir bereit.« Er sah, daß irgend etwas den jungen Mann bedrückte. Und warum hatte Donald zuerst Alicia angesprochen? Da kam ihm die Idee, daß Donald ihr Gespräch belauscht haben konnte. Er wußte vermutlich, daß sie die Chefin der MacArrans war. Und er schloß daraus, daß er sie nicht verraten wollte.

11. Kapitel

Das Kind war getauft. Sie hatten die Stadt wieder verlassen und fuhren zwei Tage lang im mäßigen Tempo weiter nach Süden. Alicia wollte nicht, daß Kirsty ihren bequemen Sitz im Kastenaufbau verließ; doch Kirsty lachte sie nur aus. Stephen meinte,

Kirsty handelte aus reiner Notwehr, nachdem sie Alicias Kochkünste hatte über sich ergehen lassen müssen.

»Das ist das schlimmste Kaninchenragout, das ich in meinem Leben gegessen habe«, sagte Stephen.

»Kaninchen?« gab Alicia geistesabwesend zur Antwort. Sie hielt das Baby auf den Armen, das die rötlichen Reflexe der untergehenden Sonne auf ihrer Brosche bestaunte. »Oh, nein!« rief sie, und ihr Gesicht verfärbte sich allerliebst. »Die hängen doch noch seitlich am Wagen. Ich ...«

Stephens Gelächter schnitt ihr das Wort ab. »Was ist aus der klugen Frau geworden, die ich heiratete?«

Alicia lächelte selbstbewußt. »Die ist noch da. Jeder kann kochen. Ich kann ...« Sie hielt inne und sah verwirrt um sich.

»Wir warten«, sagte Stephen.

»Hör auf, sie zu necken«, sagte Kirsty verhalten. »Wenn man so schön ist wie du, Alicia, muß man nicht kochen können. Zudem bist du mutig, furchtlos und sehr praktisch veranlagt ...«

Alicia lachte. »Da hörst du es, Stephen. Es gibt noch Leute, die etwas Nützliches an mir entdecken.«

»Oh«, meinte Kirsty lächelnd, »er weiß dich zu schätzen, Alicia. Ich glaube, ich habe noch nie zwei Leute gesehen, die so ineinander verliebt waren wie ihr beide.«

Alicia sah betroffen von dem Baby auf, und Stephen musterte sie auf eine Weise, die Alicia an ihr erstes Zusammentreffen im Schreibzimmer von Sir Thomas erinnerte.

»Sie ist hübsch, nicht wahr?« sagte Stephen. »Wenn sie doch nur kochen könnte!«

Er lachte: »Laß mich mal mein Patenkind eine Weile halten. Er verbringt viel zuviel Zeit mit den Frauen.« Er lachte abermals über die Antwort, die ihm Alicia darauf gab.

Am nächsten Abend erreichten sie das Elternhaus von Kirsty, das typische Heim eines Kleinbauern – weißgetünchte Mauern mit einem Strohdach darüber. Ein paar Gerstenfelder waren in der Nähe, und ein paar Schafe und Kühe grasten beim Haus.

Kirstys Eltern kamen aus der Hütte, um sie zu begrüßen. Ihr Vater Harben war ein untersetzter, knorriger Mann, dessen rechter Arm bis zur Schulter hinauf amputiert war. Sein Gesicht war fast gänzlich hinter einem wuchernden Vollbart und grauen Haaren versteckt. Doch was daraus hervorlugte, schien von Bärbeißigkeit geprägt.

Nesta, Kirstys Mitter, war ein winziges schmächtiges Ding, das die grauen Haare straff zurückgekämmt trug. Sie war das Gegenteil von Harben, von überschäumender Herzlichkeit. Sie drückte das Baby, Kirsty und Alicia auf einmal an sich und bedankte sich immer wieder bei Stephen und Alicia, daß sie ihr einziges Enkelkind so glücklich zur Welt befördert hatten. Und dabei küßte sie Stephen genauso begeistert wie Donald.

Stephen fragte, ob sie über Nacht bleiben könnten, ehe sie morgen früh weiterzogen.

Harben machte ein Gesicht, als sei er gröblich beleidigt worden. »Nur eine Nacht willst du bleiben?« grollte er. »Was bist du für ein Mann? Deine Frau ist ja nur noch Haut und Knochen, und wo bleiben deine Kinder?« Er wartete Stephens Antwort nicht ab. »Das Zeug, das ich selbst brenne, wird dafür sorgen, daß sich was regt in ihrem flachen Bauch.«

Stephen nickte, als habe er soeben große Weisheit erfahren: »Und da habe ich mir doch die ganze Zeit überlegt, was noch fehlen könnte, daß sie schwanger wird; aber so was ist mir nie eingefallen!«

Harben gab einen Laut von sich, den man als Lachen deuten konnte: »Kommt herein und seid willkommen!«

Nach einem schlichten Abendbrot mit Milch, Butter, Käse und Gerstenbrot saßen sie alle um das Torffeuer im einzigen Raum des Hauses. Stephen schnitzte ein Spielzeug für sein Patenkind, Rory Stephen. Alicia kauerte auf dem Lehmboden und lehnte ihren Kopf an seine Knie. Kirsty und ihre Mutter saßen an der gegenüberliegenden Seite, Donald und Harben direkt am Herd.

Donald, der bereits einige Kostproben seines Erzählertalents geliefert hatte, gab eine hinreißende Beschreibung von Alicias Verkaufsmethoden und Stephens Reaktionen auf ihre Anziehungskraft für die Kundschaft. Und er rundete die Schilderung mit einem Bericht über das Zusammentreffen von Alicia mit dem MacGregor ab.

Alicia lachte genauso darüber wie die anderen Zuhörer.

Plötzlich sprang Harben auf und warf seinen Schemel dabei um.

»Vater«, sagte Kirsty mit einem besorgten Blick auf ihn, »tut der Arm wieder weh?«

»Oh, aye«, sagte er verbittert, »er hat nie aufgehört, weh zutun, seit der MacArran ihn mir abhackte.«

Sofort legte Stephen warnend eine Hand auf Alicias Schulter.

»Dafür ist jetzt nicht der richtige Zeitpunkt«, sagte Nesta.

»Nicht der richtige Zeitpunkt?« rief Harben. »Schaut euch das an!« fuhr er fort, an Alicia und Stephen gewandt, während er auf seinen leeren Ärmel deutete, »was kann ein Mann schon tun ohne seinen rechten Arm? Der MacArran hackte ihn mir ab. Vor sechs Jahren überfiel er meine Rinder und nahm auch den Arm mit.«

»Vor sechs Jahren«, flüsterte Alicia. »Hat nicht auch der MacGregor unsere Weiden geplündert und dabei vier Männer getötet?«

Harben winkte mit seiner Hand ab. »Geschah ihm recht. Warum mußte er unsere Rinder stehlen!«

»Sollte der MacArran still zu Hause sitzen, während auf den Weiden seine Männer getötet wurden? Sollte er nicht Rache üben dürfen für diesen Verlust?«

»Alicia . . .«, warnte Stephen.

»Laß sie reden!« schnaubte Harben. »Sie hat ihren eigenen Kopf. Was weißt du von dem MacArran?«

»Er . . .«

Kirsty fiel Alicia ins Wort: »Sie wohnt direkt an der Grenze von MacArrans Land.«

»Oh, da mußt du eine Menge ausgestanden haben«, sagte Harben voll Mitgefühl. »Haben sie dich schlimm behandelt?«

»Überhaupt nicht«, sagte Alicia lächelnd.

»Donnerwetter! Du mußt mir erzählen, wie du das vermeiden . . .«

Kirsty stand von ihrem Schemel auf. »Ich glaube, es ist höchste Zeit, daß wir ins Bett kommen. Wir müssen morgen in aller Frühe die Kühe melken.«

»Aye«, sagte Harben, »mit jedem Jahr fängt der Tag ein bißchen früher an.«

Später, als Alicia und Stephen eng aneinandergeschmiegt unter ihren Plaids auf einem Strohsack lagen, sagte sie: »Halte mir jetzt bitte keinen Vortrag!«

Er zog sie noch enger an sich. »Das hatte ich nicht vor. Ich würde gern zuhören, wie du dich mit dem alten Harben streitest. Ich wette, da hast du jemand gefunden, der dir gewachsen ist. Keiner von euch würde an dem Klan des anderen ein gutes Haar lassen.«

Er küßte sie, als sie ihm darauf eine Antwort geben wollte. Und dann schliefen sie friedlich ein.

Ein Reiter brachte am nächsten Morgen eine Nachricht, die Stephens Pläne, Harbens Hütte wieder zu verlassen, umstürzte. Es war bekannt geworden, daß die MacArran und ihr englischer Ehemann vermißt wurden. Der MacGregor hatte eine großzügige Belohnung für ihre Ergreifung ausgesetzt.

Stephen griente, als er Harben sagen hörte, er würde dieses häßliche Hexenweib mit Freuden dem MacGregor ausliefern. Das Grinsen verging ihm, als Harben ihren englischen Gatten als einen wertlosen Pfau beschrieb, der die Erde nicht verdiente, unter der man ihn verscharren würde. Stephen schnitt ein finsteres Gesicht, als Alicia Harbens Meinung über den Engländer teilte und ihn ermunterte, immer schlimmere Dinge über die Engländer zu sagen, bis Kirsty die Tiraden ihres Vaters unterbrach.

»Das zahl ich dir heim«, flüsterte Stephen, als sie zum Anbau gingen, wo die Kühe gemolken werden sollten.

»Indem du mich auf typisch englische Art mit deiner Lüsternheit verfolgst?« neckte Alicia ihn und ging mit schwingenden Hüften vor ihm her.

Stephen wollte etwas erwidern, fühlte sich aber plötzlich sehr lüstern. Er lächelte ihr zu und ging zu einer Kuh.

Alicia hatte von Kindheit an viel Zeit in den Hütten ihrer Bauern verbracht und war mit der Farmarbeit vertraut. Stephen wußte nur, wie man bewaffnete Männer anzuführen hatte. Er saß auf einem Schemel neben der Kuh und betrachtete verwirrt ihr Euter.

»Das macht man so«, sagte Kirsty leise zu ihm und zeigte, wie man Milch aus einer Kuh herauspreßte. Sie überhörte sein Fluchen, weil er mehr Milch über seine Beine spritzte als in seinen Eimer.

Später verteilten sie die Milch gleichmäßig auf alle Eimer, und Nesta wunderte sich über die ungewöhnlich niedrige Ausbeute. Doch sie lächelte nur und schickte sie weiter auf die Felder.

Das Wintergemüse sollte eingebracht und die Steinzäune mußten ausgebessert werden. Donald und Alicia sahen sich lächelnd an, als Stephen sich beim Anblick der Steine freute wie ein Kind. Hier war endlich etwas, wo er wirklich zupacken konnte. Er trug mehr Steine herbei, als die anderen zu verarbeiten vermochten. Er wuchtete einen Stein hoch, den man schon eher als Felsblock bezeichnen konnte, und Kirsty gab Alicia einen Rippenstoß: Harben betrachtete Stephen mit ehrfürchtigen Augen. »Ich glaube, mit so einem Mann könntest du ein Haus bauen, das so groß ist wie eine Burg«, sagte sie leise.

»Vielen Dank«, erwiderte Alicia, und abermals hatte sie das Gefühl, daß Kirsty mehr wußte, als sie sich anmerken ließ.

Am Abend kam eine sehr müde Gruppe wieder in die warme Kate zurück. Aber sie waren auch eine glückliche Horde, die sich gegenseitig neckte und sich vor Lachen ausschüttete, als Donald erzählte, wie Stephen Steine gewuchtet und Kühe gemolken hatte. Der alte Harben zündete sich eine Pfeife an und stemmte einen Ellenbogen auf sein Knie. Zum erstenmal seit Jahren dachte er nicht mehr an den Tag, als er seinen rechten Arm verlor.

Zwei Tage später suchten Kirsty und Alicia Flechten auf der

anderen Seite des Felsenriffs hinter dem Haus. Rory Stephen schlief, eingehüllt in ein wärmendes Plaid, in einem Korb neben dem Fluß. Es hatte während der Nacht ein wenig geschneit, und die Frauen ließen sich Zeit mit dem Sammeln. Sie lachten, redeten von der Farm und von ihren Männern. Alicia hatte sich nie freier in ihrem Leben gefühlt. Sie hatte keine Verantwortung zu tragen, keine Sorgen.

Plötzlich erstarrte sie an der Stelle, wo sie gerade stand. Sie hatte zwar nichts Verdächtiges gehört; doch da war etwas in der Luft, das sie vor einer Gefahr warnte. Sie hatte nicht umsonst jahrelang mit den Männern geübt.

»Kirsty«, sagte sie leise – es war die Stimme des Befehls.

Kirstys Kopf ruckte hoch.

»Verhalte dich ganz still. Verstehst du mich?« Sie war nicht mehr die lachende Frau, sondern die MacArran.

»Rory«, flüsterte Kirsty mit geweiteten Augen.

»Hör mir zu und gehorche«, sagte Alicia leise und eindringlich. »Geh dort drüben in das Dickicht und versteck dich dort!«

»Rory«, wiederholte Kirsty.

»Du mußt mir vertrauen!« sagte Alicia mit fester Stimme.

Ihre Blicke kreuzten sich. »Ja«, sagte Kirsty. Sie wußte, sie konnte dieser Frau vertrauen, die zu ihrer Freundin geworden war. Alicia war stärker und schneller als sie, und Rory bedeutete ihr zuviel, als daß sie ihn mit der Eitelkeit einer Mutter in Gefahr bringen durfte. Sie drehte sich um und watete durch die Halme bis zu einer Stelle im Dickicht, die ihr einen Blick auf den Korb erlaubte. Sie wußte, Alicia hatte eine viel größere Chance, mit Rorys Korb zu entfliehen. Männer würden sie, die viel schwächer war als Alicia, in wenigen Sekunden einholen.

Alicia stand ganz ruhig da und wartete – sie wußte nur noch nicht, auf was.

Das Wasser war reißend, und sein Geräusch überdeckte die Hufschläge der Pferde. Vier Reiter kamen um das Felsenriff herum, ehe Kirsty richtig Zeit hatte, sich zu verstecken. Es waren Engländer, bekleidet mit dicken, gesteppten Anzügen. Ihre Wämser waren fadenscheinig, ihre Hosen geflickt und ihre Augen hungrig.

Sie sahen Alicia sofort, und sie bemerkte das Licht, das in ihre Augen trat. Rory begann zu schreien, und sie rannte zum Korb und nahm das Baby auf den Arm.

»Was haben wir denn da?« sagte ein blondhaariger Mann, während er sein Pferd direkt vor sie hintrieb.

»Eine Schönheit auf schottischen Mooren«, lachte ein zweiter, während er sein Pferd direkt hinter sie lenkte.

»Schau dir das Haar an!« sagte der erste.

»Die schottischen Frauen sind durchweg Huren«, sagte ein dritter Mann. Er und der vierte schlossen den Kreis um Alicia.

Der Mann vor ihr trieb sein Pferd so lange auf sie zu, bis sie zurückweichen mußte. »Sie sieht mir nicht sehr verschreckt aus«, sagte er. »Tatsächlich schaut sie aus, als flehte sie mich an, ihr diesen hochmütigen Blick abzugewöhnen. Frauen sollten kein gespaltenes Kinn haben«, fügte er lachend hinzu. »Das schickt sich nicht für sie.«

»Schwarzes Haar und blaue Augen«, sagte der zweite Mann. »Wo habe ich so was schon mal gesehen?«

»Ich glaube, ich würde mich sofort daran erinnern, wenn ich sie schon mal gesehen hätte«, sagte der Dritte, zog sein Schwert und setzte dessen Spitze in das Grübchen an ihrem Kinn.

Sie sah mit harten, glasklaren Augen zu ihm hoch, während sie ihre Lage überdachte.

»Gütiger Himmel!« sagte der zweite Mann, »jetzt fällt es mir wieder ein, wo ich sie gesehen habe!«

»Wen kümmert das«, sagte der erste Mann, der sich aus dem Sattel schwang. »Ich möchte mir diese Kost nicht entgehen lassen, egal, wer sie ist!«

»Warte!« rief der zweite Mann. »Sie ist die MacArran. Ich sah sie in Sir Thomas Crichtons Haus. Erinnert ihr euch, daß sie dort einem der Ascotts angetraut werden sollte?«

Der Mann, der vor Alicia aus dem Sattel gestiegen war, trat

zurück. »Ist das wahr?« fragte er leise und offensichtlich beeindruckt.

Sie starrte ihn nur an und versuchte, das Baby zu beruhigen.

Einer der Männer, die noch im Sattel saßen, lachte. »Schau sie dir doch an! Sie kann gar keine andere sein als die MacArran! Hast du schon mal eine Frau mit so einem stolzen Blick gesehen? Ich hörte, daß ihretwegen sogar dieser Ascott ein Turnier überstehen mußte, obwohl König Heinrich sie ihm als Frau versprochen hatte.«

»Das stimmt«, sagte der zweite Mann. »Aber wenn du sie anschaust, begreifst du auch, weshalb Ascott bereit war, ihretwegen zum Schwert zu greifen.«

»Lady Alicia«, sagte der erste Mann, denn ihr Name war in den besseren Kreisen Englands gut bekannt, »wo ist Lord Stephen?«

Alicia gab ihm keine Antwort. Ihre Augen zuckten kurz in die Richtung, wo das Haus hinter der Felsbarriere versteckt lag. Das Baby begann zu wimmern, und sie drückte ihre Wange gegen seinen Kopf.

»Was für eine Beute!« sagte der vierte Mann, der sich bisher zurückgehalten hatte. »Was sollen wir nun mit ihr anstellen?«

»Sie den Ascotts übergeben«, sagte der erste Mann. »Ich bin sicher, Stephen sucht gerade nach ihr.«

»Und wird uns reich dafür entlohnen, daß wir sie ihm wieder zustellen«, sagte ein anderer und lachte.

Der vierte Mann trieb sein Pferd heran, bis Alicia abermals zurückweichen mußte. »Aber was ist mit ihrem Klan?« sagte er nachdenklich. »Die MacArrans sind doch mit den MacGregors verfeindet! Sie befindet sich auf MacGregors Land.«

»Charles«, sagte der erste Mann bedächtig, »ich glaube, dir kommt da eine gute Idee. Sie muß sich hier offensichtlich versteckt haben. Und wessen Kind ist das?« Diese Frage war an Alicia gerichtet.

»Solange ist sie noch nicht mit Ascott verheiratet, um schon jetzt ein Kind von ihm zu haben. Vielleicht rannte sie ihm davon, um das Kind eines anderen auf die Welt zu bringen.«

Der zweite Mann lachte. »Dann wird er eine Menge Gold für sie bezahlen. Dafür wird er sie in Öl kochen, möchte ich meinen.«

»Wie wäre es, wenn wir für sie von allen dreien Lösegeld forderten – von ihrem Klan, dem MacGregor und Stephen Ascott?«

»Und uns mit ihr vergnügen, bis das Lösegeld eintrifft«, lachte der dritte Mann.

Kirsty sah vom Dickicht am Flußufer aus zu. Ihre Augen schwammen in Tränen, und ihre Unterlippe war blutig von ihren Zähnen. Sie wußte, daß Alicia sich hätte retten können. Die Klippe hinter ihr war nicht zu steil für eine kräftige Frau; doch die Pferde hätten sie nicht erklimmen können. Nur mit dem Baby hätte sie es nicht geschafft. Sie brauchte beide Arme zum Klettern. Solange sie das Baby in den Armen hielt, konnte sie den Männern nicht entrinnen.

»Mir gefällt dieser Vorschlag«, sagte der erste Mann und trat an Alicia heran. »Wir tun Euch nichts, wenn Ihr mit uns zusammenarbeitet. Nun gebt mir das Kind.« Er redete mit ihr, als habe sie nicht verstanden, was sie vorher unter sich ausmachten. Als Alicia vor ihm zurückwich, runzelte er die Stirn. »Wir wissen, daß dieses Kind kein Ascott ist. Ist es da nicht besser, es gleich zu beseitigen?«

Alicia sah ihn fest an. »Wenn du mir oder meinem Kind ein Leid antust, werden mein Klan und alle Ascott-Brüder über euch herfallen«, sagte sie gelassen.

Der Mann sah sie einen Moment verblüfft an. Dann faßte er sich wieder: »Versucht Ihr, uns einzuschüchtern?« Er rückte wieder einen Schritt näher. »Gebt mir das Kind!«

»Komm mir nicht näher«, sagte Alicia drohend.

Einer der Männer im Sattel lachte. »Du solltest dich vorsehen. Ihre Blicke könnten töten!«

Der Mann hinter ihm glitt vom Pferd. »Brauchst du Hilfe?« sagte er ruhig.

Die anderen beiden blieben im Sattel und drängten nur ihre Pferde näher an Alicia.

Alicia verlor nicht die Nerven. Sie konnte das Kind nicht absetzen und konnte nicht an ihren Dolch. Ihre einzige Chance bestand darin, den Engländern davonzurennen, die an ein Leben auf dem Pferderücken gewohnt waren. Sie wich dem ersten Engländer mühelos aus, drückte den Säugling an sich und rannte los.

Doch selbst eine Schottin konnte es mit einem schnellen Pferd nicht aufnehmen.

Einer der beiden Reiter schnitt ihr mit dem Pferd den Weg ab. Sein boshaftes Gelächter drang bis über die Klippe. Rory begann zu schreien, als Alicia ihn fest an sich drückte. Sie wußte, daß die Männer den Säugling töten würden, sobald sie ihn auf die Erde setzte.

Die Männer kreisten sie abermals ein. Einer packte sie bei der Schulter und stieß sie gegen den Mann, der hinter ihr stand.

Plötzlich erschien ein Pfeil aus dem Nirgendwo und bohrte sich in die Brust des Mannes, der gerade wieder die Hand nach Alicias Schulter ausstrecken wollte.

Die anderen drei verharrten wie betäubt und starrten auf ihren Komplicen, der leblos vor ihnen im Gras lag.

Alicia verlor keine Zeit damit, nachzudenken, wer der Schütze sein konnte. Sie nützte die Betäubung der Männer aus, um auf die Klippe zuzulaufen.

Die Männer blickten sich um, suchten den Ursprung des Pfeils und sahen, wie ein Schotte sich zwischen den Steinen aufrichtete. Ein zweiter Pfeil schwirrte von seinem Bogen. Der andere Mann zu Fuß brach neben seinem Pferd zusammen. Die beiden Männer, die noch im Sattel saßen, rissen ihre Pferde herum und galoppierten in die Richtung, aus der sie gekommen waren.

Stephen kletterte behende den Felsen herunter. Rab rutschte hinter ihm her. Der Hund hatte ihn alarmiert. Im Rennen lud Stephen seinen Bogen nach. Einer der beiden Berittenen kippte aus dem Sattel. Der Pferd schleifte seinen Herrn hinter sich her, als dieser sich im Steigbügel verfing. Stephen verfolgte den letzten noch lebenden Reiter.

Langsam kroch Kirsty aus ihrem Versteck. Sie war noch zu

sehr geschockt, um sich rasch bewegen zu können. Alicia kam ihr auf halbem Weg entgegen. Kirsty nahm ihr das Baby ab, strich zärtlich über dessen Gesicht und sah, daß Donald nun ebenfalls über die Klippe herunterkam. Sie reichte das Kind dem Vater und fiel dann Alicia um den Hals. Sie flog am ganzen Körper.

»Du hast ihm das Leben gerettet«, sagte sie erschüttert. »Du hättest dich retten können, tatest es aber nicht! Du hast dein Leben für mein Kind aufs Spiel gesetzt.«

Doch Alicia hörte kaum auf sie. Sie blickte zu der Stelle, wo Stephen mit dem Bogen gestanden hatte. »Er hat Engländer getötet!« flüsterte sie immer wieder, erfüllt von einem Glück, das mit Staunen vermischt war. Stephen hatte Engländer getötet, um sie und ein schottisches Baby zu beschützen!

Donald legte eine Hand auf Alicias Schulter. »Ihr und Stephen werdet weiterziehen müssen«, sagte er traurig.

»Oh, Donald, bitte nicht!« flehte Kirsty.

»Nein, es muß sein. Die Männer . . .«, er hielt im Satz inne, als er Stephen zurückkommen sah.

Alicia ging auf ihn zu, als wäre sie im Trance. Sie betrachtete ihn bang, vermochte aber kein Blut an seinem Körper zu entdecken. Er war verschwitzt vom Laufen, und sie wollte ihm die Stirn abwischen. »Haben sie dich verletzt?« fragte sie leise.

Er starrte sie an und riß sie dann an seine Brust. »Das war sehr tapfer, was du gemacht hast, um das Baby zu retten«, sagte er. Ehe sie etwas erwidern konnte, war Donald bei ihnen. »Stephen? Was wurde aus dem vierten Mann?«

»Er ist mir entkommen«, sagte Stephen, während er mit beiden Händen über Alicias Rücken strich, als wollte er fühlen, daß sie auch sicher bei ihm war. Kirsty und Donald wechselten einen Blick. »Er wird zu MacGregor reiten und es ihm melden«, sagte Donald düster.

Alicia löste sich jäh aus Stephens Umarmung. »Wie lange wißt ihr schon, daß ich die MacArran bin?« fragte sie.

»Ich wußte es vom ersten Augenblick an«, sagte Kirsty still. »Ich sah dich ungefähr vor einem Jahr, als du noch mit deinem

Vater geritten bist. Meine Mutter und ich pflückten gerade Beeren.«

»Also weiß es auch deine Mutter«, sagte Alicia und faßte nach Stephens Hand, dankbar, daß er ihre aufmunternd drückte. »Und dein Vater?«

Kirsty runzelte die Stirn. »Sein Groll sitzt zu tief, als daß er so rasch vergeben könnte. Wir wollten ihm Zeit lassen dafür. Er sollte euch erst näher kennenlernen, und danach hätten wir ihm die Wahrheit gesagt. Wir wußten, daß er mit sich kämpfen muß, weil er dich haßte.«

»Aber nun haben wir keine Zeit mehr«, sagte Donald. »Dieser entflohene Engländer wird es allen erzählen.«

»Stephen«, sagte Alicia, »wir müssen weg von hier. Wir dürfen Kirstys Familie nicht länger in Gefahr bringen.«

Er nickte. »Donald, Kirsty . . .«, hob er an.

»Nein«, unterbrach ihn Kirsty, »ihr seid die Taufpaten meines Sohnes. Daran werden wir festhalten.«

Stephen lächelte sie an. »Er könnte bei einem meiner Brüder als Pflegekind aufwachsen.«

»Bei einem Engländer?« schnaubte Alicia. »Nein, Kirsty, er kann in unserem Klan groß werden – bei den MacArrans.«

Donald grinste. »Nun zankt euch nicht wegen Rory. Wir werden noch mehr Knaben in die Welt setzen, damit jeder zu seinem Recht kommt. Und nun nehmt die englischen Pferde und reitet zu Stephens Bruder. Noch habt ihr Zeit, euch vor dem Weihnachtsfest bei ihm einzufinden.«

»Kirsty«, sagte Alicia, und Kirsty drückte sie fest an sich, »was werden die Leute sagen, wenn ich ihnen erzähle, meine beste Freundin ist eine MacGregor?« Alicia lachte.

Kirsty antwortete ernst: »Du mußt zu uns zurückkommen und mit dem MacGregor verhandeln. Er ist ein guter Mann und hat eine Schwäche für hübsche Frauen. Du mußt versuchen, diese Fehde zu beenden. Schon der Gedanke, daß unsere Söhne gegeneinander kämpfen müßten, wäre mir unerträglich.«

»Mir ebenfalls«, sagte Alicia, während sie sich sacht aus der

Umarmung ihrer Freundin löste. »Ich gebe dir mein Wort, daß wir zu euch zurückkommen.«

Stephen legte den Arm um sie. »Wir müssen ja schon wegen Harbens Hausmarke wiederkommen. Sonst klappt es nicht mit uns beiden.«

Donald lachte. »Und wir beide müssen auch noch ein Hühnchen miteinander rupfen, Alicia. Wenn ich daran denke, was ich alles über die MacArran gesagt habe, während du im Laubhaufen saßt und mich auslachtest!«

»Alles, was du über sie gesagt hast, stimmte«, gab Stephen lachend zurück. »Sie ist die halsstarrigste, ungehorsamste Person, die . . .«

»Die großartigste Frau der Welt«, beendete Donald den Satz für ihn und umhalste Alicia. »Was du für meinen Sohn getan hast, kann ich gar nicht an dir gutmachen.« Er ließ sie wieder los und umarmte Stephen. »Geht jetzt, ihr beiden! Nehmt die Pferde der Engländer und macht euch auf die Reise!« Er löste sich wieder von Stephen. »Als Kirsty mir sagte, du wärst ein Engländer, glaubte ich ihr nicht. Ich kann es auch jetzt noch nicht glauben.«

Stephen lachte. »Ich bin sicher, das sollte ein Kompliment für mich sein. Kirsty, es war mir eine Ehre, dich kennenlernen zu dürfen. Ich wünschte mir, wir hätten länger bleiben können, damit meine Frau von dir gelernt hätte, wie man Männer sanft behandelt.«

Ehe Alicia eine Bemerkung machen konnte, brach Donald in ein Gelächter aus.

»Der Schein trügt, mein Freund. Sie setzt ihren Kopf genauso durch wie Alicia. Sie macht es nur auf eine andere Art.«

Sie ritten ein paar Stunden hindurch, ohne zu sehr aufs Tempo zu achten. Es sollte nicht wie eine Flucht aussehen, weil sie damit nur die Aufmerksamkeit der MacGregors auf sich gelenkt hätten. Stephen hielt unterwegs an und warf alles von dem Zaumzeug, das an einen englischen Stall erinnern konnte, in den Stechginster. Alicia überredete die Frau eines Kleinbauern, ihr einen Topf mit schwarzem Färbemittel zu verkaufen, und schwärzte damit die Blessen der Pferde. Stephen machte sich Sorgen um die Verpflegung. Er wollte dafür die Kupferpfennige ausgeben, die er in den Satteltaschen der Engländer fand, doch Alicia lachte ihn aus und erinnerte ihn daran, daß sie sich immer noch auf schottischem Boden befanden. Dort würden sie überall als Gäste empfangen, und selbst der ärmste Bauer teilte gern, was er besaß, mit einem anderen Schotten – oder jedenfalls mit jedem, der kein Engländer war. Alicia amüsierte sich auch über die abfälligen Bemerkungen, die Stephen über die Engländer machte. Die Schotten, bei denen sie zu Gast waren, zeigten ihm ihre verbrannten Felder. Ein Mann stellte ihm seinen Enkel vor, das Produkt einer Vergewaltigung seiner noch kindlichen Tochter durch einen Engländer. Stephen hörte sich die Klagen der Leute sehr genau an und antwortete in einem weichen, rollenden Akzent, der so natürlich wirkte, als sei er ihm angeboren.

Nachts rollten sie sich in ihre Plaids und liebten sich. Zuweilen sahen sie sich unterwegs an, wenn sie nebeneinander herritten, und im nächsten Moment lagen sie auf dem Boden, die Kleider um sich verstreut. Stephen brauchte Alicia nur anzusehen, und sie wußte, was er dachte. Ihre Augen fingen Feuer, und ihr Körper spürte die Wärme. Sie lächelte ihn an, wenn sein Arm ihre Taille umfing und sie herüberzog in seinen Sattel.

»Ich glaube, ich bekomme nie genug von dir«, flüsterte Stephen und knabberte an ihrem Ohrläppchen.

»Aber das liegt nicht daran, daß du deinen Appetit nicht stillen könntest«, sagte sie schnippisch, während sie die Augen schloß und ihren Kopf bewegte, damit er ihren Hals bequemer erreichen konnte. »Stephen!« rief sie mit einemmal und setzte sich auf, weil mehrere Leute von der Straße herübergafften.

»Morgen«, sagte Stephen heiter und beschäftigte sich wieder mit ihrem Hals.

Sie entzog sich ihm. »Hast du denn gar kein Schamgefühl? Wir sollten wenigstens . . .« Sie hielt inne, als sie das Licht in seinen Augen sah. »Dort drüben sind ein paar Bäume«, flüsterte sie.

Rab hielt Wache, während sie in dem kleinen Wäldchen beieinander lagen. Je mehr sie sich liebten, desto mehr war sie von Stephens Körper fasziniert. Das Licht, das durch das Laub sickerte, warf wechselnde Muster auf seine dunkle Haut, unter der seine Muskeln spielten. Sie war fasziniert von seiner Stärke und der Kraft, die in ihm war; von seiner Fähigkeit, mit einer Hand ihren Körper zu elektrisieren. Sie neckte ihn, rollte von ihm weg; doch er brauchte nur eine Hand nach ihrer Hüfte auszustrecken, und schon lag sie wieder eng an ihn geschmiegt.

Sie liebten sich in jeder nur denkbaren Position. Sie war lange genug von ihrem Klan getrennt, daß sie die schwere Last ihrer Verantwortung nicht mehr spürte, und sie fühlte sich frei und glücklich. Sie suchte Stephens Nähe genauso begierig wie er die ihre. Sie experimentierte, und ihr Körper übernahm die Kontrolle über ihr Bewußtsein. Sie lag auf dem Rücken, ihre Beine um seinen Körper geschlungen, während er auf der Seite lag. Sie zog ihn zu ihrem Schoß und stöhnte, während seine Hände ihre Knie liebkosten. Ihr ganzer Körper war ein rieselnder Schauer, wenn sie gemeinsam zum Höhepunkt kamen.

Dann lagen sie eine Weile lang still, die Glieder umeinandergeschlungen, und spürten weder den kalten Winterwind noch die feuchte, fast gefrorene Erde.

»Wie ist deine Familie?« fragte sie mit einer Stimme, in der ihre Erschütterung nachhallte.

Er lächelte und betrachtete ihren Körper, der im rechten Winkel zu seinem lag. Es gefiel ihm, daß sie genauso schwach und erschöpft aussah, wie er sich fühlte. Er erschauderte ein wenig, als eine Windbö kalte Nadeln durch seinen Körper schickte. »Zieh dich an, und wir werden ein paar Gerstenfladen backen.«

Nachdem sie sich wieder angekleidet hatten, holte Stephen eine breite Metallplatte unter seiner Satteldecke hervor und ein Säckchen Hafermehl aus der Satteltasche. Diese Metallscheibe war ihre einzige gemeinsame Anschaffung bisher. Alicia bereitete inzwischen eine Feuerstelle vor. Sie mischten das Mehl mit Wasser, während die Platte sich im Feuer erhitzte, und strichen dann den Teig dünn auf das heiße Metall. Stephen drehte den Fladen mit den Fingern um.

»Du hast meine Frage noch nicht beantwortet«, sagte Alicia, als sie das köstliche Backwerk verzehrten.

»Meine Familie.« Er hatte das Gefühl, daß es ihm gar nicht mehr so recht war, wenn er sie seinen Brüdern vorstellte. Er wollte sie nur für sich haben.

»Stephen, du hast wieder so einen komischen Blick!«

Er lächelte und drehte den nächsten Fladen um. »Gavin ist der Älteste. Dann komm ich, dann Raine und dann Miles.«

»Wie sind deine Brüder? So wie du?«

»Es ist immer schwer, sich selbst zu beurteilen. Gavin ist groß und sehr eigensinnig. Er widmet seine ganze Liebe und Kraft den Ascott-Ländereien und verbringt fast seine ganze Zeit dort.«

»Und er ist auch der einzige von deinen Brüdern, der verheiratet ist?«

»Mich vergißt du wohl, wie?« Er lachte. »Gavin und Judith sind inzwischen fast ein Jahr verheiratet.«

»Und wie ist deine Schwägerin?«

»Schön! Liebenswürdig, süß und überhaupt nicht nachtragend.« Er lachte in sich hinein. »Als Gavins Lebensgefährtin darf sie nicht nachtragend sein; denn er kennt sich mit Frauen nicht aus und bekommt daher häufig Schwierigkeiten mit ihnen.«

»Wie erfreulich, daß er als einziger von euch kein Frauenkenner ist.«

Stephen überhörte ihren Sarkasmus und fuhr fort: »Raine ist Tam sehr ähnlich, stämmig und kolossal wie unser Vater. Raine ist der . . . wie soll ich es ausdrücken . . . Gute. Herzensgut. Er kann Ungerechtigkeit nicht ausstehen. Er setzte lieber sein eigenes Leben aufs Spiel, ehe er seine Leibeigenen in Gefahr bringt oder sie durch fremde Hand umkommen läßt.«

»Und Miles?«

»Miles«, sagte Stephen lächelnd, »ist sehr still, und keiner kennt sich recht mit ihm aus. Er bleibt die meiste Zeit für sich, doch hin und wieder hat er die schlimmsten Temperamentsausbrüche, die man sich vorstellen kann. Als wir noch Kinder waren, wurde er so zornig auf einen Knappen meines Vaters, daß wir ihn zu dritt festhalten mußten.«

»Was tat denn der Knappe?« fragte sie neugierig, während Stephen ihr einen frischen Fladen servierte.

In Stephens Augen blitzte die Erinnerung auf. »Der Junge kam einem kleinen Mädchen zu nahe. Miles liebt Frauen.«

»Alle Frauen?«

»Alle«, sagte Stephen entschieden. »Und sie laufen ihm nach, als besäße er den Schlüssel zum Paradies. Ich habe noch keine Frau getroffen, die Miles nicht mochte.«

»Das scheint ja ein sehr interessanter Mann zu sein«, sagte sie und leckte sich die Finger ab.

»Daß du dich unterstehst!« polterte er, hielt aber inne, weil sie ihn sehr interessiert betrachtete. Er beschäftigte sich wieder mit dem Backen der Fladen. »Und da ist noch Mary.«

»Mary?«

»Unsere Schwester.«

Der Tonfall seiner Stimme machte sie stutzig. »Du hast nie etwas von einer Schwester erwähnt. Wie ist sie? Weilt sie zu Weihnachten bei ihren Brüdern?«

»Mary ist wie eine Madonna«, sagte Stephen ehrfürchtig. »Sogar als Kinder spürten wir schon, daß sie anders ist. Sie ist die älteste von uns Geschwistern und sorgte stets dafür, daß ihre jüngeren Brüder nie in Schwierigkeiten kamen. Manchmal gingen Gavin und Raine sich an die Gurgel. Gavin wußte natürlich, daß der Besitz eines Tages ihm gehören würde, und war jedesmal wütend, wenn Raine einem Leibeigenen verzieh, der in seinen Ländereien einen Schaden anrichtete, den er allein zu verantworten hatte. Mary trat dann zwischen die beiden und beruhigte sie mit ihrer sanften Stimme.«

»Wie stellte sie das an?« fragte Alicia, die sich nun an ihre Pflichten als Klanchefin erinnerte.

»Ich habe nie verstanden, wie sie das machte. Als Miles den Knappen umbringen wollte, war Mary die einzige, die ihn davon abbringen konnte.«

»Und behandelt ihr Mann sie gut?«

»Sie hat keinen Mann. Sie bat um die Erlaubnis, ehelos bleiben zu dürfen; und da wir keinen Mann kannten, der unsrer Ansicht nach die Güte aufbringen konnte, die sie als Ehefrau von ihm erwartete, beugten wir uns ihrem Wunsch. Sie lebt jetzt in einem Stift, das nicht weit vom Sitz der Ascotts entfernt ist.«

»Es war freundlich von euch Brüdern, daß ihr euch dem Willen eurer Schwester gebeugt habt. Wie ich hörte, haben Engländer wenig Einfluß auf ihre eigene Zukunft.«

Stephen nahm ihre Bemerkung nicht krumm. »Ich glaube, du hast recht. Vielleicht sollten sie sich da die Schotten zum Vorbild nehmen.«

»Sie?« sagte sie mit übertriebenem Augenaufschlag.

Er lachte. »Weißt du, allmählich komme ich mir selbst wie ein Schotte vor.« Er stand auf und streckte ein nacktes Bein vor. »Glaubst du, meine eigenen Brüder würden mich noch erkennen?«

»Wahrscheinlich ja«, antwortete sie; »aber sonst keiner mehr, möchte ich sagen.« Stolz schwang in ihrer Stimme mit.

»Mal sehen, ob du recht hast«, sagte Stephen mit einem entrückten Blick in den Augen. »Vielleicht machen wir noch einen kleinen Abstecher, ehe wir meine Brüder besuchen.«

12. Kapitel

Als sie Englands Boden betraten, spürte Stephen schon den Unterschied in der Atmosphäre. Selbst an der Grenze zu Schottland waren die Leute nicht gewohnt, Menschen aus dem Hochland zu begegnen. Manche gafften unverschämt ihre Kleider an; andere riefen ihnen Schimpfworte nach, weil ihre Gehöfte von Schotten angegriffen worden waren. Alicia ritt mit steifem Rükken und hocherhobenem Kopf. Sie ließ sich von keinem Engländer zu einer Antwort herausfordern. Nur ein einziges Mal zeigte sie eine Reaktion. Stephen hatte am Brunnen eines Bauern angehalten, um ihren Wasservorrat zu ergänzen, und der Bauer rannte ihnen mit einer Heugabel nach. Alicia konnte ihren Mann gerade noch daran hindern, den Bauern zu verprügeln. Noch Stunden danach schimpfte Stephen auf die Dummheit der Engländer. Alicia lächelte. Es war kein Wort darunter, das sie nicht längst selbst gesagt oder gedacht hatte.

Jetzt stritten sie sich wegen einer anderen Sache. Vor zwei Nächten hatte Stephen ihr seinen Plan vorgetragen, wie er einen Freund aus Kindheitstagen zum Narren halten wollte.

»Nein«, sagte sie vielleicht zum hundertsten Male, »mir gefällt er nicht.«

»Es ist eine Fehde«, sagte Stephen geduldig. »Du mußt doch am ehesten begreifen, was eine Fehde ist.«

»Was die MacGregors und die Arraks entzweit, ist echt, in vielen Jahren des Zorns und der Feindseligkeit gewachsen. Sie haben meine Männer getötet und mein Vieh gestohlen. Einige meiner Frauen müssen Bastarde der MacGregors großziehen.« Sie warf ihm einen flehentlichen Blick zu. »Doch was du vorhast, ist eine Kinderei, ein mutwilliges Spiel. Bitte, laß es sein. Ist es denn so wichtig, ob dieser Mann dich wiedererkennt oder nicht?«

Stephen verweigerte ihr darauf die Antwort, zumal sie ihm diese Frage schon so oft gestellt hatte. Er vermochte ihr das mit Hugh nicht zu erklären. Er konnte sich an die Zeit mit Hugh nicht einmal ohne Peinlichkeit oder Schmerz erinnern.

Sie waren gemeinsam an der Tiefland-Grenze im Auftrag König Heinrichs auf Patrouille gewesen, als die Nachricht sie erreichte, König Heinrich habe Stephen zum Gatten der Chefin des MacArran-Klans bestimmt. Hugh wäre fast erstickt vor Lachen. Tagelang tat er nichts anderes, als die gräßlichsten Bilder von Stephens neuer Braut zu entwerfen. Binnen kurzem redete das ganze Lager von der scheußlichen Frau, die Lord Stephen heiraten durfte.

Dieses Prädikat traf Stephen zu jener Zeit besonders schmerzlich, weil er sich verliebt glaubte. Ihr Name war Margaret, kurz Meg genannt. Sie war ein dralles, rosiges und weißblondes Mädchen, die Tochter eines Kaufmanns im Tiefland. Sie hatte große blaue Augen und einen winzigen Mund, der immer kußbereit gespitzt schien. Sie war scheu und still und himmelte Stephen an – oder er glaubte wenigstens, daß es so wäre. Nachts pflegte Stephen sie in seinen Armen zu halten, ihren weißen weichen Körper an seiner Seite zu spüren und sich zugleich seine Zukunft auszumalen, die ihn an eine unförmige Klan-Bossin kettete.

Nach einer Reihe schlafloser Nächte spielte er mit dem Gedanken, des Königs Angebot auszuschlagen. Er wollte dafür die Kaufmannstochter heiraten. Sie war nicht reich; doch ihr Vater war wohlhabend, und Stephen hatte einen kleinen Besitz, von dem er eigenes Einkommen bezog. Je mehr er sich die Sache überlegte, um so besser gefiel sie ihm. Er versuchte den Zorn des Königs zu vergessen, wenn er sich gegen seinen Wunsch sperrte.

Doch Hugh war es gewesen, der seine Träume vernichtete. Hugh erzählte Meg von Stephens bevorstehender Heirat, und das arme Kind wußte sich in seiner Verzweiflung nicht anders zu helfen, als sich Hugh an den Hals zu werfen. Hugh zögerte nicht lange und räumte ihr willig einen Platz in seinem Bett ein. So hatte es Meg wenigstens Stephen erzählt.

Stephen war bestürzt, als er seinen Freund zusammen mit dem Mädchen, das er liebte, im Bett ertappte. Doch seltsamerweise hatte sich seine Bestürzung nicht in Zorn verwandelt, und das war ihm Beweis, daß er Meg gar nicht wirklich geliebt hatte. Sie konnte ihn ebenfalls nicht lieben, wenn sie sich so bereitwillig einem anderen hingab. Er dachte lediglich an eine Möglichkeit, Hugh mit seiner eigenen Medizin zu kurieren. Doch dann kam ein Bote von Gavin, daß er Hilfe benötigte, und so blieb ihm keine Zeit mehr, sich zu revanchieren.

Aber nun sah Stephen eine Möglichkeit, das Versäumte nachzuholen. Hugh war immer noch sein Freund. Wenn Stephen unbemerkt in Hughs Haus eindringen und es ebenso unbemerkt wieder verlassen konnte, wäre ihm das Revanche genug. Hugh mochte es nicht gern, wenn Fremde ihm zu dicht auf den Pelz rückten. Er wagte sich selten ohne Leibwächter aus seinem Haus. Ja, dachte Stephen lächelnd, er wollte ihm auf solche Weise seinen schlechten Freundesdienst lohnen.

Sie erreichten kurz vor Sonnenuntergang Sir Hughs Herrensitz. Es war ein hohes Steingebäude mit Gittern vor den Fenstern. Der Hof hinter dem Eingang war mit Leuten erfüllt, die manierlich gingen oder hasteten, weil sie einen Auftrag erledigen mußten. Scharen von Bediensteten, die sich die Zeit mit Tratsch vertrieben, gab es hier nicht.

Stephen und Alicia wurden bereits von Wachen angehalten, als sie das Haus noch gar nicht richtig sahen. Stephen fragte mit seinem rollenden schottischen Akzent, ob sie dem Hausherrn beim Abendbrottisch ein Ständchen bringen dürften. Sie warteten geduldig, bis einer der Wächter Sir Hugh gefragt hatte, ob ihm das genehm sei.

Stephen wußte, daß Hugh sich großer Fertigkeit im Lautenspiel rühmte und keine Gelegenheit ausließ, das Spiel fremder Musikanten kritisch zu werten. Er lächelte, als der Wächter mit der Nachricht wiederkam, sie könnten ihre Pferde in den Stall bringen und anschließend in der Küche essen.

Später, als sie an einem riesigen Eichentisch vor vollen Schüsseln in der Küche saßen, begann Alicia, sich mit Stephens Plan abzufinden. Sie wußte nicht genau, was er vorhatte, und besaß nur eine vage Vorstellung von einem Bubenstreich.

»Was ist Sir Hugh für ein Mann?« erkundigte sie sich, den Mund voll frischgebackenem Brot.

Stephen schnaubte verächtlich. »Hübsch genug, denke ich, wenn du das meinst; obwohl ziemlich klein, dick und sehr dunkel. Und seine Tollpatschigkeit ist eine große Belastung für einen Begleiter, wenn man jeden Moment mit einem Überfall rechnen muß. Er bewegt sich wie eine Schnecke. Ich hatte immer Angst, Sir Hugh würde mir getötet, ehe er seine Augen aufschlagen oder seine Rüstung anlegen konnte.«

»Verheiratet?«

Er blickte sie scharf an. Er hatte es zwar nie verstanden; aber irgendwie machte Sir Hugh Eindruck auf Frauen.

»Ich möchte, daß du diesmal den Kopf unten behältst«, sagte er fest. »Nur dieses eine Mal möchte ich, daß du versuchst, dich wie eine gehorsame, respektvolle Frau zu benehmen.«

Sie zog eine Braue in die Höhe. »Wann bin ich denn je etwas anderes gewesen?«

»Alicia, ich warne dich! Das ist eine Sache, die nur Hugh und mich etwas angeht. Du hältst dich bitte heraus.«

»Das klingt ja, als hättest du Angst vor ihm!« neckte sie ihn. »Hat er etwas an sich, daß Frauen dazu bringt, sich ihm an den Hals zu werfen?«

Sie hatte das nur scherzhaft gesagt; doch ein Blick auf Stephens Gesicht belehrte sie, daß sie der Wahrheit näher gekommen war, als sie ahnte. Natürlich würde sie sich keinem Mann an den Hals oder gar zu Füßen werfen, obwohl sie sich einiger Positionen entsann, wo sie mit dem Kopf zwischen Stephens Füßen gelegen hatte. Sie lächelte bei dieser Erinnerung.

»Da gibt es nichts zu lachen!« sagte Stephen steif. »Wenn du mir nicht gehorchst, werde ich . . .« Er unterbrach sich, als einer von Sir Hughs Wachen sich näherte und sagte, Stephen solle nun mit seiner Tafelmusik beginnen.

Die auf Holzböcken errichtete Tafel stand in der großen Halle, und die Mahlzeit hatte bereits begonnen. Stephen stieß Alicia förmlich auf einen Schemel an der entfernten Wand. Sie mußte ein Kichern unterdrücken, weil er sie obendrein noch mit einem finster-warnenden Blick bedachte. Sie hoffte, auch sie könnte ihm dieses kindische Spiel einmal heimzahlen.

Stephen nahm die Laute, die man ihm reichte, und setzte sich einige Schritte vom Kopfende der Tafel entfernt auf einen Stuhl. Er spielte recht gut. Seine Stimme war tief und voll, und er trug die Melodie laut genug vor, daß man sie bis in den letzten Winkel der Halle hören konnte.

Sie blickte sich kurz in der Halle um. Der dunkelhaarige Mann, der am Kopfende der Tafel saß, nahm nicht einmal Notiz von dem Sänger. Stephen hatte ihn ihr trefflich beschrieben. Er führte die Speisen so langsam zum Mund, als überlegte er vor jeder Bewegung.

Sie verlor rasch das Interesse daran, einen Mann im Schneckentempo essen zu sehen, lehnte den Kopf an die Steinwand zurück und schloß die Augen. Sie hatte das Empfinden, als spielte Stephen nur für sie. Einmal hob sie kurz die Lider und merkte, daß er sie beobachtete. Sein Blick war für sie so überraschend, als habe er sie mit der Hand berührt. Als sie den Ausdruck in seinen Augen sah, liefen ihr Wonneschauer über die Haut. Er sang ein gälisches Lied, und es war für sie schon eine angenehme Überraschung, daß er den Text auswendig konnte. Vermutlich hatte ihm Tam das Lied beigebracht. Die süße Musik, die Worte, die von Liebe sprachen, vorgetragen in ihrer eigenen Sprache, ließen sie vergessen, wo sie sich befand – in einer englischen Halle, umgeben von Engländern. Sie glaubte, in Larenston zu sein bei dem Mann, den sie liebte.

Sie lächelte verträumt bei diesem Gedanken, doch während sie noch lächelte, merkte sie, wie der Ton von Stephens Stimme sich veränderte. Sie öffnete rasch die Lider. Er sah zum Kopfende der Tafel, und während sie langsam den Kopf zur Seite drehte, wußte sie, daß Hugh sie beobachtete.

Er war auf eine sehr irdische Art ziemlich hübsch. Dunkle Augen, dunkle Haare und ein Mund, der eigentlich zu groß war für einen Mann und daher Alicias Interesse auf sich zog. Während sie seinen Mund betrachtete – und nur dessen anatomische Ausgefallenheit interessierte sie –, kräuselte Sir Hugh seine Lippen. Sie fragte sich, ob er sich auch beim Liebesakt so bedächtig im Schneckentempo bewegte.

Sie lächelte bei dieser Vorstellung. Das war also Hughs Geheimnis. Natürlich würde Stephen das nicht erkennen können; aber als Frau fand sie diese behutsame Art recht interessant. Sie lächelte abermals bei dem Gedanken, daß sie Stephen ihre Entdeckung mitteilen wollte.

Sie sah zu Stephen hinüber und entdeckte dort ein finsteres Gesicht. Er ist eifersüchtig, dachte sie staunend, und davon war sie mehr angetan als von den heißen Blicken des Hausherrn.

Sie sah an ihrem Rock hinunter und strich mit der Hand darüber hin. Es sollte nicht so sein; doch sie war außerordentlich erfreut, daß Stephen eifersüchtig war. Sie wollte ihm nicht sagen, daß Hugh sie genausowenig interessierte wie . . . der

Gärtner, weil es für sie ein wonniges Gefühl war, sich in dem Bewußtsein zu sonnen, daß er so sehr an ihr hing.

Hugh sagte etwas zu dem Wächter, der hinter ihm stand, und dieser begab sich zu Stephen. Stephen hörte zu, bis der Mann ausgeredet hatte, reichte ihm dann die Laute, durchquerte wütend den Saal, packte Alicia am Arm und zog sie förmlich hinter sich her.

Als sie draußen im Garten standen, den der Mond in ein silbernes Licht tauchte, sagte er mit zusammengepreßten Zähnen: »Du hast dich prächtig amüsiert, wie?«

»Stephen, du tust mir weh!«

»Ich sollte dich schlagen!«

Sie funkelte ihn an. Das ging zu weit! »Die typische Logik eines Mannes. Du warst es doch, der unbedingt hierher wollte! Du hast auf diesem kindischen Spiel bestanden. Und nun möchtest du deine eigene Dummheit und dein kindisches Gehabe damit krönen, daß du mich schlägst?«

Er grub die Finger tief in ihren Arm. »Ich befahl dir, stillzusitzen, dich vor den Blicken der Männer zu bergen; doch du feuertest Hugh mit deinem kleinen verführerischen Lächeln an. Du teiltest ihm dadurch mit, daß er alles haben könne, was er von dir verlangt.«

Ihr Kiefer klappte nach unten. »Das ist das Absurdeste, was ich je von dir gehört habe.«

»Du lügst! Ich habe es selbst gesehen!«

Ihre Augen öffneten sich weit; doch sie sagte mit ruhiger Stimme: »Stephen, was ist nur über dich gekommen? Ich betrachtete den Mann, wie ich mir jeden Mann ansehen würde. Ich war neugierig, denn du hast mir von seiner bedächtig-langsamen Art erzählt; doch dir schien diese Art auf viele Frauen Eindruck zu machen.«

»Wolltest du dich in seinen Harem einreihen?«

»Du bist gemein und beleidigend«, sagte sie schroff, »und tust mir überdies noch weh.«

Er ließ sie dennoch nicht los. »Vielleicht möchtest du, daß der König dich ihm oder Roger Chatworth zum Mann bestimmt hätte. Wenn ich den einen im Turnier besiegte, gelingt es mir sicherlich auch bei dem anderen.«

Das war eine so infantile Betrachtungsweise, daß sie nur darüber lachen konnte. »Was für eine Logik! Ich habe nur den Mann angesehen. Wenn ich lächelte, dann deshalb, weil ich an etwas anderes dachte. Ich erinnere dich noch einmal daran, daß ich nie hierherkommen wollte.«

Plötzlich fiel der ganze Zorn von ihm ab. Er drückte sie an sich, daß sie glaubte, er zerbreche ihr alle Knochen. »Ich wünschte mir manchmal, du wärst nicht so verdammt hübsch«, flüsterte er. »Ich habe schon wieder Hunger. Mal sehen, ob in der Küche noch etwas übriggeblieben ist.«

Alicia fühlte sich Stephen besonders nahe, als sie in die Küche zurückgingen. Ihr war, als würde wahre Liebe sie miteinander verbinden, nicht nur die körperliche Leidenschaft. Das Küchenpersonal murrte, als sie sich dort zum zweitenmal sehen ließen; doch Stephen blinzelte der Köchin zu, und Alicia bemerkte, wie die fette Alte unter seinen warmen Blicken dahinschmolz. Sie litt nun ebenfalls unter der Eifersucht und spürte, daß sie keiner anderen Frau auch nur einen Blick auf ihren gutaussehenden Mann gönnte.

Sie standen nebeneinander und verspeisten saftige Apfelpasteten. »Hier wird viel zuviel vergeudet«, sagte Alicia.

Stephen wollte die englische Küche verteidigen; aber dafür war er bereits zu lange in Schottland gewesen. Er hatte bei Kirstys Eltern gewohnt und deren Armut kennengelernt. Selbst in Larenston waren die Leute bescheiden gewesen und hatten immer daran gedacht, daß Nahrungsmittel ein wertvolles Gut waren, das einem jeden Tag ausgehen konnte. »Ja«, sagte er entschieden, »wir könnten etwas davon zu Hause gut gebrauchen.«

Alicia sah voller Wärme zu ihm empor. Sie strich ihm eine Locke am Hals zurecht. Die langen Haare und die tiefgebräunte Haut standen ihm vorzüglich. Sie sah, wie eine junge Küchenhelferin auf Stephens nackte Schenkel starrte. Plötzlich wollte sie hier nicht mehr bleiben. Sie faßte Stephens Hand und sagte:

»Wollen wir wieder nach draußen gehen? Ich habe genug von diesen engen Räumen.«

Stephen nickte zustimmend. Er hatte den Blick des Mädchens noch nicht bemerkt.

Es war das Unwetter, das kurz darauf mit einem Platzregen hereinbrach, was Stephen zum Verweilen im Herrenhaus bewegte. Alicia wollte unbedingt weiterreiten, da einer Schottin auch die Sintflut wenig ausmache; doch Stephen hatte Angst, sie könne das Lungenfieber bekommen. Sie suchten sich also eine Stelle zum Übernachten.

Der Boden der großen Halle war mit Strohsäcken ausgelegt. Es gab immer Gäste und Bedürftige, die hier übernachteten. Stephen suchte eine Stelle, wo sie für sich sein konnten; aber einen geschützten Platz fand er nicht. Als er dann seine Hand unter ihr Knie schob, zischte sie ihn warnend an. Schließlich gab er seufzend auf. Sie kuschelte sich an ihn und war im nächsten Moment eingeschlafen.

Doch Stephen fand keinen Schlaf. Er hatte zu lange im Freien genächtigt, und nun hatte er Platzangst zwischen den hohen Steinwänden. Selbst Rab knurrte befremdet, weil er sich ruhelos hin- und herwälzte. Und dann fiel ihm wieder Hughs hinterlistiges Verhalten bei der Kaufmannstochter ein. Nein, er wollte seinen Plan so ausführen, wie er ihn sich ursprünglich zurechtgelegt hatte. Trotz Alicias Warnung sollte Hugh erfahren, daß er in seinem Haus gewesen war.

Er schlüpfte leise unter Alicias Plaid hervor, befahl Rab, auf Alicia aufzupassen, und ging zur Osttür der großen Halle.

Als Kinder hatten er und seine Geschwister den Herrensitz der Lascos oft besucht. Eines Tages, als sie noch miteinander spielten, hatten Hugh und er einen Geheimgang entdeckt, der in den Oberstock führte. Sie bibberten förmlich vor Aufregung, als sie die Tür am anderen Ende des Gangs erreichten. Sie hatten sich gewundert, daß die Tür so gut geölt war, und waren in das Zimmer gelangt, wo sie hinter einem schweren Wandvorhang standen. Sie hatten Geräusche gehört, und da war ihre Neugierde größer gewesen als ihre Angst. Hughs Großvater war mit einer blutjungen Magd im Bett gewesen, und er schien eine großartige Nacht mit ihr zu verleben. Doch der Großvater hatte es keineswegs als Spaß aufgefaßt, daß zwei siebenjährige Jungen sein Treiben aus nächster Nähe beobachteten. Heute noch zuckte Stephen zusammen, wenn er an die Tracht Prügel dachte, die er ihnen beiden verabfolgte. Er versprach ihnen noch Schlimmeres, wenn er hören sollte, daß sie das Geheimnis des Geheimgangs jemandem preisgaben. Vor vier Jahren, als der alte Mann starb, weinte Stephen bei dessen Beerdigung. Stephen hoffte, daß er auch noch in diesem Alter junge Mädchen zufriedenzustellen vermochte. Er lachte leise, dankbar, daß Alicia ihm nicht seine Gedanken an den Augen ablesen konnte.

Er schlüpfte in der Vorhalle hinter einen Wandschirm. Dann holte er sein Messer aus der Scheide und löste die Leinenverkleidung hinter der Fensterbank. Er mußte den Arm durch ein dichtes Gewebe aus Spinnenfäden stecken, ehe er den Umriß der Geheimtreppe zu erkennen vermochte. Dann, als er durch die Öffnung gekrochen war, zog er die Verkleidung wieder hinter sich an die Wand.

Seine Füße huschten über die Stufen. Spinnweben wickelten sich um seinen Kopf. Als Hughs Großvater noch lebte, war diese Treppe regelmäßig gesäubert worden. Da Hugh jedoch Junggeselle war, hatte er wohl keine Veranlassung, seine amourösen Abenteuer vor fremden Augen zu verbergen.

Die Tür am Kopfende der Treppe öffnete sich mit einem leisen Knarren. Eine Kerze brannte am Fußende des Bettes. Stephen lächelte über diese außerordentlich glückliche Fügung. Hugh lag schlafend im Bett.

Selbst als Kind wollte er nie unbeaufsichtigt bleiben. Als Fünfjähriger wäre er fast von Räubern entführt worden. Er sprach selten darüber, ging seither jedoch nirgendwohin, ohne sich von einem Leibwächter begleiten zu lassen. Wenn er am Morgen erwachte und ein Messer neben sich im Kopfkissen fand, war das eine gelungene Revanche für seine Heimtücke mit Margaret.

Stephen wickelte ein Stück seines Plaids um den Messergriff, heftete die Kokarde der MacArrans daran und ließ das Messer neben Sir Hughs Kopf auf das Kissen liegen. Dann wandte er sich mit einem breiten Grinsen wieder dem Wandteppich zu.

»Packt ihn!« rief Hughs tiefe Stimme hinter ihm.

Vier Männer sprangen aus den Ecken des Zimmers hervor. Er tauchte unter dem ersten hinweg und schmetterte dem zweiten die Faust ins Gesicht. Die beiden Männer taumelten rückwärts, und Stephens Reaktionen waren den anderen beiden Wachen ebenfalls zu schnell. Er war schon an der Geheimtür, als er die Schwertspitze im Nacken fühlte.

»Sehr gut!« sagte Hugh voller Bewunderung. »Ich merke, du hast auch in Schottland nicht vergessen, dich im Kriegshandwerk zu üben.« Hugh zog sein Schwert zurück, damit Stephen sich umdrehen konnte.

Hugh war voll angekleidet. Er drückte sein Schwert gegen Stephens Hals und gab den Wächtern ein Zeichen, sich neben Stephen aufzubauen. Dann nahm er das Messer vom Kopfkissen. »Das Zeichen der MacArran, nicht wahr?« Er wechselte das Messer von der Rechten in die Linke. »Gut, dich wiederzusehen, Stephen.«

Stephen grinste von einem Ohr zum anderen. »Tod und Verdammnis. Wie hast du mich erkannt?«

»Gavin kam vor ein paar Tagen hier vorbei. Er sagte mir, daß er dich zum Fest erwartete. Doch er hatte Gerüchte gehört, daß du in Schottland in Schwierigkeiten geraten seist, und daher machte er sich Sorgen. Er dachte, vielleicht fände er dich bei mir.«

Stephen schüttelte den Kopf. »Verraten vom eigenen Bruder.« Er sah verwundert auf. »Doch selbst dann verstehe ich es nicht. Ich meine, auch wenn du auf mein Erscheinen vorbereitet warst, wie konntest du mich da wiedererkennen?«

Hughs Augen blitzten auf. »Eines der Lieder, die du in der Halle vorgetragen hast – das haben wir doch gemeinsam im Tiefland einstudiert. Wie konntest du nur vergessen, wie lange wir die Akkorde dazu übten?«

»Aber natürlich!« Stephen wußte nun, daß er sich zu sehr auf seine schottische Verkleidung verlassen hatte. »Alicia hat geahnt, daß du mich trotz meiner Verkleidung erkennen würdest.«

»Ich muß gestehen, dein Akzent ist vorzüglich. Doch den darfst du nun beiseite lassen.«

»Akzent?« fragte Stephen, ehrlich verblüfft.

Hugh lachte tief in der Kehle. »Wahrhaftig, Stephen, du bist wirklich zu einem Schotten geworden. Sag mir, wie es dir dort ergangen ist. Hast du tatsächlich diese scheußliche Frau geheiratet? War sie nicht die Chefin eines Klans? Und wer ist dieses reizende Geschöpf, das dich so lüstern ansah, als du auf der Laute spieltest?«

Stephen runzelte die Stirn. »Das ist Alicia«, sagte er barsch.

»Aha. Ein schöner Name. Hast du die in Schottland aufgegabelt? Und wie ist es dir gelungen, deiner Frau zu entfliehen?«

»Alicia ist doch die Chefin des Klans MacArran. Sie ist meine Frau.«

Hugh klappte die Kinnlade herunter: »Soll das heißen, dieser blauäugige Engel ist der Chef eines Klans, und du hattest das Glück, sie heiraten zu dürfen?«

Stephen stand da und funkelte Hugh an. Warum blieb er von Wächtern umringt? »Was geht hier eigentlich vor?« fragte er ruhig.

Hugh lächelte, und seine Augen blitzten schalkhaft. »Gar nichts geht hier vor. Es ist nur ein kleiner Schabernack, wie du ihn mir spielen wolltest.« Er fuhr mit den Fingern über den Messerrücken. »Alicia, soso.« Er hatte sein Schwert gesenkt, doch es blieb noch schlagbereit in seiner Hand. »Weißt du noch, als wir zum erstenmal die Nachricht bekamen, und du geschworen hast, du würdest diese häßliche Dame niemals zur Frau nehmen? Du wolltest diese . . . diese Elisabeth heiraten, nicht wahr?«

»Margaret«, fauchte Stephen. »Hugh, ich weiß nicht, was du vorhast; aber . . .«

»Ich habe immer noch dasselbe im Sinn.«

Stephen erinnerte sich nun wieder an den Moment, wo er

Hugh mit Margaret im Bett erwischt hatte. »Wenn du Alicia anfaßt, töte ich dich«, sagte er ruhig.

Hugh blinzelte ihn überrascht an: »Das klingt ja, als wäre es dein Ernst!«

»Es ist mein Ernst.«

Hugh lächelte. »Aber wir sind doch Freunde. Wir haben uns schon öfter Frauen geteilt.«

»Alicia ist meine Ehefrau!« rief Stephen, ehe er sich auf Hugh stürzte.

Alle vier Wächter fielen gleichzeitig über Stephen her, konnten ihn jedoch nicht zurückhalten. Hugh wich ihm aus, so rasch er konnte, und trotzdem fuhr Stephen ihm an die Kehle. Erst als die Kammertür aufflog und drei weitere Wächter ins Zimmer kamen, vermochten sie Stephen zu überwältigen.

»Bringt ihn ins Turmzimmer!« befahl Hugh mit einem bewundernden Blick auf seinen Freund, der so stark war, daß sieben Männer kaum hinreichten, ihn festzuhalten.

»Mach das nicht!« warnte Stephen ihn, als sie ihn schon aus dem Zimmer zerrten.

»Ich werde ihr keine Gewalt antun, wenn du das meinst«, rief Hugh ihm lachend nach. »Ich will sie nur einen vollen Tag für mich haben; und wenn ich sie bis dahin nicht erobere, hast du eine wahrhaft treue Ehefrau.«

»Tod und Verdammnis über dich«, fluchte Stephen und versuchte sich noch einmal auf seinen Freund zu stürzen.

Alicia stand vor dem hohen Spiegel und betrachtete sich kritisch. Sie hatte über eine Stunde gebraucht, sich in englische Mode umzukleiden. Rock und Ärmel waren aus schimmerndem orangefarbenem Brokat. Ein leichter Mantel aus Hermelin lag über ihren Schultern. Vorne war der Rock geteilt und zeigte einen Einsatz aus zimtfarbenem Samt. Der rechteckige Halsausschnitt enthüllte ihre runden festen Brüste.

»Ihr seht wunderhübsch aus, Mylady«, sagte die schüchterne kleine Zofe hinter ihr. »Sir Hugh hatte noch nie so eine schöne Frau zu Besuch.«

Alicia sah die Zofe an und wollte etwas sagen. Heute morgen hatte Alicia große Mühe gehabt, Sir Hugh vor einem Angriff ihres Wolfshundes zu beschützen. Rab schien ein großes Mißfallen an diesem Engländer zu finden.

Sir Hugh war zu ihrem Strohsack gekommen und hatte eine langatmige Erklärung abgegeben, ehe sie ihm nur eine Frage stellen konnte.

Stephen sei zu dem Herrensitz eines Freundes geritten. Er wollte ihn in seinem Auftrag mit seinem Besuch beehren. Und dann hatte er sie sehr zuversichtlich angelächelt.

Sie hatte ihn mit Fragen überschüttet. Warum hatte sich Stephen nicht von ihr verabschiedet? Weshalb? Und dann war er offenbar, nach einigem Gestottere, auf eine neue Idee gekommen. Es sollte eine Überraschung sein. Stephen hatte verlangt, daß Hugh einen Tag allein mit ihr verbringen möchte.

Und da hatte Alicia den Mund über einer neuen Frage verschlossen. Es war vorläufig wohl besser, wenn sie so tat, als glaubte sie der offensichtlich falschen Erklärung dieses englischen Ritters. Sie lächelte süß auf den Edelmann herunter, der mindestens zwei Zoll kleiner war als sie. »Eine Überraschung!« sagte sie mit, wie sie hoffte, aufgeregter Mädchenstimme. »Oh, was denkt Ihr, könnte das sein?«

Hugh lächelte wohlwollend. »Das müssen wir eben abwarten, weil es ja sonst keine Überraschung mehr wäre. Doch bis zu seiner Rückkehr werde ich für Eure Zerstreuung sorgen. Pavillons werden gerade für Euch errichtet, und ein Freudenfeuer vorbereitet.«

»Oh! Wie nett von Euch!« rief sie mit kindlicher Begeisterung und sorgte zugleich mit einer Handbewegung dafür, daß Rab dem Ritter nicht an die Gurgel sprang.

Hugh begleitete sie anschließend in das geheizte Zimmer hinauf, wo das Brokatkleid bereits für seinen Gast bereitgelegt war. Alicia bemerkte, daß eine Näherin die ganze Nacht daran gearbeitet haben mußte, den Saum herauszulassen und die Taille enger zu schneidern. Hugh schenkte ihr noch ein bedächtiges verführerisches Lächeln, ehe er das Zimmer verließ, und sie war versucht, es mit einem dieser mädchenhaft-schmachtenden Blikken zu beantworten, die er offenbar von ihr erwartete.

Als sie allein war, eilte sie zum Fenster. Zimmerleute arbeiteten unten hastig an einer Plattform. Sechs Feuerstellen loderten bereits, und in einem mächtigen Kohlebecken wurde die Glut unter einer ausgespannten Plane angefacht. Sie furchte die Stirn. Weshalb, in aller Welt, plante der Engländer mitten im Dezember eine Belustigung unter freiem Himmel? Gestern abend noch hatte sich der Regen in Schnee verwandelt, und sie kannte doch die Wetterfühligkeit der Engländer nur zu gut. Sie scheuten Kälte und Regen wie die Pest.

Die Zofe kam und half ihr beim Ankleiden, war jedoch wenig auskunftfreudig. Ja, Sir Hugh war die ganze Nacht über aufgeblieben, um die Festlichkeiten des Tages vorzubereiten. Alicia überlegte, ob sie sich nicht übertriebene Sorgen machte. Vielleicht war Stephen tatsächlich fortgerufen worden, und sein Freund wollte nur die Ehefrau eines ehemaligen Waffenbruders ehren.

Ehe sie sich eine endgültige Meinung bilden konnte, stand Sir Hugh schon wieder unter ihrer Tür. Er betrachtete sie ergriffen, und sein Blick wanderte langsam an ihr auf und ab. »Ihr seht herrlich aus«, flüsterte er. »Stephen ist ein vom Glück gesegneter Mann.«

Sie bedankte sich und nahm den Arm, den er ihr reichte. Nebeneinander schritten sie die Treppe hinunter.

»Ihr müßt mir alles von Eurem Klan erzählen«, sagte er, ihren Mund betrachtend. »Ich kann mir vorstellen, daß Ihr froh wart, einen Engländer zum Gatten zu bekommen. Vielleicht lernt Ihr eines Tages König Heinrich kennen und könnt Euch bei ihm dafür bedanken.«

Alicia mußte sich gewaltig zusammennehmen, um diesem Mann nicht mit einer Zurechtweisung das Fest zu verderben. Sie hatte gedacht, Stephens Eitelkeit wäre schon die Grenze des Zumutbaren gewesen, doch dieser Mann übertraf ihn noch bei weitem. Sie hätte nie geglaubt, daß ein Mann sich zu solchen Überheblichkeiten versteigen könnte. »Oh, ja«, sagte sie, jedoch mit züchtiger Stimme, »Stephen war sehr gütig zu mir, und wir haben eine Menge von ihm gelernt.« Sie erstickte fast an ihrem inneren Lachen, als sie daran dachte, was Stephen gelernt hatte, jedoch nicht ihre Männer.

»Natürlich«, erwiderte Sir Hugh mit herablassendem Lächeln, »sind wir Engländer überlegene Kämpfer, und da können uns die Schotten so manches abschauen.« Er hielt inne. »Ich muß mich entschuldigen. Ich hatte nicht vor, von Waffen zu sprechen. Schließlich seid Ihr doch – wie heißt es gleich wieder? – der Laird eines Klans.«

Er sprach es aus, als würfe er einem Bettler ein Almosen zu. Sie wagte nicht, ihm eine Antwort darauf zu geben, weil sie sonst Rab diesen gespreizten Pfau als Beute freigegeben hätte. »Oh, seht nur!« rief sie freudig erregt, »ist das nicht hübsch?« Sie zeigte auf den mit bunten Stoffen verkleideten Pavillon.

Hugh blieb stehen, sah kurz an den Mauern seines Hauses empor, nahm ihre Hand und küßte sie. »Nichts ist zu gut für Euch, nichts für Euch zu schön.«

Sie beobachtete ihn mit kühler Neugierde. Als sie ihn zum erstenmal betrachtet hatte, fand sie seine bedächtig-langsamen Bewegungen und seinen großen Mund interessant. Doch nun fand sie beides herzlich langweilig. Aus irgendwelchen unerfindlichen Gründen glaubte er, sie fände Gefallen daran, wenn er ihre Hand küßte.

Sie bot all ihre Selbstbeherrschung auf, um sich seiner Berührung nicht zu entziehen. Hielten alle Männer sich für so unwiderstehlich? Ihr kam plötzlich der Gedanke, wie wenig Erfahrung sie mit Männern hatte. Die Männer ihres Klans hatten nie gewagt, sie anzufassen, vermutlich aus Angst vor dem Zorn ihres Vaters. In England hatte sie nur mit Roger Chatworth einige Zeit allein verbracht, der mit ihr nicht geflirtet, sondern über Schottland geredet hatte. Stephen war der einzige Mann, mit dem sie intim geworden war, und wohl der einzige, auf den sie mit ihrem Körper reagierte. Jedenfalls erreichte Hugh Lasco bei jeder Berührung das genaue Gegenteil.

Er führte sie zu einem vergoldeten Sessel unter dem Dachhimmel des Pavillons. Mit jedem Moment wurde sie mißtrauischer. Was sollte diese Unterhaltung im Freien bedeuten? Die Akrobaten und Tänzerinnen, die nun auftraten, hatten alle blaugefrorene Schultern. Ein Knappe schlug vor, den Pavillon zu drehen, weil er dann besser vor dem kalten Wind geschützt sei. Doch Sir Hugh gab ihm darauf wütend zur Antwort, er bliebe dort stehen, wo er nun stünde.

»Ihr müßt mich eine Weile entschuldigen, Sir Hugh«, sagte sie mit ihrer süßesten Stimme. Sie mußte sich im Haus umsehen. Vielleicht war Stephen gar nicht fortgeritten.

»Oh, Ihr könnt mich jetzt doch nicht verlassen! Ich werde noch ein Becken aufstellen lassen, wenn es Euch zu kalt wird!«

»Mir ist nicht kalt«, sagte sie wahrheitsgemäß, während sie bei der Betrachtung von Sir Hughs blaugefrorener Nase um ein Haar in ein Gelächter ausgebrochen wäre. »Ich wollte nur . . .« Sie blickte in schüchtener Verwirrung auf ihre Hände nieder.

»Aber natürlich!« sagte er verlegen. »Ich werde Euch einen Wächter beigesellen . . .«

»Nein! Ich habe Rab als Wächter, und ich denke, ich finde schon allein meinen Weg.«

»Euer Wunsch ist mir Befehl«, sagte er lächelnd und küßte abermals ihre Hand.

Alicia zwang sich, gemessenen Schritts ins Haus zu gehen. Sie durfte Sir Hughs Mißtrauen nicht erregen. Kaum war sie im Haus angelangt, sagte sie: »Rab, such Stephen!«

Rab raste erfreut die Treppe hinauf. Den ganzen Morgen schon wollte er seiner Herrin mitteilen, daß er im Haus etwas zu erledigen hatte.

Sie konnte Rab kaum folgen, als er drei Treppen hinaufstürmte und dann zu dem vergitterten Fenster in einer schweren Eichentür hochsprang.

»Rab!« kam Stephens Stimme von innen, als der Hund zweimal bellte.

»Setz dich!« befahl Alicia. »Stephen, bist du verletzt? Warum wirst du hier gefangengehalten?«

Er nahm ihre Hand in seine und betrachtete sie kalt. »Ist das die Hand, die du dir dauernd von Hugh küssen läßt?«

»Jetzt ist nicht die Zeit für eifersüchtige Vorwürfe«, gab sie zurück. »Warum wirst du gefangengehalten? Und was soll dieses alberne Fest im Freien?«

»Albern?« erwiderte er und schob ihre Hand fort. »Ich hatte den Eindruck, du hast es genossen! Sag, findest du Hugh auch unwiderstehlich, wie das viele Frauen zu empfinden scheinen?«

Sie starrte ihn an, während sie Rab beruhigend den Kopf tätschelte. Der Hund war nervös, weil sein Herr eingesperrt blieb. Ihre Gedanken arbeiteten fieberhaft. »Das ist keine ernsthafte Sache, wie?« fragte sie mit bedrohlicher Ruhe. »Das ist eine Art von Spiel, das ihr beiden verabredet habt!«

»Es ist für mich kein Spiel, wenn es um meine Frau geht!« antwortete er wütend.

»Verdammnis über dich, Stephen Ascott!« zischelte sie. »Ich habe dich angefleht, nicht mit mir hierherzukommen. Jetzt möchte ich erfahren, wie ich dich hier herausholen kann und worum es bei diesem Spiel geht!«

Stephen machte ganz schmale Augen. »Wenn du Hughs Werbung nachgibst und er gewinnt, breche ich dir den Hals!«

Sie begriff allmählich. »Heißt das, ihr habt eine Wette abgeschlossen?«

Als Stephen ihr nicht antworten wollte, sagte sie: »Ich glaube, ich kann es erraten. Hugh ist überzeugt, er kann mich verführen, und du glaubst es ebenfalls. Will es jemals in dein geschwollenes Gehirn, daß ich dabei auch noch etwas zu sagen habe? Glaubst du, ich wäre so hirnverbrannt, jedem Mann, der mich anlächelt und mir die Hand küßt, in sein Bett zu folgen? Du solltest aus eigener Erfahrung wissen, daß er mindestens mein Messer zu spüren bekäme. Und Rab knurrt jedesmal, wenn er auch nur meine Hand nimmt.«

»Was er allerdings alle Augenblicke tut!«

Alicia entdeckte jetzt das zweite Fenster an der entfernten Wand der Zelle. Deshalb hatte sich Sir Hugh geweigert, den Pavillon drehen zu lassen. Er wollte, daß Stephen sie beide zusammen sehen sollte. Die beiden Männer benützten sie für ein Spiel, daß vielleicht Halbwüchsigen noch nachgesehen werden konnte. Doch erwachsene Männer sollten es besser wissen. Wie konnte Stephen an ihrer Treue zweifeln, und dieser Hugh sich einbilden, sie wäre so dumm, seinem Charme zu erliegen?

»Tod und Verdammnis euch beiden!« flüsterte sie wütend, ehe sie sich von der vergitterten Zellentür abwandte.

»Alicia! Komm zu mir zurück!« rief Stephen. »Sag Hugh, daß du sein Spiel durchschaut hast, und bitte ihn um den Schlüssel für diese Tür!«

Sie sah auf ihn zurück und schenkte ihm ihr süßestes Lächeln. »Und verzichte auf das Fest, das Sir Hugh eigens für mich die ganze Nacht vorbereitet hat?« Dann lief sie die Treppe hinunter und verschloß ihre Ohren vor den Flüchen, die Stephen ihr nachrief.

13. Kapitel

Alicia kochte noch innerlich, als sie den Fuß der Treppe erreichte. Dort erwartete sie Sir Hugh bereits mit einem Gesicht, als wollte er sie am liebsten für ihr langes Fortbleiben züchtigen. Engländer, dachte sie erbittert. Sie hatte ihn für das, was er mit ihr vorhatte, zurechtweisen wollen. Doch nun verwarf sie den Gedanken. Stephen hatte einen schweren Kampf überstehen müssen, ehe er bereit gewesen war, seine englischen Kleider abzulegen und seine Ansicht aufzugeben, es gäbe keine andere Lebensart als die englische.

Vielleicht sollte sie nun ihr eigenes Spiel treiben, woraus beide Engländer etwas lernen konnten – daß nämlich eine Frau durchaus fähig war, selbständig zu denken.

»Ich habe mir schon Euretwegen Sorgen gemacht«, sagte Sir Hugh, ihr seine Hand hinstreckend.

Alicia machte große unschuldige Augen. »Hoffentlich seid Ihr mir nicht böse, daß ich mich ein wenig in Eurem Haus umsah. Es ist so prächtig! Sagt, gehört es Euch ganz allein?«

Sir Hugh nahm ihren Arm und schob ihn durch seinen. Seine Brust schwoll sichtlich auf. »Ganz allein, und dazu noch siebenhundert Acker Land. Selbstverständlich habe ich noch einen zweiten Besitz im Süden.«

Sie seufzte tief. »Stephen«, begann sie schüchtern, »Stephen hat nicht so einen Besitz wie Ihr, nicht wahr?«

Hugh schob die Brauen zusammen. »Nein; aber irgendwo besitzt er ein Stück Land, auf dem ein alter Turm steht. Doch Eure Besitzungen müssen doch . . .«

Wieder unterbrach sie ihm mit einem Seufzen: »Aber sie liegen in Schottland.«

»Oh, ja, natürlich. Ich verstehe. Es ist ein kaltes, nasses Land, nicht wahr? Kein Wunder, daß Ihr lieber hier leben würdet. Nun, vielleicht würde Stephen . . .« Er beendete seinen Satz nicht.

Sie lächelte für sich. Es war genauso, wie sie es sich gedacht hatte. Hugh war nicht wirklich an ihr interessiert oder wollte jedenfalls seinem Freund keinen Schimpf antun. Er litt lediglich an Langeweile und wünschte ihn zum Kochen zu bringen. Er erwähnte seinen Freund viel zu oft, als daß er feindselige Absichten gegen ihn gehegt hätte. Stephen glaubte, sie könnte durch einen attraktiven Mann zur Untreue verführt werden, und Hugh benützte sie nur dafür, seinen Freund zu ärgern. Beide Männer nahmen dabei keine Rücksicht auf ihre Gedanken oder Gefühle.

Sie lächelte breit bei dem Gedanken, was passierte, wenn sie ihre Pläne durcheinanderbrachte. Was würde Sir Hugh dazu sagen, wenn sie ihm gestand, sie sei mit Stephen unzufrieden und bliebe lieber bei einem so hübschen Mann wie Hugh in England?

Als sie sich dem Pavillon näherten, blickte sie zum Himmel.

»Es sieht so aus, als käme die Sonne jeden Moment hinter den Wolken hervor. Vielleicht könnten wir die Sessel unter der Plane hervorrücken!«

Sir Hugh gefiel dieser Vorschlag, und er ließ ihn sogleich von Bediensteten in die Tat umsetzen, runzelte jedoch die Stirn, als sie sich weit zu ihm hinüberbeugte. Sie verlor keine Zeit mit Plänkeleien, sondern kam sofort zur Sache.

»Ihr habt keine Frau, Mylord?« Die Musikanten unterhielten sie mit süßen Liebesweisen.

»Nein . . . noch nicht. Ich hatte noch nicht das Glück wie Stephen.«

»Ist er wirklich Euer Freund? Könntet Ihr auch mein Freund sein?«

Hugh sah ihr tief in die Augen. Er bangte, sich darin zu verlieren. Stephen war wahrhaftig ein Glückspilz.

»Natürlich seid Ihr meine Freundin«, sagte er mit väterlicher Stimme.

Sie seufzte und öffnete verheißungsvoll die Lippen. »Man sieht gleich, daß Ihr ein empfindsamer und intelligenter Mann seid. Ich wünschte mir, ich hätte auch so einen Mann als Gatten.« Sie lächelte, als ihm die Kinnlade heruntersank. »Ihr wißt ja, wie meine Ehe zustande kam. Ich hatte keine Wahl. Ich hätte mich gern für einen anderen entschieden. Lord Stephen . . .«

Hugh richtete sich steif in die Höhe. »Ich hörte, daß Stephen um Euch gekämpft hat. Und wie gut er sich geschlagen hat! Ich hörte, Chatworth griff ihn von hinten an . . .«

»Oh, ja, Stephen ist ein tüchtiger Ritter; doch er ist nicht . . . wie soll ich es sagen? . . . er ist nicht so tüchtig im Bett.«

Hughs Augen weiteten sich. »Wollt ihr damit sagen, daß es Stephen Ascott in irgendeiner Weise fehlen ließe? Ihr sollt wissen, daß wir beide schon seit unserer Kindheit befreundet sind. Und was Frauen anbelangt«, fuhr er jetzt sogar ärgerlich fort, »so war er ziemlich verliebt in eine kleine Hure, als wir zusammen in Schottland waren. Er war blind vor Leidenschaft, möchte ich meinen, weil er nicht sah, daß sie mit der halben Truppe schlief. Ich bezahlte sie dafür, daß sie mit mir ins Bett ging in einem Augenblick, wo er, wie ich wußte, uns überraschen mußte.«

»Ist das der Grund, weshalb er zornig ist auf Euch?« fragte

sie und vergaß einen Moment ihre Turteltaubenstimme zu verwenden.

»Er würde mir nie geglaubt haben, wenn ich ihm erzählt hätte, was sie wirklich war. Er war nicht fähig dazu, weiter zu sehen als bis zu ihren Grübchen.«

Alicia zog sich ein wenig in ihren Sessel zurück, um zu verdauen, was Hugh ihr soeben offenbart hatte. Aha! Stephen benützte sie als Werkzeug in einem Komplott, einem Mann angeblich erlittenes Unrecht heimzuzahlen. Hugh hatte ihm eine Frau weggenommen, in die er sich verliebt hatte! Ein Stich ging durch ihre Brust. Er hatte sie nicht heiraten wollen, weil er sich in eine Hure mit Grübchen vergafft hatte.

»Lady Alicia, ist Euch nicht gut?«

Sie fuhr mit dem Finger ans Auge. »Mir scheint, da ist ein Sandkörnchen hineingeraten!«

»Oh, laßt mich sehen!« Er nahm ihr Gesicht in seine großen, starken Hände, und Alicia sah zu ihm empor.

»Ich sehe nichts«, sagte Sir Hugh, ließ jedoch ihr Gesicht nicht los. »Ihr seid eine unglaublich schöne Frau«, flüsterte er. »Stephen ist . . .«

Sie entwand sich ihm. »Ich möchte diesen Namen nicht mehr hören«, sagte sie erzürnt. »Heute bin ich von ihm befreit und möchte es bleiben. Vielleicht könnten die Musikanten zur Seite rücken, damit wir Platz haben zum Tanzen.«

Er warf einen nervösen Blick zum Turm hinauf und ließ sich dann auf die Plattform hinausziehen. Sir Hugh konnte sich nicht daran erinnern, daß eine Frau ihn schon einmal so temperamentvoll im Kreis herumgeschwungen hätte. Ihre offenen Haare flossen um ihren geschmeidigen Körper, ihre Augen blitzten, und aus dem kalten Wintertag schien ein Frühling zu werden. Er vergaß, daß ihr Ehemann den Tanz von oben beobachtete.

»Alicia«, sagte er lachend und verzichtete auf das feierliche Mylady, »ich muß aufhören! Ich fürchte, ich falle sonst noch ohnmächtig um vor Seitenstechen.«

Sie lachte ihn aus. »Ich fürchte, aus Euch könnte kein richtiger Schotte werden, wenn Ihr Euren Körper so wenig übt.«

Er nahm ihren Arm. »Ich habe mich nicht mehr so verausgabt, seit ich das letztemal mit den Ascott-Brüdern übte.«

»Ja«, sagte sie, als sie sich wieder setzten, »Stephen übt fleißig mit meinen Männern.«

»Er ist ein guter Mann«, sagte Sir Hugh und nahm ein Stück Käse von dem Tablett, das ein Diener ihm vorhielt.

»Vielleicht«, sagte sie und nahm einen kräftigen Schluck warmen gewürzten Weins aus einem Becher.

»Ich beneide ihn.«

»Wirklich?« Sie sah ihn forschend an. »Vielleicht könnt Ihr ihn ersetzen . . . in gewisser Hinsicht.« Sie sah, wie Hugh nun doch Interesse zeigte, der eitle Pfau. »Lady Alicia«, sagte er dann feierlich, »ich muß ernsthaft mit Euch reden. Über Stephen.«

»Wie war er denn als Kind?« fiel sie ihm ins Wort.

Hugh sah sie betroffen an. »Ernsthaft. Wie Gavin. Alle Ascott-Brüder sind in einer Männerwelt aufgewachsen. Wenn Stephen sich linkisch benimmt, liegt es daran, daß er so wenig Erfahrung mit Frauen hat.«

»Da unterscheidet er sich so sehr von Euch«, schnurrte sie.

Hugh lächelte selbstgefällig. »Ja, so ganz unerfahren bin ich nicht, und deshalb . . . deshalb fühlt Ihr Euch wohl zu mir hingezogen. Doch mit den Jahren werdet ihr Euch schon an ihn gewöhnen und ihn schätzen lernen.«

»Ist es das, was Ihr im Leben sucht – eine Frau, die Euch schätzt?«

»Oh, ich bin ein ganz anderer Mann als Stephen«, sagte er genüßlich.

Alicia sah ihn strahlend an, während ein Plan in ihr reifte. »Vor kurzem weilten wir bei Bauern in Schottland, Stephen und ich, die einen herrlichen Trank aus Flechten zubereiteten. Als wir durchs Tor kamen, sah ich diese Flechten in der Nähe der Felsen dort wachsen. Vielleicht könnten wir einen Spaziergang dorthin machen und sie sammeln. Ich möchte Euch gern diesen Trank kredenzen.«

Hugh sah einen Augenblick besorgt vor sich hin und nickte

dann. Ihm gefiel die Wendung nicht, die das Fest nun nahm. Es sah fast so aus, als wollte Stephens Frau ihren Gatten betrügen.

Unterwegs redete Hugh nur von Stephen, was für ein ehrenwerter Mann er sei und wie großzügig, daß er sogar ihretwegen diese lächerliche Schottenkleidung trüge.

Es begann zu regnen, als sie wieder ins Haus zurückkehrten. Sir Hugh benahm sich sehr feierlich, als er sie zu seinem Söller hinaufgeleitete. Ein Diener brachte heißen Wein und Becher, damit Alicia den Trank zubereiten konnte. Als sie die Zutaten sorgfältig mit dem Wein mischte, beobachtete sie Hugh, wie er die Brust hervorstreckte und eine selbstgefällige Miene aufsetzte in dem Glauben, er sei überaus edelmütig, da er sich gegen die Annäherungsversuche der Frau seines Freundes wehrte.

»Mylord«, sagte sie mit lieblicher Stimme und reichte ihm das Getränk im Becher. Sie lächelte, als er sagte, das Getränk sei köstlich. Er leerte den Becher und wollte nachgefüllt haben.

»Ich muß mit Euch reden«, sagte er dann ernsthaft, als er ein zweites Mal den Becher geleert hatte. »Ihr dürft mein Haus nicht in dem Glauben verlassen, in dem Ihr jetzt befangen seid.«

»Und in welchem Glauben bin ich befangen?« fragte sie süß.

»Stephen ist mein Freund, ist es immer gewesen. Und ich hoffe, er wird es immer bleiben.«

»Und weshalb sollte er es nicht bleiben?«

»Das hängt ganz von Euch ab. Ihr dürft ihm nie . . . nie sagen, daß Ihr Euch zu mir hingezogen fühlt.«

»Zu Euch hingezogen?« fragte sie unschuldig. Sie setzte sich in einen Sessel ihm gegenüber. »Was meint Ihr damit?«

»Oh, gemach, Mylady – wir beide wissen sehr wohl, was sich heute zwischen uns anbahnte. Alle Frauen wissen sehr wohl Bescheid über die Angelegenheiten des Herzens.«

»So? Alle Frauen? Sagt mir, was wissen sie denn noch?«

»Nun spielt mir nicht die Naive!« schnappte er. »Ich bin in diesen Dingen nicht so unerfahren wie Stephen. Vielleicht könnt Ihr ihn in den Glauben versetzen, daß Ihr keine anderen

Männer anschaut. Da er mein Freund ist, werde ich ihm diese Illusion nicht nehmen. Aber mir braucht Ihr nicht die Unschuldige vorzuspielen.«

In diesem Moment spürte er einen scharfen Stich in seinen Eingeweiden.

»Ihr seht ganz blaß aus. Ich werde Euch noch etwas von diesem Getränk geben.«

Hugh schüttete den dritten Becher von diesem köstlich mundenden Wein in sich hinein. Er war ganz außer Atem, als er sich von den Schmerzen in seinem Leib ein wenig erholt hatte. »Der Fisch muß verdorben gewesen sein«, sagte er und betrachtete damit das Thema als erledigt. »Wo war ich stehengeblieben?«

»Ihr sagtet mir, ich sei bereit, Euretwegen meinen Mann zu verlassen.«

»Ihr legt meine Worte ein wenig zu weit aus. Ich . . .«

Alicia setzte heftig die Weinkanne auf den Tisch, daß die Glasur einen Riß bekam. »Nein, jetzt werde ich Euch mal was sagen!« Sie stand vor ihm, die Hände in die Hüften gestemmt. »Ihr sagt, Ihr seid Stephens Freund; doch Ihr spielt ihm einen kindischen Streich, indem Ihr ihn einsperrt und zusehen laßt, wie Ihr seine Frau betört.«

»Betört? Als einen Toren habt Ihr mich heute aber nicht behandelt.«

»So? Ihr denkt, Ihr könntet meine Gedanken lesen, wie? Seid Ihr wirklich so eitel, zu glauben, ich würde Monate in Stephens Bett verbringen, ohne mit ihm zufrieden zu sein?«

»Aber Ihr sagtet doch . . .«

»Ihr wart närrisch genug, alles zu glauben, was Ihr glauben wolltet. Ihr tatet so, als sei es edelmütig gewesen, eine Hure dafür zu bezahlen, daß sie mit Euch ins Bett ging. Ihr glaubtet, damit Stephen einen Gefallen zu erweisen, doch ich frage mich, ob der wahre Grund nicht Eure Eifersucht war. Denn jeder Mann in Eurem Lager mußte für sie bezahlen – bis auf meinen Stephen!«

»Euer Stephen!« Hugh versuchte, sich aufzurichten, doch die

Schmerzen in seinem Leib erlaubten das nicht. Er sah entsetzt zu ihr hinauf. »Ihr habt mich vergiftet!«

Sie lächelte auf ihn hinunter. »Nicht direkt vergiftet; doch Ihr werdet ein paar Tage lang sehr krank sein. Ich wollte dafür sorgen, daß Euch dieser Tag unvergeßlich bleibt!«

»Weshalb?« flüsterte er und hielt sich den Bauch. »Was habe ich Euch getan?«

»Nichts«, sagte sie ernsthaft, »absolut nichts. Ihr habt mich als Figur verwendet in einem Spiel mit Stephen. Es kam Euch nicht einmal in den Sinn, auch mich zu fragen, ob ich damit einverstanden sei. Ich sah gestern abend, als Stephen die Laute spielte, Eurem Gesicht an, wie eingebildet Ihr seid. Ihr glaubtet wahrhaftig, jede Frau würde Euch unwiderstehlich finden.«

»Ihr seid ein niederträchtiges Frauenzimmer«, schnaubte er, während er sich in Schmerzen wand.

»Ja? Nur weil ich mehr sein wollte als nur eine hilflose Figur auf Eurem Schachbrett, Sir Hugh? Bedenkt, Sir Hugh, daß es nur eine weibliche Figur beim Schachspiel gibt, und sie ist die mächtigste und beweglichste des ganzen Spiels!« Sie beugte sich vor und nahm den Schlüssel von Stephens Zelle aus der Tasche von Sir Hughs Wams.

Sie schloß die Tür von Stephens Gefängnis auf. »Du bist jetzt frei«, sagte sie ruhig. »Und noch ist es Tag. Wir könnten zu dem Haus deiner Brüder weiterreiten.«

Er sah sie düster an. »Du kommst direkt von ihm? Hat er den Anblick genossen, den ihm deine Brüste boten?«

»Tod und Verdammnis über dich, Stephen!« erwiderte sie hitzig. »Ich bin es leid, mich noch länger von Engländern beleidigen zu lassen. Zuerst behandelt mich dein sogenannter Freund wie ein Stück Möbel, das ihm gehört, und als ich ihm seine Eitelkeit heimzahle, nennt er mich ein hinterlistiges Frauenzimmer!«

Stephens Augen wurden dunkel vor Eifersucht. »Ich sah doch, wie ihr euch unten im Hof benommen habt. Er tat so, als wäre er schon jahrelang dein Liebhaber!«

»So? Glaubst du, ich lasse mich von einem fremden Mann betasten, wenn ich damit nicht eine Absicht verbände?«

»Eine Absicht! Ich weiß doch, wie du im Bett bist. Vielleicht wolltest du herausfinden, ob andere Männer dich auch im Bett zum Singen bringen!«

Sie gab ihm eine Ohrfeige.

»Glaubst du wirklich, ich habe diesen Nachmittag in seinem Bett verbracht?« fragte sie mit funkelnden Augen.

Stephen rieb sich die schmerzende Wange.

»Dafür reichte die Zeit nicht ganz aus . . .«

»Hugh ist dein Freund, und du weißt, daß er ein ehrenhafter Mann ist. Er würde dir niemals so einen Schimpf antun. Aber ich bin nur eine Frau und deshalb ohne Ehrgefühl. Ich bin wie ein Samen, der dort hinfliegt, wohin der Wind ihn bläst, nicht wahr?«

»Du verdrehst mir die Worte im Mund . . .«

»Keinesfalls! Heute morgen, als Rab dich fand, hattest du fest daran geglaubt, daß Hugh mich haben könnte, wenn er nur wollte. Er brauchte mich ja nur zu fragen oder süße Reden zu führen. Wenn du mich nur ein bißchen kennen würdest, würdest du in aller Ruhe in der Zelle gesessen und auf mich gewartet haben. Dann hätten wir gemeinsam über den Streich lachen können, den ich ihm spielte.«

»Was für einen Streich?« fragte Stephen heftig.

Alicia hatte ein Gefühl, als verschwendete sie nur ihren Atem. Sie hatte in den letzten Monaten so viel von Stephens Wesen erkannt, hatte gelernt, ihm zu vertrauen, ihm zu glauben und sogar Zutrauen zu haben, daß er sie liebte. Doch er hatte nichts hinzugelernt! Er hielt sie immer noch für ein strohköpfiges, schwaches Spielzeug!

Ihre Stimme war ausdruckslos. »Ich mischte ihm einen Trank mit Kräutern, die, wie Kirsty mir sagte, heftige Magenkrämpfe hervorrufen. Er wird tagelang krank im Bett liegen müssen.«

Stephen starrte sie an. Wie sehr er ihr doch glauben wollte! Er hatte das Gefühl, er sei um Jahre gealtert, als er zusehen mußte, wie sie sich zu Hugh beugte und mit ihm redete. Er hatte sich die

Finger an den Gitterstäben blutig gerissen, als sie miteinander tanzten und Alicias Knöchel unter dem Kleidersaum nackt in der Sonne blitzten. Und sie meinte, er hätte ruhig in der Zelle warten sollen, obwohl sie ihn fast in ein reißendes Tier zu verwandeln drohte? Hätte er aus der Zelle freikommen können, wäre er hinuntergestürzt auf die Tanzfläche und hätte Hugh, seinen Freund, mit bloßen Händen in Stücke gerissen!

»Wir sollten jetzt gehen«, sagte sie kalt zu ihm und wandte ihm den Rücken zu.

Er kam erst wieder zur Besinnung, als Rab ihn mit seinem Bellen zum Gehen aufmunterte.

Er lief die Treppe hinunter zu Hughs Zimmer.

Hugh lag auf seinem Bett, die Knie bis an die Brust hinaufgezogen, umgeben von vier Dienern und drei Wächtern. »Verschwinde«, sagte er keuchend, während eine Welle von Schmerzen über seinen Leib wanderte, »ich möchte weder dich noch diese Hündin, die du geheiratet hast, noch einmal hier in meinem Haus sehen.«

Stephen wich von seinem Bett zurück. Doch zugleich breitete sich ein Lächeln über seinem Gesicht aus. Sie hatte ihm die Wahrheit gesagt!

»Hinaus, sagte ich!« befahl Hugh. Er faßte sich an den Leib und sank stöhnend in die Kissen zurück.

»Von einer Frau übertölpelt«, sagte Stephen lachend, als er das Zimmer verließ. Er lief die Treppe hinunter in die große Halle, wo ihn Alicia schon erwartete in weißer Bluse und kariertem Rock. Sie war wieder sein Hochlandmädchen. Er wollte sie in seine Arme nehmen, doch sie wandte sich nur kalt von ihm ab.

»Alicia«, begann er.

»Wenn du hier fertig bist, sollten wir reiten, denke ich. Aber du bist natürlich mein Meister. Also bleiben wir noch einen Tag, wenn du es befiehlst.«

Er starrte einen Moment in das eisige Blau ihrer Augen. »Nein, ich will nicht länger hierbleiben«, sagte er nach einer Pause. Er drehte sich von ihr weg und ging zum Vordereingang der Halle.

Sie hielt ihr Kinn hoch, als sie ihm zu den Ställen folgte.

Nach einem stummen, gegenseitigen Übereinkommen schlugen sie abends kein Lager auf, sondern ritten in der Dunkelheit weiter. Sie sprachen nicht miteinander, sondern jeder ging für sich die letzten beiden Tage in Gedanken durch. Stephen wurde das Bild nicht los, wie Hugh Alicias Gesicht zwischen seinen Händen gehalten hatte. Er wußte, daß sie sich an Hugh gerächt hatte, wünschte aber, sie hätte es nicht auf eine so sanfte Weise getan. Sie hätte ihn mit dem Messer zurechtweisen sollen!

Was Alicia betraf, so hatte sie Hugh fast vergessen. Für sie zählte nur, daß Stephen ihr nicht vertraut, sondern ihre Loyalität angezweifelt hatte.

Im frühen Licht der Dämmerung ragten die Mauern der Ascott-Burg vor ihnen auf. Sie hatte nicht so eine drohende, massive Festung erwartet, sondern eher ein Herrenhaus, wie Hugh Lasco es besaß. Sie warf einen Seitenblick auf Stephen und bemerkte, wie sein Gesicht aufleuchtete. So mußte auch sie aussehen, wenn sie nach Larenston heimkehrte.

»Wir werden die Burg durch das Tor am Fluß betreten«, sagte er und spornte sein Pferd wieder an.

Die Vorderseite der hohen Mauern waren mit zwei mächtigen Türmen bewehrt, die das geschlossene Tor flankierten. Sie folgte Stephen zu den niedrigeren Mauern, die zu einem unbedeckten Tunnel zusammenliefen. Sie führten zu einem kleineren Tor an der hinteren Seite der Burg.

Stephen zügelte sein Pferd, als sie zwischen den niedrigen Mauern ritten. Sogleich flog ein Pfeil durch die Luft und landete vor den Vorderbeinen seines Hengstes.

»Wer reitet dort?« fragte eine gesichtslose Stimme von der Mauerkrone.

»Stephen Ascott!« erwiderte er laut.

Alicia lächelte, weil Stephens Stimme geprägt war von den summenden Lauten des Hochland-Schotten.

»Ihr seid nicht Lord Stephen, denn den kenne ich gut! Also wendet mit Eurer Mähre, denn niemand kommt durch diese

Mauern, der nicht zu den Freunden der Ascotts zählt. Wartet eine Stunde vor dem Haupttor, bis der Torwächter Euch vielleicht einläßt.«

»Matthew Greene!« rief Stephen zur Mauerkrone hinauf, »hast du vergessen, wie dein eigener Master aussieht?«

Der Mann lehnte sich nun weit über die Brüstung und starrte auf Stephen hinunter. »Tatsächlich!« rief er dann. »Öffnet das Tor!« befahl er dann mit jubelnder Stimme. »Lord Stephen lebt! Willkommen zu Hause, Mylord!«

Stephen winkte dem Mann zu, während er sein Pferd wieder antrieb. Überall auf der Mauerbrüstung riefen die Männer nun ihren Willkommensgruß. Das Tor öffnete sich, und sie ritten in einen privaten Innenhof, der von den Burgmauern überragt wurde.

»Mylord, wie schön, Euch gesund wiederzusehen!« sagte ein alter Mann, als er die Zügel ergriff, die Stephen ihm zuwarf. »Ich würde Euch nicht wiedererkannt haben, wenn die Männer mir nicht zugerufen hätten, daß Ihr es seid.«

»Es ist schön, wieder zu Hause zu sein, James. Sind meine Brüder hier?«

»Lord Gavin kam erst vor einer Stunde wieder zurück.«

»Zurück?«

»Aye, Mylord – alle Eure Brüder suchen nach Euch. Wir hörten, Ihr seid von diesem heidnischen Weib getötet worden, mit dem Ihr verheiratet wurdet.«

»Beherrsche deine Zunge, James.« Stephen wich einen Schritt zurück und nahm Alicias Hand. »Das ist meine Frau, Lady Alicia.«

»Oh, Mylady«, keuchte der alte Mann, »verzeiht mir. Ich dachte, Ihr wäret eine von Lord Stephens . . . Ich meine, er hat oft jemand mitgebracht . . .«

»Du hast schon genug gesagt. Komm, Alicia!«

Er gab ihr keine Gelegenheit, sich erst auf die Familie vorzubereiten. Sie sollte wie eine Dienstmagd vor deren Angesicht geschleppt werden. Sie wußte, wie großen Wert die Engländer auf Garderobe legten, und das Kleid, das sie in Thomas Crichtons

Haus getragen hatte, wäre ihr nun recht gelegen gekommen. So konnte sie den höhnischen Blicken der Engländer nur dadurch begegnen, daß sie die Nase hochreckte. Nur bei Judith war das vermutlich nicht nötig. Sie war ja so gütig und rücksichtsvoll.

»Du siehst aus, als würdest du gefressen«, sagte Stephen barsch. »Ich gebe dir mein Wort, daß Gavin Frauen nur selten schlägt, und Judith . . .«

Sie hob die Hand. »Verschone mich! Von dieser Judith habe ich bereits genug gehört.» Sie drückte den Rücken durch. »Und eher geben die Schotten ihr Plaid auf, bevor ein MacArran sich vor irgendwelchen Engländern fürchtet!«

Er lächelte und öffnete dann die Tür zu einem Zimmer, das vom frühen Licht der Sonne gleißend hell war. Alicia warf nur einen Blick auf die herrlich getäfelten Wände, ehe die beiden Leute, die in der Mitte des Raumes standen, ihre Aufmerksamkeit auf sich zogen.

»Tod und Verdammnis über dich, Judith!« rief ein großer, stattlicher Mann mit dunklen Haaren, grauen Augen und scharfen Wangenknochen. Er sah außerordentlich gut aus, und sein Gesicht war hochrot vor Zorn. »Ich habe genaue Anweisungen gegeben, wie die Molkerei umgebaut werden sollte. Sogar Planskizzen habe ich dir dagelassen. Als hätte ich nicht schon genug Sorgen mit Stephen und dessen Frau, die vermißt werden! Da komme ich nach Hause, und die Molkerei hat nicht die geringste Ähnlichkeit mit meinen Entwürfen.«

Judith sah gelassen zu ihm hoch. Sie hatte üppige rotbraune Haare, die nur teilweise von einem französischen Hütchen verdeckt waren. Ihre Augen glitzerten wie Gold. »Weil deine Entwürfe absolut untauglich waren. Hast du schon einmal Käse zubereitet oder Butter? Hast du überhaupt schon mal eine Kuh gemolken?«

Der Mann überragte sie um mindestens einen Kopf, doch das schien die Frau nicht im geringsten zu beeindrucken. »Was, zum Kuckuck, haben meine Pläne damit zu tun, daß ich noch nie so eine gottverdammte Kuh gemolken habe?« Er war so wütend, daß die scharfen Kanten seiner Jochbeine die Haut zu zerschneiden drohten. »Entscheidend ist für mich, daß du meine Anordnungen widerrufen hast. Wie stehe ich jetzt vor meinen Molkereiarbeitern da?«

Judith sah ihn mit schmalen Augen an. »Sie werden dir dankbar sein, daß sie nicht in diesem Kaninchenstall arbeiten müssen, den du für sie entworfen hast.«

»Judith«, grollte er, »wenn ich wüßte, es nützte etwas, würde ich dich jetzt für deine Unverschämtheit grün und blau schlagen.«

»Es ist bemerkenswert, wie zornig du bist, wenn ich recht habe.«

»Gavin!« rief Stephen an Alicias Seite, als er eine Axt aus der Schlinge riß, wo sie zwischen anderen Waffen an der Wand hing.

Gavin, kriegsgeübt und ständig auf der Hut, erkannte sofort den Schrei. Er drehte sich rasch um und fing die Axt auf, die Stephen ihm zuwarf. Einen Moment sah Gavin verdutzt zwischen seinem Bruder, der ein so seltsames Gewand trug, und der Axt, die er in beiden Händen hielt, hin und her. »Damit du dich Judiths erwehren kannst!« rief Stephen lachend.

Ehe Gavin zu einer Reaktion fähig war, lief Judith schon quer durchs Zimmer und warf sich in Stephens Arme. »Wo bist du nur gewesen? Wir haben dich tagelang gesucht. Wir machten uns große Sorgen.«

Stephen vergrub sein Gesicht am Hals seiner Schwägerin. »Bist du wieder gesund? Ist dein Fieber . . .«

Gavin unterbrach ihn schnaubend: »Sie ist gesund genug, ihre Nase in alle meine Angelegenheiten zu stecken.«

»In *deine* Angelegenheiten? Hast du deine Lektion immer noch nicht gelernt?«

»Still, ihr beiden!« rief Judith, während sie sich wieder aus Stephens Armen löste.

Gavin drückte nun seinen Bruder an die Brust. »Wo hast du gesteckt? Wir hörten, sie hätten dich umgebracht, und dann, daß das nicht genügt und man dich zum zweitenmal totgeschlagen hätte. Es war . . .« Man sah ihm an, daß die Sorgen groß gewesen waren, weil er nicht weiterreden konnte.

»Wie du siehst, bin ich nicht tot«, sagte Stephen lachend und trat von seinem Bruder zurück.

»Ich kann sehen, daß du noch viel besser aussiehst als früher«, sagte Judith und bestaunte unverhohlen die braunen, muskulösen Beine ihres Schwagers.

Gavin warf einen Arm besitzergreifend um Judiths Schulter. »Hör auf, mit meinem Bruder zu flirten, und ich sage dir gleich, daß ich so etwas nicht anziehen werde!«

Judith lachte vergnügt und schmiegte sich an ihren Mann.

Alicia stand im Schatten eines hochlehnigen Sessels, eine Außenseiterin, die eine Familie betrachtete. Das war also die sanfte Judith! Sie war kleiner als sie selbst, ein zierliches Ding, doch so herrlich wie ein Edelstein. Und sie trat so selbstbewußt ihrem Mann entgegen, der sie überragte wie ein Turm. Keine Frau, die ihre Tage mit Nähen verbrachte!

Judith war die erste, die den Zuschauer hinter der Lehne entdeckte. Zunächst glaubte sie, Stephen habe seine Drohung wahrgemacht: seine Frau in einen Turm eingesperrt und sich eine hübsche Bürgerliche genommen, die ihn glücklich machte. Doch während sie Alicia betrachtete, fand sie, daß keine Frau aus dem Volk sich so edel darbieten würde, wie Alicia es tat. Da war nicht nur der Stolz auf ein bestechend schönes Äußeres; sondern ein Adel des Charakters, der ihre Haltung bestimmte. Das war eine Frau, die wußte, daß sie etwas wert war.

Judith löste sich von ihrem Mann und ging auf Alicia zu. »Lady Alicia?« fragte sie ruhig und streckte ihr die Hand entgegen.

Alicias Blick kreuzte sich mit Judiths Blick, und sogleich sprang ein Funken über. Sie verstanden sich auf Anhieb, erkannten sich als ebenbürtig an.

»Wie bist du darauf gekommen?« fragte Stephen lachend. »James dachte, sie wäre . . . nun, jedenfalls, nicht meine Frau.«

»James ist ein Dummkopf«, sagte Judith schlicht. Sie trat einen Schritt zurück und betrachtete die Kleider der größeren Frau. »Der Rock gibt Euch viel Freiheit, nicht wahr? Und belastet auch viel weniger den Körper als mein Gewand, oder?«

Alicia lächelte warm. »Es ist herrlich leicht; dafür ist Eures um so schöner.«

»Komm mit hinauf zu meinem Söller und laß uns plaudern«, sagte Judith herzlich.

Die beiden Männer starrten mit offenem Mund ihren beiden Frauen nach, die sie einfach stehenließen.

»Daß Judith sich so rasch mit jemand anfreundet, habe ich bisher noch nicht erlebt!« sagte Gavin. »Und wie konnte sie wissen, daß sie deine Frau ist? Nach dem Stil ihrer Kleidung zu schließen, hätte ich James recht gegeben.«

»Und Alicia?« sagte Stephen, »sie haßt nämlich die englische Mode. Du kannst dir nicht vorstellen, wie viele Predigten sie mir hielt, daß die englischen Kleider eine Frau beengten wie eine Rüstung.«

Ein Lächeln stahl sich auf Gavins Gesicht. »Schwarze Haare und blaue Augen! Habe ich das tatsächlich gesehen oder lediglich geträumt? Ich dachte, du sagtest, sie sei fett und häßlich. Sie kann doch unmöglich der Boss eines Klans sein, oder?«

Stephen lachte leise im Hals. »Setzen wir uns erstmal. Und vielleicht könnte man im Haus etwas zu essen auftreiben.« Er zwinkerte. »Oder gehorchen die Diener nur noch Judiths Befehlen?«

»Wäre ich nicht so froh darüber, daß du heil und gesund neben mir stehst, würde ich dir diese Bemerkung heimzahlen«, sagte Gavin, während er zur Tür ging, um Anweisung zu geben, daß Speisen herbeigeschafft und nach Raine und Miles gesucht werden sollte.

»Wie geht es Judith nun wirklich?« fragte Stephen, nachdem der Tisch für ihn gedeckt war. »Dein Brief sprach davon, sie habe sich von der Fehlgeburt vollkommen erholt; aber . . .«

Gavin nahm ein hartgekochtes Ei vom Tablett. »Du hast miterlebt, wie ich mit ihr um jeden Zoll Herrschaft über meine eigenen Leute kämpfen muß.«

»Und das macht dir sogar Spaß«, erwiderte Stephen und sah seinen Bruder dabei an.

Gavin grinste. »Sie bringt zweifellos Würze in unser Eheleben. Jedesmal, wenn mir diese artigen, rosig- und weißhäutigen Damen anderer Männer vor die Augen treten, danke ich Gott, daß ich Judith habe. Ich glaube, ich würde verrückt, wenn wir nicht jede Woche so einen herzerfrischenden Ehekrach hätten. Genug! Jetzt reden wir von dir. Wie ist deine Alicia? Ist sie immer so süß und sanftmütig wie eben?«

Stephen wußte nicht, ob er lachen oder weinen sollte. »Sanftmütig? Alicia hat gar keine Ahnung, daß dieses Wort überhaupt existiert. Sie stand nur so still abseits, weil sie überlegte, ob sie ihr Messer ziehen oder ihren Höllenhund auf uns hetzen soll.«

»Warum sollte sie so etwas tun?«

»Sie ist eine Schottin, Gavin! Die Schotten hassen die Engländer, weil diese ihre Felder niederbrennen und ihre Frauen vergewaltigen. Weil die Engländer ein verdammtes, unerträgliches, arrogantes Volk sind. Weil sie glauben, sie seien viel besser als die aufrichtigen, ehrlichen, großzügigen Schotten. Weil . . .«

»Moment mal!« fiel ihm Gavin lachend ins Wort. »Ich dachte, du wärst selbst ein Engländer.«

Stephen widmete sich wieder seinem Frühstück und zwang sich zur Ruhe. »Ich fürchte, das habe ich vorübergehend vergessen.«

Gavin lehnte sich in seinem Sessel zurück und musterte seinen Bruder. »Der Länge deiner Haare nach zu schließen, mußt du das schon vor Monaten vergessen haben.«

»Ich würde an deiner Stelle erst Kritik üben, wenn du die schottische Tracht selbst ausprobiert hast«, fauchte Stephen.

Gavin legte die Hand auf den Arm seines Bruders. »Was ist denn los mit dir? Was ärgert dich so?«

Stephen erhob sich und ging zum Kamin. »Zuweilen weiß ich selbst nicht mehr, was ich bin. Als ich nach Schottland kam, wußte ich, ich bin ein Ascott. Ich hatte eine sehr hohe Meinung von meiner Mission. Ich mußte den barbarischen Schotten unsere zivilisierte Lebensart beibringen.«

Er fuhr sich mit beiden Händen durch die Haare. »Sie sind alles andere als barbarisch, Gavin! Ganz im Gegenteil! Himmel, was wir alles von ihnen lernen könnten! Wir haben nicht mal einen Begriff, was Loyalität bedeutet. Dieser Klan, deren Boss Alicia ist, würde für sie sterben, und sie für ihn. Himmel, ich habe selbst erlebt, wie sie ihr Leben aufs Spiel setzte, um einem Mann ihres Klans das Leben zu retten. Und die Frauen sitzen bei ihnen mit im Rat und fassen Beschlüsse. Und die Entscheidungen, die sie fällen, sind verdammt gut.«

»Wie Judiths Entscheidungen«, sagte Gavin ruhig.

»Ja!« rief Stephen, »nur muß sie dir diese Entscheidungen Zoll um Zoll abringen.«

»Natürlich«, sagte Gavin entschieden, »Frauen sollten . . .«

Stephens Gelächter brachte ihn zum Schweigen. »Irgendwann in den letzten Monaten habe ich aufgehört zu denken, was Frauen sollten.«

»Erzähle mir mehr von Schottland«, sagte Gavin, der dieses Thema nicht weiterverfolgen mochte.

Stephen setzte sich wieder an den Frühstückstisch. Seine Stimme klang entrückt. »Es ist ein schöner Ort.«

»Wie ich hörte, regnet es dort dauernd.«

Stephen wischte den Einwand mit einer Handbewegung beiseite. »Was bedeutet einem Schotten schon das bißchen Regen?«

Gavin betrachtete nachdenklich seinen Bruder. Er hörte mehr aus Stephens Worten heraus, als diese besagten. »Christopher Audley kam vor einiger Zeit hier vorbei. Hat er dich noch vor deiner Hochzeit wiedergefunden?«

Stephen schob seinen Teller weg. »Chris verlor in Schottland sein Leben.«

»Wie?«

Stephen überlegte, wie er Gavin erklären konnte, daß Chris in einem Kampf umkam, der nach ritterlichen Begriffen unehrenhaft war. »Rinder wurden gestohlen. Einige von Alicias Männern kamen dabei um, als sie versuchten, Chris zu beschützen.«

»Chris zu beschützen? Er war ein ausgezeichneter Kämpfer. Sein Panzer . . .«

»Tod und Verdammnis!« schnaubte Stephen. »Seine Rüstung

brachte ihn um. Er konnte sich nicht bewegen. Er war darin, wie Douglas sich ausdrückte, eingeschlossen wie in einem stählernen Sarg.«

»Das verstehe ich nicht. Wieso?«

Die Tür sprang auf, und Raine und Miles stürmten ins Zimmer. Raines Schritte brachten sogar die Fenster zum Klirren. Er umarmte seinen älteren, aber viel leichteren Bruder wie ein Bär und hob ihn hoch. »Stephen! Wir hörten, du seist tot!«

»Das wird er gleich sein, wenn du ihn nicht sofort losläßt«, sagte Miles gelassen.

Stephen grinste seinen Bruder an und drückte seine Arme gegen dessen Arme. Er grinste noch mehr, als er merkte, wie Raines Arme nachgaben. Raine setzte mehr Kraft dagegen, und Stephen ebenfalls. Raine verlor.

Stephen strahlte vor Vergnügen. Es gab nicht viele Männer, die ohne Waffe diesen Muskelprotz bewältigen konnten. Im stillen dankte er Tam.

Raine trat einen Schritt von seinem Bruder zurück und musterte ihn stolz. »Mir scheint, Schottland bekommt dir gut.«

»Oder du hast in jüngster Zeit deine Übungen vernachlässigt«, antwortete Stephen selbstgefällig.

Raines Grübchen vertieften sich. »Vielleicht sollten wir beide das mal nachprüfen!«

»Moment!« rief Miles und trat zwischen die beiden Brüder, »ich möchte wenigstens meinem Bruder guten Tag sagen, ehe du ihn umbringst, Raine.«

»Du bist gewachsen, Miles«, sagte Stephen, »und hast auch zugenommen.«

Gavin schnaubte: »Die Frauen sind daran schuld. Zwei Küchenhelferinnen tragen seinetwegen einen Wettkampf aus, wer ihn besser bekochen kann.«

»Ich verstehe«, lachte Stephen, »und der Preis ist unser Baby-Bruder!«

Miles ignorierte die Hänseleien seiner älteren Brüder. Er lächelte selten so offen wie seine Geschwister. Er war ein ernster Mann, dessen Gefühle sich nur in seinen durchdringenden grauen Augen spiegelten. Nun sah er sich im Zimmer um. »James sagte mir, du hättest deine Frau mitgebracht.«

»Die werden wir nun Miles überlassen», sagte Gavin lachend. »Dann könnte ich wenigstens Judith zeitweilig auch für mich haben. Jedesmal, wenn ich sie suche, treibt sie sich mit einem meiner wertlosen Brüder herum.«

»Gavin behandelt sie wie eine Leibeigene«, sagte Raine, und das war nur zur Hälfte ein Scherz.

Stephen lächelte. Es war gut, wieder zu Hause zu sein, Gavin und Raine streiten zu sehen und zuzuhören, wie sie Miles hänselten. Seine Brüder hatten sich in den vergangenen Monaten kaum verändert. Raine sah noch stärker und gesünder aus, wenn das überhaupt möglich war, und zeigte ganz offen seine Lust an den irdischen Dingen. Miles stand immer noch abseits, ein Teil der Gruppe, doch auch von ihr getrennt. Und Gavin hielt sie alle zusammen. Gavin war der solide Typ, der die Erde liebte. Wo Gavin war, da war das Heim der Ascotts.

»Ich bin mir nicht sicher, daß ich schon so weit bin, euch Alicia vorzustellen«, sagte Stephen.

»Schüchtern, wie?« fragte Raine besorgt. »Ich hoffe, du hast sie nicht quer durch England hierherschleppen müssen. Warum haben wir keine Troßwagen auf dem Hof gesehen? Und wo sind deine Männer?«

Stephen holte tief Luft und lachte schallend. Sie würden ihm niemals glauben, wenn er ihnen die Wahrheit erzählte. »Nein, ich würde Alicia nicht unbedingt als schüchtern bezeichnen«, sagte er und gluckste wieder vor Lachen.

14. Kapitel

Alicia saß bis zum Hals im heißen Seifensud. Ein Feuer loderte hell im mächtigen Kamin und verbreitete Wärme und harzigen Duft im Zimmer. Sie entspannte sich im Zuber und sah um sich. Das Schlafzimmer war wunderschön von der Balkendecke bis zum Fußboden aus spanischen Fliesen. Die Wände waren mit weißgestrichenem Holz verkleidet, und kleine Rosenknospen rankten sich an den Stellen, wo die Paneele aneinanderstießen. Das riesige Himmelbett war mit rosenfarbenem Samt verkleidet. Die Sessel, Bänke und Schränke im Raum waren sämtlich herrlich geschnitzte Stücke mit hohen Spitzbogen-Motiven.

Alicia lächelte und lehnte sich im Zuber zurück. Es war angenehm, von solchem Luxus umgeben zu sein, obwohl sie zugleich an Möglichkeiten dachte, das dafür ausgegebene Geld sinnvoller zu verwenden. Auf dem Weg hierher hatten Stephen und sie viel arme Leute gesehen. Sie hätte dieses Geld für ihren Klan ausgegeben; doch sie wußte, daß die Engländer nicht so dachten wie sie.

Sie schloß die Augen und lächelte bei dem Gedanken, welche Judith sie erwartet hatte und welcher sie begegnet war. Sie hatte sich eine weiche, nachgiebige Frau vorgestellt, doch nichts an dieser Judith war weich oder nachgiebig. Kein Diener in diesem Haus, der nicht sofort sprang, wenn sie eine Anweisung gab.

Ehe Alicia richtig wußte, wie ihr geschah, war sie bereits ausgekleidet und lag im Badewasser. Sie hatte nicht gewußt, daß ein heißes Bad genau das war, was sie brauchte.

Die Tür öffnete sich leise, und Judith kam herein. »Fühlst du dich jetzt besser,« fragte sie.

»Viel besser. Ich hatte vergessen, wie es ist, wenn man verwöhnt wird.«

Judith verzog das Gesicht und hielt Alicia ein großes, vorgewärmtes Badetuch hin. »Ich fürchte, die Ascott-Männer sind nicht dazu erschaffen, ihre Frauen zu verwöhnen. Gavin hält es für selbstverständlich, daß ich mit ihm durch die schlimmsten Wolkenbrüche reite.«

Alicia wickelte sich in das Badetuch und betrachtete Judith mit nachdenklichem Blick. »Und was würdest du tun, wenn er dir befähle, zu Hause zu bleiben?«

Judith lachte warm. »Ich würde nicht zu Hause bleiben. Gavin übersieht zu oft Dinge, die er für nebensächlich hält.

Wenn seine Pächter Getreide aus seinen Vorratshäusern stehlen, ist das keine Kleinigkeit.«

Alicia setzte sich vor das Feuer und seufzte. »Ich wünschte mir, du könntest dir mal meine Haushaltsbücher ansehen. Ich fürchte, da liegt auch manches im argen.«

Judith nahm einen Kamm aus Elfenbein und fuhr damit durch die frischgewaschenen Haare ihrer Schwägerin. »Aber du hast ja noch andere Pflichten als das Zählen der Bohnen in den Vorratsräumen. Sag mir, wie fühlt man sich als Herrscherin eines Klans? Wie ist es, wenn all die hübschen jungen Männer sich beeilen, dir jeden Wunsch zu erfüllen?«

Alicia brach in ein Gelächter aus, als sie Judiths nachdenkliche Stimme und deren absurde Vorstellungen vernahm. Sie warf sich einen von Judiths Hausmänteln über und beschäftigte sich mit ihren Haaren. »Es ist eine große Verantwortung«, sagte sie ernst. »Und was den Gehorsam meiner Männer betrifft . . .« Sie klaubte seufzend ein paar Haare aus den Zinken des Kamms.

»In Schottland werden Frauen nicht so behandelt wie hier in England.«

»Als hätten wir keinen eigenen Verstand!« sagte Judith.

»Ja. Doch wenn Männer glauben, daß ihre Frauen intelligent sind, erwarten sie auch mehr von ihnen.«

»Das verstehe ich nicht.«

»Meine Männer gehorchen mir nicht blind. Sie stellen jeden meiner Schritte in Frage. In Schottland glaubt jeder, er sei allen anderen ebenbürtig. Stephen befiehlt seinen Männern, sie sollen ihre Pferde satteln und in einer Stunde abmarschbereit sein. Sie fragen ihn nicht danach, warum. Sie tun es.«

»Ich fange an, zu begreifen«, sagte Judith. »Würden deine Männer erst von dir wissen wollen, wohin sie ritten und warum? Falls ja, könnte das sehr . . .«

». . . viel Verdruß bringen zuweilen«, beendete Alicia den Satz für ihre Schwägerin. »Da ist ein Mann in meiner Burg, ein älterer Mann, Tam, der jeden meiner Schritte beobachtet und jede meiner Entscheidungen kommentiert. Dazu kommen seine vielen Söhne, die mir bei jeder Gelegenheit widersprechen.

Tatsächlich treffe ich nur in Nebensachen meine Entscheidung allein. In wichtigen Dingen ist es ein gemeinsamer Beschluß.«

»Aber was geschieht, wenn du etwas willst, und die Männer sind dagegen? Was machst du dann?«

Alicia lächelte versonnen. »Es gibt Methoden, mit denen man selbst Männer, die einen beäugen wie Adler, hintergehen kann.«

Diesmal war es an Judith, in ein Gelächter auszubrechen. »Wie bei unserer Molkerei! Ich durfte nicht zulassen, daß sie so gebaut wurde, wie Gavin sie entwarf. Das wäre ein schlimmer Reinfall geworden. Also ließ ich die Männer die ganze Nacht über graben, ehe er hier wieder ankam. Ich wußte, daß er ein viel zu sparsamer Mann ist, die Fundamente wieder zuschütten zu lassen, und viel zu stolz, um zuzugeben, daß ich recht hatte.«

Alicia setzte sich auf die Bank neben ihre Schwägerin. »Und ich habe mich davor gefürchtet, dich kennenzulernen! Stephen sagte ... nun, er beschrieb dich, daß ich glauben mußte, du wärst nichts als eine hübsche, aber nicht sehr lebendige Puppe mit Stroh im Kopf.«

»Stephen?« Judith lachte und nahm dann Alicias Hand. »Ich war diejenige, die das Zuspätkommen zu seiner Hochzeit verursachte. Ich war entsetzt, als ich hörte, er hatte nicht einmal einen Boten geschickt, der sein Versäumnis erklärte.« Sie zögerte einen Augenblick. »Wie ich hörte, hat das einige Probleme geschaffen.«

»Stephen Ascott schafft sich seine Probleme selbst«, sagte Alicia streng. »Es gibt Zeiten, wo er der arroganteste, unerträglichste, empörendste ...«

»... faszinierendste Mann der Welt sein kann«, beendete Judith mit schwerer Stimme den Satz. »Du sagst mir nichts Neues. Ich kenne sie alle nur zu gut, da ich ja selbst mit einem Ascott verheiratet bin. Doch ich würde Gavin nicht gegen alle diese süß duftenden, ritterlichen Männer dieser Welt eintauschen. Wahrscheinlich empfindest du ähnliches bei Stephen.«

Da sprang Rab plötzlich in die Höhe und stellte sich schweifwedelnd und bellend an die Tür.

Stephen trat ein und kraulte Rab hinter den Ohren. »Ihr beide seht aus, als freutet ihr euch über etwas«, sagte er.

»Ein paar Minuten ungestörter Frieden war für uns wirklich eine Freude«, gab Alicia zurück.

Stephen sah Judith lächelnd an. »Vielleicht kannst du ihre scharfe Zunge ein wenig glätten, solange wir hier sind. Und da unten ist ein Mann, der mir wegen ein paar Kleidern in den Ohren lag.«

»Wunderbar!« rief Judith und rannte förmlich aus dem Zimmer.

Stephen betrachtete seine Frau. »Du siehst verlockend aus wie ein Frühlingsmorgen.«

Sie entzog sich ihm und starrte ins Feuer.

»Alicia, bist du mir noch böse wegen dieser Geschichte in Hughs Haus?«

»Böse?« fragte sie kalt. »Nein. Ich war nur töricht. Das ist alles.«

»Töricht?« Ihre Kälte tat ihm weh. Das war schlimmer, als wenn sie mit einem Messer auf ihn losgegangen wäre.

Sie sah ihn an. »Ich hatte angefangen zu glauben, daß uns etwas verbinden könnte.«

»Liebe?« fragte er, und seine Augen blitzten hell. »Es ist nichts Unrechtes, wenn du mir gestehst, daß du mich liebst.«

Sie kräuselte ihre Lippen und schob seine Hand von ihrer Schulter. »Liebe!« sagte sie ärgerlich, »ich spreche von Wichtigerem als nur Liebe zwischen Mann und Frau. Ich spreche von Vertrauen, Loyalität und dem Glauben, den einer an den anderen hat.«

Er sah sie stirnrunzelnd an. »Ich dachte, es wäre die Liebe, die sich die meisten Frauen von ihren Männern wünschten.«

Sie seufzte enttäuscht. Ihre Stimme war sehr leise, als sie weitersprach. »Wann wirst du endlich lernen, daß ich nicht ›die meisten Frauen‹ bin? Ich bin Alicia, die MacArran, und als solche einmalig. Vielleicht denken die meisten Frauen, daß Liebe das höchste erreichbare Ziel ihres Lebens ist. Doch Liebe habe ich genug. Meine Männer lieben mich, Tam liebt mich. Ich bin mit den Frauen meines Klans befreundet und nun sogar mit Kirsty, einer Frau des MacGregor-Klans.«

»Und wo passe ich da ins Bild?« frage Stephen und sah sie grimmig an.

»Ich bin sicher, daß wir uns auf unsere eigene Weise lieben. Ich sorgte mich sehr um dich, als Deveys Pfeil dich traf, und du hast oft bewiesen, daß du dich um mich sorgtest.«

»Vielen Dank für kleine Gefälligkeiten«, sagte er verdrossen. »Und ich bildete mir ein, du wärst erfreut, wenn ich dir sage, daß ich dich liebe.«

»Ich will Respekt, Ehre und Respekt. Als die MacArran muß ich in einer Männerwelt leben, und ich wünsche mir keinen Ehemann, der mir allerhand unehrenhafte Handlungen zumutet, wenn ich einmal nicht von ihm beobachtet werde.«

Rabs Bellen unterbrach die beiden. Die Tür öffnete sich einen Spalt. »Darf man hereinkommen?« fragte Judith.

»Komm her, Rab«, befahl Alicia, während Judith ins Zimmer trat. »Er tut dir nichts, solange du nicht mit einer Waffe ins Zimmer kommst.«

»Das werde ich mir merken«, erwiderte Judith lachend und hielt ihren Arm vor, an dem ein Kleid aus dunkelblauem Samt hing, über und über mit Goldfäden bestickt. »Für dich«, sagte sie. »Mal sehen, ob es paßt.«

»Wie . . .«, fragte Alicia, während sie das Kleid an ihren Körper hielt.

Judith lächelte geheimnisvoll. »Da ist ein schrecklicher kleiner Mann, der für Gavin arbeitet. Gavin sperrt ihn immer im Keller ein wegen . . . allerlei Unverschämtheiten. Ich beschloß, die Talente dieses Mannes zu nützen. Ich gab ihm ein Säckchen voll Silber, sagte ihm, wie groß du seist, und verlangte, er solle mir ein Kleid nähen, das einer Lady würdig sei.«

»Es ist wunderschön«, flüsterte Alicia, während sie mit beiden Händen über den Samt strich. »Du bist so freundlich zu mir, gibst mir das Gefühl, willkommen zu sein.«

Judith legte Stephen die Hand auf die Schulter »Stephen, du siehst so erschöpft aus. Geht es dir nicht gut?«

Er versuchte zu lächeln und küßte ihr zerstreut die Hand. »Vielleicht bin ich erschöpft.« Er wandte sich Alicia zu. »Meine Brüder würden sich freuen, dich kennenlernen zu dürfen«, sagte er förmlich. »Ich fühlte mich geehrt, wenn du ihrer Bitte entsprichst.« Damit verließ er das Zimmer.

Erst nach Stunden war Alicia so gekleidet und hergerichtet, daß Judith mit ihr zufrieden war. Judith sagte, sie habe so manchen Trick bei Hofe gelernt, den sie jedoch nie mehr zu besuchen wünschte. Ihr gefiel die Art, wie Alicia ihre Haare ungehindert über die Schultern fließen ließ. Sie trug es sogleich auf die gleiche Weise. Judith trug ein Gewand aus violettem Satin, dessen Ärmel und Saum mit dunkelbraunem Nerz besetzt waren. Ein goldener Gürtel mit purpurfarbenen Amethysten umgab ihr Taille.

Alicia glättete den Samt über den Hüften. Das Kleid beengte sie, doch heute machte ihr das nichts aus. Der tiefe, rechteckige Ausschnitt brachte ihre vollen Brüste sehr zur Geltung. Die gepufften Ärmel waren geschlitzt und mit hauchdünnem Stoff aus gewirktem Gold unterlegt. Sie reckte die Schultern und ging die Treppe hinunter, um ihre Schwager zu begrüßen.

Die vier Männer standen nebeneinander vor dem steinernem Kamin des Winter-Gästezimmers, und Alicia und Judith verhielten einen Moment mitten im Schritt, um sie voller Stolz zu betrachten.

Stephen hatte sich seine langen Haare schneiden lassen und seine schottischen Kleider abgelegt. Alicia fühlte einen Stich des Bedauerns, daß sie den Hochländer verloren hatte, zu dem er geworden war. Er trug ein Wams aus dunkelblauem Samt, dessen Kragen aus kostbarem Zobel bestand. Seine muskulösen stämmigen Beine staken in einer dunkelblauen Strumpfhose.

Gavin trug Grau, und seine Jacke war mit dem grauen Pelz von Grauhörnchen gefüttert. Raine trug schwarzen Samt, der Kragen mit Silberfäden durchwirkt, die sich zu einem komplizierten spanischen Muster zusammenfügten. Miles' Wams leuchtete smaragdgrün. Die geschlitzten Ärmel waren mit silbernem Tuch unterlegt, seine Ärmelmanschetten mit Perlen bestickt.

Miles bemerkte die Frauen zuerst. Er stellte seinen silbernen Weinkelch auf den Kaminsims und trat vor. Er stellte sich vor Alicia hin, und seine Augen wurden fast schwarz zu einem heißen schwarzen Feuer. Er ließ sich auf ein Knie vor ihr nieder. »Ich fühle mich geehrt«, flüsterte er ehrfürchtig, den Kopf geneigt.

Alicia sah die anderen Brüder verwirrt an.

Judith lächelte stolz über ihre Schwägerin. »Darf ich dir Miles vorstellen?«

Alicia streckte ihre Hand aus, und Miles ergriff sie und küßte sie lange.

»Du hast deine Punkte gesammelt, Miles«, sagte Stephen sarkastisch.

Gavin lachte und hieb Stephen auf die Schulter, daß ihm der Wein aus dem Kelch sprang. »Jetzt habe ich endlich jemand gefunden, der mir hilft meinen Baby-Bruder bei der Stange zu halten«, sagte Gavin. »Lady Alicia, darf ich mich ebenfalls feierlich vorstellen? Ich bin Gavin Ascott.«

Alicia nahm Miles wieder ihre Hand weg und konnte den Blick nur schwer von ihm lösen. Dieser junge Mann hatte etwas außerordentlich Fesselndes an sich. Sie gab Gavin die Hand und wandte sich dann dem dritten Bruder zu. »Und Ihr müßt Raine sein. Ich habe schon viel über Euch gehört.«

»Davon wenig Gutes, wie?« fragte Raine, während er ihre Hand nahm und lächelte, daß seine Grübchen sich mit Schatten füllten.

»Richtig«, sagte sie aufrichtig. »Einer meiner Männer, Tam, so stämmig wie eine Eiche, war Stephens Ausbilder in Schottland. Wochenlang hörte ich Euren Namen, wenn Stephen sich den anstrengenden Anforderungen von Tam entziehen wollte.«

Raine lachte laut. »Da muß ja mein Name Wunder gewirkt haben; denn er blieb heute morgen in einem kurzen Ringen Sieger.« Er warf Stephen einen Seitenblick zu, »obwohl er sich natürlich erst noch einer Herausforderung zu einem längeren Kampf stellen muß.«

Alicia musterte mit großen Augen Raines kolossale Schultern und die mächtige Brust. »Mir scheint, es sollte genügen, wenn ein Mann einen anderen beim erstenmal besiegt.«

Raine faßte sie bei den Schultern und gab ihr einen schallenden Kuß auf die Wange. »Stephen, bei der Frau solltest du bleiben!« rief er lachend.

»Ich werde es versuchen«, sagte dieser und ergriff ihre Hand, ehe Miles sie wieder zu fassen bekam. »Das Diner ist serviert. Sollen wir hineingehen?« fragte er und suchte mit seinem Blick ihre Augen.

Sie lächelte süß, als hätten sie sich nie gezankt. »Ja, bitte«, sagte sie züchtig.

Plötzlich schien sich alles vor ihren Augen zu drehen. Sie war im Haß auf die MacGregors und die Engländer aufgewachsen. Nun war sie die Patenmutter eines MacGregors und ertappte sich dabei, daß sie diese warmherzige, fest zusammenhaltende englische Familie in ihr Herz schloß. Doch die MacGregors hatten jahrhundertelang die MacArrans getötet, und die Engländer erschlugen ihren Vater. Wie konnte sie Menschen lieben, die sie hassen sollte?

»Lady Alicia?« fragte Gavin, »ist Euch der Wein zu stark?«

»Nein«, erwiderte sie lächelnd, »alles ist fast perfekt. Und das, fürchte ich, ist mein Problem.«

Er musterte sie einen Moment lang. »Ihr solltet wissen, daß wir auch Eure Familie sind. Wenn Ihr einen von uns irgendwann braucht, werden wir zur Stelle sein.«

»Vielen Dank«, antwortete sie ernst. Sie wußte, er meinte es auch so.

Nach dem Essen nahm Judith Alicia zu einer Besichtigungstour innerhalb der Burgmauern mit. Die Burg bestand aus zwei Bereichen – dem äußeren, wo die Dienstleute wohnten, und dem inneren, stärker geschützten Bereich, der den Ascotts vorbehalten blieb. Alicia hörte aufmerksam zu und stellte hunderte von Fragen, die den wohlorganisierten Burgkomplex betrafen. Das Ackerland innerhalb der Burgmauern war groß genug, um die Bewohner der

Anlage von jeder äußeren Nahrungsmittelzufuhr unabhängig zu machen.

Stephen hielt die beiden zurück, als sie sich in der Schmiede eine neue Technik vorführen lassen wollten.

»Gavin und ich werden nach Larenston zurückreiten, um Chris' Leiche zu holen.«

»Tam wird ihn inzwischen beerdigt haben«, meinte Alicia.

Er nickte. »Ja, aber wir halten das für eine Ehrenpflicht seiner Familie gegenüber. Sie weiß bisher noch nicht einmal, daß er tot ist. Es wird ihnen ein wenig über den Schmerz hinweghelfen, wenn er auf ihrem Land ruht.«

Alicia nickte zustimmend. »Chris mochte Schottland nicht«, sagte sie ernst.

Er fuhr mit den Knöcheln über ihre Wange. »Es ist das erstemal seit unserer Heirat, daß wir getrennt sind.«

»Und wie lange wirst du wegbleiben?«

Er faßte sie unter dem Kinn. »Mindestens drei lange, lange Tage. Wie ich Gavin kenne, wird er hart reiten.« Er lächelte. »Jedenfalls werden wir nicht alle paar Stunden anhalten wie du und ich auf der Herreise.«

Sie schlang die Arme um seinen Hals. »Du wirst mich nicht vergessen, während du fort bist?« flüsterte sie, ihren Mund an dem seinen.

»Wie könnte ich einen Wirbelsturm wie dich vergessen«, sagte er lächelnd. Sie preßte ihren Körper fest an ihn.

»Stephen . . .«

Er legte zwei Finger an ihre Lippen. »Wir werden viel miteinander zu bereden haben, wenn ich zurückkomme. Bist du bereit dazu?«

Sie lächelte glücklich. »Ja, ich bin bereit.«

Nachts merkte Alicia erst richtig, wie sehr sie Stephen vermißte. Das breite Bett in der wunderhübsch gefliesten Kammer erschien ihr kalt und unerträglich. Sie dachte an Stephen, der sich nicht eine Nacht Schlaf gegönnt hatte. Sie verdammte sich dafür, daß sie nicht darauf bestanden hatte, ihn zu begleiten.

Je mehr sie darüber nachdachte, um so ruheloser wurde sie. Sie warf die Decke beiseite und ging barfuß über den eiskalten Boden zu einer Truhe in einer Ecke. Sie suchte ihre Hochland-Kleider hervor und befestigte binnen Minuten das Plaid um ihre Schultern. Vielleicht würde ein Spaziergang unten im kalten Burghof sie müde machen.

Sobald sie im Freien war, drangen Hufschläge an ihr Ohr. »Stephen!« rief sie keuchend und rannte zum Tor. Sie wußte, daß nur Angehörige der Familie nachts den Burghof betreten durften.

»Lady Mary«, hörte sie ein ruhige Stimme, »es ist schön, Euch wiederzusehen. Hattet Ihr eine angenehme Reise?«

»So gut, wie ich sie mir wünschen konnte, James«, antwortete eine sanfte, gütige Stimme.

»Soll ich Lady Judith holen?«

»Nein, störe sie nicht. Sie braucht ihren Schlaf nötiger als ich. Ich finde mich schon selbst zurecht.«

Alicia blieb im Schatten der Burgmauer und beobachtete, wie einer der Lehnsleute Lady Mary beim Absteigen half. Sie besann sich auf Stephens Worte. Er hatte seine älteste Schwester mit einer Madonna verglichen.

»Wir haben Euch schon viel früher erwartet«, sagte James. »Ich hoffe, Euch ist unterwegs nichts Unangenehmes widerfahren.«

»Eines der Kinder war krank. Ich blieb, um das Kind zu pflegen.«

»Ihr habt ein zu gütiges Herz, Lady Mary. Ihr solltet Euch nicht um die Bettelkinder bekümmern. Einige von ihnen haben Mörder zu Vätern. Auch zu Müttern, wenn man den Gerüchten glauben darf.«

Mary wollte darauf etwas sagen, fuhr aber dann rasch herum. Sie lächelte Alicia an: »Ich hatte so ein Gefühl, als würde ich beobachtet. Ihr müßt Stephens Alicia sein!«

Der Burghof war sehr dunkel. Nur der innere Bereich wurde vom Mond und einer Laterne erhellt. Mary war klein und hatte ein vollkommen ovales Gesicht. Es war ein Gesicht, zu dem jeder Vertrauen fassen mußte.

»Woher wußtet Ihr?« entgegnete Alicia lächelnd. »Bisher habe ich noch keinen Ascott täuschen können.«

»Ich habe von der Art der Schotten gehört, die ein sehr naturverbundenes Leben führen. Und wer sich ohne Nöte so einem kalten Wind aussetzt, muß schon sehr abgehärtet sein.«

Alicia lachte. »Komm mit mir in das Winter-Gästezimmer, und ich werde Euch in ein paar Minuten ein tüchtiges Feuer im Kamin angeschürt haben.«

»Das klingt himmlisch«, sagte Mary, die ihre Hände unter dem einfachen Wollmantel geborgen hielt.

Mary folgte ihrer Schwägerin in den großen getäfelten Raum und stand ruhig dabei, während Alicia wahrhaftig mit eigenen Händen Holz aufschichtete und ein Feuer entzündete. Sie lächelte, angetan von einer Lady, die sich nicht zu schade war, niedrige Arbeiten zu verrichten, obwohl sie Herrscherin über ein eigenes Land war.

Alicia drehte sich um, als die Scheite brannten. »Ihr müßt müde sein. Vielleicht wollt Ihr lieber ein Feuer in Eurem Zimmer haben?«

Mary setzte sich auf einen gepolsterten Stuhl und streckte ihre Hände dem Feuer entgegen. »Ich bin müde – zu müde, um schlafen zu gehen. Ich möchte eine Weile hier sitzen und mich aufwärmen.«

Alicia blieb Sekunden neben dem Kamin stehen, ehe sie den Schürhaken in den Ständer zurückstellte. Mary sah tatsächlich aus wie eine Madonna. Ihr ovales Gesicht besaß eine hohe klare Stirn über sanften, ausdrucksvollen braunen Augen. Ihr Mund war klein und zart und hatte Grübchen zu beiden Seiten. Raines Grübchen, dachte Alicia bei sich.

»Es ist gut, wieder zu Hause zu sein«. Mary seufzte und sah dann zu Alicia zurück. »Warum seid Ihr noch wach?« fragte sie scharf. »Hat Euch Stephen . . .«

Alicia lachte und stellte einen Stuhl neben Marys Sessel. »Er ist mit Gavin nach Schottland zurückgekehrt, um . . . um die Leiche eines Freundes heimzuholen.«

»Christopher«, sagte Mary seufzend und lehnte sich im Sessel zurück.

»Ihr wißt davon?« fragte Alicia bang.

»Ja. Stephen schrieb mir, als er zu Tode kam.«

Alicia war sehr still. »Schrieb er, daß ich es war, der ihn in den Tod schickte?«

»Nein! Und Ihr solltet so etwas niemals denken. Er schrieb, Chris' eigene Arroganz sei schuld an seinem Tod gewesen. Er schrieb, alle Engländer begingen Selbstmord, wenn sie sich in das Hochland hineinwagten.«

»Die Engländer haben viele Hochländer erschlagen!« sagte Alicia heftig, drehte sich dann um und sah rasch auf Mary. »Verzeiht! Ich vergaß . . .«

»Daß wir Engländer sind? Das ist ein Kompliment. Dessen bin ich sicher.« Sie betrachtete Alicia im warmen Schimmer des Holzfeuers. »Stephen schrieb mir, wie schön Ihr seid. Er hat die Wahrheit nicht einmal halb getroffen.«

Alicia schnitt eine Grimasse. »Er legt zu viel Gewicht auf das Aussehen von Frauen.«

Mary lachte. »Ihr habt entdeckt, was Judith ebenfalls auffiel. Meine Brüder glauben, alle Frauen wären wie ich – ohne Temperament und Leidenschaft.«

Alicia betrachtete sie. »Aber sicherlich müßt Ihr . . .«

Mary legte ihr die Hand auf den Arm. »Sicherlich müßte eine Frau, die so leidenschaftliche Brüder hat wie ich, etwas davon abbekommen haben? Das habt Ihr doch fragen wollen, wie?« Sie wartete Alicias Antwort nicht ab. »Nein, ich fürchte, ich neige dazu, vor dem Leben zu flüchten. Frauen wie Judith und Ihr – wenn ich Stephens Briefe richtig gelesen habe – halten das Leben mit beiden Händen fest.«

Alicia wußte nicht, was sie darauf sagen sollte. Sie redeten miteinander, als kennten sie sich nicht erst seit ein paar Minuten, sondern wären seit Jahren miteinander befreundet. Doch irgendwie sorgten die Stille des Raumes und der Schein des Feuers, der sie gegen die dunklen Ecken des Zimmers hin abschirmte, dafür, daß ihr Gespräch sich wie von selbst ergab.

»Sagt mir – fühlt Ihr Euch einsam?« fragte Mary. »Vermißt Ihr Eure schottische Umgebung? Wie steht es mit Eurer Familie und Euren Freunden?«

Es dauerte eine Weile, ehe Alicia antwortete: »Aye, ich vermisse meine Freunde.« Sie dachte an Tam, Douglas und alle ihre Leute. »Ja, ich vermisse sie sehr.«

»Und nun scheint es so, als habe selbst Stephen Euch verlassen. Vielleicht sollten wir beide morgen ausreiten. Ich möchte gern mehr über Schottland erfahren.«

Alicia lächelte und lehnte sich auf ihrem Stuhl zurück. Sie wollte sehr gern den Tag mit dieser Frau verbringen. Sie hatte etwas Friedliches und Ruhiges an sich – etwas, das ihr im Augenblick nottat.

Alicia verbrachte die nächsten beiden Tage in Marys Gesellschaft. Es dauerte nicht lange, bis jeder diese Frau liebgewann. Während Judith sich mit ihren Kontobüchern beschäftigte und den Sorgen, die die Verwaltung ihrer eigenen riesigen Besitzungen mit sich brachten, entdeckten Mary und Alicia ihre gemeinsame Liebe zum Volk. Alicia hatte sich nie für Zahlen auf dem Papier erwärmen können; doch sie vermochte sich ein sehr genaues Bild über den Zustand und Ertrag eines Besitzes zu machen, wenn sie mit den Leuten sprach. Sie ritt mit Mary von Flur zu Flur und redete mit jedem, dem sie begegnete. Die Leibeigenen waren zunächst sehr scheu; doch bald gewann sie mit ihrer Offenheit deren Sympathien. Sie war gewöhnt, mit Untergebenen wie mit Gleichgestellten zu reden, und Mary beobachtete, wie die Männer und Frauen im Gespräch mit Alicia selbstbewußter wurden und ihre Schultern stolz in die Höhe streckten. Alicia schickte Leute, die krank waren, zu Bett. Sie bat um Sonderrationen für die Kinder einiger Familien, die ihr bereitwillig zugesagt wurden.

Doch sie war nicht immer großzügig mit den Leibeigenen. Sie betrachtete sie wie Menschen, nicht als willenlose Wesen, auf die man mitleidig herabsah. Sie fand Leute, die ihre Brotherren bestahlen, und sorgte für deren Bestrafung. Einige stille, hart arbeitende und loyale Familien wurden auf ihre Fürsprache hin in verantwortliche Positionen bestellt.

Am ersten Tag verbrachten Judith und Alicia mehrere Stunden

im Gespräch. Judith hörte sehr aufmerksam zu, als Alicia ihre Beobachtungen berichtete. Sie erkannte sofort die Klugheit und Erfahrung ihrer Schwägerin und befolgte deren Ratschläge.

Andrerseits war Alicia die Lernende, was Organisation und verbesserte Ertragskraft anlangte. Sie beschloß, diese Anregungen in Larenston in die Tat umzusetzen. Sie studierte Judiths Gebäudeentwürfe und Gartenanlagen. Judith versprach, ihr im Frühjahr eine Wagenladung Stecklinge nach Larenston zu schicken.

Und Judith vollbrachte Wundertaten, was die Tierzucht anlangte. Alicia war fasziniert von Judiths Methode, ihre Schafe und Rinder so lange mit anderen Rassen zu kreuzen, bis sie mehr Fleisch, Milch und Wolle lieferten.

Als Alicia am ersten Tag zu Bett ging, schwammen ihr die Zahlen, Tabellen und Zeichnungen nur so vor den Augen. Hunderte von Gesichtern und Namen gaukelten durch ihre Träume.

Am Morgen war sie schon früh auf und bereits in den Ställen, ehe die meisten der Burgbewohner erwacht waren. Sie trug wieder ihr Hochlandkleid, da sie erfahren hatte, wie begeistert das Volk auf ihre schlichte Garderobe reagierte.

Sie warf einen leichten Sattel über den Rücken einer erdbeerfarbenen Stute.

»Mylady«, sagte eine kräftige Stimme neben ihr, »erlaubt mir, Euch zu helfen.«

Sie drehte sich um und erblickte einen untersetzten, gutaussehenden blonden Mann, einen von Miles' Gefolgsleuten, der am Tag zuvor mit Mary und ihr geritten war. »Vielen Dank, Richard.«

Seine dunkelgrünen Augen leuchteten auf. »Ich hatte keine Ahnung, daß Ihr meinen Namen wißt. Das ist eine Ehre für mich.«

Sie lachte. »Unsinn! In Schottland kenne ich jeden meiner Männer mit Namen, und sie rufen mich bei meinem.«

Er beugte sich vor, um ihren Steigbügel festzuzurren. »Ich habe mit einigen von Lord Stephens Lehnsmännern gesprochen, die mit ihm in Schottland waren. Sie erzählten, Ihr würdet oft bei Nacht ausreiten, allein oder mit Euren Männern.«

»Richtig«, sagte sie bedächtig, »ich bin die MacArran, und ich bin der Anführer meiner Männer.«

Er lächelte auf eine langsame, herausfordernde Art. »Darf ich mir gestatten, Euch zu sagen, daß ich Eure Hochländer beneide? In England werden wir selten von Frauen geführt und nie von so einer schönen.«

Sie runzelte die Stirn und griff nach dem Zügel der Stute. »Vielen Dank«, sagte sie steif und führte das Pferd aus dem Stall.

»Was sollte das eben bedeuten?« rief ein Mann hinter Richard barsch.

Richard blickte zur Tür, durch die Alicia gegangen war, ehe er sich umdrehte. »Nichts, was dich anginge, George«, sagte er, während er sich an dem Ritter vorbeischob.

George packte Richards Arm. »Ich sah dich mit ihr reden und möchte wissen, was du zu ihr gesagt hast.«

»Warum?« schnappte Richard. »Damit du sie für dich allein haben kannst? Ich habe gehört, was du und der Rest von Stephens Gefolgsleuten euch über sie erzählt habt.«

»*Lord* Stephen, wenn ich bitten darf!«

»Ach, du bist ein Heuchler! Du nennst sie Alicia und redest mit ihr, als wäre sie deine kleine Schwester. Doch wenn ein anderer sie anspricht, möchtest du gleich dein Schwert ziehen. Laß dir eines gesagt sein. Ich behandle sie nicht anders, als sie es verdient. Keine Lady würde mit Lehnsmännern und Leibeigenen sprechen wie sie, wenn sie nicht scharf auf das wäre, was sie zwischen den Beinen haben . . .«

Georges Faust traf ihn auf den Mund, ehe er noch ein Wort sagen konnte. Den nächsten Schlag konnte Richard parieren. Er schlug George mit verschlungenen Händen in den Nacken, daß dieser mit dem Gesicht nach unten ins Stroh fiel.

»Was geht hier vor?« fragte Alicia von der Stalltüre her.

George setzte sich auf und rieb sich den Nacken. Richard wischte sich mit dem Handrücken das Blut von der Nase.

»Ich habe etwas gefragt«, sagte Alicia ruhig und beobachtete die beiden Männer. »Ich will nicht den Grund eures Streits wissen; denn das ist eine persönliche Sache. Doch wer von euch schlug zuerst zu?«

»Ich, Mylady«, sagte George, während er sich hochrappelte.

»Du, George? Aber . . .« Alicia beendete den Satz nicht. Es mußte ein guter Grund gewesen sein, wenn so ein ruhiger, ausgeglichener Mann wie George den ersten Schlag führte. Sie mochte Richard nicht und traute ihm nicht. Gestern hatte er zu oft die jungen Mädchen der Leibeigenen mit begehrlichen Augen betrachtet. Doch sie konnte Richard nicht mit George allein lassen, und durfte George nicht mitnehmen, weil er den Streit begonnen hatte. Es war besser, sie ließ sich wieder von Richard begleiten und schützte Stephens Gefolgsmann.

»Richard«, sagte sie ruhig, »Ihr könnt Lady Mary und mich eskortieren.« Sie warf George einen bedauernden Blick zu, als sie den Stall wieder verließ.

»Die ist heiß, diese Dame«, sagte Richard lachend und verließ den Stall, ehe George sich abermals auf ihn werfen konnte.

15. Kapitel

Mary schwang sich in den Sattel und sah ihre Schwägerin mit noch schlaftrunkenen Augen an. Sie fragte sich, ob Alicia wußte, was Worte wie Kälte und Erschöpfung bedeuteten. Sie waren gestern den ganzen Tag geritten, bis die Wächter ihres Gefolges vor Müdigkeit fast vom Pferd gefallen waren. Und dann war Alicia noch bis nach Mitternacht aufgeblieben, um mit Judith über Geschäfte und Verwaltung zu sprechen.

Mary streckte sich, gähnte und lächelte. Kein Wunder, daß Stephen ihr geschrieben hatte, er müsse sich anstrengen, um mit seiner Frau mithalten zu können. Ob Alicia wußte, wie sehr Stephen sie bewunderte? Stephens Briefe waren voll des Lobes gewesen über sein neues Volk, sein neues Leben und besonders über seine tüchtige und mutige Ehefrau.

Mary trieb ihr Pferd an, damit sie Alicia wieder einholte. Die Schottin stand bereits vor der Hütte eines Leibeigenen.

Am späten Vormittag hielten sie auf einem Hügel, um eine Rast einzulegen. Die Männer streckten sich im Gras aus und verzehrten hungrig Brot und Käse.

Mary und Alicia saßen auf der Kuppe, weil Alicia von hier aus einen weiten Blick auf das Land hatte.

»Was war das?« fragte Alicia plötzlich.

Mary lauschte einen Moment. Doch sie hörte nur das Seufzen des Windes und die Stimmen der Begleiter.

»Da ist es wieder!« Alicia sah über die Schulter, und Rab kam zu ihr und stieß sie mit der Schnauze an. »Ja, mein Junge«, flüsterte sie und stand rasch auf. »Da ist jemand verletzt«, sagte sie zu Mary und rannte los.

Die Begleiter sahen hoch, kümmerten sich aber nicht weiter um die Frauen.

Mary folgte Alicia den Hügel hinunter. Da war ein Teich, dessen Ränder halb gefroren waren. Dünne Eisschollen trieben in der Mitte auf dem Wasser.

Alicia strengte ihre Augen an, bis Rab Laut gab. »Dort!« rief Alicia und rannte weiter.

Mary vermochte nicht zu sehen, was da sein sollte, raffte aber ihre schweren Röcke hoch und folgte ihrer Schwägerin. Dann, als sie halbwegs beim Teich waren, bemerkte sie den Kopf und die Schultern eines Kindes. Es war im eisigen Wasser gefangen.

Ein Schauder lief Mary über den Rücken. Sie flog förmlich über den Boden dahin und merkte gar nicht, wie sie Alicia überholte. Sie rannte geradewegs in das eisige Wasser hinein und packte das Kind.

Das Kind sah mit großen, blanken Augen zu ihr hoch. Sie hatten nur Minuten Zeit, um das Kind vor dem Erfrieren zu retten.

»Es scheint mit dem Fuß irgendwo eingeklemmt zu sein! Kannst du mir dein Messer zuwerfen?« rief Mary ihrer Schwägerin zu.

Alicias Verstand arbeitete fieberhaft. Wenn sie Mary das

Messer zuwarf und diese es nicht auffing, war das Kind wahrscheinlich verloren. Es gab nur eine Möglichkeit, Mary das Messer auf sichere Weise zukommen zu lassen.

»Rab!« rief Alicia, und der Hund hörte aus ihrer Stimme, wie dringlich ihr Anliegen war. »Lauf zu den Männern und hole sie zur Hilfe. Bring jemand hierher, Rab!«

Der Hund schoß davon wie ein Pfeil, der von der Sehne schnellt. Doch er hielt nicht auf die Begleiter zu, die hinter der Kuppe warteten.

»Tod und Verdammnis!« fluchte Alicia; doch es war zu spät, den Hund wieder zurückzurufen.

Sie nahm das Messer aus der Scheide und watete in das eiskalte Wasser. Pflanzen suchten sie unter Wasser festzuhalten. Mary war blaugefroren; doch sie hielt den Jungen eisern fest, dessen Gesicht bereits grau wurde.

Alicia kniete sich nieder. Das eiskalte Wasser schwappte gegen ihre Brust, als prallte sie gegen eine Ziegelmauer. Sie tastete an den Beinen des Jungen entlang und hackte dann auf die zähen Schlingpflanzen ein, die seine Knöchel fesselten.

»Er ist frei!« flüsterte sie nach Sekunden. Sie bemerkte, daß inzwischen auch Marys Gesicht eine gefährlich graue Färbung angenommen hatte. Alicia kniete im Wasser und hob das Kind hoch. »Kannst du mir folgen?« rief sie über die Schulter, während sie das Kind ans Ufer trug.

Als sie am Ufer anlangte, wurde ihr das Kind aus den Armen genommen. Sie sah hoch. Raine stand mit ernstem Gesicht über ihr.

»Wie . . .?« begann Alicia.

»Miles und ich wollten dir entgegenreiten, als der Hund zu uns kam und uns umtänzelte wie ein Dämon.« Während Raine redete, war er beständig in Bewegung. Er reichte das Kind einem seiner Männer zu und legte seinen Umhang über Alicias kalte, nasse Schultern.

»Mary?« fragte Alicia mit klappernden Zähnen.

»Miles hat sie«, sagte Raine, während er Alicia in den Sattel hob und sich hinter ihr aufs Pferd schwang.

Sie ritten im Galopp zur Ascott-Burg zurück. Mit einer Hand lenkte Raine sein Pferd, mit der anderen massierte er ununterbrochen Alicias Schultern und Arme. Sie merkte, daß sie zu erfrieren drohte, rollte sich zu einer Kugel zusammen und schmiegte sich an die feste Wärme von Raines Brust.

Sobald sie den Burghof erreicht hatten, hob Raine Alicia aus dem Sattel und trug sie hinauf in ihr Schlafzimmer. Er stellte sie in der Mitte des Raumes ab, ging zu einer Truhe und holte eine schwere Robe aus golddurchwirkter Wolle hervor. »Hier, zieh das an«, befahl er, drehte ihr den Rücken zu und begann, ein Feuer im Kamin zu entzünden.

Alicias Finger zitterten, als sie sich von ihrem Hemd zu befreien suchte, das ihr auf der Haut klebte. Als sie das schwere Wollkleid überstreifte, merkte sie nichts von der Wärme, die sich von dem Stoff auf ihren Körper übertragen sollte.

Raine drehte sich ihr wieder zu, sah ihr blutleeres Gesicht und nahm sie in seine kräftigen Arme. Er setzte sich in einen breiten Sessel vor den Kamin und nahm seine Schwägerin auf seinen Schoß. Er warf einen Umhang, der Stephen gehörte, über sie, steckte den Saum um sie her fest und hielt sie an seine Brust, während sie zitternd die Beine an den Leib zog.

»Mary?« flüsterte sie, während der Kälteschauer alle Muskeln zum Beben brachte.

»Miles kümmert sich um sie. Inzwischen hat Judith ihr ein heißes Bad zubereitet.«

»Und das Kind?«

Raine sah mit Augen auf sie hinunter, die sich auch im Licht noch dunkel verfärbten. »Hast du gewußt, daß es nur das Kind von Leibeigenen war?« fragte er ruhig.

Sie löste sich von ihm. »Was spielt das für eine Rolle? Das Kind brauchte Hilfe.«

Raine lächelte sie an und zog sie wieder an seine warme Brust. »Dachte ich mir doch, daß es für dich keinen Unterschied bedeutete. Für Mary selbstverständlich auch nicht. Doch mit Gavin wirst du Ärger bekommen. Er würde nicht ein Haar auf dem Kopf eines Familienmitgliedes riskieren, um alle Leibeigenen dieser Welt vom Tode zu erretten.«

»Ich habe mich gegen Stephen behaupten können; also wird es mir vermutlich auch bei Gavin gelingen«, sagte sie mit einem tiefen Seufzer.

Raine lachte. Es begann mit einem Glucksen tief unten in seinem Leib. »Gut gesagt! Ich merke, daß du meine älteren Brüder durchschaut hast.«

Sie lächelte an seiner Brust. »Raine, warum bist du eigentlich nicht verheiratet?«

»Die Universalfrage aller Frauen«, meinte er mit einem glucksenden Lachen. »Vielleicht will mich keine haben.«

Das war eine so absurde Bemerkung, daß sie gar nicht darauf einging.

»Tatsächlich habe ich in acht Monaten sechs Frauen einen Korb gegeben.«

»Warum?« fragte sie. »Waren sie zu häßlich, zu dünn oder zu fett? Oder hast du die Damen gar nicht gekannt?«

»Ich kannte sie«, erwiderte er gelassen. »Ich bin nicht wie meine Brüder, die ihre Bräute erst am Hochzeitstag kennenlernen. Die Väter machten mir die Angebote, und ich lebte mit jeder Frau drei Tage zusammen.«

»Und trotzdem hast du sie verschmäht.«

»Aye, das tat ich.«

Sie seufzte. »Was erwartest du von einer Frau? Eine von ihnen muß doch hübsch genug gewesen sein.«

»Hübsch!« schnaubte Raine, »drei von ihnen waren Schönheiten! Aber ich wünsche mir mehr von einer Frau als gutes Aussehen. Ich verlange von einer Frau, daß sie nicht nur das letzte Stickmuster im Kopf hat.« Seine Augen zwinkerten belustigt. »Ich wünsche mir eine Frau, die ihr Leben riskiert und in einen eiskalten Teich hineinwatet, um das Kind von Leibeigenen zu retten.«

»Aber jede Frau, die das Kind in seiner Not gesehen hätte . . .«

Raine sah von ihr weg ins Feuer. »Du und Mary sei etwas

Besonderes. Judith ebenfalls. Weißt du, daß Judith auch einmal Gavins Männer anführte, als ein Wahnsinniger ihn gefangenhielt? Sie riskierte ihr Leben, um seines zu retten.« Er lächelte auf sie hinunter. »Ich warte, bis ich so eine wie dich oder Judith bekomme.«

Alicia dachte eine Weile über seine Antwort nach. »Nein, ich glaube nicht, daß du so eine Frau wie Judith und mich brauchst. Gavin liebt dieses Land, und Judith teilt diese Liebe. Sie passen zusammen. Und Schottland ist mein Land, wo Stephen mit mir leben kann, wenn es ihm beliebt. Doch du . . . ich habe das Gefühl, dich hält es nirgends lange. Du brauchst eine Frau, die so frei und ungebunden leben will wie du.«

Raine sah sie mit offenem Mund an, schloß ihn wieder und lächelte. »Ich möchte dich nicht fragen, woher du das alles weißt. Wahrscheinlich würdest du antworten, du seist eine Hexe. Aber da du so viel zu wissen scheinst, möchte ich eine persönliche Frage an dich richten.«

Er blickte ihr fest in die Augen. »Was stimmt nicht zwischen dir und Stephen? Warum bist du immer so zornig auf ihn?«

Alicia zögerte mit der Antwort. Sie wußte, wie nahe sich die Brüder standen. Doch sie brachte es nicht fertig, ihn zu belügen.

Sie holte tief Luft und sagte ihm die Wahrheit: »Stephen glaubt, ich besäße weder Ehrgefühl noch Stolz. Er glaubt eher anderen als mir. In Schottland war er davon überzeugt, ich machte nur Fehler, und in einigen Fällen hatte er recht. Doch es stand ihm nicht zu, mich so zu behandeln, als könnte ich nichts richtig machen.«

Raine nickte verständnisvoll. Auch Gavin hatte lange gebraucht, bis er begriffen hatte, daß Judith mehr war als nur ein schöner Leib.

Ehe er etwas sagen konnte, flog die Tür auf, und ein erschöpfter, lehmüberkrusteter Stephen stürmte ins Zimmer.

»Miles sagte mir eben, Alicia wäre in einen eiskalten See gesprungen«, rief er mit dröhnender Stimme. »Wo steckt sie?« Noch während er fragte, entdeckte er Alicia auf Raines Schoß.

Mit zwei Schritten hatte er das Zimmer durchquert und riß sie aus den Armen des Bruders.

»Tod und Verdammnis«, fluchte er. »Man kann dich nicht eine Stunde allein lassen, ohne daß du in Schwierigkeiten kommst!«

»Laß mich los«, sagte sie kalt. Und dann ging sie barfuß, aber mit hocherhobenem Kopf zur Tür. Sie legte die Hand auf die Klinke und sagte, ohne sich noch einmal umzudrehen: »Eines Tages wirst du lernen müssen, daß ich weder ein Kind noch ein Dummkopf bin.« Sie öffnete die Tür und verließ das Zimmer.

Stephen wollte ihr nach; doch Raines Stimmes hielt ihn zurück.

»Setz dich und laß sie in Ruhe«, sagte Raine mit resignierender Stimme.

Stephen starrte die verschlossene Tür an und fuhr sich dann mit beiden Händen durch seine schmutzigen Haare.

»Ist sie unverletzt geblieben? Wird sie sich wieder erholen?«

»Natürlich«, erwiderte Raine zuversichtlich. »Sie ist kräftig und gesund, und du hast sie mir ja als eine Frau geschildert, die fast ihr ganzes Leben im Freien verbrachte.«

Stephen starrte ins Feuer. »Ich weiß«, sagte er mit belegter Stimme.

»Was hast du nur?« fragte Raine. »Das ist nicht der Stephen, den ich gekannt habe.«

»Alicia«, sagte Stephen mit leisem Stöhnen, »sie wird mich noch umbringen. In Schottland beschloß sie eines Nachts, ihre Männer bei einem Überfall auf den mit ihr verfeindeten Klan anzuführen. Damit ich sie bei diesem Unternehmen nicht stören konnte, gab sie mir ein Gift ein.«

»Sie tat das?« fuhr Raine von seinem Sessel hoch, als ihm bewußt wurde, in welche Gefahr Alicia sich und Stephen gebracht hatte.

Stephen nickte düster.

»Einer ihrer Gefolgsmänner fand mich betäubt im Bett und bemühte sich, mich wach zu bekommen. Als ich sie wiederfand, hing sie an einem Seil an einer Steilwand über den Meeresklippen.«

»Gütiger Himmel!« keuchte Raine.

»Ich wußte nicht, ob ich ihr den Hintern versohlen oder sie einsperren sollte, um sie vor sich selbst zu schützen.«

»Und was von beiden hast du getan?«

Stephen lehnte sich gegen einen Stuhl. Sein Gesicht spiegelte seine Betretenheit, als er seinem Bruder antwortete:

»Was ich immer tat, wenn wir uns stritten. Wir liebten uns.«

Raine ließ ein Glucksen hören, das seine mächtige Brust erschütterte. »Dein Problem scheint darin zu bestehen, daß sie zu sehr an sich denkt.«

Stephen schüttelte bekümmert den Kopf. »Das Gegenteil ist der Fall. Sie denkt zu wenig an sich. Zuweilen beschämt sie mich damit. Wenn es um ihren Klan geht, riskiert sie ihr Leben, weil sie das Wohl ihrer Leute höher achtet als sich selbst.«

»Und das bereitet dir Kummer?«

»Und wie! Warum muß sie nachts fremde Rinderherden überfallen, ihrem Gegner ihre Initialen auf die Brust schnitzen, sich in ihr Plaid rollen und unter freiem Himmel schlafen? Warum kann sie nicht . . . nicht . . .«

»Ein schreckhaftes, rührendes kleines Ding sein, das ihren Mann anhimmelt und ihm die Hemden mit Initialen bestickt?« kam Raine ihm mit Vorschlägen zu Hilfe.

Stephen setzte sich schwerfällig auf einen Stuhl. »So will ich sie auch nicht haben. Aber es muß doch ein Mittelding zwischen beiden Extremen geben.«

»Willst du sie wirklich verändern?« fragte Raine. »Was hat sie denn an sich, daß du dich vom Fleck weg in sie verliebt hast? Sag nur nicht, es wäre ihre Schönheit gewesen. Du bist mit einer Reihe von schönen Frauen im Bett gewesen und hast dich trotzdem nicht in sie verliebt!«

»Sieht man mir das so deutlich an?«

»Mir, Gavin und Miles ist das sonnenklar; doch Alicia scheint daran zu zweifeln. Sie glaubt nicht, daß du wirklich an ihr hängst.«

Stephen seufte. »Ich habe noch nie so einen Menschen wie sie getroffen, ob Mann oder Frau. Sie ist so stark, so nobel. In dieser Hinsicht steht sie einem Mann kaum nach. Du solltest einmal erleben, wie ihr Klan sie behandelt. Die Schotten sind nicht so wie wir. Die Kinder ihrer Leibeigenen laufen zu ihr, hängen sich an sie, und sie küßt alle Babies. Sie kennt die Namen aller ihrer Leute, und sie ruft sie bei ihren Vornamen. Sie spart sich das Essen vom Mund ab, damit ihre Leute satt werden. Eines Abends – wir waren eben einen Monat verheiratet – bemerkte ich, wie sie Brot und Käse in ihr Plaid einwickelte. Sie achtete nicht auf mich, sondern sah immer nur zu Tam hin. Er ist ein Mann, der oft Vaterstelle bei ihr vertritt. Ich begriff, daß sie etwas tat, was Tam nicht wissen sollte, und nach dem Abendessen folgte ich ihr heimlich aufs Festland. Sie brachte die Nahrungsmittel einem kleinen Jungen, der seinen Eltern – Leibeigenen – ausgerissen war.«

»Und was hast du zu ihr gesagt?« fragte Raine.

Stephen schüttelte den Kopf, während die Erinnerung an diese Nacht in ihm lebendig wurde: »Ich, der große Weise, sagte ihr, sie sollte den Jungen zu seinen Eltern zurückschicken statt ihn zu ermutigen, von zu Hause wegzulaufen.«

»Und was sagte Alicia darauf?«

»Sie sagte, der Junge sei ihr ebenso wichtig wie dessen Eltern, und sie habe kein Recht, ihn zu verraten, nur weil er noch nicht erwachsen sei. Sie sagte, er würde in ein paar Tagen von sich aus wieder nach Hause zurückkehren und die Strafe akzeptieren, die ihm gebührte.«

Raine gab einen leisen, bewundernden Pfiff von sich. »Klingt so, als könntest du noch etwas von ihr lernen.«

»Als hätte ich das nicht schon getan! Sie hat mein ganzes Leben umgekrempelt. Als ich nach Schottland kam, war ich ein Engländer, und heute kann ich nicht einmal mehr meine englischen Kleider vertragen!«

Als Alicia ihr eigenes Schlafzimmer den beiden Männern überließ, ging sie zu Marys Gemach. Mary lag im Bett, Judith stand neben ihr und verteilte heiße Ziegelsteine auf dem Laken.

»Judith«, sagte Mary gelassen, »von einem bißchen Wasser sterbe ich nicht.« Sie sah Alicia an der Tür und lächelte. »Komm her und hilf mir Judith zu überzeugen, daß unsere Eskapade nicht lebensgefährlich war.«

Alicia lächelte den beiden Frauen zu und musterte Mary. Ihre Haut war noch blasser als vorhin, und auf ihrem Gesicht zeigten sich rote Flecken. »Es war nichts«, bestätigte sie, »doch ich beneide dich um deine Selbstbeherrschung. Ich fände jetzt keine Ruhe zum Schlafen.« Sie blinzelte Judith zu. »Ich bin so aufgeregt, weil Judith mir ein neues Kleid versprach, daß ich nicht einmals stillsitzen kann.«

Judith verstand sofort, daß Alicia nur einen Vorwand brauchte, und verließ das Zimmer.

»Glaubst du, sie wird sich wieder erholen?« fragte Judith, als die beiden Frauen draußen im Korridor waren.

»Ich denke schon. Sie benötigt nur absolute Ruhe. Mir scheint, eure Mary lebt nicht ganz in dieser Welt. Ein Teil von ihr gehört dem Himmel. Deshalb ist sie wohl auch so schwach.«

»Ja«, stimmte Judith ihr zu, »und was ist nun mit dem Kleid . . .«

»Das war doch nur ein Mittel zum Zweck. Mary hätte sich sonst gesträubt, den Tag zum Schlafen zu benützen.«

Doch eine Stunde später stand Alicia angekleidet vor Judith in deren Zimmer. Judith hatte nicht lockergelassen, bis Alicia das neue Kleid angezogen hatte. »Es ist wunderschön«, flüsterte Alicia. »Ich weiß gar nicht, wie ich dir danken soll. Alle seid ihr so großzügig zu mir.«

Judith küßte sie lächelnd auf die Wange. »Ich muß mich jetzt um meine Arbeit kümmern. Vielleicht möchte Stephen dich in dem neuen Kleid sehen.«

Es war aus Seide und hatte die Farbe des Waldes bei Sonnenuntergang. Die Ärmel waren mit hellgrüner Seide unterlegt und mit einem breiten Saum aus rotem Fuchsfell versehen. Schwere, aus Gold geflochtene Schnüre waren an den Schultern befestigt und schmückten den tiefen, rechteckigen Ausschnitt.

Nachdem Judith sie verlassen hatte, warf Alicia einen mit

Fuchsfell gefütterten Umhang über die Schultern und ging hinunter in den kalten Burghof. Sie strebte zu den Ställen hinüber.

»Alicia«, sagte eine fremde Männerstimme, als sie den dunklen Innenraum betrat.

Sie sah sich um und erkannte im Zwielicht den Mann, der sich heute am frühen Morgen mit Stephens Gefolgsmann gestritten hatte.

»Ja?« fragte sie kurz, »was willst du?«

Die Augen des Mannes funkelten im Zwielicht. »Das englische Gewand steht dir.« Und dann, in einem förmlicheren Ton verfallend: »Ich hörte, Ihr Schotten seid Meister mit dem Bogen. Vielleicht könnt Ihr« – und seine Stimme schien einen belustigten Tonfall anzunehmen – »mir beibringen, wie man mit einem Bogen besser schießen kann.«

Alicia überhörte das Lachen, das in der Stimme des Mannes anklang. Vielleicht wollte er damit vorbeugen, wenn sie ihm die Bitte abschlug. Doch Alicia war daran gewöhnt, ihre Männer auch im Bogenschießen auszubilden. Und sie freute sich, daß ein Engländer etwas von den Schotten lernen wollte. »Ich gebe dir gern Unterricht«, sagte sie und stockte dann, als der Mann rasch aus dem Stall ging. Sie drehte sich um und lief direkt in Stephen hinein.

»Was hast du dem Mann versprochen?« fragte Stephen drohend.

Sie wehrte sich gegen seinen Griff. »Kannst du mit mir nie im freundlichen Ton reden?« klagte sie.

Er legte die Arme wieder fest um sie. »Alicia«, flüsterte er, »du wirst mir noch den Tod bringen. Warum mußtest du mitten im Winter in einen Teich mit eiskaltem Wasser springen?«

Sie stemmte sich gegen seine Brust. »Auf so eine Frage gebe ich dir keine Antwort.«

Er hob ihr Kinn und preßte seine Lippen auf die ihren. Seine Zähne gruben sich in ihren Mund. Er schien mehr von ihr zu verlangen als nur einen Kuß. »Ich habe dich so sehr vermißt«, flüsterte er. »Jede Minute habe ich an dich gedacht.«

Ihr Herz schlug heftig. Sie hatte ein Gefühl, als zerschmelze sie an seiner Brust. Doch seine nächsten Worte zerbrachen den Zauber.

»War das einer von Miles' Männern, mit dem du eben geredet hast?«

Sie stemmte sich von ihm fort. »Spricht aus dir schon wieder die Eifersucht?«

»Alicia, nein, hör mich an! Ich möchte dich nur warnen. Die Engländer sind nicht wie deine Hochländer. Du kannst mit ihnen nicht so reden, als wären sie deine Brüder. In England schlafen die Edeldamen oft mit den Gefolgsleuten ihrer Ehemänner.«

Alicias Augen weiteten sich. »Beschuldigst du mich, ich hätte die Absicht, mit einem deiner Gefolgsmänner zu schlafen?« fauchte sie.

»Nein, natürlich nicht. Aber . . .«

»Doch eben das trautest du mir zu, als wir in Hugh Lascos Haus weilten!«

»Hugh Lasco ist ein Gentleman!« schnappte Stephen.

Alicia fuhr vor ihm zurück und funkelte ihn an. »Aha!« schäumte sie, »du gestehst mir zu, daß ich als Hure wenigstens einen Unterschied mache!« Sie wirbelte herum und strebte dem Ausgang zu.

Stephen packte ihren Arm. »Ich unterstelle dir nichts und werfe dir nichts vor. Ich versuche dir nur zu erklären, daß es Unterschiede zwischen England und Schottland gibt.«

»Oh! Und ich bin zu dumm dazu, den Unterschied zwischen zwei Ländern erkennen zu können. Du bist lernfähig, ich jedoch nicht!«

Plötzlich verschwamm ihr alles vor den Augen. Sie war nicht gewöhnt, sich unwohl zu fühlen. Sie dachte an die vielen Krankheiten, die in England grassierten. Sie verließ rasch den Stall und lehnte sich draußen an die Mauer, als Judith ihr mit einem Korb entgegenkam.

»Alicia!« rief Judith erschrocken und stellte ihren Korb ab. »Ist dir nicht gut?« Sie legte die Hand auf die Stirn ihrer Schwägerin. »Komm, setz dich einen Augenblick«. Sie schob ein Faß heran, das an der Stallwand stand. »Atme tief ein, und der Schwindel wird wieder vergehen.«

»Was wird vergehen?« fragte Alicia schroff.

»Der Schwindelanfall – oder willst du etwas von den frischen Broten essen, die ich hier im Korb habe?«

»Nein«, sagte Alicia kopfschüttelnd, »schon bei dem Gedanken an Essen wird mir schlecht.«

»Siehst du?« sagte Judith lächelnd, »dann war meine erste Vermutung richtig. Du bekommst ein Baby!« Sie strich sich stolz über ihren eigenen Leib. »Wir werden es ungefähr zur gleichen Zeit bekommen.«

»Du! Du wirst auch ein Kind haben?«

Judith antwortete mit einem versonnenen Lächeln auf dem Gesicht. »Ja. Ich . . . verlor mein erstes Baby. Es war eine Fehlgeburt. Deshalb bin ich bei diesem besonders vorsichtig. Ich habe es niemandem verraten – nur Gavin natürlich.«

»Natürlich«, wiederholte Alicia und sah zum Stall hin, wo Stephen noch mit seinem Pferd beschäftigt sein mußte. »Wann ist es denn soweit?«

»In sieben Monaten«, erwiderte Judith mit einem glücklichen, leisen Lachen.

Alicia saß einen Moment still. Ein Baby, dachte sie, so ein süßes, weiches Ding, wie Kirsty es bekommen hatte! Ihr Bewußtsein schien sich selbständig zu machen, denn sie merkte gar nicht, wie sie aufstand und wie in Trance über den Hof ging. Sie dachte an Tam und wie stolz er auf sie sein würde. Sie lächelte verträumt, als sie sich vorstellte, wie Stephen die Nachricht aufnehmen mußte. Er würde überglücklich sein, sie packen, in die Luft werfen und sie lachend wieder auffangen! Und dann würden sie sich streiten, ob das Kind MacArran oder Ascott heißen sollte. Selbstverständlich würde das Kind ein MacArran sein.

Sie merkte gar nicht, wie sie durch das offene Tor ging. Die Männer auf den Mauern warnten sie nicht oder behinderten in irgendeiner Weise ihre Bewegungsfreiheit.

Vielleicht wurde es eine Tochter. Dann bekam der Klan Mac

Arran zweimal hintereinander eine Frau als Laird. Sie würde ihrer Tochter alles beibringen, was man als Laird beherrschen muß.

»Mylady«, sagte eine Stimme.

Alicia war immer noch wie in Trance. Sie achtete der Stimme nicht. Sie wußte gar nicht, daß sie schon so weit gegangen war, daß die Wächter auf der Burgmauer sie nicht mehr sehen konnten.

»Mylady«, wiederholte die Stimme, »ist Euch nicht gut?«

Alicia sah zu dem Reiter mit einem engelhaften Lächeln hinauf. »Mir geht es gut«, sagte sie mit großer Wärme. »Mir geht es sogar sehr gut.«

Sie dachte wieder an das Kind. Morag würde sich freuen, wenn sie noch ein Baby großziehen durfte. Und dann spürte sie plötzlich die Lippen des Reiters an ihrem Ohr. Diese Berührung weckte sie aus ihrem Tagtraum.

Sie sprang von ihm fort. »Was erlaubt Ihr Euch!« keuchte sie. Kein Mann außer Stephen hatte je gewagt, sie anzufassen, wenn sie das nicht ausdrücklich gestattete. Sie sah sich rasch um und merkte nun, wie weit sie von der Burg entfernt war.

Richard legte ihren Blick falsch aus. »Ihr braucht Euch keine Sorgen zu machen«, schnurrte er. »Wir sind ganz allein. Lord Gavin kam eben aus Schottland zurück, und so sind sie alle mit sich selbst beschäftigt. Wir haben Zeit.«

Sie wich vor ihm zurück. Tausend Gedanken schossen ihr durch den Kopf. Stephens Warnung war wie ein Schrei in ihr. Und die Sorge um das Baby stand nun obenan. Daß nur dem Baby nichts passierte!

»Ihr habt keinen Grund, Euch vor mir zu fürchten«, sagte Richard mit honigsüßer Stimme. »Wir können viel Spaß miteinander haben.«

Alicia richtete sich stolz auf. »Ich bin Alicia MacArran, und Ihr habt sofort zur Burg zurückzukehren!«

»MacArran!« Richard lachte. »Die Männer erzählten mir, Ihr seid eine unabhängige Frau. Doch ich hätte nicht geglaubt, daß Ihr sogar Euren eigenen Mann zu Eurer Puppe machen würdet!«

»Ihr seid beleidigend! Und nun geht und laßt mich allein!«

Richards Lächeln wurde zu einer starren Maske. »Glaubt Ihr, ich würde Euch in Ruhe lassen, nachdem Ihr so heftig mit mir geflirtet habt? Ihr habt mich als Begleiter heute morgen ausgesucht. Ich wette, Ihr habt zutiefst bereut, daß wir nicht unbeobachtet blieben!«

Er strich über ihre Haare. Sein kleiner Finger berührte ihre Brust.

Sie sah ihn entsetzt an. »An so etwas habt Ihr dabei gedacht? Daß ich mit Euch allein sein wollte?« Sie blickte sich nach Rab um.

»Ich habe zur Vorsicht Euren Hund in der Scheune eingesperrt«, sagte Richard mit selbstgefälligem Lächeln. »Und nun ziert Euch nicht so. Ihr wißt, daß Ihr mich genauso begehrt wie ich Euch.«

Und damit preßte er den Mund auf ihre Lippen, während er sie mit einer Hand bei den Haaren festhielt.

Alicia stöhnte und stieß mit dem Knie den Mann in die Lenden.

Richard stöhnte und ließ sie los.

Alicia versuchte, in ihrem schweren Kleid von dem Mann fortzulaufen. Doch ihre Füße verfingen sich in den weiten Röcken. Sie schlug der Länge nach hin, und im nächsten Moment spürte sie, wie eine Hand über ihre Beine strich. Sie versuchte, sich gegen diese Hand zu wehren. Doch Richard drückte sie auf den Boden nieder und riß die Röcke entzwei, bis sie mit entblößten Beinen auf der harten Erde lag.

»Jetzt wollen wir sehen, ob wir dein Feuer noch ein bißchen anheizen können!« sagte Richard und drückte den Mund auf ihren Nacken.

Im nächsten Moment schrie er auf, als eine Masse aus grauen Haaren und scharfen Zähnen gegen ihn prallte. Alicia rollte von dem Mann weg, der aufzustehen versuchte, um sich gegen den Angriff des Wolfshundes zur Wehr setzen zu können.

Ein Arm stemmte sie vom Boden hoch. Miles zog sie zu sich heran, hielt sie mit einem Arm, während er das gezogene

Schwert mit der rechten Hand hob. »Ruf deinen Hund zurück«, sagte er ruhig.

Alicia befahl mit bebender Stimme: »Rab!«

Der Hund ließ widerstrebend von Richard ab und kam an die Seite seiner Herrin.

Richard versuchte, aufzustehen. Das Blut lief ihm vom Arm und vom Schenkel. Seine Kleider waren an mehreren Stellen zerrissen. »Dieser verdammte Hund griff mich grundlos an!« schimpfte er. »Lady Alicia stürzte, und ich hielt bei ihr an, um ihr wieder auf die Beine zu helfen.«

Miles trat von seiner Schwägerin fort. Seine Augen waren hart wie Stahl. »Du faßt mir keine Frau eines Ascotts an«, sagte er mit einer tödlichen Stimme.

»Sie kam zu mir!« sagte der Mann. »Sie wollte etwas von mir ...«

Es waren die letzten Worte, die er auf dieser Erde sprach. Miles' Schwert ging ihm mitten durchs Herz. Miles warf nicht einmal mehr einen Blick auf den Toten, der zu seinen eigenen Gefolgsleuten gehört hatte. Er wandte sich Alicia zu und schien zu spüren, was sie empfand – Hilflosigkeit und Erniedrigung.

Er legte sacht den Arm um sie und zog sie an sich. »Ihr seid jetzt sicher«, sagte er ruhig. »Niemand wird es noch einmal wagen, Euch zu belästigen.«

Plötzlich begann sie am ganzen Körper zu zittern und Miles zog sie noch enger an sich. »Er sagte, ich hätte ihn ermutigt«, flüsterte sie.

»Gemach«, antwortete Miles, »ich habe ihn beobachtet. Er hat nicht verstanden, daß Ihr als Schottin mit den Leuten anders umzugehen pflegt als wir.«

Alicia sah ihn betroffen an. »Genau das gleiche hat Stephen zu mir auch gesagt. Er warnte mich davor, mit Männern zu reden. Er meinte, die Engländer würden das nicht verstehen, wenn ich mit ihnen redete!«

Miles strich ihr die Haare aus der Stirn. »Es herrscht eine gewisse Distanz zwischen einer englischen Lady und den Gefolgsmännern ihres Gatten, die es in Eurer Kultur nicht gibt.

Nun laßt uns zurückreiten zur Burg. Ich bin überzeugt, jemand hat gesehen, wie ich Eurem Hund nachritt.«

Sie sah auf den toten Mann an ihrer Seite nieder. »Er sperrte meinen Hund ein, und das habe ich nicht einmal gemerkt. Ich war . . .« Sie konnte niemand etwas vom Baby verraten, ehe Stephen es nicht wußte.

»Ich hörte das Winseln und befreite ihn. Er bellte wie verrückt und hielt die Nase an den Boden.« Er betrachtete voller Bewunderung den mächtigen Hund. »Er wußte, daß Ihr in Schwierigkeiten wart.«

Sie kniete sich nieder und rieb ihr Gesicht an seinem rauhen Fell.

Sie drehten sich beide um, als sie Hufschläge hörten. Gavin und Stephen kamen im Galopp auf sie zu. Stephen glitt bereits aus dem Sattel, ehe sein Pferd zum Stehen kam. »Was war hier los?« forschte er.

»Dieser Mann versuchte, Alicia Gewalt anzutun«, sagte Miles.

Stephen funkelte seine Frau an. Er betrachtete die Schürfwunde an Wange und Beinen, die zerrissenen Röcke. »Ich habe es dir gesagt«, sagte er durch zusammengebissene Zähne. »Ich habe dich gewarnt, aber du willst ja nicht auf mich hören.«

»Stephen«, sagte Gavin und legte seinem Bruder die Hand auf den Arm. »Jetzt ist nicht die richtige Zeit dafür.«

»Nicht die richtige Zeit!« explodierte Stephen und betrachtete seine Frau mit düsterem Blick. »Noch keine Stunde ist es her, daß sie mir alle meine Fehler herbetete. Hast du einen Mann mit geringeren Makeln entdeckt? Hast du ihn tatsächlich ermuntert?«

Ehe noch jemand etwas zu ihm sagen konnte, hatte sich Stephen wieder abgewendet und bestieg sein Pferd. Alicia, Miles und Gavin sahen ihm hilflos nach, als er zur Burg zurückritt.

»Dafür sollte er ausgepeitscht werden«, meinte Miles mit einer Mischung aus Ernst und Spottlust.

»Still!« befahl Gavin. Er wandte sich Alicia zu. »Er ist aufgeregt und verwirrt. Du mußt ihm das verzeihen.«

»Er ist eifersüchtig!« flüsterte Alicia heftig. »Diese grundlose

Eifersucht verwandelt ihn in einen Wahnsinnigen.« Sie fühlte sich schwach und besiegt. Er sorgte sich nicht um sie. Seine ganze Sorge galt nur seiner Eifersucht.

Gavin legte den Arm schützend um ihre Schultern. »Komm mit nach Hause und laß dir von Judith etwas zu trinken geben. Sie kann ein köstliches Apfelgetränk zubereiten.«

Alicia nickte benommen und gestattete, daß Gavin sie auf Miles' Pferd hob.

16. Kapitel

Der Trank, den Judith für Alicia zubereitet hatte, war ein vorzügliches Schlafmittel. Es wirkte sofort. Zu viel war an diesem einen Tag geschehen – die Rettung des Kindes und die beinahe gelungene Vergewaltigung. Sie träumte, sie habe sich verirrt und riefe nach Stephen; doch er war nicht in ihrer Nähe.

Sie erwachte jählings, in Schweiß gebadet, und tastete nach ihm. Das Bett neben ihr war leer. Sie setzte sich auf und sah sich suchend in dem halbdunklen Zimmer um. Er war nicht da.

Sie fühlte sich unerträglich einsam. Warum zankte sie sich die ganze Zeit mit Stephen? Als Miles ihr bedeutete, die Schotten unterschieden sich von den Engländern, war sie nicht zornig geworden. Nur wenn Stephen so etwas sagte, wurde sie zu einer Furie.

Sie schleuderte die Decke zur Seite und warf sich einen Hausmantel über, den Judith ihr geliehen hatte. Sie mußte Stephen finden und ihm sagen, daß sie ihm unrecht tat. Sie mußte ihm sagen, daß sie ein Kind bekam und ihn wegen ihrer Übellaunigkeit um Verzeihung bitten.

Das Haus war dunkel, die Flure leer und still. Nur eine Kerze brannte im Wohnzimmer. Durch die halb angelehnte Tür sah sie das fast erloschene Feuer im Kamin.

Sie drückte die Tür nach innen, als sie eine Frau kichern hörte. »Ich habe dich so vermißt. Kein Mann hat solche Hände wie du.«

Nun trat Alicia gegen die Tür, daß sie gegen die Wand krachte, und stürmte ins Zimmer. Stephen saß angekleidet in einem Sessel. Auf seinem Schoß ein junges Mädchen, von den Hüften aufwärts nackt. In einer Hand hielt Stephen einen Humpen mit Wein, die andere Hand lag auf dem Busen des Mädchens. Eher zufällig, ohne jede Begeisterung.

Als Rab die Zähne fletschte, flüchtete das Mädchen schreiend aus dem Zimmer. Stephen hob den Humpen. »Willkommen», sagte er trunken.

Alicia wollte das Herz zerspringen. Sie hatte Stephen dabei ertappt, wie er eine fremde Frau anfaßte!

»Wie gefällt dir das?« fragte Stephen. Seine Augen waren rot, seine Bewegungen fahrig und langsam. »Weißt du jetzt, wie das ist, wenn man zusehen muß, wenn andere Männer mit dir kosen?«

»Du hast das absichtlich getan«, flüsterte sie. »Du wolltest mich damit strafen.« Sie drückte die Schultern nach hinten. Sie wollte ihm weh tun, daß er solche Qualen empfand wie sie. »Ich hatte recht, als ich Sir Thomas Crichton sagte, ich könnte dich nicht heiraten. Du taugst nicht zum Ehemann einer schottischen Frau. Monatelang habe ich zugesehen, wie du dich täppisch aufführtest und in allen Belangen versagt hast!«

Trotz seiner Trunkenheit reagierte er rasch. Er warf den Humpen auf den Boden, sprang auf und packte den Saum ihres Hausmantels am Hals. »Und was habe ich von dir bekommen?« grollte er. »Ich habe mir die größte Mühe gegeben, von dir zu lernen. Doch wann hast du je auf mich gehört? Du hast mich immer nur bekämpft, mich vor deinen Männern verlacht, selbst im Angesicht meiner Brüder meinen Rat in den Wind geschlagen. Ich habe mir das alles gefallen lassen, weil ich dumm genug war, zu glauben, ich liebte dich. Wie kann ein Mann eine Frau lieben, die so selbstsüchtig ist wie du? Wann bist du endlich erwachsen genug, dich nicht ständig hinter deinen Klan zu versteckén? Du sorgst dich gar nicht so sehr um deinen Klan, sondern suchst nur deinen Willen und deine Wünsche durchzusetzen.«

Er schob sie von sich, als sei er ihrer plötzlich überdrüssig. »Ich bin es leid, einer kalten Frau Gefühle einhauchen zu wollen. Ich werde mir eine suchen, die mir auch geben kann, was ich brauche.«

Damit drehte er sich um und torkelte aus dem Zimmer.

Alicia blieb lange vor der verlöschenden Glut stehen. Sie hatte nicht geahnt, daß er sie so sehr verachten könne. Wie oft hatte er ihr schon sagen wollen, daß er sie liebte? Aber sie hatte es nicht hören wollen.

Was gab es, daß ihr mehr bedeutete als Stephens Liebe? Sie sah nun ein, daß es nichts gab, was auch nur annähernd so wichtig war. Sie hatte seine Liebe in ihren Händen gehalten und sie ihm ins Gesicht geschleudert. In Schottland hatte er hart daran gearbeitet, gerecht zu sein und die Lebensart der Schotten zu erlernen. Doch was hatte sie getan, sich ihm anzupassen? Ihre größte Konzession war gewesen, die Luxuskleider der englischen Edelfrauen zu tragen, und selbst darüber hatte sie sich beschwert.

Sie ballte die Hände. Stephen hatte recht! Sie war egoistisch, selbstsüchtig. Sie hatte verlangt, daß er ein Schotte werden sollte, sich bis in die Fasern seines Charakters hinein verändern mußte. Doch sie hatte nichts für ihn getan. Von dem Augenblick an, als sie sich kennenlernten, hatte sie ihn für das Privileg, sie heiraten zu dürfen, bezahlen lassen.

Tränen liefen ihr über das Gesicht. Er liebte sie nicht mehr. Er hatte es gesagt. Sie hatte seine Liebe besessen und sie weggeworfen wie Abfall.

Sie sah mit tränenumflorten Augen um sich. Stephen war gut und seine Familie war gut. Sie hatte ihn gehaßt, weil er ein Engländer war, wie sie auch die MacGregors haßte, weil sie MacGregors waren. Doch Stephen hatte ihr gezeigt, daß es auch gute MacGregors gab und warmherzige, großzügige Engländer.

Stephen hatte ihr das gezeigt! Er hatte ihr so viel beigebracht; doch sie hatte ihn nur mit Kälte und Zorn belohnt. Sie hatte ihn mit Drogen betäubt, ihn verflucht, ihn gedemütigt – alles getan, um ihn vor den Kopf zu stoßen.

Sie hatte sich dagegen gewehrt, einen Engländer zu lieben. Sie wollte nicht lieben, weil sie fürchtete, ihr Klan würde das als Schwäche auslegen, als Würdelosigkeit, die sie unfähig machte zur Chefin eines Klans. Doch Tam hatte ihn geliebt, und viele ihrer Männer ihn mindestens geschätzt.

Sie wandte sich zur Tür und ging leise hinaus in den Burghof. Vielleicht fand sie Stephen dort.

»Stephen ist vor ein paar Minuten weggeritten«, sagte eine leise Stimme hinter ihr.

Sie drehte sich um. Es war Miles. Auch dieser Mann war freundlich zu ihr gewesen. Er hatte sie vor einem Schänder beschützt und sie in seinen Armen gehalten.

Plötzlich streifte sie ein kalter Wind. Sie wollte wieder nach Hause. Vielleicht fiel ihr in Schottland ein, was sie tun konnte, um Stephens Liebe zurückzugewinnen. Sie blickte Miles an, ohne ihn eigentlich zu sehen. Dann drehte sie sich um und ging zu den Ställen.

»Was ist mir dir?« fragte Miles.

»Ich reite nach Hause«, sagte sie still.

»Nach Schottland?« fragte er verwundert.

»Aye«, flüsterte sie. Sie lächelte. »Würdest du mich bei Judith entschuldigen?«

Miles sah ihr forschend ins Gesicht. »Judith versteht vieles, was man ihr erst gar nicht sagen muß. Komm, wir satteln.«

Alicia wollte protestieren, schloß jedoch den Mund, ohne einen Laut hervorzubringen. Sie wußte, daß sie Miles nicht daran hindern konnte, sie zu begleiten. Ebensogut hätte sie ihren Wunsch aufgeben können, nach Hause zu reiten.

Sie ritten die ganze Nacht hindurch, ohne ein Wort miteinander zu sprechen. Als sie die Grenze nach Schottland in der Morgendämmerung überquerten, sagte sie zu Miles, es wäre wohl sicherer, wenn er sich wie ein Hochländer kleidete, da sie keine bewaffneten Begleiter mitführten. Doch er sah sie nur mit einem Blick an, als verstünde er nicht, was sie meinte.

Später, als sie weiter nach Norden kamen, begann sie zu begreifen. Miles würde immer seines Lebens sicher sein, wenn Frauen in der Nähe waren. Hübsche Mädchen boten ihnen Becher mit frischgemolkener Milch an, und ihre Augen boten Miles viel mehr an als das. Eine Frau, die ihre vierjährige Tochter an der Hand führte, blieb stehen und sprach sie an. Das kleine Mädchen rannte auf Miles zu und sprang ihm in die Arme. Miles sah nichts Ungewöhnliches in diesem Verhalten. Er setzte das Mädchen auf seine Schultern und trug es eine tüchtige Strecke neben seiner Mutter her.

Auch den nächsten Tag verbrachten sie im Sattel und machten am Abend in einer zerstörten Burg Rast, die kein Dach mehr hatte.

Miles war es, der sich daran erinnerte, daß heute Heiliger Abend war. Sie versuchten, so etwas wie ein Fest zustande zu bringen; doch als Miles merkte, wie traurig seine Schwägerin war, überließ er sie ihren Gedanken. Alicia verstand nun, woraus Miles' Faszination auf Frauen zum Teil bestand: Er schien zu wissen, was eine Frau empfand. Er verlangte nichts von ihr, wie das Stephen tat, oder versuchte mit ihr zu reden, wie es Raines Art war. Miles wußte, was sie bewegte, und ließ sie in Ruhe. Sie zweifelte nicht daran, daß Miles ein ausgezeichneter Zuhörer sein würde, sobald sie etwas reden wollte.

Sie lächelte ihn an und nahm den Gerstenkuchen entgegen. »Ich fürchte, ich bin schuld, daß du Weihnachten nicht mit deiner Familie feiern kannst.«

»Du bist meine Familie«, sagte er betont. Er sah zum schwarzen Himmel über der Ruine auf. »Ich hoffe nur, daß es dieses eine Mal nicht regnet.«

Alicia lachte. »Du bist zu sehr an die Trockenheit deines Landes gewöhnt.« Sie lächelte in der Erinnerung an ihren Mann. »Stephen schien der Regen nie etwas auszumachen. Er . . .« Sie hielt inne und sah zur Seite.

»Ich glaube, Stephen würde sogar unter Wasser leben, wenn er mit dir zusammensein darf.«

Sie sah ihn betroffen an und erinnerte sich dann wieder an das

Küchenmädchen, das auf dem Schoß ihres Mannes saß. Tränen trübten ihren Blick. »Ich glaube, ich sollte jetzt besser schlafengehen.«

Miles beobachtete verblüfft, wie sie sich in ihr dünnes Plaid einrollte und sofort entschlummerte. Er zog seufzend seinen pelzgefütterten Mantel um seinen Leib. Ich würde nie einen guten Schotten abgeben, dachte er bei sich.

Es herrschte noch das Zwielicht der Morgendämmerung, als sie den Hügel erreichten, von dessen Kuppe aus man Larenston sehen konnte. Miles staunte mit offenen Mund die Festung auf der Halbinsel an, als Alicia ihr Pferd antrieb und sich in die Arme eines kolossalen Mannes warf.

»Tam!« rief sie und barg ihr Gesicht an seinem Hals.

Tam hielt sie von sich. »Du hast mir ein paar neue graue Haare zu den alten hinzugefügt«, flüsterte er. »Wie kann so ein kleines Ding wie du nur in so große Schwierigkeiten geraten?« fragte er, obwohl sie doch tatsächlich ein paar Zoll größer war als er.

»Weißt du, daß der MacGregor darum gebeten hat, dich zu treffen? Er schickte eine Botschaft, in der etwas von einem Wundertrank und einer kecken Dirne stand, die ihn ausgelacht habe. Alicia, was hast du angestellt?«

Alicia starrte Tam verwundert an. Der MacGregor wollte sich mit ihr treffen! Vielleicht war das eine Gelegenheit, Stephen zu beweisen, daß sie doch nicht nur selbstsüchtig war.

Sie umhalste Tam abermals. »Wir haben viel Zeit. Ich werde es dir später erzählen. Ich möchte jetzt nach Hause. Ich fürchte, die Reise hat mich müde gemacht.«

»Müde?« fragte er erschrocken. Das war ein Wort, das sie ihm gegenüber noch nie gebraucht hatte!

»Schau mich nicht so an, als wäre ich nicht ganz bei Trost.« Sie lächelte. »Es ist nicht ganz einfach, die ganze Zeit eine zweite Person mit sich herumzuschleppen.«

Tam verstand sofort, und sein Gesicht klaffte fast auseinander bei seinem Grinsen. »Ich wußte doch, daß dieser Engländer auch etwas ohne meine Unterweisung zustande bringen würde! Wo ist er überhaupt? Und wer ist das?«

Alicia hatte auf dem Weg zur Burg nur noch Fragen zu beantworten. Ihre Männer kamen herbei und bestürmten sie ebenfalls mit ihrer Neugierde. Miles hielt sich zurück und betrachtete staunend die Szene. Alicias Diener und Lehnsleute benahmen sich mehr wie eine große Familie, nicht wie Angehörige einer niedrigeren Gesellschaftsstufe. Die Männer begrüßten Miles mit einer ungewohnten Herzlichkeit und redeten dauernd von Stephen.

Alicia überließ die Männer unten in der Halle sich selbst und stieg die Treppe zu ihrem Zimmer hinauf. Morag begrüßte sie: »Habt Ihr den einen Bruder gegen den anderen eingetauscht?«

»Kein freundliches Wort?« fragte Alicia müde, während sie auf ihr Bett zusteuerte. »Ich bringe dir ein neues Kind, und du begrüßt mich mit Vorwürfen?«

Morags zerknittertes Gesicht bekam unzählige Lachfältchen. »Das ist mein süßer Stephen! Ich wußte doch, daß er ein Mann ist.«

Alicia legte sich aufs Bett, zu müde, um sich mit Morag zu streiten. »Geh hinunter und begrüße den Engländer, den ich dir mitgebracht habe. Er wird dir gefallen.« Sie zog die Steppdecke über sich. Sie hatte nur noch einen Wunsch – schlafen, nichts als schlafen . . .

Die Wochen kamen und gingen, und das Schlafbedürfnis hielt an. Ihr Körper war erschöpft von der Umstellung auf das Baby. Miles kam eines Morgens zu ihr, bedankte sich für ihre Gastfreundschaft und sagte, daß er nach England zurückkehren wolle. Kein Wort von Stephen.

Alicia versuchte, nicht an ihren Mann zu denken; doch das war gar nicht so einfach. Jeder erkundigte sich nach ihm. Tam fragte, warum, zum Kuckuck, sie so plötzlich nach Schottland zurückgekehrt sei. Warum blieb sie nicht in England und kämpfte um ihn? Ihm fiel die Kinnlade herunter, als Alicia plötzlich in Tränen ausbrach und aus dem Zimmer lief.

Drei Wochen nach ihrer Heimkehr meldete ihr einer von den Männern in den Torhäusern, Engländer näherten sich der Burg.

»Gavin!« rief sie und eilte nach oben, um sich umzuziehen. Sie wählte das silberne Kleid, das Stephen ihr zur Hochzeit geschenkt hatte, und erwartete ihren Schwager in der Halle. Sie war sicher, es konnte nur Gavin sein. Vielleicht überbrachte er ihr eine Nachricht von Stephen, daß er ihr verziehen habe.

Das Lächeln verging ihr, als Roger Chatworth in die große Halle trat. Sie erbleichte vor Schreck, was sie da angerichtet hatte. Sie hatte befohlen, dem Besucher freien Zugang zur Halbinsel zu gewähren, ohne wirklich zu wissen, wer er sei. Sie sah in den Gesichtern ihrer Männer die tiefe Sorge um ihr Befinden. Sie würden alles tun, damit sie wieder zu sich selbst fand.

Sie versuchte, ihre Enttäuschung zu verbergen, und streckte ihm ihre Hand entgegen. »Lord Roger, wie nett, Euch wiederzusehen.«

Roger fiel auf die Knie und drückte ihre Hand an die Lippen. Sein blondes Haar war dunkler, als sie es in Erinnerung hatte. Ihre Gefangenschaft in Sir Crichtons Haus kam ihr wieder ins Gedächtnis. Damals hatte er sich sehr verständnisvoll gezeigt.

»Ihr seid schöner, als ich Euch in Erinnerung habe«, sagte er leise.

»Douglas«, rief sie, »sorge dafür, daß Lord Roger und seine Leute sich bei uns wohl fühlen!«

Roger sah, wie ihre Männer sich beeilten, ihrem Befehl nachzukommen. Er musterte die kahlen Wände der großen Halle. Auf dem Weg zur Halbinsel war er an vielen ärmlichen Häusern vorbeigekommen. War das der ganze Reichtum der MacArrans?

»Lord Roger, kommt mit auf meinen Söller, wo wir ungestört reden können. Was bringt Euch nach Schottland? Oh, ich vergaß, daß Ihr hier Verwandte habt!«

Er folgte ihr die Treppe hinauf in einen zweiten kahlen Raum, in dem wenigstens ein Feuer brannte.

»Wollt Ihr Euch nicht setzen?« Alicia warf Morag einen strengen Blick zu und befahl der finster blickenden alten Frau, Wein und etwas zu essen zu bringen.

Als sie unter vier Augen waren, beugte sich Roger zu ihr

hinüber. »Ich will offen zu Euch sein. Ich kam hierher, um nachzusehen, ob Ihr Hilfe braucht. Als ich Stephen bei Hofe traf . . .«

»Ihr habt Stephen bei König Heinrich getroffen?«

Er beobachtete ihr Gesicht. »Dachte ich mir fast, daß Ihr davon nichts wißt. Es tummelten sich zu viele Frauen in seiner Nähe, und . . .«

Alicia stand auf und schürte das Feuer nach. »Ich möchte davon nichts mehr hören«, sagte sie kalt. Sie besann sich wieder darauf, wie Roger Chatworth Stephen beim Turnier in den Rücken gefallen war.

Roger sagte mit Wärme: »Ich meinte es doch nur gut. Setzt Euch wieder hierher. Ihr wart mir nicht immer so übel gesonnen, wenn ich ein paar Monate zurückdenke. Ihr habt sogar darum gebeten, daß ich Euch heiraten soll.«

Sie nahm wieder neben ihm Platz. »Das liegt schon eine Ewigkeit zurück. Inzwischen haben sich mein Leben und meine Einstellung gründlich geändert.« Sie starrte schweigend ins Feuer.

»Seid Ihr nicht neugierig, den wahren Grund meines Kommens zu erfahren?« Als sie nichts sagte, fuhr er fort: »Ich habe Euch eine Botschaft von einer Frau namens Kirsty zu überbringen.«

Alicias Kopf ruckte hoch, doch ehe sie etwas erwidern konnte, kam Morag mit einem Tablett mit Speisen herein. Sie bestand darauf, ebenfalls Holz nachzulegen und einige Fragen an Roger zu richten, bis Alicia sie ungeduldig unterbrach und wieder aus dem Zimmer schickte.

»Nun! Was habt Ihr von Kirsty gehört?«

Roger lehnte sich in seinem Sessel zurück. Diese Alicia war nicht das, was er sich erwartet hatte. Vielleicht lag es daran, daß sie sich hier unter ihren Landsleuten auf eigenem Boden befand. Möglicherweise war auch der Einfluß von Stephen Ascott daran schuld, daß sie nicht mehr so leicht manipulierbar war wie im Hause von Sir Crichton. Roger hatte rein zufällig von der Geschichte erfahren, die sich auf dem Land des MacGregor zugetragen hatte. Ein halbverhungerter Mann war zu ihm gestoßen, der in seine Garnison aufgenommen werden wollte. Er hatte von seinen Abenteuern mit der hinreißend schönen MacArran berichtet. Roger hatte den Mann hinaufgenommen in sein Zimmer und ihn ausgefragt. Allerdings war das nur die halbe Wahrheit gewesen, die ihm der Mann erzählte. Es hatte ihn viel Geld gekostet, bis er die ganze Wahrheit erfuhr.

Als er die Stücke beisammen hatte, wußte er, daß sich daraus etwas machen ließ. Er lachte im stillen über diesen Stephen, der sich wie ein Narr aufführte und sich schottischer benahm als selbst die Schotten. Er stolzierte vor ihnen in deren primitiven Kleidern umher. Roger nippte an seinem Weinbecher und dachte voller Haß daran, wie Stephen ihn auf dem Turnierhof entehrt hatte. Seither hörte er überall hinter seinem Rücken die Leute flüstern: »Das ist der Mann, der Lord Stephen von hinten angriff.« Diesen üblen Leumund verdankte er diesem Ascott. Das wollte er ihm heimzahlen!

Er war mit der Absicht hierhergekommen, Stephens Frau zu verführen und sich zu nehmen, worum er gekämpft hatte. Doch Alicia hatte diesen Plan durchkreuzt. Sie war offenbar nicht die Frau, die so ohne weiteres bereit war, einem Mann zu folgen. Ja, wenn er Zeit gehabt hätte . . .! Nein, er wußte nicht, wie lange Stephen noch wegbleiben würde.

Da war ihm eine Idee gekommen. Oh, ja, dachte er, die Rache an diesem Ascott würde ihm gelingen.

»Sagt«, drängte Alicia, »was läßt sie mir mitteilen? Braucht sie mich?«

»Ja«, sagte Roger und lächelte. Und ich brauche dich noch mehr, dachte er.

17. Kapitel

Alicia lag auf ihrem Bett und starrte auf die Unterseite des Betthimmels. Ihr ganzer Körper pulste vor Erregung. Als Tam ihr von der Botschaft des MacGregor erzählt hatte, war sie zunächst so mit ihren eigenen Problemen beschäftigt gewesen, daß sie nur mit halbem Ohr zuhörte. Doch nun bekam sie eine Chance, etwas zu tun, was Stephen gefallen würde. Er hatte sich immer gewünscht, daß sie ihre Differenzen mit dem Nachbarklan beilegen sollte. Kirsty hatte ihr nun dazu den Weg vorbereitet.

Roger Chatworth hatte ihr eine unglaubliche Geschichte erzählt, wie er mit Kirsty zusammengekommen war und diese ihn gebeten hatte, Alicia ein Treffen mit dem MacGregor vorzuschlagen. Der MacGregor und die MacArran sollten sich allein begegnen – morgen nacht. Denn die MacGregors wären gegen eine offizielle Aussöhnung, und die MacArrans würden vermutlich ebenso denken. Deshalb hätte sie, Kirsty, sich bemüht, eine private Aussprache der beiden Bosse zuwege zu bringen. Sie übersandte Stephen und ihr die besten Wünsche und bat darum, diesem Treffen zuzustimmen, damit ein friedliches Zusammenleben der beiden Klans erreicht werden könne.

Alicia warf die Decke zurück und ging ans Fenster. Der Mond war noch nicht untergegangen. Sie wollte sich mit Roger Chatworth außerhalb der Halle bei den Ställen treffen. Sie würde ihn von der Halbinsel herunterbringen, und dann wollten sie zu der Stelle reiten, wo Kirsty und Donald sie erwarteten.

Es war gar nicht so leicht, die Zeit abzuwarten. Sie war bereits angekleidet, beugte sich über das Kissen, auf dem Stephen zu schlafen pflegte. »Bald, mein Liebling, bald«, flüsterte sie. Sobald Frieden zwischen den beiden Klans herrschte, konnte sie auch vor Stephen den Kopf wieder hochhalten. Vielleicht glaubte er dann, daß er seine Liebe nicht einer Unwürdigen geschenkt hatte.

Rab folgte ihr die Hintertreppe hinunter. Er spürte, daß er ganz leise sein mußte, weil seine Herrin so verstohlen tat.

Roger Chatworth kam so lautlos wie ein Schotte aus dem Schatten hervor.

Alicia nickte ihm kurz zu und gab dann Rab das Zeichen, sich friedlich zu verhalten. Der Hund hatte Roger nie gemocht und verhehlte seine Einstellung auch jetzt nicht. Roger folgte ihr auf dem schmalen Pfad, der über die Felsbrücke zum Festland hinüberführte. Er mußte ein paarmal nach ihrer Hand fassen, damit er am Rand des Abgrunds nicht sein inneres und äußeres Gleichgewicht verlor. Zuweilen klammerte er sich an sie, bis sein Atem sich wieder beruhigt hatte.

Alicia versuchte, ihren Abscheu nicht zu zeigen. Sie war froh, daß sie inzwischen wußte, daß nicht alle Engländer so waren wie dieser. Es gab tapfere, aufrichtige Männer unter ihnen wie ihr Gemahl und dessen Brüder. Das waren Männer, an die sich eine Frau klammern konnte, nicht umgekehrt.

Roger atmete etwas unbeschwerter, als sie das Festland erreichten und die Pferde.

Doch sie mußten schweigen, solange sie aus dem Tal der MacArrans noch nicht heraus waren. Alicia führte ihn an der Klippe entlang. Sie zügelte immer wieder ihr Pferd, damit Roger nicht vom Pfad abkam. Die Nacht war stockdunkel.

Es war kurz vor der Morgendämmerung, als sie auf einem Grat hielten, der ihnen einen Blick über ihr Land gewährte. »Seid Ihr müde, Lady Alicia?« fragte Roger mit bebender Stimme. Er hatte offensichtlich den langen Ritt als eine Tortur empfunden. Er stieg aus dem Sattel.

»Wir sollten lieber weiterreiten«, drängte sie. »Wir sind noch nicht sehr weit von Larenston entfernt. Wenn meine Männer merken . . .«

Sie hielt inne, denn sie wollte nicht glauben, was sie nun sah, Roger Chatworth hatte mit einer raschen, fließenden Bewegung eine schwere Streitaxt vom Sattel genommen und schlug damit nach Rab. Der Hund sah zu seiner Herrin hin, mehr um ihre Wohlfahrt besorgt als um ihren Begleiter. So konnte er nicht rechtzeitig dem tödlichen Hieb ausweichen.

Sofort war Alicia aus dem Sattel und fiel neben Rab auf die

Knie nieder. Selbst in der Dunkelheit vermochte sie die klaffende Wunde in Rabs Flanke zu erkennen.

»Er ist tot«, sagte Roger brutal. »Steigt wieder in den Sattel!«

Alicia schwang zu ihm herum. »Ihr!« Sie verschwendete ihre Energie nicht für Worte. Eben noch kauerte sie am Boden, und jetzt flog sie durch die Luft, das blanke Messer in der Hand, das auf seine Kehle zielte.

Er war auf diesen Angriff nicht vorbereitet und taumelte nach hinten. Die Messerschneide verfehlte knapp seinen Hals und schnitt in seine Schulter. Er packte sie bei den Haaren und versuchte, ihren Kopf nach hinten zu ziehen. Ihr Knie kam hoch und traf ihn zwischen den Beinen. Als sie ihm zum zweitenmal mit dem Messer an die Kehle fahren wollte, wurde sie von vier Paar Händen ergriffen, die sie zurückrissen.

»Ihr habt verdammt lange dazu gebraucht!« fauchte Roger die Männer an, die Alicia festhielten. »Noch ein paar Sekunden, und es wäre zu spät gewesen.«

Alicia blickte von dem regungslosen Rab zu Roger. »Kirsty hat mir gar keine Botschaft geschickt, oder?«

Roger betastete mit der Hand die Messerwunde an seiner Schulter. »Was gehen mich diese verdammten Schotten an? Glaubt Ihr, ich übermittle Botschaften wie ein verdammter Leibeigener? Habt Ihr vergessen, daß ich ein Graf bin?«

»Ja«, sagte Alicia bedächtig, »ich habe vergessen, was Ihr seid. Ich habe vergessen, daß Ihr die Leute von hinten zu überfallen pflegt.«

Das waren die letzten Worte, die sie für eine ziemlich lange Zeit sprechen konnte. Denn er holte mit der Faust aus, und wenn sie nicht geistesgegenwärtig den Kopf zur Seite genommen hätte, hätte er ihr das Kinn zerschmettert. So streifte er nur ihre Wange, und sie knickte nach vorn und verlor das Bewußtsein.

Als sie wieder zu sich kam, lag sie mit gefesselten Händen und Füßen und geknebelten Mund auf Stroh. Räder rumpelten unter ihr. In ihrem Kopf pochte es. Ihr Mund war trocken und geschwollen von dem Knebel.

»Sie ist wach«, hörte sie eine Männerstimme.

Der Wagen hielt, und Roger Chatworth beugte sich über sie. »Wir befinden uns in einem Wald, und niemand wird Eure Schreie hören. Ihr könnt einen Schluck Wasser haben.« Er reichte ihr einen Becher, nachdem er sie von ihrem Knebel befreit hatte. »Trinkt!« sagte er ungeduldig.

Sie schluckte begierig das Wasser.

»Wo bringt Ihr mich hin?« fragte sie keuchend.

Roger nahm den Becher wieder fort. »Vielleicht lassen sich die Ascotts Eure unverschämten Fragen gefallen. Ich nicht. Wenn Ihr etwas wissen sollt, werdet Ihr das schon erfahren.« Er packte sie bei den Haaren, verschloß ihren Mund wieder mit dem Knebel und warf sie auf das Stroh zurück.

Den nächsten Tag verbrachte Alicia in halb bewußtlosem Zustand. Roger hatte Getreidesäcke über sie werfen lassen, um sie vor den Blicken Neugieriger zu verstecken. Der Mangel an Luft und Bewegung wirkte wie ein Betäubungstrank. Sie hatte Schwindelanfälle und Halluzinationen.

Zweimal holte man sie aus dem Wagen, gab ihr etwas zu essen und erlaubte ihr, ihre Notdurft zu verrichten.

In der dritten Nacht hielt der Wagen an. Die Säcke wurden entfernt, und grobe Hände hoben sie aus dem Wagen. Die kalte Nachtluft traf sie, als würde sie in eiskaltes Wasser geworfen.

»Bringt sie nach oben«, befahl Roger. »Sperrt sie in das Ostzimmer.«

Alicia hielt die Augen geschlossen und ihren Körper schlaff, als ein Mann sie über die Treppe hinauf in das Zimmer trug. Es war schwierig, sich wie eine Ohnmächtige zu benehmen, während der Mann ihre Fesseln löste und den Knebel aus ihrem Mund entfernte. Am schwierigsten wurde es, als dieser Kerl ihre Haare und ihr Gesicht betastete. Sie verfluchte ihn dafür, daß er sie berührte, doch er gab ihr auch Zeit, ihre Gedanken zu sammeln und die Gefühllosigkeit in ihren Armen und Beinen zu überwinden, weil das Blut wieder normal durch ihren Körper zirkulierte.

»Einige bekommen doch alles«, sagte der Mann, der ihr die Fesseln abgenommen hatte, nachdenklich. Mit einem Seufzer erhob er sich von ihrem Bett.

Alicia wartete, bis sie Schritte hörte, und hoffte, sie entfernten sich zur Tür hin. Sie öffnete die Lider zu einem Schlitz und gewahrte, daß er zögernd bei der Tür stehen blieb. Sie drehte rasch den Kopf und sah eine Wasserkanne auf dem Tisch neben dem Bett. Sie rollte darauf zu, packte die Kanne und schleuderte sie quer durchs Zimmer. Sie zerbarst an der Wand.

Dann lag sie wieder regungslos auf dem Bett, die Lider zu Schlitzen geöffnet. Der Mann lief zu der Stelle, wo der Krug gegen die Wand geprallt war, und im Nu war Alicia vom Bett herunter und lief zur Tür. Ein Knöchel knickte unter ihr ein; doch sie lief weiter, ohne einen Blick auf den Mann an der Wand zu werfen. Sie packte den Griff der schweren Tür, warf sie hinter sich zu und schob den Riegel vor. Schon hörte sie die Faustschläge, die von innen gegen das Holz trommelten; doch die dicken Eichenbohlen dämpften das Geräusch.

Sie hörte Schritte, und konnte sich gerade noch in einer dunklen Fensternische verstecken, als Roger Chatworth im Gang auftauchte. Er hielt vor der Tür und lauschte auf das Pochen und die unverständlichen Laute hinter der Tür. Alicia hielt den Atem an. Doch Roger lächelte zufrieden und ging an ihr vorbei zur Treppe.

Alicia ließ sich nur Sekunden Zeit, damit ihr Herz sich etwas beruhigen konnte. Sie rieb sich die schmerzenden Hand- und Fußgelenke und folgte Roger dann auf Zehenspitzen die Treppe hinunter.

Unten wandte er sich nach links und betrat ein Zimmer. Alicia barg sich im Schatten der halb offen stehenden Tür. Sie konnte durch den Spalt zwischen Pfosten und Tür den kleinen Raum fast gänzlich überblicken. Ein Tisch und vier Stühle standen darin, und in der Mitte des Tisches brannte eine dicke Kerze. Eine schöne Frau saß mit dem Profil zu Alicia. Sie trug ein schimmerndes Gewand aus purpur- und grüngestreiftem Satin, das im Kerzenlicht wie poliertes Metall leuchtete. Die feinen Züge ihres Gesichts waren von einer perfekten Ebenmäßigkeit, von ihrem kleinen Mund bis hinauf zu den blauen, mandelförmigen Augen.

»Warum mußtest du sie hierherbringen? Ich dachte, du könntest sie haben, wann und wo es dir beliebt«, sagte die Frau mit einer schneidend spöttischen Stimme, die sich so schlecht mit diesem Gesicht vertrug.

Roger setzte sich mit dem Rücken zu Alicia auf einen Stuhl. »Mir blieb keine andere Wahl. Sie wollte mir nicht zuhören, als ich von Stephen zu erzählen begann.«

»Sie wollte dir nicht zuhören?« spottete die Frau. »Tod und Verdammnis über die Ascotts! Was hatte Stephen überhaupt am Hofe König Heinrichs zu suchen?«

Roger bewegte ärgerlich die Hand. »Er wollte den König dazu überreden, die Überfälle auf die Schotten einzustellen. Du hättest ihn erleben sollen! Er brachte den ganzen Hof zum Weinen mit seinen Geschichten von den edlen Schotten und was für ein Unrecht man ihnen zufügte.«

Alicia schloß einen Moment die Augen und lächelte. Stephen, dachte sie, ihr teurer, süßer Stephen! Sie kehrte in die Gegenwart zurück und schalt sich dafür, daß sie mit dem Belauschen der beiden kostbare Zeit vergeudete. Sie mußte aus dem Gefängnis entfliehen.

Doch Rogers nächste Worte hielten sie hinter der Tür fest: »Wie, zum Teufel, konnte ich wissen, daß du die Zeit inzwischen dazu benützt hast, Mary Ascott zu entführen!«

Alicia erstarrte zur Salzsäule. Ihr ganzer Körper schien nun zu lauschen.

Die Frau hielt ihr Gesicht von ihm abgewandt, während sie mit schiefen Zähnen lächelte. »Ich wollte eigentlich seine Frau in meine Gewalt bringen«, sagte sie verträumt.

»Damit meinst du wohl Gavins Frau Judith!«

»Aye! Diese Hure, die mir meinen Gavin stahl!«

»Ich bin mir nicht so sicher, daß er jemals dein Gavin gewesen ist, und falls ja, hast du ihn doch verstoßen, als du es vorzogst, meinen teuren, inzwischen verblichenen älteren Bruder zu ehelichen!«

Die Frau schien gar nicht zugehört zu haben.

Als sie nichts sagte, fragte er:

»Warum hast du statt dessen Mary entführt?« Sie hätten

ebensogut über das Wetter reden können, so teilnahmslos klang seine Stimme.

»Sie kehrte vom Haus der Ascotts zu ihrem Stift zurück. Dabei lief sie mir gewissermaßen in die Arme. Ich möchte zu gern alle Ascotts umbringen – einen nach dem anderen. Also ist es eigentlich egal, mit welchem ich anfange. Jetzt erzähle mir mal etwas von deiner Gefangenen. Sie ist Stephens Frau?« Immer noch sprach die Frau vor sich ins Leere und drehte Roger und Alicia nur eine Seite ihres Gesichts zu.

»Die Frau hat sich verändert. In England, ehe sie diesen Ascott heiratete, war sie noch leicht zu beeinflussen. Ich erzählte ihr eine haarsträubende Gesichte von meinen Vettern und Basen in Schottland.« Er lachte höhnisch. »Wie konnte sie nur glauben, daß ich mit einer dreckigen schottischen Familie verwandt wäre?«

»Du hast sie doch dazu gebracht, daß sie auf einem Kampf um ihre Hand bestand, nicht wahr?« fragte die schöne Frau.

»Es war leicht genug, ihr solche Ideen in ihren leeren Kopf zu setzen«, antwortete Roger. »Und Ascott war willig genug, um sie zu kämpfen. Er war so heiß auf sie, daß er ihr mit seinen Augen förmlich Löcher in die Haut brannte.«

»Wie ich hörte, soll sie eine Schönheit sein«, sagte die Dame mit großer Bitterkeit.

»Keine Frau ist so schön, daß das Land, das sie besitzt, nicht noch schöner wäre. Hätte sie mich geheiratet, hätte ich englische Bauern auf ihrem Besitz angesiedelt, die aus dem Land wenigstens etwas Nützliches gemacht hätten. Diese Schotten meinen, sie sollten ihr Land mit ihren Leibeigenen teilen.«

»Doch du hast das Turnier und sie verloren«, sagte die Dame gelassen.

Roger sprang auf und warf fast den Stuhl dabei um. »Dieser Bastard!« fluchte er. »Er machte mich lächerlich. Er machte mich zum Gespött von ganz England!«

»Wäre es dir lieber gewesen, er hätte dich getötet, wie du es von ihm verlangtest?« fragte sie ihn.

Roger stand vor ihr. »Wäre es dir lieber, wenn du getötet worden wärest?« fragte er ruhig.

Die Dame neigte den Kopf. »Ja, oh, ja«, flüsterte sie, und dann ruckte ihr Kopf wieder nach oben. »Aber wir werden sie dafür büßen lassen, nicht? Wir haben bereits Stephens Frau und Gavins Schwester in unserer Gewalt. Sag, was hast du mit den beiden vor?«

Roger lächelte. »Alicia gehört mir. Wenn ich nicht ihr Land haben kann, muß ich mich eben mir ihr begnügen. Mary gehört natürlich dir.«

Die Dame hob die Hand. »Sie ist ein schlechter Zeitvertreib. Sie ist schrecklich ängstlich bei allem, was man ihr sagt oder androht. Vielleicht sollte ich sie wieder nach Hause schicken«, setzte sie, sprühend vor Haß hinzu und drehte ihr Gesicht, daß Alicia es ganz zu sehen vermochte.

Es war das Zusammenwirken von beidem – der Anblick der schrecklich entstellten Wange der Frau und die Drohungen, die sich auf Mary bezogen – beides wohl, daß Alicia wimmernd Luft holte und Roger zur Tür herumschwang. Ehe Alicia sich von der Stelle rühren konnte, hatte Roger sie schon beim Arm gepackt und ins Zimmer hineingezogen.«

»So!« höhnte die Frau. »Das ist also dein erbeuteter Klan-Boss!«

Alicia starrte sie an. Das einst so schöne Gesicht war auf einer Seite schrecklich verstümmelt. Lange Schründe vernarbten Fleisches zogen das Auge nach unten und den Mund nach oben. Die Narben gaben ihr ein böses, fratzenhaftes Aussehen.

»Schau dich nur satt!« kreischte die Dame. »Präge es dir ein, denn du wirst für diese Untat büßen müssen.«

Roger gab Alicia frei und packte die Hände der Dame. »Setz dich!« befahl er. »Wir haben Wichtigeres zu erledigen, als uns deine Haßtiraden anzuhören.«

Die Dame setzte sich wieder, ließ den Blick aber nicht von Alicia.

»Wo ist Mary?« fragte Alicia leise. »Wenn Ihr sie freigebt, werde ich nicht mehr versuchen zu fliehen. Ihr könnt dann mit mir tun, was Ihr wollt.«

Roger lachte sie aus. »Wie nobel von Euch. Doch Ihr habt

nichts, mit dem Ihr schachern könntet. Ihr bekommt keine zweite Gelegenheit mehr zur Flucht.«

»Doch was kann Mary Euch schon nützen? Sie hat niemandem ein Leid getan.«

»Ist das vielleicht nichts?« kreischte die Dame und fuhr mit den Fingern über die Narben.

»Mary hat das nicht getan«, sagte Alicia voller Überzeugung. Die Narben, fing sie an zu glauben, zeigten nur den wahren Charakter dieser Dame.

»Still, ihr beiden!« schalt Roger und wandte sich Alicia zu. »Das ist meine Schwägerin, Lady Lilian Chatworth. Wir haben beide Grund, die Ascotts zu hassen, und schworen einen Eid, sie zu vernichten.«

»Vernichten!« keuchte Lilian. »Aber Mary . . .«

Roger packte ihren Arm. »Denkt Ihr gar nicht an Euch selbst?«

»Ich weiß, was Männer wie Ihr begehrt«, funkelte sie ihn an. »Könnt Ihr keine Frau ohne Lügen und Verrat für Euch gewinnen?«

Roger wich zurück, um ihr ins Gesicht zu schlagen, als Lilians Kichern ihn ablenkte. »Dafür bist du nach Schottland gereist, Roger?« Sie lachte. »Warum mußtest du sie erst binden und in einem Wagen hierherbringen?«

Roger sah von einer Frau zur anderen, packte dann Alicia und zog sie hinter sich her aus dem Zimmer. Er schleppte sie zur Treppe, durch den Gang darüber und hielt vor der verriegelten Tür. Doch nach kurzem Zögern zog er sie weiter zu einem anderen Zimmer mit geschnitzten Paneelen und einem breiten Himmelbett in der Mitte. Er stieß sie auf den mit braunem Samt und Goldschnüren verkleideten Pfühl.

»Zieh dich aus!« befahl er.

Alicia lächelte ihn an. »Niemals«, sagte sie mit freundlicher Stimme.

Er gab das Lächeln zurück. »Wenn dir an Marys Leben etwas liegt, wirst du mir gehorchen. Sie muß für jede Sekunde, die du mich hinhältst, mit einem Finger bezahlen.«

Alicia sah ihn entsetzt an und nestelte dann an ihrer Brosche.

Roger lehnte sich gegen eine hohe geschnitzte Truhe und sah gespannt zu.

»Wußtest du, daß ich mich in deiner Hochzeitsnacht betrank?« fragte er. »Nein, natürlich wußtest du das nicht. Ich möchte wetten, du hast nicht einmal an mich gedacht. Ich mag nicht, daß man mich als Werkzeug benützt. Du hast mich für dein Spiel mit Stephen Ascott mißbraucht.«

Sie hörte auf, sich das Hemd aufzuknöpfen. »Ich habe Euch nie mißbraucht. Hättet Ihr das Turnier gewonnen, wäre ich jetzt Eure Frau. Ich dachte, Ihr meintet es ehrlich, als Ihr Euch um meinen Klan besorgt zeigtet.«

Er schnaubte verächtlich. »Du hältst mich nur hin. Ich möchte sehen, was mich so viel Schmerz und Schande gekostet hat.«

Alicia biß sich in die Unterlippe. Die Schande hatte er selbst über sich gebracht. Das wollte sie ihm sagen, würgte es aber hinunter.

Ihre Hände zitterten. Sie hatte sich noch nie für einen Mann entkleidet. Nur Stephen hatte ihre Nacktheit sehen dürfen. Sie versuchte, ihre Tränen zurückzuhalten. Stephen würde sie niemals mehr lieben, wenn ein anderer Mann sie nahm. Er war schon so eifersüchtig, daß er in jeder ihrer Handlungen einen Treuebruch witterte. Wie würde er sich erst verhalten, wenn Roger Chatworth mit ihr fertig war?

Sie stand auf, schnallte den Gürtel ab und ließ den Rock zu Boden gleiten. Wie würde sie auf Rogers Berührung reagieren? Stephen brauchte sie nur anzusehen, und schon rieselten Wonneschauer über ihren Körper. Sobald er die Hand auf ihre Haut legte, erbebte sie vor Leidenschaft. Würde Roger dasselbe bei ihr erreichen können?

»Beeil dich!« befahl Roger. »Ich habe monatelang auf diesen Moment gewartet.«

Alicia schloß einen Moment die Augen und holte tief Luft, ehe sie das Hemd zu Boden gleiten ließ. Sie hielt das Kinn hoch und die Schultern gerade, als Roger eine Kerze nahm und zu ihr trat.

Er starrte sie an. Seine Augen weideten sich an ihrer samtigen Haut, an ihren hohen stolzen Brüsten. Er berührte sacht ihre

Hüften, strich mit dem Finger über das weiche, sanft gerundete Fleisch, das ihren Nabel umgab. »Herrlich«, flüsterte er. »Stephen Ascott hatte zu Recht um dich gekämpft.«

Ein Klopfen an der Tür ließ sie beide zusammenfahren. »Still!« zischte Roger, während er zur Tür sah.

»Roger« kam die Stimme durch die Tür, eine Jungmännerstimme, »bist du noch wach?«

»Steig ins Bett!« raunte Roger ihr zu. »Deck dich zu und verhalte dich still. Oder muß ich erst drohen?«

Alicia gehorchte ihm rasch, froh über den Vorwand, ihren nackten Körper vor ihm verstecken zu können. Sie barg sich unter den Pelzen und Decken, während er hastig den Vorhang um das Pfostenbett schloß.

»Brian, was hast du?« fragte Roger mit einer ganz anderen, sehr fürsorglichen Stimme, als er die Tür öffnete. »Wieder einer deiner Alpträume?«

Alicia bewegte sich lautlos, bis sie durch einen Spalt des Vorhangs zu blicken vermochte. Roger zündete mehrere Kerzen auf dem Tisch neben dem Bett an. Er trat zur Seite, und ihr Blick fiel auf den jungen Mann, der ins Zimmer kam.

Brian mochte etwa zwanzig Jahre alt sein, doch sein schmächtiger Körper gab ihm ein knabenhaftes Aussehen. Er ging etwas schleppend, als wäre eines seiner Beine steif und habe er gelernt, das geschickt zu verbergen. Offensichtlich war er Rogers Bruder, eine jüngere, schwächere, zierlichere Version seines kräftigen, gesunden, älteren Bruders.

»Du solltest längst im Bett sein«, sagte Roger mit freundlicher Stimme – einer Stimme, die Alicia ihm nie zugetraut hätte. Rogers Liebe für diesen Jungen war aus jedem seiner Worte herauszuhören.

Brian ließ sich in einen Sessel nieder. »Ich habe auf deine Rückkehr gewartet. Ich konnte nicht einmal herausfinden, wohin du geritten bist. Lilian sagte . . .« Er hielt inne.

»Hat sie dir etwas gesagt, was dich aufregte?« fragte Roger ernst. »Falls ja, muß ich . . .«

»Nein, natürlich nicht», unterbrauch Brian den älteren Bruder. »Lilian ist eine unglückliche Frau. Sie kommt über Edmunds Tod nicht hinweg.«

»Ja, so wird es wohl sein«, antwortete Roger sarkastisch. »Ich besuchte meine anderen Besitzungen, um dafür zu sorgen, daß die Leibeigenen uns nicht völlig ausplündern.«

»Roger, wer ist die Frau, die dauernd weint?«

Rogers Kopf ruckte hoch. »Ich . . . ich weiß nicht, wovon du sprichst. Da ist keine andere Frau, die weinen könnte.«

»Seit drei Nächten höre ich eine Frau weinen. Selbst am Tag vernehme ich hin und wieder ein Schluchzen.«

Roger lächelte. »Vielleicht wohnt ein Geist in dieser Burg. Oder vielleicht will Edmund . . .« Seine Stimme riß ab.

»Ich weiß, was du sagen wolltest«, sagte Brian tonlos. »Ich weiß mehr über unseren ältesten Bruder, als du annimmst. Du wolltest sagen, vielleicht kommt das Klagen von einem Geist, der miterlebte, wie Edmund ermordet wurde. Eine seiner Frauen brachte sich doch in der gleichen Nacht um.«

»Brian! Woher hast du solche Sachen? Es ist spät. Du gehörst ins Bett.«

Brian seufzte und ließ sich dann von seinem Bruder aus dem Sessel helfen. »Sehe ich dich morgen früh? Lilian geht es gleich besser, wenn du hier bist, und ich vermisse Elisabeth. Weihnachten ist viel zu kurz.«

»Ja, natürlich werde ich hier sein. Gute Nacht, kleiner Bruder. Schlaf gut.« Er stand einen Moment nachdenklich im Zimmer, als die Tür sich hinter Brian geschlossen hatte.

Alicia beobachtete Roger. Er mochte ein Lügner sein und Leute hinterrücks angreifen, doch er liebte seinen jüngeren Bruder.

Roger drehte sich um und riß den Bettvorhang zurück. »Hast du geglaubt, ich hätte dich vergessen?« Seine Stimme war wieder kalt.

Sie hielt die Bettdecke an den Hals aund wich in die entfernteste Ecke zurück. »Wer ist Elisabeth?«

Roger sah sie lüstern an. »Elisbabeth ist meine Schwester. Nun komm her.«

»Ist sie älter oder jünger als Brian?« Sie sprach so rasch, daß ihre Worte sich überstürzten.

»Möchtest du meinen Stammbaum sehen?« Er packte ihren Arm und zog sie an sich. »Elisabeth ist drei Jahre jünger als Brian.«

»Ist sie . . .« Roger umarmte sie und erstickte ihre Worte mit hungrigen Küssen.

Sie hielt ganz still, als er sie küßte. Seine Lippen waren fest und angenehm, sein Atem sogar süß, doch es war kein Feuer darin. Sein Mund glitt an ihrem Hals hinunter, während seine Hände ihren Rücken streichelten. Seine Finger glitten an ihrer Wirbelsäule entlang, ergriffen ihr Gesäß und drückten es an sich. Er war noch angekleidet, und der wattierte Samt tat ihrer kühlen Haut wohl.

Doch abgesehen von diesen angenehmen Empfindungen spürte sie nichts. Sie kam sich wie ein Unbeteiligter vor, der etwas beobachtet, was ihn nicht betraf.

»Du wehrst dich nicht?« fragte er mit einem heiseren Flüstern, einen Hauch von Belustigung in der Stimme.

»Nein«, sagte sie ehrlich, »ich . . .«

Wieder erstickte er ihre Worte mit Küssen. Sacht drückte er sie auf das Bett nieder, während seine Hände ihre Brüste liebkosten. Seine Lippen folgten seinen Händen.

»Nein, Roger, ich wehre mich nicht«, sagte sie mit aufrichtiger Stimme. »Tatsächlich wüßte ich nicht, was es da zu wehren gibt. Ich gestehe, ich war neugierig, wie ich auf einen anderen Mann, der mich berührte, reagieren mochte. Stephen sagt, ich wäre oft hinter ihm her, daß er kaum genug Zeit hätte, sich zu erholen.«

Sie lachte leise, verschränkte die Arme hinter dem Kopf und sah zum Betthimmel hinauf. »Nicht, daß Stephen *immer* nur die Wahrheit sagte.« Sie kicherte. »Doch ich entdecke, es ist eben nicht dasselbe. Ihr berührt mich an den gleichen Stellen wie Stephen, und doch empfinde ich nichts dabei. Ist das nicht seltsam?«

Sie sah mit unschuldigen Augen Roger an, der sich über sie beugte, die Hände still, die Augen geweitet. »Es tut mir wirklich leid. Ich wollte Euch nicht beleidigen. Ich bin sicher, es gibt Frauen, die Euch mögen. Vermutlich ist es so, daß ich nur zu einem Mann gehöre.«

Roger hob die Hand, um sie zu schlagen, und ihre Augen wurden zu Eis. »Ich werde mich weder wehren noch auf Euer Liebesspiel eingehen. Ärgert es Euch, daß Ihr nicht einmal halb so viel Mann seid wie Stephen Ascott? Weder im Bett noch sonst?«

»Dafür werde ich dich töten!« fauchte Roger und warf sich auf sie.

Alicia rollte rasch unter ihm weg, und er landete mit dem Gesicht auf der Matratze. Sie sprang aus dem Bett und sah sich nach einer Waffe um. Doch da war keine.

Roger wollte ihr nach, erstarrte aber in der Bewegung. Tod und Verdammnis – sie war sehenswert. Ihre schwarzen Haare umbrandeten ihr Gesicht wie schwarzes dämonisches Feuer. Ihr stolzer, kräftiger Körper war eine quälende Herausforderung. Sie war atemberaubend wie eine heidnische Göttin, die ihn ihre Arroganz und Macht spüren ließ.

Jedes Wort, das sie über ihren Gatten gesprochen hatte, schrie ihm ins Gesicht. Sie kannte sich mit Männern aus, nicht wahr? Bei jedem ihrer Worte schien ein Wasserguß auf seine lodernde Leidenschaft niederzugehen. Welcher Mann konnte sie nehmen, wenn er wußte, daß sie ihn auslachte? Wenn sie sich vor ihm fürchtete, konnte er sie vergewaltigen. Doch dieses Lachen war zu viel für ihn.

»Wachen!« brüllte er.

Alicia wußte, daß er vorhatte, sie von den Pflichten in seinem Bett zu entbinden. Sie raffte ihre Kleider auf, und als die Tür sich öffnete, war sie bereits in ihr Plaid gewickelt.

»Schafft sie in das Ostzimmer«, befahl Roger mit müder Stimme. »Und wer sie entkommen läßt, muß mit seinem Kopf dafür büßen.«

Alicia holte erst wieder Luft, als sie auf ihrem Bett lag und hörte, wie der Riegel vorgeschoben wurde. Die Angst um Mary peinigte sie nun. Und sie spürte die Fesseln wieder, die sie drei

Tage lang tragen mußte. Und dieses Erlebnis mit Roger hatte ihr sehr zugesetzt.

Als sie noch ein Mädchen gewesen war, ritt sie eines Tages mit einem Mann ihres Vaters allein aus. Als sie Rast machten, um die Pferde zu tränken, hatte der Mann sie zu Boden geworfen und begonnen, sie auszuziehen. Alicia war vollkommen unschuldig gewesen und sehr erschrocken. Als der Mann sich entkleidete und über ihr stand, seine Männlichkeit vorgereckt, als wäre er sehr stolz darauf, fing Alicia, die bisher nur Bullen und Hengste gesehen hatte, an zu lachen, und vor ihren Augen war der Mann wieder erschlafft. Sie hatte an diesem Tag zweierlei gelernt. Einmal, daß sie nie mit einem Mann allein ausreiten durfte, und zum zweiten, daß ihre Furcht einen Mann erregte, wohingegen ihr Lachen ihn auf der Stelle vernichtete.

Sie hatte ihrem Vater nichts von diesem Vorfall erzählt. Drei Monate später wurde der Mann bei einem Weidegefecht getötet.

Es sollte ihr eine Genugtuung sein, daß sie Roger auf die gleiche Weise bestraft hatte. Doch sie spürte nur Trauer und Verlangen nach Stephen. Sie brauchte ihn so sehr. Er war das Fundament ihres Seins. Er bewahrte sie vor törichten Handlungen. Wäre er in Larenston gewesen, würde Rab noch leben und sie nicht in der Gewalt von Roger Chatworth sein.

18. Kapitel

Brian Chatworth schlich sich vorsichtig zur Treppe, die in den Keller hinunterführte. Das Chatworth-Haus war über einer alten Burg errichtet worden, die sein Großvater erobert und zerstört hatte. Manche Leute sagten, es läge ein Fluch auf einem Haus, das man über der Wohnung seines Feindes errichtet.

Brian dachte an die Worte seines Bruders, daß ein Geist im Haus lebte, und lächelte. Roger suchte immer seine schützende Hand über seinen kleineren Bruder und die kleine Schwester zu halten. Als sie noch Kinder gewesen waren, war dieser Schutz nötig gewesen. Doch nun, seit Edmunds Tod, gehörte er selbst zu den Erwachsenen. Man brauchte nichts mehr vor ihm zu verstecken. Da weinte eine Frau, und Brian war entschlossen, der Sache auf den Grund zu gehen. Vermutlich war es eine Küchenmagd, die sich in Roger verliebt hatte und weinte, weil Roger ihre Liebe nicht erwiderte. Brian erkannte, daß Roger immer noch in dem Glauben befangen war, sein kleiner Bruder wisse nichts von dem, was sich zwischen Mann und Frau abspielte. Für Roger war er, Brian, immer noch ein kleiner, furchtsamer Junge.

Er hielt am Fuß der Kellertreppe an. Die Kellerräume waren dunkel, gefüllt mit Weinfässern und Bottichen voller Salzfische.

Als er lauschte, vernahm er das Klappern von Würfeln und das Gelächter zweier Wächter. Er barg sich hinter den Fässern und schlich in deren Schutz zu dem verschlossenen Raum am Ende des Kellerganges.

Das Weinen wurde lauter, je näher er der Tür kam. Es war ein weicher, herzerschüttender Laut, der aus einer verwundeten Seele kam. Nun wußte er, warum die Wächter sich in die entgegengesetzte Richtung zurückgezogen hatten. Sie konnten das Weinen der Frau nicht mehr aushalten.

Brian spähte in die Zelle. In einer Ecke lag wie ein formloser Haufen eine Frau in einer Nonnentracht.

Brian konnte nur mit einem entsetzten Keuchen nach dem Schlüssel greifen, der neben der Tür an einem Nagel hing. Er schloß auf, und die Tür schwang auf gut geölten Angeln lautlos nach innen.

»Schwester«, flüsterte Brian, während er sich neben ihr hinkniete, »bitte, wie kann ich Euch helfen?«

Mary sah mit furchtsamen Augen zu ihm auf. »Bitte, bindet mich los«, flüsterte sie. »Meine Brüder werden deswegen einen Krieg beginnen. Bitte, ich kann nicht mit ansehen, daß meinetwegen Leid geschieht.«

Brian sah sie verwirrt an. »Eure Brüder? Wer seid Ihr? Was habt Ihr Roger getan, daß er Euch gefangenhält?«

»Roger?« fragte Mary. »Ist das der Mann, der mich entführen ließ? Wo bin ich? Wer seid Ihr?«

Brian starrte sie an. Ihr ovales Gesicht war angeschwollen, ihre sanften Augen gerötet und verstört. Sie erinnerte ihn plötzlich an seine Schwester Elisabeth. Elisabeth war so rein und süß wie ein Engel, und diese Frau sah wie eine Madonna aus. »Ich bin Brian Chatworth, und das ist meine Wohnung, das Herrenhaus der Chatworth. Es gehört meinem Bruder Roger.«

»Chatworth?« Mary setzte sich auf. »Mein Bruder liebte einst eine schöne Frau; doch sie heiratete einen Mann namens Chatworth.«

Brian setzte sich auf seine Fersen. Er begann, Zusammenhänge zu erkennen. »Ihr seid eine Ascott!« flüsterte er erschrocken. »Ich wußte nur von vier Brüdern. Ich hatte keine Ahnung, daß sie noch eine Schwester hatten.«

»Ich bin die älteste von fünf Geschwistern, Mary Ascott.«

Brian schwieg betroffen.

»Sagt mir, was Ihr wißt. Meine Brüder verheimlichen mir oft, was mich bedrücken könnte. Warum werde ich hier gefangengehalten? Warum sollte Euer Bruder meine Familie hassen?«

Brian fühlte sich sofort zu dieser Frau hingezogen. »Mein Bruder verheimlicht mir auch so manches, weil er mich beschützen will. Doch ich lausche manchmal und erfahre vieles auf diese Weise. Ich werde Euch sagen, was ich weiß. Eine junge Frau namens Lilian Valence hatte sich einst in Euren Bruder verliebt, Euren ältesten Bruder. Er heißt Gavin, nicht wahr?«

Mary nickte.

»Aber aus Gründen, die ich nicht kenne, heirateten sie nicht. Lilian ehelichte meinen ältesten Bruder Edmund, und Gavin heiratete . . .«

»Judith«, half Mary ihm, sich auf den Namen zu besinnen.

»Ja, Judith. Mein Bruder wurde eines Nachts ermordet.« Er hielt einen Moment inne. Er wollte ihr nichts von den Bosheiten seines ältesten Bruders erzählen, von dem Schrecken, den er in seiner Familie verbreitete, und dem jungen Mädchen, das mit durchschnittenen Pulsadern aufgefunden wurde.

»Und Lilian war Witwe«, sagte Mary leise.

»Ja. Sie machte, glaube ich, einen Versuch, Gavin für sich

zurückzugewinnen. Es gab einen Unfall, und kochendes Öl spritzte auf ihre Wange. Das hat sie schrecklich entstellt.«

»Glaubt Ihr, es besteht ein Zusammenhang zwischen diesem Unfall und meiner Gefangenschaft? Wo lebt Lilian jetzt?«

»Sie wohnt hier im Haus. Sie hat niemanden sonst. Und vor Monaten kämpfte Roger mit einem Eurer Brüder um eine Frau.«

»Das kann nur Stephen gewesen sein. Alicia . . .« Sie rieb sich mit der Hand über das Gesicht. »Oh, Brian, was können wir tun? Es darf nicht zu einer Fehde zwischen unseren beiden Familien kommen.«

Brian sah sie betroffen an. Warum sagte sie ›wir‹? Glaubte sie, er stünde auf ihrer Seite? Roger war sein Bruder!

Ehe Brian etwas sagen konnte, sagte Mary still: »Warum hinkt Ihr?«

Brian erschrak. Seit langem hatte ihm keiner mehr diese Frage gestellt. »Mein Bein wurde von einem Pferdehuf getroffen«, sagte er schroff. Mary sah ihn an, als erwartete sie noch weitere Auskünfte. Wider seinen Willen sah er sich zurückversetzt in eine Zeit, an die er sich nicht gern erinnerte.

»Elisabeth war fünf«, sagte er mit entrückter, verlorener Stimme. »Auch damals glich sie schon einem Engel. Einer unserer Schnitzer verwendete sie als Vorbild für die Cherubinen an unserem Chorgestühl. Ich war acht. Wir spielten im Sand unseres Turnierplatzes. Unser Bruder Edmund war damals schon erwachsen.«

Brian hielt einen Moment inne. »Ich erinnere mich nicht mehr an alles. Später hieß es, Edmund sei betrunken gewesen. Er sah weder mich noch Elisabeth, als er auf den Platz galoppierte.«

Mary atmete heftig vor Entsetzen, als sie sich die Szene vorstellte.

»Wäre Roger nicht gewesen, wären wir beide umgekommen. Er war vierzehn und sehr stark. Er rannte direkt vor Edmunds Pferd und packte uns. Doch der linke Vorderfuß des Pferdes streifte seinen Arm, daß er mich wieder loslassen mußte.« Brian sah zur Seite. »Mein Bein wurde bis zum Knie zerschmettert. Ich hatte Glück, daß ich es behalten konnte. Rogers Pflege, so sagte mir Elisabeth, hätte ich es zu verdanken, daß ich wieder gesund wurde.«

»Ihr liebt ihn sehr, nicht wahr?«

»Ja«, sagte Brian schlicht. »Er . . . schützte mich und Elisabeth, solange wir Kinder waren. Er schickte Elisabeth in einen Konvent, als sie sechs Jahre alt wurde.«

»Und sie lebt heute dort?«

Brian lächelte. »Roger sagt, er suche einen Mann, der zu ihr paßte, habe aber noch keinen gefunden. Wie kann man auch einen Mann finden, der eines Engels würdig ist?« Er lachte, weil Elisabeth Roger vorgeschlagen hatte, er sollte ihr einen Teufel als Gatten suchen. Roger hatte ihre Bemerkung gar nicht witzig gefunden. Zuweilen stand Elisabeths scharfe Zunge in einem merkwürdigen Gegensatz zu ihrem Aussehen.

»Wir können nicht dulden, daß unsere Familien Krieg führen«, sagte Mary. »Ihr habt mir Beweise geliefert, daß Euer Bruder ein gütiger, liebenswerter Mann ist. Er ist nur zornig auf Stephen. Und auch Eure Schwägerin scheint nicht gut auf unsere Familie zu sprechen sein.«

Brian hätte bei diesen Worten fast hellauf gelacht. Lilians Zorn hatte etwas Tollwütiges. Manchmal mußte man ihr einen Schlaftrunk geben, weil sie gegen die Wand hämmerte und dabei Gavin und Judith verfluchte.

»Ihr habt so wenig von Euch erzählt«, sagte Brian still. »Tagelang weint ihr schon in diesem Verlies und erkundigt Euch nur nach anderen Leuten. Weshalb habt Ihr geweint? Euretwegen oder aus Sorge um Eure Brüder?«

Mary sah auf ihre Hände. »Ich bin ein schwächliches, feiges Ding. Ich wünschte, ich fände Kraft im Gebet, doch meine Brüder haben mich gelehrt, realistisch zu sein. Wenn sie entdekken, daß ich entführt wurde, werden sie wütend sein. Stephen und Gavin werden sachlich und ruhig ihre Vorbereitungen treffen, doch weder Raine noch Miles werden kühl zur Sache gehen.«

»Was werden sie tun?«

»Das kann niemand vorhersagen. Raine ist im Grunde ein

gutmütiger Bär, doch Ungerechtigkeit kann er nicht vertragen. Und Miles ist schrecklich jähzornig, wenn er herausgefordert wird. Unberechenbar.«

»Es darf zu keiner Fehde kommen«, sagte Brian und stand auf. »Ich werde zu Roger gehen und fordern, daß er Euch freiläßt.«

Mary stand neben ihm, kleiner als er. »Solltet Ihr nicht lieber bitten? Wird eine Forderung ihn nicht erzürnen?«

Brian sah sie an, ihre weichen Rundungen, ihre großen ausdrucksvollen Augen. Sie gab ihm ein Gefühl, als sei er stark wie ein Berg. Er hatte nie etwas von Roger gefordert. Sie hatte recht. Wie kann man von einem Menschen etwas fordern, den man so sehr liebte?

Er strich sanft mit der Hand über Marys Gesicht. »Ich werde Euch aus diesem Verlies befreien. Das verspreche ich Euch.«

»Und ich glaube Euch«, sagte Mary mit großem Vertrauen.

Brian sah sich in der feuchten Zelle um. »Das ist ein schmutziger Ort, keine Wohnung für Euch. Ihr müßt ihn sofort mit mir verlassen.«

»Nein!« Sie wich vor ihm zurück. »Wir müssen vorsichtig sein. Wir dürfen Euren Bruder nicht erzürnen. Vielleicht sagt er dann Dinge, die er nicht mehr zurücknehmen kann. Ihr müßt warten bis zum Morgen, wenn er erholt ist vom Schlaf, ehe Ihr mit ihm redet.«

»Wie könnt Ihr Euch so sehr um meinen Bruder sorgen, daß Ihr lieber noch eine Nacht in diesem stinkenden Loch verbringt?«

Sie antwortete ihm nur mit den Augen. »Geht jetzt in Frieden. Ihr braucht Euch meinetwegen keine Sorgen zu machen.«

Er ergriff ihre Hand und küßte sie. »Ihr seid eine gute Frau, Mary Ascott!« und damit verließ er sie.

Roger sah seinen kleinen Bruder bestürzt an.

»Ich will, daß sie aus dieser Zelle ausquartiert wird«, sagte Brian ruhig. Er hatte Marys Rat befolgt und Roger erst am Morgen zur Rede gestellt. Allerdings hatten sie beide nicht geschlafen. Davon zeugten die dunklen Schatten unter ihren Augen.

»Brian, bitte . . .«, begann Roger mit dieser Stimme, die er nur seinen jüngeren Geschwistern gegenüber zeigte.

Brian blieb hart. »Ich habe immer noch nicht den Grund erfahren, weshalb du sie gefangenhältst. Einerlei – sie muß heraus aus dieser Zelle.«

Roger wandte sich von Brian ab, damit er nicht den Schmerz in seinen Augen sah. Wie konnte er ihm erklären, welche Demütigungen er durch die Ascotts erfahren hatte? Er war immer der Verlierer gewesen. Nun wollte er die Ascotts lehren, daß er auch zurückschlagen konnte.

»Es wird ihr kein Leid geschehen«, sagte Roger. »Das verspreche ich dir.«

»Warum sie dann festhalten? Laß sie sofort frei, ehe es zu einem Familienkrieg kommt.«

»Dafür ist es bereits zu spät.«

»Was meinst du damit?«

Roger sah zurück auf seinen jüngeren Bruder. »Raine Ascott sollte an der Spitze einiger hundert Soldaten des Königs nach Wales reiten, als er erfuhr, daß ich Mary entführt habe. Er kehrte mit den Männern um, um uns anzugreifen.«

»Was! Wir werden angegriffen? Wir sind darauf nicht vorbereitet! Weiß er denn nicht, daß er heutzutage nicht einfach einen Krieg vom Zaun brechen kann? Es gibt Gesetze, die uns davor schützen.«

»Der König hat sich mit Raine getroffen. Er war so wütend, daß er Männer für eine private Fehde mißbraucht, daß er den Bann über ihn aussprach. Raine hat sich in den Wäldern versteckt.«

»Gütiger Gott!« hauchte Brian und ließ sich auf einen Stuhl fallen. »Wir haben keine Festung wie die Ascotts. Wenn wir sie freiließen . . .«

Roger betrachtete seinen Bruder mit Respekt. »Ich hatte nicht beabsichtigt, dich in diese Fehde hineinzuziehen. Du mußt dieses Haus verlassen. Zieh dich auf eines meiner anderen Besitztümer zurück. Ich werde bald zu dir stoßen.«

»Nein!« erwiderte Brian mit Entschiedenheit. »Wir müssen

diesen Streit beenden. Wir werden eine Botschaft an den König und die Ascotts schicken. Bis dahin werde ich persönlich über Mary wachen.« Er hinkte aus dem Zimmer.

Roger blickte seinem Bruder wütend nach. Dann holte er sich eine Streitaxt von der Wand. »Zum Teufel mit allen Ascotts«, fluchte er. Sie hatten seiner Schwägerin ihr gutes Aussehen geraubt und ihren halben Verstand dazu. Und nun machten sie ihm sogar noch seinen Bruder abspenstig.

Die Tür öffnete sich, und Lilian kam herein. Ihr Kleid war aus smaragdgrünen Satin. Ein Schleier aus hauchdünner Seide verhüllte ihr Gesicht. »Ich sah eben Brian«, sagte sie mit beleidigter Stimme. »Er half dieser Ascott-Frau die Treppe hinauf. Wie kannst du sie aus ihrer Zelle im Keller entlassen? Sie gehörte den Hunden zum Fraß vorgeworfen!«

»Brian entdeckte sie ohne mein Dazutun. Er beschloß, sie in seine Obhut zu nehmen.«

»In seine Obhut zu nehmen!« kreischte Lilian. »Du willst sie behandeln wie diese andere Frau? Als Gast des Hauses? Ist es jetzt Brian, der in diesem Haus die Hosen anhat?«

»Du kennst ja jeden in diesem Haus, der mit Hosen bekleidet ist, nicht wahr?« erwiderte er bissig. »Soweit mir berichtet wurde, sind sie alle durch dein Bett gewandert.«

Lilian lächelte. »Eifersüchtig? Soweit mir berichtet wurde, hast du gestern nacht bei Stephens Frau versagt. Vielleicht solltest du lieber Brian zu ihr schicken!«

»Hinaus!« brüllte Roger sie an.

Alicia stand am Fenster und starrte hinunter auf den schneebedeckten Schloßhof. Sie war nun schon einen Monat Roger Chatworths Gefangene und hatte in den letzten Wochen nur eine Magd gesehen. Sie brachte ihr das Essen, frisches Leinen, säuberte das Zimmer und leerte den Nachttopf. Doch sie sagte kein Wort. Wenn Alicia sie etwas fragte, sah sie sie entsetzt an und ging auf Zehenspitzen aus dem Zimmer.

Es gab wohl nichts, was sie nicht versucht hatte, um ihrem Gefängnis zu entfliehen. Sie hatte Laken aneinandergebunden und sich vom Fenster abgeseilt. Doch unten hatten Wächter sie empfangen, und am nächsten Tag waren Gitter an ihrem Fester angebracht worden.

Sie hatte sogar ein Feuer gelegt, um die Wächter abzulenken; aber es war den Dienern rasch gelungen, das Feuer zu löschen. Sie hatte sich aus dem Griff ihrer Wasserkanne eine Waffe zurechtgebogen und damit einen Wächter angegriffen. Ihre Wachen wurden verstärkt, und Roger hatte gedroht sie wieder fesseln zu lassen, wenn sie fortfuhr, ihm Schwierigkeiten zu machen.

Sie fragte, wic es Mary ginge. Ob die Ascott-Brüder wüßten, daß sie hier gegangengehalten wurde?

Roger verweigerte ihr die Antwort darauf.

»Brian, sie sind herrlich«, sagte Mary lächelnd und nahm die kleinen Lederschuhe entgegen. »Du verwöhnst mich.«

Brian betrachtete sie, und die Liebe strömte aus seinen Augen. Sie hatten fast den ganzen Monat miteinander verbracht. Er hatte Roger nicht ein zweites Mal gebeten, Mary freizulassen, weil Brian sie nicht mehr entbehren wollte. Denn Mary hatte seinem Leben einen Inhalt gegeben. Zu oft hatte er sich einsam gefühlt, weil Roger immer zu irgendwelchen Turnieren unterwegs war und Elisabeth in ihrem Stift eingesperrt war. Was andere Frauen betraf, hatte Brian längt entdeckt, daß sie ihn scheu und linkisch machten. Mary war zehn Jahre älter als er und genauso weltfremd. Sie kicherte nicht, wollte nicht mit ihm tanzen oder um Rosenbüsche gejagt werden. Mary war schlicht und einfach und forderte nichts von ihm. Sie verbrachten die Tage mit Lautenspiel, oder Brian erzählte ihr Geschichten, die er sich selbst ausgedacht hatte, aber nie zu Papier brachte, weil er fürchtete, ausgelacht zu werden. Sie hörte ihm aufmerksam zu, gab ihm das Gefühl von Stärke und nährte seinen Beschützerinstinkt.

Und dieses Gefühl, ihr Beschützer zu sein, hinderte ihn auch daran, ihr mitzuteilen, daß Alicia ebenfalls im Schloß gefangengehalten wurde.

»Man kann dich gar nicht genug verwöhnen«, sagte er lächelnd.

Mary errötete allerliebst und senkte die Lider. »Komm und setz dich zu mir. Hast du etwas Neues gehört?«

»Nein, nichts«, log Brian. Er wußte, daß Raine immer noch geächtet war und irgendwo in der Nähe in den Wäldern lebte. Sie hatten sich darauf geeinigt, nie von Roger oder Lilian zu sprechen. Sie waren zwei einsame Menschen, die ein gemeinsames Bedürfnis zusammengebracht hatte. Ihre Welt bestand aus diesem großen, angenehm geheizten Raum im obersten Stockwerk des Chatworth-Herrenhauses. Sie freuten sich gemeinsam am Lautenspiel und Poesie, und keiner von beiden war jemals so glücklich gewesen wie in diesen Wochen.

Brian lehnte sich in das Kissen eines Stuhls zurück, der vor dem Kamin stand, und dachte zum tausendsten Mal, wie angenehm es wäre, wenn dieser Zustand von Dauer war. Er wollte nicht, daß Mary zu ihrer »anderen« Familie zurückkehrte.

Es war an diesem Abend, daß Brian von seinen Träumen zu seinem Bruder sprach.

»Du willst was?« keuchte Roger mit geweiteten Augen.

»Ich will Mary Ascott heiraten.«

»Mary!« Roger taumelte bis zu einem Stuhl zurück. Er wollte sich mit einer Familie verbünden, die er zu seinen Feinden zählte! »Die Frau gehört der Kirche. Du kannst nicht . . .«

Brian lächelte. »Sie hat kein Gelübde abgelegt. Sie lebt nur mit den Nonnen, als gehörte sie zu ihnen. Mary ist so herzensgut. Sie will nur den Armen und Schwachen dieser Welt helfen.«

Die beiden Männer wurden von Lilians schrillem Lachen abgelenkt. »Also, Roger, da ist dir ein Meisterstück gelungen. Dein Baby-Bruder möchte die ältere Schwester der Ascotts heiraten. Sag mir, Brian, wie alt ist sie eigentlich? Alt genug, um deine Mutter sein zu können, die du dir immer gewünscht hast?«

Brian hatte nie gewußt, was Zorn ist. Er war stets von seinem Bruder Roger vor den unangenehmen Dingen dieser Welt bewahrt worden, doch nun ging er fauchend auf Lilian los.

Roger faßte seinen schwächeren Bruder am Arm. »Das ist nicht notwendig«, sagte er.

Brian sah Roger fest in die Augen. Zum erstenmal in seinem Leben war Roger für ihn kein Vorbild. »Du erlaubst, daß sie solche Dinge zu mir sagt?« fragte er ruhig.

Roger runzelte die Stirn. Ihm gefiel dieser Blick von Brian nicht, der ihn so kalt musterte, als wären sie nicht die engsten Freunde. »Natürlich ist es ungerecht von ihr. Doch mir scheint, du hast nicht gründlich überlegt. Natürlich brauchst du eine Frau . . .«

Brian riß sich von seinem Bruder los. »Willst du damit sagen, ich sei zu dumm, um zu wissen, was ich brauche?«

Lilian schüttelte sich vor Lachen: »Antworte ihm, Roger! Wirst du zulassen, daß dein Bruder eine Ascott heiratet? Ich höre schon, was man sich in ganz England erzählen wird. Sie werden sagen, die Chatworths nehmen nur die Knochen, die ihnen die Ascotts von ihrer reichgedeckten Tafel zuwerfen. Ich konnte Gavin nicht bekommen, du deine Alicia nicht, und jetzt schickst du deinen verkrüppelten Bruder vor, damit er die alte Jungfern-Schwester heiraten soll.«

»Halt den Mund!« brüllte Roger.

»Die Wahrheit tut weh, nicht wahr?« höhnte Lilian.

Roger knirschte mit den Zähnen. »Mein Bruder wird keine Ascott heiraten.«

Brian richtete sich zu seiner vollen Länge auf. Er war nur halb so groß wie sein Bruder. »Ich *werde* Mary heiraten«, sagte er entschlossen.

Lilian ließ wieder ihr schrilles Lachen hören: »Du hättest ihm die andere in seine Obhut geben sollen. Vielleicht hätte er seine Lust an ihr gestillt; aber über Heirat hätte er nicht mit ihr reden können.«

»Wovon sprichst du, du Hexe!« fuhr Brian sie an. »Wen meinst du mit dieser anderen?«

Lilian funkelte ihn durch ihren Schleier an. »Du wagst es, mich eine Hexe zu nennen? Meine Schönheit war einmal so gewaltig, daß ich einen schwächlichen Krüppel wie dich nicht einmal angeschaut hätte!«

Roger rückte einen Schritt auf sie zu. »Verschwinde, ehe ich dir ein Brandzeichen auf deine andere Wange verpasse!«

»Frage ihn doch nach Alicia«, rief Lilian lachend, ehe sie aus dem Zimmer lief.

Roger drehte sich zu seinem Bruder um. Er sah, wie dessen Augen ihn kalt ansahen: »Du hattest versprochen, diese Frau schon vor Wochen freizulassen«, sagte Brian mit schroffer Stimme. »Wie viele Lügen hast du mir noch erzählt?«

»Moment, Brian«, erwiderte Roger in dem freundlichen Ton, den er für seine Geschwister bereithielt.

»Ich bin kein Kind«, antwortete Brian, »und wünsche nicht, als solches behandelt zu werden. Sie ist also noch immer deine Gefangene. Kein Wunder, daß uns die Ascotts angreifen wollen. Ich habe nie angezweifelt, daß du das Richtige tust. Ich war zu glücklich mit Mary, um über mich selbst nachzudenken. Aber ich war schon immer viel zu beschäftigt, um selbständig denken zu können, nicht wahr?«

»Brian, bitte . . .«

»Nein!« rief Brian. »Diesmal hörst du auf mich. Morgen früh werde ich Mary und Alicia zu ihrer Familie zurückbringen.«

Roger spürte, wie sich ihm die Haare im Nacken sträubten. »Sie sind meine Gefangenen. Deshalb wirst du das nicht tun.«

»Warum hältst du sie gefangen?« fragte Brian. »Weil du Stephen Ascott von hinten angegriffen hast? Weil du von ihm besiegt wurdest?«

Roger taumelte, als habe er einen Schlag ins Gesicht bekommen. »Brian, wie kannst du nur so zu mir sprechen? Nachdem ich so viel für dich getan habe?«

»Ich bin es leid, dir jede Sekunde meines Lebens dafür danken zu müssen, daß du mir und Elisabeth das Leben gerettet hast. Ich habe meine Zeit als kleiner Bruder abgedient. Ich bin jetzt erwachsen und kann meine eigenen Entscheidungen treffen.«

»Brian«, flüsterte Roger, »ich habe nie von dir Dankbarkeit verlangt. Du und Elisabeth – ihr seid mein Leben. Ich habe niemanden sonst. Ich wollte niemanden haben außer euch.«

Brian seufzte, und sein Zorn legte sich. »Ich weiß. Du bist immer gut zu uns gewesen; doch nun ist die Zeit für mich gekommen, mein eigenes Leben zu führen. Ich will Mary heiraten und bin entschlossen, mir diesen Wunsch zu erfüllen.« Er wandte sich ab. »Morgen werde ich die Frauen nach Hause bringen.«

Roger fiel auf einen Stuhl, als Brian das Zimmer verlassen hatte. Kein Gefecht, kein Turnier hatte ihn jemals so mitgenommen wie diese Auseinandersetzung mit seinem jüngeren Bruder. Er hatte beobachtet, wie sein teurer, süßer Brian sich im Verlauf des Gesprächs verwandelte. Aus blinder Verehrung war ein Zweifler geworden.

Er starrte auf den gefliesten Boden. Brian und Elisabeth waren alles, was er auf dieser Welt hatte. Sie hatten zu dritt eine Kraft gebildet, die sich gegen Edmunds Bosheit zu behaupten vermochte. Sie hatten sich stets aufeinander verlassen können. Elisabeth war trotz ihrer engelhaften Erscheinung ein starker Charakter und hatte sich oft auch allein gegen Edmund behaupten können. Doch Brian hatte immer zu Roger aufgesehen und bei ihm Liebe und Geborgenheit gesucht. Und Roger liebte diese Rolle. Er lebte von der Verehrung, die Brian ihm entgegenbrachte.

Doch eben hatte er diese Verehrung dahinschwinden sehen. Brian hatte sich aus einem liebenswerten, anhänglichen jungen Mann in einen aggressiven, fordernden, arroganten Mann verwandelt.

Und das alles wegen einer Ascott!

Roger wußte nicht, wann er mit dem Trinken anfing. Wein hatte er reichlich im Keller, und er schüttete ihn in sich hinein, ohne auf die Menge zu achten. Er dachte nur an eines: Die Ascotts hatten ihm auch die Liebe seines jüngeren Bruders geraubt.

Je mehr er trank, desto bedrückender wurde der Gedanke, was die Ascotts ihm alles angetan hatten. Lilians verwüstete Schönheit war auch ein Schimpf für ihn; denn sie war ja eine angeheiratete Verwandte. Judith und Gavin hatten mit Lilian ihr Spiel getrieben. Und Stephen hatte ihn tödlich beleidigt. Ihm gingen die höhnenden Worte der Edelleute nicht aus dem Ohr: ›Ich hörte, Ihr habt Euch um diese kleine Klanchefin aus Schottland beworben. Sie soll ja eine Schönheit sein; aber mußtet Ihr so geil sein, daß Ihr dafür Stephen um ein Haar hinterrücks erschlagen hättet?‹

König Heinrichs Sohn hatte soeben eine Prinzessin geheiratet. Der König wollte ihn seines unritterlichen Verhaltens wegen nicht im Gefolge des Prinzen dulden.

Roger schlug mit dem Humpen auf die Sessellehne, daß ein Stück vom Schnitzwerk abbrach. »Zur Hölle mit ihnen!« fluchte er. Brian war entschlossen, seine Loyalität und Liebe einer Ascott zu opfern. Er warf sich einer Frau an den Hals, die er kaum kannte. Roger dachte an Alicias Trick, ihn auszulachen, als er sie in die Arme nehmen wollte. Der Trick einer Hure! Und Mary hatte Brian damit geködert, daß sie ihm erzählte, sie habe kein Gelübde als Nonne abgelegt. Brian schien zu glauben, Mary sei unschuldig und einer Heirat würdig. Und sie war raffiniert genug, einen unschuldigen Jungen zu verführen, der zehn Jahre jünger war als er. Hoffte sie damit ihre Freiheit zu gewinnen? Oder war sie nur hinter dem Vermögen der Chatworths her? Die Ascotts hatten es sich zur Gewohnheit gemacht, große Vermögen zu erheiraten.

Roger stand unsicher auf. Es war seine Pflicht als Brians Vormund, seinem kleinen Bruder zu beweisen, was für verlogene Luder alle Frauen waren. Sie waren durchweg von Lilians und Alicias Sorte. Keine von ihnen war süß und warmherzig. Es gab keine, die seinen Bruder Brian verdient hätte!

Er wankte aus dem Zimmer und die Treppe hinauf. Er hatte keine Ahnung, wohin er gehen wollte. Doch als er die Tür erreichte, hinter der Alicia gefangengehalten wurde, suchte ihn die Vision ihrer rabenschwarzen Haare und blauen Augen heim. Er erinnerte sich an die Köstlichkeiten ihres Körpers. Doch als er die Hand auf den Riegel legte, sah er wieder ihr energisches Kinn vor sich. Und er war nicht betrunken genug, vor ihrem Spott zu bestehen. So betrunken konnte man gar nicht werden!

Er stieg noch eine Treppe bis zum obersten Stockwerk hinauf. Seine Probleme waren ihm von dieser Schlampe aufgebürdet worden, die sich als Nonne verkleidete und seinen kleinen Bruder verführte. Morgen wollte Brian mit ihr das Herrenhaus der

Chatworth verlassen. Er würde diese Ascott heiraten und dafür seinem älteren Bruder den Rücken zukehren. Als wäre die Familie der Ascotts nicht schon groß genug. Nein, sie mußten ihm auch noch Brian wegnehmen!

Roger zog den Riegel von Marys Zimmertür zurück. Das Mondlicht flutete durch das Fenster. Eine Nachtkerze brannte neben dem Bett.

»Wer ist das?« flüsterte Mary, sich im Bett aufsetzend. Angst sprach aus ihrer Stimme.

»Ein Chatworth«, fauchte er. »Einer von deinen Gefängniswärtern.« Er ragte hoch über ihrem Bett auf und schaute auf sie hinunter. Sie hatte ihre langen braunen Haare zu Zöpfen geflochten. Ihre Augen waren riesengroß vor Entsetzen.

»Lord Roger, ich . . .«

»Ihr seid was?« herrschte er sie an. »Wollt Ihr mich nicht in Eurem Bett willkommen heißen? Ist nicht ein Chatworth so gut wie der andere? Ich kann dich genausogut in die Freiheit entlassen wie Brian. Kommt, laßt sehen, was Ihr habt, daß meinem Bruder so sehr den Kopf verdreht?«

Und damit riß Roger ihr das Laken aus den Händen, mit dem sie sich bis zum Hals bedeckt hielt. Daß sie auch noch mit einem Gewand bekleidet war, reizte ihn noch mehr. Die meisten Schlampen lagen nackt im Bett, doch diese Hure erdreistete sich sogar, noch ein Hemd im Bett zu tragen. Sie preßte die Beine zusammen, und ihre Schreie wurden zu einem Wimmern, als er über sie herfiel.

Es war kein Vergnügen, sie zu vergewaltigen. Er muße sie schlagen, bis er in sie eindringen konnte. Und dann rollte er von ihrem geschundenen Körper und fing im Bett neben ihr an zu schnarchen.

Mary lag ganz still, als Roger von ihr wegrollte. Sie fühlte sich unsauber, zerbrochen und ehrlos. Sie dachte an ihre Brüder. Wie konnte sie ihnen noch einmal unter die Augen treten, da Roger sie immer wieder eine Hure genannt hatte? Brian konnte nie mehr bei ihr sitzen, nie mehr mit ihr sprechen.

Sie stand auf, ignorierte die Schmerzen und das Blut an ihren

Schenkeln. Sie streifte wieder das einfache Gewand über ihren Kopf, das die Schwestern für sie genäht hatten. Sie sah sich noch einmal im Zimmer um und ging dann ans Fenster. Der kalte Nachtwind wehte ihr ins Gesicht. Sie hob die Augen zum Himmel. Sie wußte, daß Gott ihr das nicht vergeben würde, was sie vorhatte. Doch sie konnte sich selbst nicht das verzeihen, was soeben geschehen war. »Lebt wohl, meine Brüder«, flüsterte sie in den Wind. »Leb wohl, mein Brian.«

Sie bekreuzigte sich, legte die Hände über die Brust und sprang hinunter auf die Steinplatten.

Die Tiere im Herrenhaus merkten noch vor den Menschen, daß etwas nicht in Ordnung war. Die Hunde fingen an zu bellen, die Pferde bewegten sich ruhelos im Stall.

Brian, der selbst keine Ruhe fand, warf sich eine Robe über die Schultern und ging nach draußen. Er fragte einen Stallburschen, der an ihm vorbeirannte: »Was ist los?«

»Eine Frau stürzte sich aus dem obersten Fenster«, rief der über die Schulter zurück. »Ich muß Lord Roger finden.«

Brian blieb bei den Worten des Jungen das Herz stehen. Bitte, laß es die andere Frau sein, die ebenfalls gefangen gehalten wird, betete er. Diese Alicia, die ich gar nicht kenne. Doch schon wußte er, ehe er sein Gebet zu Ende sprach, wer die Tote sein würde.

Er ging ruhig zu der Seite des Hauses, an der sich das Fenster von Marys Zimmer befand. Er schob sich durch die Menge der Dienstboten, die auf die Leiche hinuntersahen.

»Sie ist vergewaltigt worden«, sagte eine Frau. »Seht nur das viele Blut an ihr.«

»Es ist, als wäre Lord Edmund noch am Leben. Und ich dachte, die jüngeren Brüder wären besser.«

»Verschwindet!« befahl Brian. Er konnte nicht ertragen, daß sie sich an dem Körper seiner geliebten Mary weideten. »Habt ihr nicht gehört? Ihr sollt verschwinden!«

Die Dienstboten waren nicht gewohnt, Befehle von Brian entgegenzunehmen. Doch sie spürten die Autorität, die hinter seinen Worten stand. Sie bargen sich in einer dunklen Ecke und starrten Brian an und diese Frau, die sie bisher noch nie gesehen hatten.

Brian breitete mit sachter Hand das Hemd über Marys Körper. Er richtete ihren Kopf gerade, der im unnatürlichen Winkel vom Körper abstand. Er wollte sie ins Haus tragen und versuchte es ein paarmal. Doch er war nicht kräftig genug dafür. Selbst seine körperliche Schwäche war nur Nahrung für seinen auflodernden Zorn. Die Diener hatten die Vermutung ausgesprochen, Roger habe sie vergewaltigt. Doch Brian glaubte ihnen nicht. Einer von den Wächtern! dachte er.

Wie in Trance überwand er die Treppen bis zu Marys Zimmer. Die Wachen wollten ihn im Betreten des Zimmers hindern, überlegten es sich aber anders, als sie sein Gesicht sahen. Er stieß die Tür zu Marys Zimmer auf.

Er starrte einen Moment auf Roger, der schnarchend in Marys Bett lag. Er schien nichts zu denken bei diesem Anblick. Nur die Gefühle, die ihn bewegten, waren wie Flüsse, die sich zu einem mächtigen Strom in ihm vereinigten.

Mit tödlicher Ruhe drehte er sich um und nahm eine Kanne mit kaltem Wasser vom Tisch. Er goß Roger das Wasser über den Kopf.

Roger stöhnte und schlug die Augen auf. »Brian«, sagte er trunken und lächelte schwach. »Ich träumte gerade von dir.«

»Steh auf!« sagte Brian mit tödlicher Stimme.

Roger wurde hellwach. Er war ein erfahrener Krieger und wußte sich zu beherrschen, wenn er die Gefahr spürte. »Was ist geschehen? Ist Elisabeth . . .« Er hielt inne, als er sich aufrichtete und merkte, wo er war. »Wo ist diese Ascott hingekommen?«

Brians Gesicht behielt diesen stählernen Ausdruck bei. »Sie liegt tot auf den Fliesen unter dem Fenster.«

Ein Flackern ging über Rogers Gesicht. »Ich wollte beweisen, was für eine Frau sie ist. Ich wollte dir zeigen . . .«

Brians tiefe Stimme schnitt ihm das Wort ab. »Wo ist Stephen Ascotts Frau versteckt?«

»Brian, du mußt mir zuhören«, bettelte Roger.

»Zuhören!« fauchte Brian. »Hast du auf Marys Schreie gehört? Ich weiß, daß sie eine furchtsame Frau war, und sie muß oft und laut geschrien haben. Hast du es genossen?«

»Brian . . .«

»Still! Du hast deine letzten Worte mit mir geredet. Ich werde diese andere Frau, die du gefangenhältst, finden, und wir werden dieses Haus verlassen.« Seine Augen wurden zu Schlitzen. »Wenn ich dich noch einmal sehe, werde ich dich töten!«

Roger fiel auf das Bett zurück, als hätte ihn ein Faustschlag getroffen. Er sah benommen zu, wie sein Bruder aus dem Zimmer ging. Er sah das Blut neben sich auf dem Laken und dachte an die Frau, die tot unten auf den Fliesen lag. Was hatte er getan?

Brian brauchte nicht lange, um Alicia zu finden. Sie wurde vermutlich in dem Zimmer gefangengehalten, wo Edmund früher seine Frauen einquartierte. Wieder versuchten die Wachen nicht, ihn zurückzuhalten. Die Tragödie dieser Nacht konnte man selbst durch die Wände spüren.

Alicia war wach und fertig angezogen, als Brian ins Zimmer kam. Sie sah auf den jungen Mann mit dem stahlharten Gesicht. »Was ist passiert?« fragte sie ruhig.

»Ich bin Brian Chatworth«, sagte er. »Ich bringe Euch zu Eurer Familie. Seid Ihr bereit?«

»Meine Schwägerin wird hier ebenfalls gefangengehalten. Ohne sie gehe ich nicht fort.«

Brian knirschte mit den Zähnen. »Mein Bruder hat Eure Schwägerin vergewaltigt, und sie gab sich selbst den Tod.«

Er sagte das so gelassen, als bedeute ihm die Sache nichts. Alicia spürte, daß dieser junge Mann tief bewegt war. Mary, dachte sie, süße, teure, sanftmütige Mary! »Wir können sie nicht hierlassen. Ich muß sie zu ihren Brüdern zurückbringen.«

»Ihr braucht Euch um Mary nicht zu kümmern. Ich werde mich ihrer annehmen.«

Die Art, wie er »Mary« ausgesprochen hatte, offenbarten Alicia eine Menge. »Ich bin bereit«, sagte sie still und folgte ihm aus dem Zimmer.

Als sie draußen im Freien waren, wandte Brian sich ihr wieder zu: »Ich werde Euch Wächter mitgeben. Sie werden Euch hinbringen, wohin Ihr wollt. Oder ist es Euer Wunsch, mit mir zur Burg der Ascotts zu reiten?«

Alicia brauchte nicht lange, um sich zu entschließen. Sie hatte reiflich Zeit gehabt zum Überlegen, als sie in diesem Zimmer gefangen war. Sie mußte Frieden mit den MacGregors schließen, ehe sie Stephen wiedersehen konnte. Sie mußte ihm beweisen, daß sie seiner Liebe würdig war. »Ich muß nach Schottland zurück und will keine englischen Begleiter haben. Ich reise am schnellsten allein.«

Brian widersprach ihr nicht. Sein eigener Schmerz und Haß beherrschten alle seine Gedanken. Er nickte kurz. »Ihr könnt ein Pferd haben und alles, was Ihr sonst für die Reise benötigt.«

Er wollte gehen, doch sie hielt ihn am Arm fest.

»Ihr werdet Euch um Mary kümmern?«

»Mit meinem Leben«, sagte er, und das kam tief aus seinem Inneren. »Ich werde auch ihren Tod rächen.«

Alicia runzelte die Stirn bei dem Gedanken, daß Mary dieses Gerede von Rache sehr mißfallen hätte. Aber vielleicht konnte sie mit der Rettung von Menschenleben – selbst wenn es nur Schotten waren – Marys Andenken ehren.

19. Kapitel

Alicia lehnte sich an die Stallwand, als sie Kirstys Kuh melkte. Dann hörte sie ein Geräusch, daß sie sogar den Eimer fallen ließ. Hundertfünfzig Pfund Hund fielen über sie her und zerquetschten sie fast auf dem Stroh.

»Rab!« flüsterte sie und umarmte ihren Hund. »Rab«, lachte sie vor Freude, »wo kommst du denn her? Ich dachte, du seist tot!« Sie vergrub ihr Gesicht in seinem Fell.

Dann vernahm sie einen leisen Pfiff, und Rab wurde steif.

Sie sah hoch, und Stephen stand vor ihr.

»Bekomme ich den gleichen Empfang wie Rab?« fragte er ruhig.

Sie dachte nichts, flog ihm nur in die Arme. Stephen sagte nichts mehr, sondern küßte sie mit dem Hunger, der sich in ihm aufgestaut hatte. Er trug sie zu einem Heuhaufen.

»Wir können das nicht . . .«, murmelte Alicia mit ihren Lippen an seinem Mund. »Harben . . .«

Stephen biß sie ins Ohrläppchen. »Ich sagte ihm, daß wir für den Rest des Tages eine Orgie feiern würden.«

»Das hast du ihm nicht gesagt!«

»Doch.« Dann, als er ihr Hemd abgestreift hatte, starrte er auf die harte Rundung ihres Leibes.

Er sah sie fragend an.

Sie lächelte und nickte.

Stephens Freudenschrei scheuchte die Hühner von den Dachbalken. »Ein Baby!« lachte er. »Harben hatte recht gehabt mit seinem selbstgebrautem Trank!«

»Ich hatte das Baby schon unter dem Herzen, als wir Kirsty kennenlernten.«

Er zog ihren nackten Körper an sich und murmelte mit einer Freude, die tief aus seinem Inneren kam: »Dann war vielleicht auch ich daran beteiligt, und nicht nur Harbens Selbstgebranntes!«

Später sagte er: »Alicia, ich liebe dich, und es ist mein größter Wunsch, daß du mich auch lieben könntest wie ich dich.«

»Natürlich liebe ich dich, du Dummkopf. Weshalb, glaubst du wohl, wird mir ganz schwach im Magen und schwindlig im Kopf, wenn du in meiner Nähe bist? Und beides wird noch viel schlimmer, wenn du weit weg bist und am Hof von König Heinrich um Schonung für die Schotten bittest. Der einzige Grund, weshalb ich mit Roger Chatworth ritt, bestand darin, daß ich dir beweisen wollte, wie wenig selbstsüchtig ich bin. Ich würde alles tun, um mir deine Liebe zu bewahren.«

»Daß du mit meinem Feind durchbrennst, ist ein schlechter Beweis, möchte ich sagen.« Er sah sie lächelnd an. Dann erschrak er plötzlich. Ein scharfer Ruck in ihrem Bauch hatte sich auf seinen Körper übertragen.

»Was war das?« fragte er.

»Es fühlte sich wie ein Tritt an«, sagte sie staunend. »Ich glaube, dein Kind hat uns eben getreten!«

Stephen rollte von ihr weg und liebkoste ehrfürchtig ihren Leib. »Hast du schon von dem Baby gewußt, als du mich verlassen hast, nur weil sich unsere Schloßhure auf meinen Schoß setzte?«

»Oh, Stephen, fang nicht noch einmal davon an. Nicht ich habe dich verlassen, sondern du mich!«

»Ich wollte dir beweisen, daß ich auch etwas wert bin. Deshalb ritt ich zu König Heinrich.«

»Und ich dachte, du wolltest mich nicht mehr haben! Aber ich wußte schon damals von meinem Baby. Judith sagte es mir.«

Er schwieg still, während er mit beiden Händen ihren Leib wärmte.

»Bist du glücklich über unser Kind?« flüsterte sie.

»Ein bißchen ängstlich. Judith verlor ihr erstes Baby. Das darf dir nicht passieren.«

Sie lächelte. »Wie kann mir etwas passieren, wenn du bei mir bist, um mich zu beschützen?«

»Dich beschützen?« fuhr er auf. »Du hörst doch nie auf mich, tust nie, was ich dir sage. Du betäubst mich mit Drogen, verläßt mitten in der Nacht den Schutz meiner Familie. Du . . .«

Sie legte ihm den Finger auf die Lippen. »Aber ich liebe dich. Ich liebe dich sehr, so sehr, und ich brauche dich. Ich brauche deine Kraft, deine Stärke, deinen praktischen Verstand, deine Loyalität, deine Art, Frieden zu stiften. Du hältst mich und meinen Klan davon zurück, unseren Feinden den Krieg zu erklären. Und du hast uns zu der Einsicht gebracht, daß nicht alle Engländer solche dummen, habgierigen, verlogenen . . .«

Er gab ihr einen Kuß. »Verdirb nicht wieder alles«, sagte er belustigt. »Ich liebe dich auch. Ich liebte dich von dem Moment an, als ich dich zusammen mit deinem Klan erlebte. Es war das erste Mal, daß ich viel mehr in dir sah als . . .«

Ihre Augen funkelten: ». . . einen guten Bauch im Bett?«

Er lachte.

»Weißt du, daß ich mich morgen früh mit dem MacGregor treffen werde?« Sie hob das Gesicht und küßte ihn.

Er rollte von ihr weg. »Tod und Verdammnis!« sagte er mit zusammengepreßten Zähnen. »Fängt es schon wieder von vorne an? Ganz bestimmt trefft ihr euch an einem geheimen Ort!«

»Selbstverständlich. Ich kann doch nicht meinen ganzen Klan bitten, mich zu diesem Treffen zu begleiten.«

Stephen schloß die Augen, um seine Beherrschung wiederzufinden. »Du kannst diesen Mann nicht allein treffen. Ich verbiete es dir.«

Ungläubigkeit zeigte sich auf ihrem Gesicht. »Du tust was? Du verbietest? Wie kannst du so etwas wagen! Vergißt du, daß *ich* die MacArran bin? Nur weil ich dich liebe, darfst du dir nicht das Recht anmaßen, über meine Pflichten als Klanchefin zu bestimmen.«

»Willst du mal eine Sekunde still sein?« herrschte er sie an. »Du glaubst noch immer, daß ich dein Gegner bin. Hör mir zu. Wer weiß noch von diesem Treffen?«

»Harben. Er arrangierte es. Wir wollten es nicht einmal Nesta sagen, damit später ihre Hoffnungen nicht enttäuscht werden.«

»Ihre Hoffnungen enttäuscht werden!« fauchte er. »Ist das alles, woran du denkst? An das Wohl und die Sorgen anderer?«

»Du sagst es so, als wäre das ein Übel!«

»In deinem Fall ist deine Selbstlosigkeit dir schon ein paarmal schlecht bekommen. Alicia, du mußt begreifen, daß du immer auch an dich denken mußt.«

»Das tue ich doch. Ich will Frieden für meinen Klan haben.«

Stephen betrachtete sie mit großer Liebe. »Schön. Hör mir zu. Du triffst dich mit dem MacGregor an einem einsamen Ort, vermutlich im Nebel. Außer dir weiß nur Harben von diesem Treffen. Was ist, wenn der MacGregor beschlossen hat, die Fehde mit den MacArrans dadurch zu beenden, daß er ihre Chefin tötet?«

»Das ist eine Beleidigung!« fuhr sie ihn an. »Es handelt sich um ein Aussöhnungsgespräch. Der MacGregor würde nie so etwas Verwerfliches tun!«

»Und vor sechs Monaten war er noch dein Todfeind?« Stephen schüttelte den Kopf. »Du wirst ihn nicht allein treffen. Ich werde dich begleiten.«

»Aber das kannst du nicht!« explodierte sie. »Er schickte mir eine Botschaft, daß ich nur allein kommen dürfe.«

»Du bringst doch schon einen zweiten mit, den du in deinem Leib trägst. Was spielt es da für eine Rolle, daß auch ein vierter hinzukommt?«

»Stephen . . .«, bettelte sie.

»Nein!« funkelte er sie an. »Dieses eine Mal wirst du mir gehorchen. Hast du mich verstanden?«

Sie seufzte. Es hatte keinen Sinn, ihm das ausreden zu wollen. Und im Grunde ihres Herzens war sie sogar froh, daß er mitkam.

Der Ort, wo das Treffen stattfinden sollte, war genauso, wie Stephen ihn sich vorgestellt hatte – einsam, von Felsen umschlossen, von dicken Nebelschwaden verhüllt.

Als Stephen von seinem Pferd stieg, spürte er eine Schwertspitze im Nacken. »Und wer bist du?« hörte er die grollende Stimme des MacGregor hinter sich.

»Ich kam mit, um sie zu beschützen«, sagte Stephen. »Obwohl sie Klanchefin, ist, trifft sie sich nicht allein mit Männern.«

Der MacGregor betrachtete die groß gewachsene, schlanke und wunderschöne Frau, die den riesigen Hund beruhigte, der drohte, ihm an die Gurgel zu gehen. Dann lachte er, während er sein Schwert in die Scheide zurücksteckte. »Ich kann es dir nicht verargen, mein Junge. Obwohl sie vielleicht nicht nur den Schutz braucht, an den du gedacht hast.«

Stephen drehte sich um und sah dem MacGregor fest in die Augen. »Ich werde sie in jeder Hinsicht beschützen«, sagte er mit Nachdruck.

Der MacGregor lachte abermals. »Kommt hier herüber und setzt Euch. Ich habe mir überlegt, wie man zum Frieden kommen könnte, und ich sehe nur eine Möglichkeit.« Er sah Alicia an, die sich auf einem Felsblock niederließ. »Ich bin nicht mehr verheiratet. Hätte ich die MacArran früher kennengelernt, würde ich ihr meine Hand angeboten haben.«

Stephen stellte sich hinter seine Frau und legte ihr besitzergreifend die Hände auf die Schultern. »Sie ist vergeben, und ich werde mit jedem kämpfen, der . . .«

»Hört auf, ihr beiden!« rief Alicia und schüttelte Stephens Hände von sich ab. »Ihr benehmt euch wie zwei brünftige Hirsche, die mit den Geweihen aufeinander losrennen. Stephen, wenn du dich nicht benimmst, schicke ich dich zu Harben zurück.«

Der MacGregor lachte.

»Und Ihr, Lachlan! Ihr müßt wissen, daß an der MacArran mehr zu finden ist als nur eine hübsche Larve! Wenn Ihr nicht auf einer intelligenten Stufe mit mir verhandeln wollt, dann solltet Ihr vielleicht lieber einen Eurer Häuptlinge zu mir schicken!«

Jetzt war es Stephen, der sich vor Lachen bog.

Lachlan MacGregor zog eine Augenbraue in die Höhe. »Vielleicht bist du gar nicht so zu beneiden, Junge.«

»Sie hat Seiten, die das mehr als ausgleichen«, sagte Stephen ungerührt.

Alicia hatte nicht zugehört. »Davey«, flüsterte sie.

Stephen starrte sie an und begann zu verstehen. »Er hat versucht, uns zu töten«, sagte er leise, doch ihr Blick brachte ihn zum Schweigen. Er begriff, was sie meinte: Blut war dicker als Wasser.

Er wandte sich wieder dem MacGregor zu: »Sie hat einen älteren Bruder, ungefähr zwanzig Jahre alt. Der Junge ist ganz verrückt vor Eifersucht. Statt bei dem Klan zu bleiben, dessen Chef seine jüngere Schwester ist, versteckt er sich irgendwo in den Bergen. Vor kurzem hat er sogar einen Anschlag auf unser Leben gewagt.«

Der MacGregor runzelte die Stirn und nickte dann. »Ich kann den Jungen verstehen. Ich hätte an seiner Stelle ebenso gehandelt.«

»Verstehen!« brauste Alicia auf. »Ich bin seine Chefin. Er hätte akzeptieren müssen, was unser Vater verfügte. Ich hätte mich seinem Willen gebeugt.«

»Natürlich«, sagte Lachlan und bewegte die Hand. »Aber Ihr seid eine Frau.« Er überhörte ihre Proteste.

Stephen lächelte warm bei MacGregors Worten.

»Ich habe eine Tochter«, fuhr Lachlan fort. »Sie ist sechzehn. So hübsch und süß und geschmeidig, wie eine Frau nur sein kann.« Er warf einen Blick zu Alicia hinüber. »Vielleicht könnten wir eine Ehe stiften.«

»Was könnt Ihr mir sonst noch bieten außer Eurer faden Tochter?« fragte Alicia mit nüchterner Stimme.

Lachlan zuckte zusammen. Dann antwortete er: »Er kann nicht Boss werden; aber einer meiner Häuptlinge. Das ist mehr, als er jetzt hat, und zudem ist er der Schwiegersohn des Klanchefs.«

»Er ist ein Heißsporn«, sagte Stephen. »Deshalb hat ihn auch Jamie MacArran nicht zum Chef des Klans ernannt.«

»Du hast ihn nie getroffen«, sagte Alicia. »Wie kannst du also wissen, was für ein Mann er ist?«

»Ich habe Ohren«, antwortete Stephen, als genügte das als Auskunft.

»Ich werde schon mit ihm fertig«, sagte Lachlan. »Ich werde nicht so früh sterben wie Jamie und den Jungen sich selbst überlassen. Ich werde ihn immer in meiner Nähe behalten und ihn lehren, was sich gehört für einen Häuptling. Mir ist ein zorniger junger Mann lieber als ein zahmer Jüngling. Ich kann Menschen nicht ausstehen, die kein Temperament haben.« Er lächelte zu Alicia hinüber. »Das gilt für Männer wie für Frauen.«

»Ich kann für das Temperament der MacArrans garantieren«, sagte Stephen lachend.

»Das glaube ich Euch aufs Wort«, gab der MacGregor glucksend zurück. »Dieser Davey sollte meine Tochter eigentlich glücklich machen können, wenn er seiner Schwester gleicht.«

Stephen wurde ernst: »Was wird Euer Klan dazu sagen, wenn Ihr einen MacArran in Eure Familie aufnehmt?«

»Sie werden nichts zu mir sagen, dafür um so mehr zu Davey. Wollen hoffen, daß er damit fertig wird.«

Alicia setzte sich kerzengerade auf. »Mein Bruder wird mit jedem MacGregor fertig.«

Lachlan lachte und streckte Stephen die Hand hin. »Der Handel gilt also.«

Dann drehte sich der MacGregor Alicia zu: »Und nun, junge Dame, schulde ich Euch noch etwas für das A, das ich immer noch auf meiner Schulter mit mir herumtrage.« Er packte sie und küßte sie herzhaft auf den Mund.

Alicia sah rasch zu ihrem Gatten hinüber, besorgt wegen seiner Eifersucht, doch Stephen betrachtete die beiden mit großem Wohlwollen. Sie standen beieinander und sahen dem MacGregor nach, der im Nebel davonritt. Alicia drehte sich zu Stephen: »Und ich möchte, daß du dich in Zukunft immer daran erinnerst, daß ich die MacArran bin!«

Stephen lächelte träge. »Ich gedenke, das zu ändern.«

»Was soll das nun wieder heißen?«

»Habe ich dir noch nicht erzählt, daß ich den König darum bat, meinen Namen zu ändern?«

Alicia sah ihn begriffsstutzig an.

»Mein Name ist Stephen MacArran. Gefalle ich dir nun besser?«

Sie schlang die Arme um seinen Hals und bedeckte sein Gesicht mit Küssen. »Ich liebe dich, liebe dich, liebe dich! Du bist ein MacArran! Das wird meinem Klan beweisen, daß er dir vertrauen kann.«

Stephen drückte sie lachend an sich. »Sie zweifelten nie an mir. Nur du allein hast mir mißtraut.« Er zog sie noch enger an sich. »Alicia, wir sind keine Feinde mehr. Wir wollen es von nun an als Verbündete versuchen.«

»Du bist ein MacArran«, flüsterte sie ehrfürchtig.

Er streichelte ihre Haare. »Alles wird jetzt gut. Ich werde Davey suchen und . . .«

»Du!« Sie strebte von ihm weg. »Er ist mein Bruder!«

»Als du ihn zum letztenmal sahst, versuchte er, dich zu töten!«

Alicia wischte das mit einer Handbewegung zur Seite. »Da war er wütend auf mich. Meine Familie ist sehr temperamentvoll. Wenn er meinen Plan erfährt, wird sein Zorn rasch verrauchen.«

»Deiner! Ich glaube, das war eine gemeinsame Anstrengung.«

»Möglich. Deswegen wird Davey trotzdem nur auf mich hören.«

Stephen wollte darauf etwas sagen, küßte sie aber statt dessen. »Können wir das später weiterverfolgen? Ich spüre, daß plötzlich etwas zwischen uns gekommen ist.«

Sie sah mit unschuldigen Augen zu ihm auf. »Mein Bauch?«

Er faßte ihre Haare und zog ihren Kopf nach hinten. »Was ist das für ein Gefühl, wenn du den MacArran küßt?«

»*Ich* bin die MacArran!« sagte sie. »Ich . . .«

Sie konnte nichts mehr sagen, weil Stephens Hände ihre Kniekehlen erreicht hatten . . .

Festival der Leidenschaft
JUDE DEVERAUX
Große Gefühle zum Preis von 4,95 DM pro Band
Judith,
Nr. 26 036
Die Schöne Lügnerin
Nr. 26 041
Alicia
Nr. 26 037
Die Verführerin
Nr. 26 040
Clarissa
Nr. 26 038
Fiona
Nr. 26 039
BASTEI
LÜBBE

Festival der Leidenschaft
Marie Louise Fischer
Große Gefühle zum Preis von 4,95 DM pro Band
In zweiter Ehe
Nr. 26 042
Liebe im Grandhotel
Nr. 26 043
Frau am Scheideweg
Nr. 26 044
Das Geheimnis der Greta K.
Nr. 26 045
Im Schatten des Anderen
Nr. 26 046
Ein Herz voller Tränen
Nr. 26 047
BASTEI LÜBBE